Richelle Mead vit à Seattle, aux États-Unis. Passionnée de littérature, elle a toujours été attirée par la mythologie et le folklore. Quand elle parvient à lâcher ses livres (ceux qu'elle lit autant que ceux qu'elle écrit), elle aime regarder de mauvais films, voyager, tester de nouvelles recettes et s'acheter des robes (trop).
Vampire Academy est sa première série de romans pour jeunes adultes. Sa deuxième série, *Bloodlines*, se déroule dans le même univers et est également disponible chez Castelmore.

Baiser de l'ombre

Du même auteur, chez Castelmore :

Vampire Academy :
1. *Sœurs de sang*
2. *Morsure de glace*
3. *Baiser de l'ombre*
4. *Promesse de sang*
5. *Lien de l'esprit*
6. *Sacrifice ultime*

Bloodlines :
1. *Bloodlines*

Venez visiter
www.vampire-academy.fr

www.castelmore.fr

Richelle Mead

BAISER DE L'OMBRE

VAMPIRE ACADEMY – TOME 3

Traduit de l'anglais (États-Unis)
par Karen Degrave

CASTELMORE

Titre original : *Shadow Kiss*

Loi n° 49-956 du 16 juillet 1949 sur les publications destinées à la jeunesse

Dépôt légal : juin 2013

1re édition : janvier 2011
2e édition : juin 2013

ISBN : 978-2-36231-078-2

CASTELMORE
60-62, rue d'Hauteville – 75010 Paris
E-mail : info@castelmore.fr
Site Internet : www.castelmore.fr

Pour mes neveux, Jordan et Austin

Remerciements

Comme toujours, je ne saurais assez exprimer ma gratitude à mes amis et à ma famille, qui m'ont soutenue dans les hauts et les bas qui accompagnent inévitablement l'écriture d'un livre, d'autant plus lorsqu'il s'agit d'un livre aussi riche en émotions que celui-ci. Un grand merci à David et Christina pour la rapidité de leur relecture, à I.A. Gordon et Sherry Kirk pour l'aide qu'ils m'ont apportée en russe, à Synde Korman pour celle qu'il m'a apportée en roumain, à mon agent Jim McCarthy, qui se montre toujours avisé et fait toujours en sorte d'aplanir toutes les difficultés pour moi, à mes éditeurs, Jessica Rothenberg et Ben Schrank, pour tous leurs conseils, aux auteurs de la Team Seattle pour leur bonne humeur et les distractions qu'ils m'ont offertes et à Jay pour son infinie patience… et pour les bonnes plaisanteries qu'il fait de temps en temps.

Chapitre premier

Ses doigts caressaient mon dos. Je sentis des frissons parcourir ma chair sous cet effleurement. Lentement, très lentement, ses mains voyagèrent sur ma peau, glissèrent sur les côtés de mon ventre pour finalement s'attarder sur la courbe de mes hanches. Je sentis ses lèvres se poser sur mon cou, juste sous l'oreille, puis il me donna un autre baiser, un peu plus bas, puis un autre encore…

Ses lèvres remontèrent le long de ma gorge, vers ma joue, avant de trouver ma bouche. Nous nous embrassâmes en nous pressant l'un contre l'autre. Je brûlais de désir et me sentais plus vivante que jamais. Je l'aimais. J'aimais tant Christian que…

Christian ?

Oh non !

La part rationnelle de moi-même comprit aussitôt ce qui était en train de se produire, avec une franche exaspération. Le reste de mon esprit, néanmoins, ressentait encore cette union comme si j'étais celle que l'on caressait et embrassait. Cette autre part de moi était incapable de s'en arracher. Je m'étais tant fondue en Lissa que c'était vraiment en train de m'arriver.

Non, m'assurai-je avec fermeté. *Ce n'est pas réel, ce n'est pas toi. Sors de là.*

Mais comment pouvais-je être sensible à la logique alors que mon corps était en feu ?

Tu n'es pas elle. Cette tête n'est pas la tienne. Sors de là.

Ses lèvres... Plus rien n'existait au monde que ses lèvres.

Ce n'est pas lui. Sors de là.

Ses baisers étaient exactement les mêmes que les siens...

Non. Ce n'est pas Dimitri. Sors de là !

Le nom de Dimitri me fit l'effet d'un seau d'eau froide reçu en pleine figure. Je m'extirpai enfin de l'esprit de Lissa.

Je me redressai dans mon lit avec l'impression d'étouffer, essayai de rejeter les couvertures à coups de pied et ne parvins qu'à m'y entortiller davantage. Le cœur battant à tout rompre, je tentai d'inspirer profondément pour me calmer et reprendre pied dans ma réalité.

Incontestablement, les temps avaient changé. Autrefois, c'étaient les cauchemars de Lissa qui me réveillaient en pleine nuit ; désormais, c'était sa vie sexuelle. Dire qu'il y avait une légère différence entre les deux serait un euphémisme. J'avais appris à bloquer ses interludes romantiques, du moins lorsque j'étais éveillée. Cette fois, Lissa et Christian s'étaient montrés (involontairement) plus malins que moi. Pendant mon sommeil, mes défenses affaiblies laissaient les émotions les plus intenses de ma meilleure amie m'atteindre par l'intermédiaire de notre lien psychique. Cela n'aurait pas été un problème si ces deux-là étaient allés au lit comme des personnes normales ; et par « aller au lit », j'entends « dormir ».

— Mon Dieu, grommelai-je, la voix étouffée par un bâillement, en balançant mes jambes hors du lit.

Lissa et Christian étaient-ils vraiment incapables de se retenir de se toucher jusqu'à l'heure du réveil ?

Le trouble qui persistait encore en moi était pire que d'avoir été réveillée en pleine nuit. Bien sûr, rien de tout cela ne m'était réellement arrivé. Ce n'était pas ma peau qu'on caressait, ni mes lèvres qu'on embrassait. Pourtant, mon corps semblait ressentir une impression de manque. Cela faisait bien longtemps que je ne m'étais pas retrouvée dans ce genre de situation. Je me sentais tendue et brûlante. C'était stupide, mais j'éprouvai tout à coup le besoin désespéré que quelqu'un me touche, ou me prenne seulement dans ses bras. Quelqu'un, oui, mais certainement pas Christian. Le souvenir de ses lèvres contre les miennes resurgit dans mon esprit. Je me rappelai les sensations qu'elles m'avaient procurées et avec quelle évidence mon corps endormi avait cru que c'était Dimitri qui m'embrassait.

Je me levai, les jambes tremblantes, en proie à la nervosité et… à la tristesse. Je me sentais triste et vide. J'avais besoin de marcher pour dissiper cet étrange état d'esprit ; j'enfilai donc une robe de chambre et des pantoufles, puis quittai ma chambre en direction de la salle de bains, au bout du couloir. Je m'aspergeai le visage d'eau froide et observai mon reflet dans le miroir : j'avais les cheveux emmêlés et les yeux rougis. Même si j'avais l'air de manquer de sommeil, je ne voulais pas retourner me coucher et courir le risque de me rendormir trop vite. J'avais besoin que quelque chose me tienne éveillée et m'aide à chasser ces images de mon crâne.

Je quittai la salle de bains et me dirigeai vers l'escalier que je descendis à pas légers. Le rez-de-chaussée de mon dortoir était calme et silencieux. Il était presque midi, c'est-à-dire le milieu de la nuit pour les vampires, qui avaient des horaires nocturnes. Je me postai près de la porte pour scruter le hall d'entrée. À l'exception du Moroï qui bâillait derrière son bureau, il était désert. L'homme feuilletait mollement une revue. Il s'en fallait de peu qu'il cède au sommeil. Parvenu à la fin du magazine, il bâilla de nouveau, fit pivoter sa chaise pour jeter la revue sur une table derrière lui, puis se pencha, sans doute pour chercher autre chose à lire.

Profitant du fait qu'il me tournait le dos, je courus vers la double porte qui donnait sur la cour, entrouvris l'un des battants en priant pour qu'il ne grince pas et me glissai dehors. Une fois sortie, je refermai la porte aussi doucement que possible. Il n'y eut aucun bruit. Au pire, le surveillant ne devait avoir senti qu'un léger courant d'air. Je me retrouvai à la lumière du jour avec l'impression d'être une ninja.

Un vent froid me fouetta le visage, mais c'était exactement ce dont j'avais besoin. Les branches dénudées des arbres de la cour oscillaient et griffaient le mur de pierre du dortoir à chaque rafale. Le soleil qui perçait entre des nuages couleur de plomb me rappela que j'aurais dû être couchée et endormie. Je plissai les yeux, resserrai les pans de ma robe de chambre et contournai le bâtiment en direction de l'espace qui le séparait du gymnase, moins exposé aux éléments. La neige fondue des allées détrempa mes pantoufles sans que je m'en soucie.

Oui, c'était une triste journée d'hiver, typique du Montana, mais cela me convenait à merveille. L'air glacé fit des miracles pour me réveiller et dissiper les impressions que m'avait laissées ma scène d'amour virtuelle. De plus, il me maintenait fermement dans ma propre tête. Je préférais nettement me concentrer sur la température que me souvenir des sensations que m'avaient procurées les mains de Christian. Tandis que je regardais un bosquet sans vraiment le voir, je me surpris à ressentir une pointe de colère envers Lissa et Christian. Qu'il devait être agréable de pouvoir faire tout ce qu'on voulait, songeai-je avec amertume. Lissa disait souvent qu'elle aimerait ressentir mon esprit et mon vécu comme je ressentais les siens. En vérité, elle ne mesurait pas sa chance. Elle n'avait pas la moindre idée de ce que l'on éprouvait lorsque les pensées de quelqu'un d'autre s'immisçaient dans votre tête et que ses expériences de vie se confondaient avec les vôtres. Elle ignorait ce que c'était de vivre la parfaite histoire d'amour d'une autre lorsqu'on n'en avait aucune soi-même. Elle ne comprenait pas que cela revenait à être submergée par un amour si passionné qu'il vous oppressait la poitrine, sauf qu'on ne pouvait que ressentir cet amour et jamais l'exprimer. J'avais ainsi appris que le refouler coûtait autant d'efforts que de réprimer la colère. Cela vous dévorait de l'intérieur jusqu'à vous donner envie de hurler ou de cogner sur quelque chose.

Non, Lissa ne comprenait rien à tout cela. Elle n'avait pas à le faire. Elle pouvait continuer à vivre son histoire d'amour sans se soucier de ce qu'elle me faisait subir au passage.

Je remarquai alors que j'avais de nouveau du mal à respirer, sauf que c'était la rage, cette fois, qui en était la cause. L'impression de malaise que m'avait fait ressentir l'aventure nocturne de Lissa et de Christian avait disparu pour être remplacée par de la colère et de la jalousie, nées de la facilité avec laquelle elle obtenait ce qui m'était refusé. Ne voulant pas éprouver de tels sentiments à l'égard de ma meilleure amie, je fis de mon mieux pour les ravaler.

Une voix s'éleva derrière moi :

— Es-tu somnambule ?

Je sursautai et fis volte-face. Dimitri m'observait d'un air à la fois amusé et curieux. Il fallait donc que ce soit la source de mes problèmes qui me découvre alors même que j'enrageais sur l'injustice de ma vie amoureuse… Je ne l'avais pas entendu approcher. Mes talents de ninja en prenaient un coup. Et, sincèrement, est-ce que ça m'aurait tuée de me servir d'une brosse à cheveux avant de sortir ? Je m'empressai de passer mes doigts dans mes longues mèches en sachant très bien que c'était un peu tard. J'avais sans doute l'air d'avoir un animal mort posé sur la tête.

— Je mettais la sécurité du dortoir à l'épreuve, déclarai-je. Elle craint.

L'esquisse d'un sourire se dessina sur ses lèvres. Commençant à être vraiment transie de froid, je ne pus m'empêcher de remarquer à quel point son long manteau de cuir semblait chaud. M'y blottir ne m'aurait pas dérangée plus que ça.

— Tu dois être gelée, remarqua-t-il comme s'il avait lu dans mon esprit. Veux-tu mon manteau ?

Je secouai la tête en préférant garder pour moi le fait que je ne sentais déjà plus mes pieds.

— Ça va. Mais toi, qu'est-ce que tu fais dehors ? Est-ce que tu mets la sécurité des locaux à l'épreuve, toi aussi ?

— Je suis la sécurité. C'est mon tour de garde.

Des gardiens patrouillaient toujours dans l'académie quand tout le monde dormait. Les Strigoï, les vampires morts-vivants qui traquaient les Moroï, les vampires vivants comme Lissa, ne s'exposaient jamais à la lumière du jour, mais les élèves qui enfreignaient les règles, en s'échappant de leur dortoir, par exemple, constituaient un problème la nuit comme le jour.

— Eh bien, bon travail, le félicitai-je. Je suis ravie d'avoir aidé à mettre ton talent exceptionnel en évidence. Je ferais mieux d'y aller, maintenant.

— Rose..., ajouta Dimitri en me retenant par le bras. (Une vague de chaleur me parcourut malgré le vent, le froid et l'humidité. Lui-même me lâcha vivement comme s'il s'était brûlé.) Dis-moi ce que tu fais vraiment là.

Puisqu'il avait employé le ton qui signifiait : « Arrête de me prendre pour un idiot », je m'efforçai de lui fournir une réponse aussi sincère que possible.

— J'ai fait un cauchemar. J'avais besoin de prendre l'air.

— Alors tu t'es précipitée dehors. L'idée que tu enfreignais les règles ne t'a pas traversé l'esprit, pas plus que celle d'enfiler un manteau...

— Ça résume assez bien la situation, lui accordai-je.

— Rose, Rose... (Cette fois, il s'agissait de son ton exaspéré.) Tu ne changeras donc jamais. Il faut toujours que tu agisses sans réfléchir.

— C'est faux ! protestai-je. J'ai beaucoup changé.

Son amusement disparut soudain pour laisser place à une expression inquiète, avec laquelle il m'observa longuement. Parfois, j'avais l'impression que ses yeux pouvaient voir le fond de mon âme.

— Tu as raison. Tu as changé.

Il ne semblait pas ravi de le reconnaître. Il songeait certainement à ce qui s'était passé trois semaines plus tôt, lorsque quelques-uns de mes amis et moi-même nous étions fait capturer par des Strigoï. Seule la chance nous avait permis de nous échapper, et nous n'en étions pas tous revenus vivants. Mason, un très bon ami et un garçon qui était fou amoureux de moi, avait été tué. Même si j'avais abattu ses assassins, je savais qu'une part de moi ne pourrait jamais me pardonner sa mort.

Cela avait assombri ma vision de l'existence. À vrai dire, cela avait assombri celle de tout le monde à Saint-Vladimir ; mais particulièrement la mienne. Certains avaient déjà remarqué que je n'étais plus la même. Comme je n'aimais pas voir Dimitri s'inquiéter pour moi, je répondis à sa remarque par une plaisanterie.

— Ne t'en fais pas. Mon anniversaire arrive bientôt. Je vais devenir adulte le jour de mes dix-huit ans, n'est-ce pas ? Je suis sûre que je vais me réveiller mûre et responsable ce matin-là…

Comme je l'espérais, un sourire discret remplaça son froncement de sourcils.

— J'en suis certain. Dans combien de temps est-ce ? Un mois, c'est ça ?

— Dans trente et un jours, annonçai-je bien sagement.

— Je vois que tu ne fais pas le décompte…

Mon haussement d'épaules le fit rire.

— J'imagine que tu as aussi fait une liste de cadeaux d'anniversaire. Laisse-moi deviner : dix pages ? avec un seul interligne ? classés par ordre de priorité ?

Il arborait le sourire détendu, sincèrement amusé, que je ne lui voyais que rarement.

Alors que je m'apprêtais à lancer une nouvelle plaisanterie, l'image de Lissa et de Christian s'imposa de nouveau à mon esprit, réveillant mon sentiment de vide et ma tristesse. Tout ce que j'aurais pu vouloir, comme de nouveaux vêtements, un iPod ou n'importe quoi d'autre, me parut tout à coup sans intérêt. Qu'est-ce que ces objets valaient donc en comparaison de la chose que je désirais le plus au monde ? Nom de Dieu ! j'avais vraiment changé !

— Non, répondis-je d'une toute petite voix. Je n'ai pas fait de liste.

Lorsqu'il inclina la tête pour mieux m'observer, quelques-unes de ses mèches, qui lui arrivaient à l'épaule, tombèrent sur son visage. Il avait les cheveux bruns, tout comme moi, mais moins foncés. Les miens semblaient parfois noirs. Il écarta les mèches rebelles qui retombèrent aussitôt devant ses yeux.

— Je n'arrive pas à croire que tu n'aies envie de rien. Ça va être un anniversaire bien ennuyeux...

La liberté, songeai-je. C'était le seul présent que je désirais. La liberté de faire mes propres choix et d'aimer qui je voulais.

— Peu importe, préférai-je répondre.

— Que veux-tu... ?

Il s'interrompit. Il avait compris. Il comprenait toujours. C'était l'une des raisons pour lesquelles nous étions si proches malgré nos sept ans de différence. Nous étions tombés amoureux l'un de l'autre à l'automne précédent, alors qu'il était mon instructeur. Lorsque cela avait commencé à devenir sérieux entre nous, nous avions découvert que cette différence n'était pas notre seul souci. Nous étions tous les deux destinés à protéger Lissa une fois qu'elle serait diplômée. Elle était notre priorité, et nous ne pouvions pas laisser les sentiments que nous éprouvions l'un pour l'autre nous distraire de notre devoir.

Bien sûr, c'était plus facile à dire qu'à faire, puisque je doutais sérieusement de notre capacité à surmonter nos sentiments. Nous avions eu des instants de faiblesse l'un et l'autre, qui nous avaient conduits à échanger quelques baisers ou à dire des choses que nous aurions mieux fait de taire. Lorsque j'avais échappé aux Strigoï, Dimitri m'avait avoué qu'il m'aimait et avait pratiquement admis qu'il ne pourrait jamais être avec quelqu'un d'autre à cause de cela. Mais il était aussi devenu évident que nous ne pouvions pas être ensemble et nous étions tous deux revenus à nos anciens rôles en nous évitant autant que possible et en faisant semblant de n'avoir qu'une relation strictement professionnelle.

— Même si tu refuses de l'admettre, je sais que tu meurs de froid, remarqua-t-il en tentant, assez subtilement, de changer de sujet. Rentrons. Je vais te faire passer par-derrière.

Je ne pus m'empêcher d'être un peu surprise. Dimitri n'était pas du genre à éviter les sujets délicats. En fait, il avait le chic pour me faire parler de choses que je préférais ne pas aborder. Néanmoins, ce jour-là, il semblait ne pas vouloir évoquer notre relation bancale et maudite par le sort. Il y avait décidément du changement dans l'air…

— Je crois plutôt que c'est toi qui as froid, le taquinai-je tandis que nous contournions le dortoir où logeaient les gardiens novices. Ne devrais-tu pas être habitué aux basses températures, puisque tu viens de Sibérie ?

— Je pense que la Sibérie ne ressemble guère à ce que tu imagines.

— Je l'imagine comme un désert arctique, précisai-je sincèrement.

— Alors ce n'est vraiment pas comme tu l'imagines.

— Est-ce que ton pays te manque ? demandai-je en lui jetant un coup d'œil par-dessus mon épaule.

Je n'avais jamais songé à cela. Dans mon esprit, tout le monde voulait vivre aux États-Unis ou, du moins, personne ne voulait vivre en Sibérie.

— Tout le temps, répondit-il d'une voix un peu mélancolique. Parfois j'aimerais…

— Belikov !

La voix, portée par le vent, venait de derrière. Dimitri marmonna quelque chose, puis me poussa à l'abri du bâtiment que nous venions de contourner.

— Cache-toi !

Je plongeai derrière un buisson de houx qui flanquait le dortoir. Il ne portait pas de baies, mais ses feuilles pointues et acérées me griffèrent là où ma peau était à nu. En comparaison du froid glacial et du risque d'être surprise durant ma promenade diurne, quelques égratignures étaient le cadet de mes soucis.

— Tu n'es pas de garde, entendis-je Dimitri faire remarquer quelques instants plus tard.

— Non, mais j'avais besoin de te parler. (Je reconnus la voix. C'était celle d'Alberta, la responsable des gardiens de l'académie.) Ça ne prendra qu'une minute. Nous allons devoir modifier le planning des tours de garde tant que tu seras au procès.

— Je m'en doute, répondit-il. (Le ton de sa voix était bizarre, presque gêné.) Ça va peser sur tout le monde, et à un mauvais moment.

— Eh bien ! la reine suit son propre emploi du temps. (Découvrant de la frustration dans la voix d'Alberta, je tâchai de comprendre de quoi il s'agissait.) Céleste se chargera de tes tours de garde, et Emil et elle se répartiront tes heures d'entraînement.

Des heures d'entraînement. Dimitri n'allait pas en avoir la semaine suivante parce que… Ah ! je me rappelai subitement : l'exercice de terrain. Le lendemain démarrait une période de six semaines pendant lesquelles nous autres novices allions être dispensés de nos entraînements habituels. Nos cours seraient suspendus et nous serions chargés de protéger des Moroï nuit et jour en étant mis à l'épreuve par les adultes. Les « heures d'entraînement » de Dimitri devaient concerner sa participation à cet exercice. Mais quel était ce procès qu'Alberta avait mentionné ? Parlait-elle de l'évaluation finale des élèves au terme de l'année ?

— Ils m'ont assuré que les heures supplémentaires ne les dérangeaient pas, poursuivit Alberta, mais je me demande si tu ne pourrais pas leur faciliter la vie en prenant quelques-uns de leurs tours de garde avant ton départ…

— Absolument, répondit-il avec raideur.

— Merci. Ça aidera. (Elle soupira.) J'aimerais bien savoir combien de temps ce procès va durer… Je n'ai pas envie de m'absenter longtemps. On aurait pu penser que le cas de Dashkov serait vite réglé, mais j'ai entendu dire que la reine hésitait à emprisonner un noble de son importance.

Je me raidis, parcourue d'un frisson qui n'avait rien à voir avec le vent d'hiver. *Dashkov?*

—Je suis certain qu'ils prendront la bonne décision, la rassura Dimitri.

Je compris alors pourquoi il évitait de parler : il s'agissait d'informations que je n'étais pas censée entendre.

—Je l'espère. Et j'espère que ça ne durera que quelques jours, comme ils le prétendent. Il fait un froid de loup, là-dehors. Tu veux bien m'accompagner un instant dans le bureau pour qu'on regarde l'emploi du temps ?

—Bien sûr. Laisse-moi vérifier quelque chose d'abord.

—Très bien. À tout de suite.

Le silence retomba, me laissant supposer qu'Alberta s'éloignait. De fait, Dimitri contourna l'angle du bâtiment et s'arrêta devant le buisson de houx. Je bondis hors de ma cachette. Son expression m'informa qu'il s'attendait à ce qui allait suivre.

—Rose...

—Dashkov ? m'exclamai-je en tâchant de ne pas élever la voix pour ne pas être entendue d'Alberta. Comme dans « Victor Dashkov » ?

Il ne se donna pas la peine de nier.

—Oui. Victor Dashkov.

—Et vous parliez de... Est-ce que ça veut dire que... ? (J'étais si stupéfaite, si abasourdie par cette nouvelle que j'arrivais à peine à rassembler mes idées. C'était incroyable.) Je croyais qu'on l'avait enfermé ! Es-tu en train de me dire qu'il n'a pas encore été jugé ?

Oui. C'était vraiment incroyable. Victor Dashkov. L'homme qui avait traqué Lissa, puis torturé son corps et son esprit afin de contrôler ses pouvoirs. Tous les Moroï maîtrisaient la magie de l'un des quatre éléments : la terre, l'air, l'eau ou le feu. Lissa, cependant, s'était spécialisée dans un cinquième élément, appelé « l'esprit », dont presque personne n'avait entendu parler. Elle pouvait guérir n'importe quoi, y compris ce qui était mort. C'était pour cette raison que j'étais désormais psychiquement reliée à elle : j'avais reçu le « baiser de l'ombre », comme disaient certains. Elle m'avait ressuscitée lors de l'accident de voiture qui avait coûté la vie à ses parents et à son frère, nous liant l'une à l'autre d'une manière qui me permettait aujourd'hui de connaître ses pensées et son vécu.

Victor avait compris bien avant nous qu'elle possédait le don de guérison et avait voulu la séquestrer pour user de son talent comme d'une fontaine de jouvence personnelle. Il n'avait pas hésité à tuer ceux qui s'étaient dressés sur son chemin, ou, dans le cas de Dimitri et moi, à se servir de méthodes plus créatives pour neutraliser ses adversaires. Je m'étais fait beaucoup d'ennemis en dix-sept ans, mais j'étais presque sûre de ne détester personne autant que Victor Dashkov, du moins parmi les vivants.

L'expression de Dimitri m'était très familière. C'était celle qu'il prenait lorsqu'il avait peur que je cogne sur quelqu'un.

— Il est enfermé mais, non, on ne l'a pas encore jugé. Les procédures judiciaires sont parfois très longues.

— Mais son procès va bientôt avoir lieu ? Et tu vas y assister ?

Je parlai, les mâchoires crispées, en tâchant de rester calme. J'avais sans doute toujours l'air de vouloir frapper quelqu'un.

— La semaine prochaine. Nous sommes convoqués avec quelques autres gardiens pour témoigner de ce qui vous est arrivé cette nuit-là, à Lissa et à toi.

Son expression changea tandis qu'il évoquait les événements qui s'étaient produits quatre mois plus tôt, et celle-là aussi m'était familière. C'était l'expression féroce et protectrice qu'il avait lorsque ceux dont il se souciait étaient en danger.

— Tu me jugeras peut-être folle de poser cette question, mais est-ce que Lissa et moi sommes censées vous accompagner ?

J'avais déjà deviné la réponse et elle me déplaisait.

— Non.

— *Non ?*

— Non.

Je posai mes mains sur mes hanches.

— Dis-moi : si l'on est censées parler de ce qui nous est arrivé, ne semble-t-il pas logique que nous soyons présentes ?

Dimitri, qui avait pleinement retrouvé son personnage d'instructeur sévère, secoua la tête.

— La reine et certains gardiens ont estimé qu'il valait mieux que vous ne soyez pas là. Nos témoignages constitueront une charge suffisante et, criminel ou pas, il est, ou plutôt était, l'un des nobles les plus puissants du monde. Ceux qui savent qu'il va être jugé préfèrent que son procès se déroule discrètement.

— Parce que vous croyez qu'on va le raconter à tout le monde si vous nous laissez y assister ? m'exclamai-je. Allons, camarade ! tu le penses vraiment ? La seule chose que nous désirons, c'est voir Victor derrière les barreaux. Pour toujours. Plus longtemps encore, si c'était possible. S'il y a le moindre risque qu'on le libère, tu dois nous laisser vous accompagner.

Lorsque Victor avait été arrêté, on l'avait mis en prison et j'avais cru que l'histoire était finie. J'imaginais qu'on l'avait enfermé quelque part pour qu'il y croupisse jusqu'à la fin de ses jours. Je n'avais jamais songé, et pourtant j'aurais dû, qu'il allait d'abord falloir le juger. Sur le coup, ses crimes semblaient si évidents… Mais, même si le gouvernement des Moroï existait secrètement et en marge de celui des humains, il fonctionnait d'une manière assez semblable, avec des procédures régulières et tout ce qui s'ensuit.

— Ce n'est pas à moi de prendre cette décision, déclara Dimitri.

— Mais tu as de l'influence. Tu pourrais plaider notre cause, surtout si… (Ma colère faiblit légèrement pour laisser place à une peur soudaine et saisissante. Je pus à peine prononcer la fin de ma phrase.)… Surtout s'il y a un risque qu'il s'en sorte. Est-ce le cas ? Y a-t-il vraiment un risque que la reine le libère ?

— Je n'en sais rien. Parfois, il est impossible de deviner ce qu'elle ou les nobles de haut rang s'apprêtent à faire. (Il eut soudain l'air très fatigué ; il fouilla dans sa poche et en tira un trousseau de clés.) Écoute… je sais que tu es bouleversée, mais on ne peut pas en discuter maintenant. Je dois aller retrouver Alberta et tu dois rentrer au dortoir. La clé carrée ouvre la porte de derrière ; tu sais laquelle.

Je savais.

— Oui. Merci.

Je faisais la tête et je détestais cela, d'autant plus qu'il était en train de m'épargner des ennuis, mais je ne pouvais pas m'en empêcher. Victor Dashkov était un criminel, un scélérat, même. Il était assoiffé de pouvoir, cupide, et se moquait bien des gens qu'il écrasait sur son passage. S'il recouvrait la liberté… il était impossible d'imaginer ce qui risquait d'arriver à Lissa ou à n'importe quel Moroï. J'étais folle de rage à l'idée que j'aurais pu aider à le faire condamner et qu'on ne m'en laisserait pas l'occasion.

Je m'étais éloignée de quelques pas lorsque Dimitri me rappela.

— Rose ? (Je tournai la tête.) Je suis désolé. (Il s'interrompit, puis son expression vira du regret à la méfiance.) Et tu as intérêt à me rendre les clés dès demain.

Je détournai la tête et repris ma route. C'était sans doute injuste, mais une part puérile de moi-même croyait Dimitri capable de tout. J'étais certaine qu'il aurait pu obtenir que Lissa et moi assistions au procès s'il l'avait vraiment voulu.

J'avais presque atteint la porte quand j'aperçus un mouvement du coin de l'œil. Mon humeur s'assombrit. Génial. Alors que Dimitri m'avait fourni le moyen de rentrer discrètement, il fallait que quelqu'un d'autre me tombe dessus. C'était typique de ma veine. M'attendant à moitié à voir un professeur me demander ce que je faisais dehors, je me retournai en cherchant une excuse.

Sauf qu'il ne s'agissait pas d'un professeur.

— Non, murmurai-je. (Ce devait être une illusion d'optique.) Non.

Un court instant, je doutai d'être réellement éveillée. Peut-être étais-je encore dans mon lit, endormie et en train de rêver.

Parce que c'était évidemment la seule explication de la vision qui s'offrait à moi, sur la pelouse de l'académie, dissimulée dans l'ombre d'un vieux chêne noueux.

C'était Mason.

Chapitre 2

Ou plutôt, cela ressemblait à Mason.

Il, ou peu importait de quoi il s'agissait, était difficile à observer. Je devais plisser les paupières et cligner des yeux pour arriver à le voir net. Il semblait dépourvu de substance, presque transparent, et ne cessait d'apparaître et de disparaître de mon champ de vision.

Pourtant, d'après le peu que je pouvais voir, il ressemblait bel et bien à Mason. Ses traits flous rendaient sa peau encore plus pâle que dans mon souvenir. Ses cheveux roux étaient désormais d'un orange clair, délavé. Je devinais à peine ses taches de rousseur. Il portait les mêmes vêtements que ceux dans lesquels je l'avais vu pour la dernière fois : un jean et une veste polaire jaune, sous laquelle on devinait le bord d'un sweat-shirt vert. Leurs couleurs étaient affadies, elles aussi. Il ressemblait à une photographie oubliée au soleil qui aurait perdu son éclat. Un halo presque imperceptible entourait sa silhouette.

Ce qui me frappa le plus, en dehors du fait qu'il était censé être mort, fut son expression. Il était triste, si triste… Je sentis mon cœur se briser en croisant son regard. Tous les souvenirs des événements qui s'étaient produits à peine quelques semaines plus tôt refirent surface dans ma tête. Je revis toute la scène : son corps qui s'effondrait, les expressions cruelles des Strigoï. Ma gorge se serra. Je restai abasourdie, incapable de faire le moindre geste.

Lui aussi m'observait, sans changer d'expression. Triste. Sinistre. Sérieux. Il ouvrit la bouche comme s'il voulait parler, puis la referma. De longues secondes s'écoulèrent ainsi, jusqu'à ce qu'il bouge le bras et le tende dans ma direction. Son mouvement me tira de ma stupeur. Non, c'était impossible… Je devais me tromper. Mason était mort. Je l'avais vu mourir. J'avais serré son corps dans mes bras…

Lorsque ses doigts remuèrent légèrement, comme pour me faire signe d'approcher, je fus saisie de panique. Je reculai de quelques pas pour accroître la distance qui nous séparait l'un de l'autre et attendis de voir ce qui allait se passer. Il ne me suivit pas. Il resta planté là, la main toujours suspendue en l'air. Le cœur affolé, je fis demi-tour et me mis à courir. Alors que j'avais presque atteint la porte, je m'arrêtai pour jeter un coup d'œil derrière moi et laisser ma respiration se calmer. La pelouse où il se trouvait était déserte.

Je remontai dans ma chambre, claquai la porte derrière moi d'une main tremblante, puis m'écroulai sur mon lit pour réfléchir à ce qui venait de se produire.

Que s'était-il passé ? Cela ne pouvait pas être réel. C'était impensable. Mason était mort, et tout le monde savait bien qu'on ne revenait pas d'entre les morts. Certes, j'en étais revenue… mais c'était une situation entièrement différente.

Je l'avais forcément imaginé. C'était cela. Il fallait que ce soit cela. J'étais épuisée et je ne m'étais pas encore remise de l'aventure de Lissa et Christian ; sans parler de la nouvelle du procès de Victor Dashkov. Le froid avait aussi dû m'engourdir le cerveau. Oui, plus j'y songeais, plus j'étais certaine qu'il devait y avoir des centaines d'explications à ce qui venait de m'arriver.

Pourtant, j'eus beau me le répéter, je ne parvins pas à me rendormir. Je restai allongée dans mon lit, la couverture tirée jusqu'au menton, à essayer de chasser l'image qui hantait mon esprit. En vain. Je ne voyais que les yeux infiniment tristes de Mason qui semblaient me dire : *Rose, pourquoi les as-tu laissé me faire ça ?*

Je serrai les paupières en tâchant de ne plus penser à Mason. J'avais fait tant d'efforts depuis ses funérailles pour me montrer forte et aller de l'avant... À la vérité, j'étais bien loin d'avoir surmonté sa mort. Je me torturais jour après jour avec des questions qui commençaient par « et si ». Et si j'avais été plus rapide et plus forte lors de mon combat contre les Strigoï ? Et si, en premier lieu, je ne lui avais pas dit où se trouvaient les Strigoï ? Et si j'avais simplement été capable de répondre à son amour ? Chacune de ces hypothèses aurait pu lui sauver la vie, mais aucune ne s'était produite. Et tout était ma faute.

— Je l'ai imaginé, chuchotai-je dans l'obscurité de ma chambre. (Je devais l'avoir imaginé. Comme Mason hantait déjà mes rêves, je n'avais pas besoin de le voir également lorsque j'étais éveillée.) Ce n'était pas lui.

Ce ne pouvait pas être lui, puisque le contraire aurait signifié... quelque chose à quoi je n'avais pas envie de penser. Car, si je croyais aux vampires, à la magie et aux pouvoirs psychiques, j'étais bien certaine de ne pas croire aux fantômes.

Je ne devais pas non plus croire au sommeil, apparemment, puisque je dormis très peu cette nuit-là. Je me retournai sans cesse dans mon lit, sans parvenir à apaiser mon esprit. Je finis par m'assoupir, mais mon réveil sonna si vite après que je ne dus pas dormir plus de quelques minutes.

Chez les humains, la lumière du jour aide à dissiper les cauchemars et les peurs de la nuit. Je n'avais pas cette chance, puisque je me réveillais dans une obscurité croissante. Néanmoins, le fait de me retrouver parmi des êtres vivants eut presque le même effet sur moi. Lorsque je me rendis au réfectoire pour le petit déjeuner, puis à mon entraînement du matin, ce que j'avais vu la veille, ou plutôt ce que je croyais avoir vu la veille, s'effaça peu à peu de ma mémoire.

L'étrangeté de cette rencontre fut aussi remplacée par un autre sentiment : l'excitation. C'était le grand jour : le début de notre exercice de terrain.

Durant les six semaines suivantes, je n'aurais plus aucun cours. J'allais passer toutes mes journées à traîner avec Lissa et je n'aurais rien d'autre à faire qu'un rapport quotidien d'environ une demi-page. Facile. Bien sûr, j'assurerais la fonction de gardien mais je n'étais pas inquiète. C'était une seconde nature chez moi. Lissa et moi avions vécu pendant deux ans parmi les humains, période durant laquelle je l'avais protégée nuit et jour. Avant cela, lorsque j'étais en seconde, j'avais vu à quel genre d'épreuves les gardiens adultes soumettaient les novices pendant cette phase. Elles étaient difficiles, c'était incontestable. Les novices devaient se montrer vigilants et ne jamais relâcher leur attention. Ils devaient toujours être prêts à se défendre ou à attaquer si nécessaire. À vrai dire, je ne m'en souciais guère. Lissa et moi avions été absentes de l'académie pendant deux ans, ce qui m'avait fait prendre du retard, mais j'avais rapidement rattrapé le niveau des autres grâce à mes entraînements supplémentaires avec Dimitri et j'étais à présent l'une des meilleures élèves de ma classe.

— Salut, Rose !

Eddie Castile me rejoignit alors que je me dirigeais vers le gymnase, où allait démarrer notre exercice de terrain. Pendant un bref instant, la vue d'Eddie me brisa le cœur. J'eus l'impression de contempler de nouveau le visage triste de Mason.

Eddie, ainsi que Christian, le petit ami de Lissa, et une Moroï nommée Mia, était avec nous lorsque nous avions été capturés par les Strigoï. Eddie n'était pas mort, bien sûr, mais il n'en était pas passé loin. Les Strigoï qui nous retenaient prisonniers avaient bu son sang tout le long de notre captivité afin de tenter les Moroï et d'effrayer les dhampirs. Cela avait fonctionné : j'avais été terrifiée. Heureusement, les pertes de sang, associées aux endorphines contenues dans la salive des vampires, avaient plongé Eddie dans l'inconscience pendant la majeure partie de l'aventure. C'était le meilleur ami de Mason, et un garçon presque aussi drôle et joyeux que lui.

Après en avoir réchappé, Eddie avait changé, tout comme moi. Il était toujours prompt à sourire et à rire, mais quelque chose de lugubre émanait parfois de lui : son regard s'assombrissait alors et devenait grave, comme s'il s'attendait toujours que le pire se produise. C'était compréhensible, bien sûr. De fait, il avait déjà vu le pire se produire. Je me sentais tout autant responsable de la transformation d'Eddie et des souffrances qu'il avait endurées entre les mains des Strigoï que de la mort de Mason. J'étais sans doute injuste envers moi-même, mais je ne pouvais pas m'en empêcher. J'avais l'impression d'avoir une dette envers lui et j'éprouvais le besoin de le protéger ou de trouver un moyen de l'aider à aller mieux.

C'était assez bizarre, parce que, de son côté, je crois qu'Eddie essayait également de me protéger. Il ne me suivait pas, ni rien de ce genre, mais j'avais remarqué qu'il gardait toujours un œil sur moi. J'avais l'impression, après ce qui s'était passé, qu'il croyait devoir à Mason de veiller sur sa petite amie. Je ne m'étais jamais donné la peine d'expliquer à Eddie que je n'avais jamais été la petite amie de Mason, pas au vrai sens du terme, tout comme je ne lui avais jamais reproché son comportement de grand frère. J'étais parfaitement capable de veiller sur moi. Pourtant, lorsque j'entendais Eddie dissuader d'autres garçons de s'intéresser à moi en insistant sur le fait que je n'étais pas encore prête à sortir avec quelqu'un d'autre, je ne voyais aucune raison d'interférer. C'était vrai. Je n'étais prête à sortir avec personne.

Eddie m'adressa un sourire en coin qui donnait un charme enfantin à son long visage.

— Es-tu impatiente ?

— Tu parles ! répondis-je. (Nos camarades s'installaient déjà sur les gradins qui occupaient tout un côté du gymnase et nous trouvâmes des places libres à peu près au milieu.) Je vais avoir l'impression d'être en vacances. Lissa et moi, ensemble du matin au soir pendant six semaines…

Notre lien, même s'il était parfois perturbant, faisait de moi son gardien idéal. Je savais toujours où elle se trouvait et ce qui lui arrivait. J'allais lui être assignée officiellement dès que nous aurions reçu notre diplôme et quitté l'académie.

Il devint pensif.

— Oui, je suppose que tu n'as pas besoin de t'en faire. Tu sais au service de qui tu entreras à la fin de tes études. Nous n'avons pas tous cette chance.

— Tu as un noble en vue ? le taquinai-je.

— Peu importe. Ces derniers temps, la plupart des gardiens sont affectés à des nobles.

C'était vrai. Les dhampirs, des demi-vampires, comme moi, étaient une denrée rare et les nobles étaient en général les premiers à se voir attribuer des gardiens. Par le passé, lorsque davantage de Moroï, nobles ou roturiers, désiraient bénéficier de la protection de gardiens, les novices tels que nous se lançaient dans une âpre compétition afin d'être assignés à quelqu'un d'important. À présent, il était presque acquis que tous les gardiens allaient travailler pour une famille royale. Nous étions désormais si peu nombreux que les familles les moins influentes devaient se débrouiller seules.

— Quand même, lui fis-je remarquer, tout dépend du noble auquel on est affecté, n'est-ce pas ? Je veux dire qu'il y en a qui sont complètement snobs, mais il y en a aussi beaucoup de sympas. Si tu tombes sur quelqu'un de riche et de puissant, tu peux vivre à la Cour royale ou voyager dans des pays exotiques…

Cette dernière hypothèse était celle qui me séduisait le plus et j'avais souvent rêvé de parcourir le monde avec Lissa.

— C'est vrai, reconnut Eddie avant de désigner du menton quelques garçons au premier rang. Tu n'imagines pas à quel point ces trois-là ont léché les bottes des Ivashkov et des Szelsky.

Ça n'influencera pas leur assignation pendant l'exercice, évidemment, mais on sent qu'ils essaient déjà d'assurer leur avenir.

—L'exercice de terrain peut tout changer. Notre évaluation pèsera lourd dans notre dossier.

Eddie acquiesça. Il commençait à me répondre lorsqu'une voix féminine, forte et claire, interrompit notre bavardage. Nous levâmes les yeux. Tandis que nous parlions, nos instructeurs s'étaient rassemblés devant les gradins, face à nous, en une ligne impressionnante. Dimitri se trouvait parmi eux. Il était ténébreux, imposant et irrésistible. Les efforts d'Alberta pour attirer notre attention finirent par imposer le silence à tous.

—Bien, commença-t-elle. (Alberta, qui devait avoir la cinquantaine, était sèche et coriace. La voir me rappela la conversation qu'elle avait eue avec Dimitri la nuit précédente, mais je résolus de laisser ce problème de côté pour l'instant. Il n'était pas question que Victor Dashkov me gâche ce moment.) Vous savez tous pourquoi vous êtes ici. (Nous étions à présent si calmes, si tendus et si excités que sa voix résonnait dans tout le gymnase.) Ce jour est le plus important de votre scolarité avant vos derniers examens. Aujourd'hui, nous allons vous dire à quel Moroï vous avez été assigné. La semaine dernière, nous vous avons distribué un fascicule expliquant en détail ce qui vous attend durant les six prochaines semaines. Je pars du principe que vous l'avez tous lu. (C'était bien mon cas et je n'avais sans doute jamais rien lu si attentivement de ma vie.) Pour récapituler, le gardien Alto va vous exposer les règles principales de cet exercice.

Elle tendit un carnet au gardien Stan Alto. C'était l'un de nos instructeurs que j'aimais le moins, mais la tension qu'il y avait entre nous s'était un peu calmée depuis la mort de Mason. Nous nous comprenions mieux.

—Allons-y, annonça Stan d'un ton bourru. Vous serez de garde six jours par semaine. Gardez bien à l'esprit que c'est une faveur que nous vous faisons. Dans le monde réel, vous allez le plus souvent travailler tous les jours. Vous accompagnerez votre

Moroï partout : dans ses cours, son dortoir, la salle des sources. Vous assisterez à tout. À vous de déterminer la meilleure manière de vous intégrer à sa vie. Certains Moroï traitent leurs gardiens comme des amis, d'autres préfèrent qu'ils soient des fantômes invisibles qui ne leur parlent jamais. (Avait-il vraiment besoin d'employer le mot « fantôme » ?) Chaque situation est singulière. À vous de trouver la forme d'interaction qui assurera au mieux la sécurité de votre Moroï.

» Des attaques peuvent se produire n'importe quand, n'importe où. Nous serons toujours habillés en noir dans ces cas-là. Vous devrez être sur vos gardes à chaque instant. Même si vous savez que c'est nous qui vous attaquons et non de vrais Strigoï, vous devez réagir comme si votre vie était sous la menace d'un danger terrible et immédiat. N'ayez pas peur de nous faire mal. Je suis d'ailleurs sûr que certains d'entre vous n'auront aucun scrupule à venger des affronts passés. (Cette remarque fit rire quelques élèves.) Néanmoins, d'autres risquent de retenir leurs coups de peur de s'attirer des ennuis. Forcez-vous : c'est au contraire en retenant vos coups que vous risquez de vous attirer des ennuis. Ne craignez rien. Nous pouvons encaisser. (Il tourna une page de son carnet.)

» Vous serez de garde vingt-quatre heures sur vingt-quatre pendant votre cycle de six jours mais vous aurez la possibilité de dormir pendant la journée, en même temps que votre Moroï. Gardez seulement à l'esprit que, même si les attaques de Strigoï sont rares lorsqu'il fait jour, elles ne sont pas impossibles en intérieur. Par conséquent, vous ne serez pas nécessairement en « sécurité » pendant vos heures de sommeil.

Stan rappela ensuite quelques détails techniques que je n'écoutai pas. Je connaissais tout cela par cœur, comme nous tous. En jetant des coups d'œil alentour, je m'aperçus que je n'étais pas la seule à m'impatienter. L'excitation et l'appréhension étaient palpables dans la foule. Les poings étaient crispés, les yeux écarquillés. Nous désirions tous connaître notre affectation. Nous voulions tous que l'exercice commence.

Stan acheva son discours et rendit le carnet à Alberta.

— Très bien, reprit-elle. Je vais vous appeler un par un et vous communiquer le nom du Moroï auquel vous serez associé. Lorsque vous entendrez votre nom, présentez-vous et le gardien Chase vous remettra une enveloppe contenant des informations sur l'emploi du temps de votre Moroï, son passé, etc.

Nous nous raidîmes tous tandis qu'elle tournait les pages de son carnet. Quelques élèves chuchotèrent. À côté de moi, Eddie soupira profondément.

— J'espère que je vais tomber sur quelqu'un de bien, murmura-t-il. Je n'ai pas envie de vivre un enfer pendant les six prochaines semaines.

Je pressai son bras pour le rassurer.

— Ça sera le cas, chuchotai-je. Que tu tombes sur quelqu'un de bien, je veux dire. Pas que tu vives un enfer.

— Ryan Aylesworth, appela Alberta d'une voix claire.

Eddie tressaillit et je compris aussitôt pourquoi. Auparavant, Mason Ashford avait toujours été le premier que l'on appelait en classe. Cela n'arriverait plus jamais.

— Vous aurez la charge de Camille Conta.

— Zut ! marmonna quelqu'un derrière nous qui espérait visiblement être associé à Camille.

Ryan, qui était l'un des petits lécheurs de bottes du premier rang, alla prendre son enveloppe avec un sourire radieux. Les Conta étaient une famille royale pleine d'avenir. D'après la rumeur, la reine songeait à choisir l'un d'eux comme héritier. De plus, Camille était particulièrement jolie. Aucun garçon n'estimerait que la suivre partout était une corvée. Ryan marchait en roulant des mécaniques, visiblement très content de lui.

— Dean Barnes, poursuivit Alberta. Vous êtes assigné à Jesse Zeklos.

Eddie et moi eûmes la même réaction.

— Le pauvre…

Si j'avais été affectée à Jesse, il aurait eu besoin d'un gardien supplémentaire pour le protéger de moi.

Tandis qu'Alberta continuait la lecture de sa liste, Eddie commença à transpirer.

— Pourvu que j'aie quelqu'un de bien…, répéta-t-il.

— Ça sera le cas, lui assurai-je. Tu verras.

— Edison Castile, appela Alberta. (Il déglutit.) Vasilisa Dragomir.

Eddie et moi restâmes un instant pétrifiés, puis le sens du devoir le fit se lever pour rejoindre Alberta. Tout en descendant les gradins, il me jeta un regard paniqué par-dessus son épaule. Son expression semblait me dire : *Je ne le savais pas ! Je ne le savais pas !*

Nous étions deux. Le monde se brouilla autour de moi. Alberta continua à appeler des noms que je n'entendis pas. Que se passait-il ? De toute évidence, quelqu'un avait commis une erreur. Lissa était mon affectation. Elle devait l'être. J'allais devenir sa gardienne à la sortie de l'académie. Cela n'avait aucun sens. Le cœur tambourinant dans la poitrine, je regardai Eddie se diriger vers le gardien Chase pour recevoir son enveloppe et son pieu d'entraînement. En le voyant ouvrir aussitôt l'enveloppe, je devinai qu'il vérifiait le nom, certain, tout comme moi, qu'il s'agissait d'une erreur. Le regard qu'il me jeta m'apprit que c'était bien le nom de Lissa qu'il avait lu.

Je pris une profonde inspiration. Très bien. Il n'était pas encore temps de paniquer. Quelqu'un avait fait une erreur administrative qu'il était possible de corriger. D'ailleurs, ils allaient bientôt s'en apercevoir. Lorsqu'ils en viendraient à mon nom et liraient celui de Lissa une seconde fois, ils comprendraient qu'ils avaient donné une double affectation à l'un des Moroï. Ils rectifieraient l'erreur et donneraient quelqu'un d'autre à Eddie. Après tout, les Moroï ne manquaient pas. Ils étaient plus nombreux que les dhampirs dans l'académie.

— Rosemarie Hathaway. (Je me raidis.) Christian Ozéra.

Je considérai Alberta sans pouvoir ni bouger ni répondre. Non. Elle ne pouvait pas avoir dit ce que je venais d'entendre. Quelques novices, remarquant ma stupeur, tournèrent la tête vers moi. J'étais abasourdie. Ce n'était pas possible. L'apparition de Mason la nuit précédente me semblait plus réelle que cette scène. Quelques instants plus tard, Alberta s'aperçut à son tour que je ne descendais pas. Elle leva les yeux de son carnet et scruta la foule d'un regard contrarié.

— Rose Hathaway ?

Quelqu'un me donna un coup de coude, pensant sans doute que j'avais mal entendu. Je déglutis, me levai et descendis les gradins d'une démarche mécanique. Il y avait une erreur. Il devait y avoir une erreur. Je me dirigeai vers le gardien Chase en ayant l'impression d'être une marionnette animée par quelqu'un d'autre. Il me tendit mon enveloppe et un pieu d'entraînement avec lequel nous étions censés « tuer » les gardiens adultes, puis je m'écartai du chemin pour laisser approcher l'élève suivant.

Je relus trois fois les mots écrits sur l'enveloppe sans en croire mes yeux. « Christian Ozéra ». Je l'ouvris pour voir sa vie s'étaler sous mes yeux. Il y avait une photo récente de lui, son emploi du temps, son arbre généalogique, sa biographie. Celle-ci donnait même des détails sur l'histoire tragique de ses parents, en expliquant qu'ils s'étaient volontairement transformés en Strigoï et avaient tué plusieurs personnes avant d'être pourchassés et abattus.

À ce stade de l'exercice, nous avions pour consignes de lire attentivement notre dossier, de préparer un sac et de retrouver notre Moroï au déjeuner. Tandis qu'Alberta poursuivait son appel, beaucoup de mes camarades s'étaient attardés dans le gymnase pour discuter avec leurs amis et exhiber leur enveloppe. Je m'approchai d'un groupe pour attendre discrètement une occasion de parler à Alberta et Dimitri. Le fait que je n'aille pas directement me planter devant eux pour exiger des réponses était une preuve de mes progrès en matière de patience. Croyez-moi, j'en mourais d'envie. Pourtant, je les laissai achever la lecture de leur liste, qui me parut interminable. Mais combien de temps fallait-il donc pour lire une poignée de noms ?

Lorsque le dernier novice eut reçu son affectation, Stan nous ordonna d'aller faire notre sac en criant pour couvrir le brouhaha et tenta de faire sortir mes camarades du gymnase. Je fendis la foule en traquant Dimitri et Alberta qui, par chance, se tenaient l'un près de l'autre. Ils discutaient d'une question administrative et ne me remarquèrent pas immédiatement.

Quand ils tournèrent la tête vers moi, je tendis mon enveloppe en la tapotant du doigt.

— Qu'est-ce que c'est que ça ?

Alberta sembla surprise. En revanche, l'attitude de Dimitri me laissa deviner qu'il s'attendait à une telle réaction de ma part.

— C'est votre affectation, mademoiselle Hathaway, répondit Alberta.

— C'est faux, rétorquai-je entre mes dents. C'est l'affectation de quelqu'un d'autre.

— Les affectations dans le cadre de votre exercice de terrain ne sont pas optionnelles, me fit-elle remarquer d'une voix sévère. Pas plus que ne le seront vos affectations dans le monde réel. Vous ne pouvez pas choisir selon votre fantaisie ou votre caprice quel Moroï vous protégerez, ni aujourd'hui ni après votre diplôme.

— Sauf que je vais devenir la gardienne de Lissa après mon diplôme ! m'écriai-je. Tout le monde le sait. J'étais censée la protéger pendant cet exercice.

— Je sais qu'il est communément admis que vous lui serez attribuée après vos études, mais je ne me souviens d'aucun règlement stipulant que vous êtes « censée » la protéger, elle ou quelqu'un d'autre en particulier, ici, à l'académie. Vous allez vous charger de la protection de la personne à laquelle on vous a assignée.

— Christian ? m'exclamai-je en jetant mon enveloppe par terre. Vous devez avoir perdu la tête si vous pensez que je vais le protéger.

— Rose ! aboya Dimitri en intervenant enfin dans la discussion. (Sa voix était si dure, si tranchante que je tressaillis et en oubliai un instant ce que j'étais en train de dire.) Tu dépasses les bornes. Tu ne dois pas parler comme ça à tes instructeurs.

Je détestais me faire réprimander, et encore plus par Dimitri. Par-dessus tout, je détestais me faire réprimander par Dimitri lorsqu'il avait raison. Mais je ne pouvais pas me ressaisir. J'étais trop furieuse et le manque de sommeil n'arrangeait rien. Mes nerfs étaient tendus et à vif. En ce moment, les choses les plus insignifiantes me semblaient intolérables. Alors, des énormités comme celle-ci ? C'était impossible à encaisser.

— Je suis désolée, répondis-je à contrecœur, mais c'est stupide. Presque aussi stupide que de ne pas nous emmener au procès de Victor Dashkov.

Alberta cligna des yeux de surprise.

— Comment savez-vous... ? Peu importe. Nous réglerons cette question plus tard. Pour le moment, cette assignation est la vôtre et vous allez devoir vous y conformer.

Tout à coup, Eddie intervint près de moi d'une voix pleine d'appréhension. Je ne m'étais plus souciée de lui ces dernières minutes.

— Vous savez... ça m'est égal... nous pouvons échanger...

Le regard sévère d'Alberta passa de moi à lui.

— Certainement pas. Vasilisa Dragomir est votre assignation. (Elle revint à moi.) Et Christian Ozéra est la vôtre. Fin de la discussion.

— C'est stupide ! répétai-je. Pourquoi voulez-vous que je perde mon temps avec Christian ? C'est Lissa que je vais protéger à la sortie de l'académie. Si vous voulez que je fasse du bon travail, il me paraît logique que je m'entraîne avec elle.

— Tu feras du bon travail avec elle, intervint Dimitri. Parce que tu la connais. Et grâce à votre lien. Mais il est possible que tu sois un jour chargée d'un autre Moroï. Tu dois apprendre à protéger quelqu'un avec qui tu n'as aucune expérience.

— J'ai de l'expérience avec Christian, grommelai-je. C'est le problème. Je le hais.

D'accord, j'exagérais beaucoup. Christian m'agaçait, c'était certain, mais je ne le haïssais pas vraiment. Comme je l'ai déjà dit, le fait de nous entraider pour affronter les Strigoï avait changé beaucoup de choses. De nouveau, je m'aperçus que le manque de sommeil et mon irritabilité donnaient une ampleur démesurée à tout.

— C'est encore mieux, commenta Alberta. Tous ceux que vous protégerez ne seront pas vos amis. Vous ne les aimerez pas tous. C'est quelque chose que vous avez besoin d'apprendre.

— J'ai besoin d'apprendre à me battre contre les Strigoï, rétorquai-je. C'est ce qu'on m'a appris en cours. (Prête à jouer ma carte maîtresse, je les considérai avec hauteur.) Et je l'ai fait en personne.

— Ce travail exige plus que des compétences techniques, mademoiselle Hathaway. Il y a toute une dimension personnelle que nous n'abordons guère dans les cours. Vous devez être à leur chevet, en quelque sorte. Nous vous enseignons à affronter les Strigoï, mais vous devez apprendre par vous-même comment vous comporter envers les Moroï. Et vous devez apprendre plus que n'importe qui à vous adapter à quelqu'un qui ne soit pas votre meilleure amie depuis des années.

— Tu dois aussi apprendre à protéger quelqu'un sans savoir instantanément qu'il est en danger, ajouta Dimitri.

— Exact, insista Alberta. C'est un handicap. Si vous voulez être une bonne gardienne, voire une excellente gardienne, vous devez faire ce que nous vous demandons.

J'ouvris la bouche pour contester cette idée, pour faire valoir que je progresserais plus vite avec quelqu'un dont j'étais très proche, et que cela ferait de moi une meilleure gardienne pour n'importe quel autre Moroï. Dimitri ne m'en laissa pas l'occasion.

— Le fait de travailler avec un autre Moroï t'aidera aussi à protéger Lissa, déclara-t-il.

Cela me réduisit au silence. C'était sans doute le seul argument qui pouvait avoir cet effet, et il le savait bien.

— Que veux-tu dire ? lui demandai-je.

— Lissa aussi a un handicap : toi. Si elle n'a jamais l'occasion d'apprendre à être protégée par quelqu'un avec qui elle n'a pas de lien psychique, elle sera plus menacée en cas d'attaque. La relation entre un Moroï et son gardien est vraiment réciproque. Ton affectation pour cet exercice de terrain lui sera aussi utile qu'à toi.

Je me tus le temps de bien intégrer son idée. Elle avait presque du sens.

— Et nous ne vous donnerons pas d'autre affectation, ajouta Alberta. Si vous la refusez, vous serez exclue de l'exercice de terrain.

« Exclue » ? Avait-elle perdu la tête ? Ce n'était pas comme un cours d'où on pouvait être renvoyée. Si je ne participais pas à cet exercice, je n'avais aucune chance d'obtenir mon diplôme. Je voulus m'insurger contre cette injustice, mais Dimitri m'en empêcha sans dire un mot. Le regard calme et insistant de ses yeux sombres me dompta et m'encouragea à accepter cette situation avec grâce, autant que cela m'était possible.

Je ramassai l'enveloppe à contrecœur.

— Très bien, répondis-je d'une voix glaciale. Je vais le faire. Mais je veux qu'il soit précisé que je le fais contre ma volonté.

— Nous l'avions déjà compris, mademoiselle Hathaway, répliqua sèchement Alberta.

— Peu importe. Je persiste à penser que c'est une mauvaise idée, et vous n'allez pas tarder à le comprendre aussi.

Je tournai les talons et traversai le gymnase comme un ouragan, sans leur laisser le temps de répondre. Tout en le faisant, je me rendais bien compte que je devais avoir l'air d'une sale gosse. Mais, s'ils avaient dû supporter la vie sexuelle de leur meilleure amie, vu un fantôme et aussi peu dormi que moi, eux aussi auraient été de mauvaise humeur. De plus, j'allais passer six semaines avec Christian Ozéra. Il était sarcastique, désagréable et ne prenait jamais rien au sérieux.

À vrai dire, il me ressemblait beaucoup.

Les six semaines suivantes allaient être longues.

Chapitre 3

— Pourquoi es-tu si maussade, petite dhampir ?

Je traversai la pelouse en direction du réfectoire lorsque je détectai une odeur de cigarette aux clous de girofle. Je soupirai.

— Tu es la dernière personne que j'ai envie de voir à cet instant, Adrian.

Adrian Ivashkov me rattrapa en soufflant un nuage de fumée qu'un courant d'air rabattit vers moi. Je le chassai en agitant la main et toussai avec exagération. Adrian était un Moroï de sang royal avec lequel nous avions « fait connaissance » lors de notre récent séjour au ski. Il avait quelques années de plus que moi et nous avait suivies à Saint-Vladimir pour étudier l'esprit avec Lissa. Pour le moment, il était le seul autre spécialiste de cet élément que nous connaissions. C'était un enfant gâté arrogant qui passait le plus clair de son temps à fumer des cigarettes, à boire de l'alcool et à fréquenter des femmes. Il avait également le béguin pour moi, ou du moins il cherchait à me mettre dans son lit.

— Apparemment, répondit-il. Je ne t'ai presque pas vue depuis notre retour. Si je ne te connaissais pas si bien, je dirais que tu m'évites.

— Je t'évite vraiment.

Il souffla bruyamment et fit courir ses doigts dans ses cheveux châtains toujours savamment décoiffés.

— Écoute, Rose… tu n'as pas besoin de jouer les pimbêches avec moi : je suis déjà fou amoureux de toi.

Adrian savait parfaitement que je ne jouais pas les pimbêches, mais il prenait toujours grand plaisir à me taquiner.

— Je ne suis vraiment pas d'humeur à goûter ton prétendu charme aujourd'hui.

— Que s'est-il donc passé ? Tu sautes dans toutes les flaques d'eau que tu croises et tu as l'air de vouloir cogner sur n'importe qui.

— Pourquoi t'approches-tu, alors ? N'as-tu pas peur de prendre un coup ?

— Tu n'oserais jamais me frapper. Je suis beaucoup trop mignon.

— Pas assez mignon pour compenser la fumée puante et cancérigène que tu me souffles à la figure. Comment peux-tu faire ça ? Il est interdit de fumer à l'académie. Abby Badica a écopé de deux semaines de retenue quand elle s'est fait pincer.

— Je suis au-dessus des règles, Rose. Je ne suis ni un élève ni un membre du personnel, simplement un esprit libre qui se promène dans votre belle académie selon son bon vouloir.

— Alors, peut-être devrais-tu aller te promener maintenant…

— Si tu veux te débarrasser de moi, dis-moi ce qui se passe.

Je ne pouvais plus me défiler et il n'allait pas tarder à apprendre la nouvelle, de toute manière. Tout le monde allait le savoir.

— J'ai été affectée à Christian pour mon exercice de terrain.

Après un court silence, Adrian éclata de rire.

— Eh bien ! je comprends mieux. Compte tenu de la situation, je te trouve même remarquablement calme.

— J'étais censée protéger Lissa, grognai-je. Je n'arrive pas à croire qu'ils m'aient fait ça.

— Pourquoi l'ont-ils fait ? Y a-t-il un risque que tu ne lui sois pas attribuée à la sortie de l'académie ?

— Non. Ils ont simplement l'air de penser que cela constituera un meilleur entraînement pour moi. Dimitri et moi sommes toujours censés devenir ses gardiens dans l'avenir.

Adrian me jeta un regard oblique.

— Je suis certain que ce sera une véritable épreuve pour toi...

C'était sûrement l'une des choses les plus bizarres du monde, mais Adrian avait immédiatement deviné mes sentiments pour Dimitri alors que Lissa n'avait jamais rien soupçonné.

— Comme je te l'ai déjà dit, tes commentaires ne sont pas les bienvenus aujourd'hui.

Il ne semblait pas de mon avis. Je me mis à le suspecter d'avoir déjà bu alors que nous étions à peine à l'heure du déjeuner.

— Où est le problème ? De toute manière, Christian ne quitte jamais Lissa.

Il marquait un point. Sauf que je n'étais pas prête à l'admettre. Tandis que nous approchions du bâtiment, son attention papillonnante le fit changer de sujet.

— T'ai-je déjà parlé de ton aura ? me demanda-t-il tout à coup.

Son ton était étrange : hésitant, curieux. Venant de lui, c'était très inhabituel. Tout ce qu'il disait était ironique.

— Je ne sais plus. Oui, une fois. Tu m'as dit qu'elle était sombre, ou quelque chose comme ça. Pourquoi ?

Les auras étaient des halos lumineux qui entouraient les gens, dont la couleur et la brillance étaient supposées refléter leur personnalité et leur énergie. Seuls les spécialistes de l'esprit pouvaient les voir. Adrian en était capable depuis toujours, mais Lissa n'y parvenait pas encore et s'efforçait d'apprendre.

— C'est difficile à expliquer. Ce n'est peut-être rien. (Il s'arrêta près de la porte et tira une longue bouffée de sa cigarette. Il s'écarta ensuite d'un pas pour souffler son nuage de fumée loin de moi, mais le vent le rabattit de nouveau sur mon visage.) Les auras sont des choses étranges. Elles ont des flux et des reflux, changent de couleur et de luminosité. Certaines sont de couleur vive, d'autres très pâles.

De temps à autre, l'aura d'une personne se fixe dans une couleur si pure qu'il devient possible… (Il rejeta sa tête en arrière pour regarder le ciel et je reconnus dans ce comportement l'un des signes du déséquilibre mental étrange dont il semblait frappé par moments.) Qu'il devient possible d'en saisir instantanément la signification. C'est comme si on voyait l'âme de la personne concernée.

Je souris.

— Mais tu n'arrives pas à comprendre la mienne, c'est ça ? Tu ne comprends pas ce que signifient mes couleurs.

Il haussa les épaules.

— J'y travaille. À force d'interroger les gens pour savoir ce qu'ils ressentent, on commence à percevoir des similitudes entre les couleurs et les caractères… Au bout d'un certain temps, les couleurs se mettent à avoir du sens.

— À quoi ressemble mon aura à cet instant ?

Il baissa les yeux vers moi.

— Je n'arrive pas bien à la voir, aujourd'hui.

— Je le savais. Tu as bu.

Certaines substances, comme l'alcool ou les médicaments, engourdissaient les effets de l'esprit.

— Seulement de quoi me réchauffer un peu. Mais je peux deviner à quoi ton aura ressemble. D'habitude, elle est comme celle des autres : c'est un tourbillon coloré, sauf que, chez toi, il est également bordé d'obscurité. Comme s'il y avait toujours une ombre derrière toi.

Quelque chose dans sa voix me fit frissonner. Même si je les avais souvent entendus parler d'auras, Lissa et lui, c'était un sujet qui ne m'avait jamais vraiment inquiétée. Je les concevais un peu comme un tour de magie : quelque chose de cool mais de peu d'intérêt.

— Ça remonte le moral, commentai-je. As-tu déjà songé à faire des conférences de motivation ?

Son air égaré se dissipa pour laisser place à sa gaieté habituelle.

— Ne t'inquiète pas, petite dhampir. Tu es peut-être environnée de nuages, mais tu es toujours le soleil de ma vie. (Je lui fis les gros yeux. Adrian laissa tomber sa cigarette et l'écrasa du bout du pied.) Il faut que je file. À plus tard.

Il s'inclina galamment avant de s'éloigner en direction du bâtiment réservé aux invités.

— Tu as laissé un détritus dans l'allée ! lui criai-je.

— Je suis au-dessus des règles, Rose, répliqua-t-il. Au-dessus des règles…

Je secouai la tête, puis ramassai le mégot froid pour le jeter dans une poubelle, près de la porte. J'entrai dans le bâtiment et en appréciai la chaleur accueillante tout en frappant mes bottes pour en décoller la neige. Dans le réfectoire, le déjeuner se terminait. Dhampirs et Moroï étaient assis côte à côte et produisaient un tableau contrasté. Les dhampirs, à moitié humains, étaient plus larges et plus charpentés, mais non plus grands. Les filles novices avaient plus de formes que les Moroï, très minces, et les garçons novices étaient plus musclés que leurs homologues vampires. Les Moroï avaient le teint pâle et délicat, qui rappelait la porcelaine, tandis que notre peau était tannée à cause de nos fréquents entraînements en extérieur.

Lissa, assise toute seule à une table, avait l'air sereine et angélique dans son pull blanc. Ses cheveux d'un blond pâle cascadaient sur ses épaules. Elle leva les yeux à mon approche, et je sentis par l'intermédiaire de notre lien qu'elle était contente de me voir.

— Regarde-toi ! me dit-elle avec un grand sourire. Alors c'est vrai ? On t'a vraiment assignée à Christian.

Je lui jetai un regard furieux.

— Ça te tuerait d'avoir l'air un peu moins malheureuse ? (Elle avala la dernière cuillerée de son yaourt à la fraise en me jetant un regard à la fois réprobateur et amusé.) C'est mon petit ami, après tout. On est tout le temps ensemble ! Ce n'est pas si dramatique.

— Tu as la patience d'une sainte, grommelai-je en me laissant tomber sur une chaise. Et puis, tu n'es pas avec lui vingt-quatre heures sur vingt-quatre et sept jours sur sept.

— Tu ne le seras pas non plus. Tu n'es censée le protéger que vingt-quatre heures sur vingt-quatre, six jours sur sept.

— Ça ne fait pas une grosse différence. Ça pourrait aussi bien être vingt-quatre heures sur vingt-quatre, dix jours sur dix…

Elle fronça les sourcils.

— Ça n'a pas de sens.

Je chassai ma remarque absurde d'un geste de la main et balayai le réfectoire d'un regard vide. La salle bourdonnait de discussions sur l'exercice de terrain, qui allait commencer dès la fin du déjeuner. Le meilleur ami de Ryan avait été assigné à la meilleure amie de Camille, et tous quatre devisaient joyeusement en ayant l'air d'être sur le point d'embarquer pour une double romance de six semaines. Au moins, certains allaient bien en profiter… Je soupirai. Christian, mon futur protégé, était auprès des sources: des humains qui fournissaient leur sang aux Moroï de leur plein gré.

Je sentis grâce à notre lien que Lissa voulait me dire quelque chose. Elle ne se retenait que parce que ma mauvaise humeur l'inquiétait et qu'elle voulait d'abord être certaine que je me sente assez soutenue. Je souris.

— Arrête de t'inquiéter pour moi. Que se passe-t-il ?

Elle me rendit mon sourire sans que ses canines apparaissent entre ses lèvres maquillées de rose.

— J'ai obtenu la permission.

— La permission de… ? (La réponse jaillit dans son esprit plus vite qu'elle la prononça.) Quoi ? m'écriai-je. Tu vas interrompre ton traitement ?

L'esprit constituait un pouvoir stupéfiant, dont on commençait à peine à percevoir la portée. Cependant, il provoquait de terribles effets secondaires, qui allaient de la dépression à la folie. Si Adrian buvait autant, ce n'était pas seulement à cause de son tempérament hédoniste, mais aussi parce que l'alcool neutralisait ces effets secondaires. Lissa avait une manière bien plus saine de les combattre. Elle prenait des antidépresseurs qui inhibaient tous les effets de la magie, positifs comme négatifs. Elle supportait difficilement de ne plus pouvoir se perfectionner dans son élément, mais c'était une contrepartie acceptable pour garder sa santé mentale. C'était du moins ce que je pensais. Elle ne devait pas être du même avis puisqu'elle envisageait de tenter cette expérience insensée. Je savais qu'elle avait envie de recommencer à pratiquer la magie, mais je ne pensais pas qu'elle en arriverait là, ni qu'on la laisserait faire.

—Je dois faire le point avec Mme Carmack tous les jours et m'entretenir régulièrement avec une psychologue. (Lissa fit une grimace en évoquant cette dernière exigence, mais ses sentiments étaient globalement enthousiastes.) Comme j'ai hâte de voir les progrès que je vais faire avec Adrian !

—Adrian a une mauvaise influence sur toi.

—Ce n'est pas lui qui m'y a incitée, Rose. C'est moi qui l'ai décidé. (Comme je ne répondais pas, elle m'effleura le bras.) Écoute… ne t'inquiète pas. Je vais beaucoup mieux, et je serai bien entourée.

—Par tout le monde sauf par moi, répondis-je tristement. (Christian poussa l'une des doubles portes du réfectoire et se dirigea vers nous. D'après la pendule, le déjeuner s'achevait cinq minutes plus tard.) Mon Dieu… c'est bientôt l'heure H !

Christian tira une chaise de notre table et la retourna pour pouvoir poser le menton sur le dossier. Il écarta ses cheveux noirs de ses yeux bleus et nous décocha un sourire suffisant. Je sentis le cœur de Lissa s'alléger en sa présence.

—Je suis impatient que cette aventure commence, déclara-t-il. Nous allons tellement nous amuser, toi et moi, Rose. On va pouvoir vivre ensemble, se coiffer l'un l'autre, se raconter des histoires de fantômes…

Son allusion aux « histoires de fantômes » me toucha un peu plus que je l'aurais voulu, même si la perspective de choisir des rideaux ou de brosser les cheveux de Christian n'était pas très attrayante non plus.

Exaspérée, je me levai en secouant la tête.

— Je vous laisse vos derniers instants d'intimité.

Ils éclatèrent de rire.

Je me dirigeai vers la file d'attente du buffet en espérant mettre la main sur quelques *doughnuts* rescapés. De là où j'étais, j'apercevais des croissants, de la quiche et des poires pochées. Ce devait être jour de fête au réfectoire. Était-ce trop demander qu'un peu de pâte plongée dans de l'huile bouillante ? Eddie, qui se trouvait devant moi, prit un air contrit dès qu'il me vit.

— Je suis vraiment désolé, Rose…

Je levai la main pour le faire taire.

— Ne t'en fais pas. Ce n'est pas ta faute. Promets-moi seulement de bien la protéger.

C'était idiot puisqu'elle n'était pas vraiment en danger, mais je ne pouvais pas m'empêcher de m'inquiéter pour elle, et cette idée d'interrompre son traitement n'arrangeait rien.

À en juger par son sérieux, Eddie ne trouva pas ma requête stupide. Il était l'un des rares à connaître les pouvoirs de Lissa, ainsi que leurs effets secondaires, et c'était probablement pour cette raison qu'il lui avait été assigné.

— Il ne lui arrivera rien. Je te le promets.

Malgré mon humeur maussade, je ne pus m'empêcher de sourire. Son expérience des Strigoï lui faisait prendre cet exercice plus au sérieux que n'importe quel autre novice. Après moi, c'était sûrement le meilleur gardien que l'on pouvait attribuer à Lissa.

— Dis-nous, Rose, est-ce vrai que tu as frappé la gardienne Petrov ?

Je tournai la tête pour découvrir les visages de deux Moroï, Jesse Zeklos et Ralf Sarcozy. Ils avaient pris la file d'attente derrière Eddie et moi et semblaient encore plus contents d'eux et plus agaçants que d'ordinaire. Jesse était un beau gosse hâlé à l'esprit vif. Ralf, son comparse, était un peu moins beau et un peu moins intelligent. Ils étaient sans doute les deux personnes que je haïssais le plus à l'académie, essentiellement parce qu'ils avaient fait courir de vilaines rumeurs sur mon compte en prétendant que j'avais fait certaines choses avec eux. C'était la poigne de Mason qui les avait forcés à révéler la vérité et, depuis, ils semblaient ne pas me l'avoir pardonné.

— Frapper Alberta ? Ça m'étonnerait.

Alors que je commençais à détourner la tête, Ralf insista.

— On a entendu dire que tu avais fait une méchante scène dans le gymnase quand tu as appris à qui tu étais associée.

— Une « méchante scène » ? Vous avez soixante ans, ou quoi ? Je me suis contentée de... (je m'interrompis pour choisir mes mots avec prudence)... faire entendre mon opinion.

— Eh bien, commenta Jesse, si quelqu'un doit garder à l'œil ce taré de Strigoï, j'imagine qu'il vaut mieux que ce soit toi. Après tout, tu es la plus dangereuse du coin.

La réticence que je sentis dans sa voix donna à sa remarque une allure de compliment. Je ne l'entendis pas de cette oreille. Sans lui laisser le temps d'ajouter quelque chose, je me plantai devant lui en ne laissant presque aucun espace entre nous et considérai comme une preuve de discipline le fait que je ne l'étrangle pas. Ses yeux s'écarquillèrent de surprise.

— Christian n'a rien à voir avec les Strigoï, grognai-je.

— Mais ses parents...

— ... sont ses parents. Lui, c'est Christian. Ne les confonds pas.

Jesse avait déjà affronté ma colère. Il s'en souvenait manifestement, et sa peur le disputait à son désir de dénigrer Christian devant moi. Étrangement, son désir l'emporta.

— Tout à l'heure, tu t'es comportée comme si le fait d'être associée à lui était la fin du monde, et maintenant tu le défends ? Tu sais pourtant comment il est... Il passe son temps à enfreindre les règles. Crois-tu vraiment qu'il n'y a aucun risque qu'il décide un jour de se transformer en Strigoï comme ses parents ?

— Absolument aucun. Christian est sans doute bien plus déterminé à affronter les Strigoï que tous les Moroï ici présents.

(Jesse jeta un regard étonné à Ralf avant de se retourner vers moi.) Il m'a même aidé à combattre ceux de Spokane. Il n'y a aucun risque qu'il veuille se transformer un jour en Strigoï. (Je fouillai dans ma mémoire pour tâcher de me souvenir qui avait été assigné à Jesse pour l'exercice de terrain.) Et, si je t'entends encore répandre de telles conneries, je te jure que Dean ne pourra rien faire pour te protéger de moi.

— Et de moi, ajouta Eddie qui était venu se placer à mon côté.

Jesse déglutit et recula d'un pas.

— Menteurs... vous ne pouvez pas lever la main sur moi. Si vous vous faisiez suspendre maintenant, vous n'obtiendriez jamais votre diplôme.

Il avait raison, bien sûr, mais cela ne m'empêcha pas de sourire.

— Ça pourrait en valoir la peine... Nous verrons bien.

À ce stade de la discussion, Jesse et Ralf prirent conscience qu'ils ne tenaient pas plus que cela à passer devant le buffet. Lorsqu'ils s'éloignèrent, j'entendis quelque chose qui ressemblait beaucoup à « Salope cinglée ».

— Pauvres types, grommelai-je avant de sentir la joie m'envahir. Oh ! des *doughnuts* !

J'en pris un avec un glaçage au chocolat, puis Eddie et moi nous dépêchâmes de rejoindre nos Moroï pour aller en cours. Il me décocha un grand sourire.

— Si je ne croyais pas ça impossible venant de toi, je dirais que tu viens de défendre l'honneur de Christian... Ce n'est donc plus un emmerdeur ?

— C'en est toujours un, répondis-je en léchant le sucre qui me restait sur les doigts. Mais, pour les six prochaines semaines, c'est *mon* emmerdeur.

Chapitre 4

L'exercice commença.

Au début, cela ressembla assez à n'importe quel autre jour. Les dhampirs et les Moroï suivaient des cours différents le matin et se retrouvaient en classe après le déjeuner. Comme j'avais suivi la plupart des cours de Christian le semestre précédent, j'avais presque l'impression de recommencer mon programme. Sauf que je n'étais plus une élève. Je n'étais plus assise à une table et n'avais plus de devoirs à faire. Ma position était beaucoup plus inconfortable, puisque je devais rester debout au fond de la classe avec les autres novices chargés de Moroï. C'était à cela que ressemblait la vie hors de l'académie. Les Moroï passaient avant tout. Les gardiens n'étaient que leur ombre.

La tentation était grande de parler aux autres novices, surtout lorsque les Moroï travaillaient en groupe et discutaient entre eux. Néanmoins, aucun de nous ne craqua. La pression et l'adrénaline du premier jour nous incitaient à bien nous tenir.

Après le cours de biologie, Eddie et moi commençâmes à employer une technique de protection en duo. En tant que gardien rapproché, je me promenais avec Lissa et Christian, prête à les défendre en cas de danger immédiat. Eddie, qui tenait le rôle du gardien éloigné, restait à distance et scrutait le périmètre à la recherche de menaces potentielles.

Nous suivîmes ce schéma jusqu'au dernier cours de la journée. En voyant Lissa déposer un baiser sur la joue de Christian, je pris conscience qu'ils se séparaient.

— Vous n'avez plus le même emploi du temps à cette heure-ci ? leur demandai-je avec consternation en faisant un pas de côté dans le couloir pour m'écarter du passage.

Eddie, qui avait déjà déduit que nous nous séparions, avait abandonné son poste de gardien éloigné pour venir nous parler. J'ignorais quels cours Lissa et Christian avaient en commun ce semestre.

Lissa remarqua mon air déçu et m'offrit un sourire compatissant.

— Désolée. Nous ferons nos devoirs ensemble tout à l'heure, mais je vais d'abord à mon cours d'écriture.

— Et moi à mon cours de science culinaire, déclara Christian avec hauteur.

— « Science culinaire » ? m'écriai-je. Tu as choisi un cours de science culinaire ? C'est sûrement le cours le plus idiot qu'on ait jamais proposé !

— C'est faux, se défendit-il. Et même si c'était le cas… c'est mon dernier semestre, non ?

Je grognai.

— Allons, Rose, intervint Lissa en riant, ça ne dure qu'une heure. Ça ne va pas être si…

Elle fut interrompue par une soudaine agitation un peu plus loin dans le couloir. Comme tous ceux qui se trouvaient dans les environs, nous nous arrêtâmes pour regarder. L'un de mes instructeurs, Emil, était apparu de nulle part pour se jeter sur une Moroï. Jouant les Strigoï, il l'avait attrapée et la serrait contre son torse, tout en découvrant sa gorge comme s'il voulait la mordre. N'apercevant de la « victime » qu'une touffe de cheveux bruns, je ne reconnus pas de qui il s'agissait, mais c'était Shane Reyes qui était chargé de la protéger. L'attaque l'avait pris par surprise – c'était la première de la journée – mais il n'hésita qu'un instant avant de donner un coup de pied dans les côtes d'Emil et de lui arracher la fille des bras. Les deux adversaires se jaugèrent du regard, captivant l'attention générale. Quelques cris et sifflets s'élevèrent même en faveur de Shane.

L'un des siffleurs était Ryan Aylesworth. Il était si concentré sur la bagarre – que Shane, maniant habilement son pieu, avait presque gagnée – qu'il ne remarqua pas les deux gardiens qui s'approchaient furtivement de lui et de Camille. Eddie et moi les repérâmes au même instant et nous nous raidîmes instinctivement, prêts à intervenir.

— Reste avec eux, me dit Eddie.

Il fonça vers Ryan et Camille, qui venaient seulement de comprendre qu'ils s'étaient fait piéger. Ryan n'eut pas d'aussi bonnes réactions que Shane, d'autant qu'il affrontait deux adversaires. L'un des gardiens l'occupa pendant que l'autre – je m'aperçus qu'il s'agissait de Dimitri – saisissait Camille. Elle hurla sans feindre sa peur. Apparemment, elle ne trouvait pas aussi excitant que moi de se retrouver dans les bras de Dimitri.

Eddie se dirigea vers eux, s'approcha par-derrière et frappa Dimitri sur le côté de la tête. Même si le coup l'ébranla à peine, j'en restai stupéfaite. Je n'avais presque jamais été capable de l'atteindre pendant nos entraînements. L'attaque d'Eddie força Dimitri à lâcher Camille pour faire face à cette nouvelle menace. Il fit volte-face, avec la grâce d'un danseur, et avança sur Eddie.

Shane, qui venait de « tuer » son Strigoï, vint à la rescousse d'Eddie en se plaçant derrière Dimitri. Je les regardai faire, les poings serrés d'excitation, curieuse d'observer le combat en général, et Dimitri en particulier. J'étais toujours émerveillée de constater que quelqu'un de si dangereux pouvait être si beau. Je mourais d'envie de plonger à mon tour dans la bataille, mais je savais que mon devoir était de surveiller les environs au cas où un autre « Strigoï » aurait décidé d'attaquer.

Ce ne fut pas le cas. Shane et Eddie parvinrent à « achever » Dimitri, ce qui me chagrina un peu. J'avais toujours envie de voir Dimitri triompher. Néanmoins Ryan, même s'il avait essayé de les aider, avait échoué. Dimitri l'avait techniquement « tué », ce qui me consola. Il s'était quand même montré dangereux et convaincant en Strigoï. Emil et lui félicitèrent Shane pour sa rapidité d'action et Eddie pour avoir compris que cette menace devait être traitée comme un problème de groupe et non comme une simple mise à l'épreuve individuelle. Je reçus un hochement de tête approbateur pour avoir surveillé les arrières d'Eddie, et Ryan fut réprimandé pour avoir relâché son attention et négligé son Moroï.

Ravis de nous être distingués lors de notre première mise à l'épreuve, Eddie et moi échangeâmes un sourire. J'aurais préféré jouer un rôle un peu plus important, mais l'exercice de terrain commençait bien. Je frappai dans la main d'Eddie et vis Dimitri secouer la tête en nous regardant avant de s'éloigner.

La scène terminée, notre groupe se scinda en deux. Lissa me décocha un dernier sourire par-dessus son épaule et me parla par l'intermédiaire de notre lien.

Amuse-toi bien en science culinaire !

Je lui fis les gros yeux, mais Eddie et elle avaient déjà disparu à l'angle du couloir.

Le terme ronflant de « science culinaire » n'était en réalité qu'une manière fantaisiste de désigner un simple cours de cuisine. Même si j'avais taquiné Christian sur la stupidité de ce cours, le fait qu'il y participe forçait mon respect. Après tout, je savais à peine faire bouillir de l'eau. Néanmoins, ce cours était très différent de ceux qui formaient à l'écriture ou à l'art du débat, et j'étais certaine que Christian l'avait choisi pour son aspect récréatif et non parce qu'il aspirait à devenir un grand chef. Au moins, j'avais une chance de m'amuser un peu en le voyant réaliser un gâteau ou autre chose. Peut-être même allait-il porter un tablier...

Trois autres novices étaient chargés de protéger des Moroï dans ce cours. Comme la salle de science culinaire était vaste et exposée, avec ses nombreuses fenêtres, nous décidâmes d'unir nos efforts pour assurer la sécurité de tout le périmètre. Lorsque j'avais observé les novices pendant leur exercice de terrain, les années précédentes, je n'avais prêté attention qu'aux bagarres. Le travail d'équipe et l'aspect stratégique que leur mise à l'épreuve impliquait m'avaient échappé. En théorie, nous n'étions là, tous les quatre, que pour protéger le Moroï auquel nous avions été assignés, mais nous jugeâmes plus adapté de nous associer pour protéger la classe entière.

Mon rôle consistait à surveiller une issue de secours qui ouvrait sur l'extérieur. Par pure coïncidence, celle-ci se situait près du poste de travail de Christian. Les élèves étaient censés cuisiner en binômes, mais leur nombre était impair. Christian avait préféré travailler seul plutôt que de former un groupe de trois. Cela semblait convenir à tout le monde. La plupart des élèves avaient encore les mêmes préjugés que Jesse à son égard et à celui de sa famille. À ma grande déception, Christian ne fit pas de gâteau.

— Qu'est-ce que c'est ? lui demandai-je en le voyant sortir un bol de viande hachée d'un réfrigérateur.

— De la viande, répondit-il en renversant le contenu du bol sur une planche de travail.

— Je le sais, idiot. Quel genre ?

— Du bœuf. (Il tira un deuxième, puis un troisième bol du réfrigérateur.) Ça, c'est du veau, et ça du porc.

— Est-ce que tu as un tyrannosaure à nourrir ?

— Seulement si tu en veux un peu. C'est pour faire une tourte à la viande.

J'écarquillai les yeux.

— Avec trois viandes différentes ?

— Pourquoi appeler un plat « tourte à la viande » si on ne met pas de viande dedans ?

Je secouai la tête.

—Je n'arrive pas à croire que ce n'est que mon premier jour avec toi.

Il baissa les yeux pour se concentrer sur la tâche de mélanger les trois viandes de sa création.

—Assurément, tu en fais tout un plat. Me détestes-tu vraiment à ce point ? J'ai entendu dire que tu avais hurlé à pleins poumons dans le gymnase.

—C'est faux et… je ne te déteste pas, reconnus-je.

—Tu te défoules donc sur moi seulement parce que tu n'as pas été assignée à Lissa. (Je ne répondis rien. Il n'était pas très loin de la vérité.) Tu sais, ce n'est peut-être pas une si mauvaise idée que tu t'entraînes avec quelqu'un d'autre…

—Je sais. C'est aussi ce que m'a dit Dimitri.

Christian mit sa viande dans un bol et ajouta d'autres ingrédients.

—Alors pourquoi ne l'admets-tu pas ? Belikov sait ce qu'il fait. J'ai une confiance aveugle en lui. C'est dommage pour l'académie qu'il la quitte lorsque nous aurons achevé nos études, mais je suis content qu'il soit chargé de la protection de Lissa.

—Moi aussi.

Il s'interrompit pour lever les yeux et soutenir mon regard. Nous échangeâmes un sourire, amusés de nous voir aussi surpris l'un que l'autre d'être tombés d'accord sur quelque chose. Il se remit aussitôt au travail.

—Tu es douée, toi aussi, dit-il sans trop de réticence. La manière dont tu t'es occupée…

Il n'acheva pas sa phrase, mais j'avais compris de quoi il parlait. Spokane. Même si Christian ne m'avait pas vue tuer les Strigoï, il avait aidé à notre évasion. Lui et moi avions agi ensemble, et c'était sa magie du feu qui m'avait permis de neutraliser nos ravisseurs. En oubliant notre animosité réciproque, nous avions fait une bonne équipe.

—J'imagine que nous avons mieux à faire l'un et l'autre que de nous disputer en permanence…, songeai-je à voix haute.

Nous devrions plutôt nous inquiéter à propos du procès de Victor Dashkov, prenais-je soudain conscience. J'envisageai un instant de raconter à Christian ce que j'avais appris. Après tout, il était là la nuit où les événements s'étaient précipités avec Victor, à l'automne précédent. Mais je décidai finalement de ne rien lui dire encore : Lissa devait être la première à être informée de la situation.

— C'est vrai, répondit Christian, à qui mon débat intérieur avait échappé. Tiens-toi bien, mais je crois que nous ne sommes pas si différents l'un de l'autre, tu sais. Je suis plus intelligent et plus drôle que toi, bien sûr… mais nous voulons tous les deux la savoir en sécurité, au bout du compte. (Il hésita.) Tu sais… je ne vais pas te la voler. Je ne peux pas. Personne ne le peut, tant que ce lien existera entre vous.

Je fus surprise de l'entendre aborder ce sujet. J'étais persuadée que nous avions deux raisons de nous disputer autant. La première était que notre tempérament nous y incitait. La seconde, et la plus importante, était que nous étions tous les deux jaloux de la relation que l'autre entretenait avec Lissa. Néanmoins, comme il venait de le dire, nous partagions le même sujet de préoccupation : Lissa était notre premier souci, à l'un comme à l'autre.

— Tu ne dois pas non plus avoir peur que notre lien vous sépare. (Je savais que cela le contrariait. Comment pouvait-on réussir à vivre pleinement une histoire d'amour quand la personne aimée avait ce genre de lien avec une autre, même s'il ne s'agissait que d'une amie ?) Elle tient à toi. (Je ne me sentis pas capable de lui dire : « Elle t'aime. ») Toute une part de son cœur n'est réservée qu'à toi.

Christian mit son plat au four.

— Je ne peux pas croire que tu aies dit cela. J'ai l'impression qu'on est sur le point de se prendre dans les bras et de s'attribuer des surnoms affectueux.

Il essayait d'avoir l'air dégoûté par mon sentimentalisme, mais je sentais bien qu'il était content d'entendre que Lissa se souciait de lui.

— Je t'ai déjà trouvé un surnom, sauf que je vais avoir des problèmes si je le prononce en cours.

— Ah ! s'exclama-t-il joyeusement. Voilà la Rose que je connais !

Il alla parler à l'un de ses amis pendant que sa tourte cuisait, et ce fut sans doute aussi bien. La porte que je surveillais était un point sensible et j'avais eu tort de bavarder même si tout le monde le faisait. De l'autre côté de la salle, Jesse et Ralf travaillaient ensemble. Tout comme Christian, ils avaient choisi de s'offrir un cours récréatif.

Il n'y eut aucune attaque, mais un gardien nommé Dustin entra dans la salle pour prendre des notes sur la manière dont nous tenions nos positions. Il était juste à côté de moi lorsque Jesse décida de se promener. Je crus qu'il s'agissait d'une coïncidence… jusqu'à ce qu'il ouvre la bouche.

— Je retire ce que je t'ai dit tout à l'heure, Rose. J'ai compris. Tu n'es pas contrariée à cause de Lissa ou de Christian. Tu es contrariée parce que le règlement t'oblige à protéger un élève et qu'Adrian Ivashkov est trop vieux. D'après ce que j'ai entendu dire, vous vous êtes beaucoup entraînés à surveiller vos corps respectifs.

Cette plaisanterie aurait pu être beaucoup plus drôle, mais j'avais appris à ne pas trop en attendre de la part de Jesse. J'étais certaine qu'il se moquait éperdument de ce qui se passait entre Adrian et moi. Il ne devait même pas croire à ce qu'il disait. Mais Jesse me gardait rancune de l'avoir menacé tout à l'heure et pensait tenir une bonne occasion de prendre sa revanche. Dustin, qui était assez près pour entendre, n'avait aucune raison de s'intéresser aux moqueries stupides de Jesse. En revanche, il ne manquerait pas de s'intéresser à moi si je cognais la tête de Jesse contre le mur.

Cependant, rien ne m'obligeait à garder le silence. Les gardiens parlaient souvent aux Moroï. Simplement, ils le faisaient poliment, sans jamais cesser de surveiller les environs, pour autant.

— Vous êtes toujours si spirituel, monsieur Zeklos, lui répondis-je en esquissant un sourire. J'ai beaucoup de mal à ne pas me tordre de rire.

Sur ces mots, je détournai les yeux pour surveiller le reste de la salle.

Lorsque Jesse comprit que je n'allais rien ajouter d'autre, il éclata de rire et s'éloigna en croyant sûrement avoir remporté une grande victoire. Dustin quitta la salle peu après.

— Pauvre type, marmonna Christian en regagnant son poste de travail.

Il ne restait plus que cinq minutes de cours.

Je suivis Jesse du regard.

— Tu sais quoi, Christian ? Je suis plutôt contente d'assurer ta protection.

— Si tu me compares à Zeklos, je ne suis pas sûr qu'il s'agisse vraiment d'un compliment. Mais tiens ! goûte ça ! Alors tu seras vraiment contente de m'avoir été assignée.

Il me donna un morceau de son œuvre d'art achevée. Je ne m'étais pas rendu compte qu'il avait enveloppé sa tourte de bacon avant de la mettre au four.

— Mon Dieu ! c'est le plat le plus vampirique qu'on ait jamais inventé !

— Seulement s'il était cru. Alors, qu'en penses-tu ?

— C'est bon, admis-je à contrecœur. (Qui aurait pu se douter que le bacon ferait une telle différence ?) Très bon. Je pense que tu as un brillant avenir de femme au foyer pendant que Lissa travaillera et gagnera des millions.

— C'est amusant : c'est exactement mon rêve.

Nous quittâmes le cours de bonne humeur. Notre relation était devenue plus amicale et je commençai à juger supportable de passer les six prochaines semaines à le protéger.

Lissa et lui avaient rendez-vous à la bibliothèque pour étudier, ou plutôt faire semblant d'étudier, mais il devait d'abord repasser par son dortoir. Je le suivis donc tandis qu'il traversait la pelouse dans le vent d'hiver, qui avait encore refroidi depuis le coucher du soleil sept heures plus tôt. La neige des allées, qui avait commencé à fondre au soleil, avait gelé avec la nuit et rendait la marche périlleuse. En chemin, nous fûmes rejoints par Brandon Lazar, un Moroï dont la chambre se trouvait dans le même dortoir que celle de Christian. Brandon, fou d'excitation, nous raconta l'attaque à laquelle il avait assisté pendant son cours de maths. Nous écoutâmes son récit en riant à l'idée qu'Alberta se soit glissée par la fenêtre.

— Elle est peut-être vieille, mais elle est encore capable de nous battre presque tous, leur assurai-je. (J'observai alors Brandon avec étonnement. Il avait des bleus et des taches rouges sur le visage, ainsi que des zébrures bizarres près de l'oreille.) Que t'est-il arrivé ? Tu t'es battu contre des gardiens, toi aussi ?

Son sourire s'évanouit en un instant et il détourna les yeux.

— Non. Je suis tombé, c'est tout.

— Allez… (Même si les Moroï ne s'entraînaient pas au combat comme les dhampirs, ils se battaient entre eux autant que n'importe qui. J'essayai d'imaginer avec quel Moroï il avait pu se disputer. Dans l'ensemble, Brandon était un garçon plutôt aimable…) C'est l'excuse la plus nulle et la moins originale du monde.

— C'est pourtant vrai, insista-t-il en évitant toujours mon regard.

— Si quelqu'un t'ennuie, je peux te donner quelques tuyaux…

Il tourna la tête pour soutenir mon regard.

— Laisse tomber.

Sa voix était ferme sans être hostile. C'était comme s'il croyait que le seul fait de prononcer ces mots allait me forcer à obéir.

Je pouffai.

— À quoi joues-tu ? Essaies-tu d'utiliser la suggestion… ?

Tout à coup, quelque chose remua sur ma gauche. Ce n'était qu'une ombre qui se confondait avec celles d'un bosquet de pins enneigés, mais un léger mouvement avait suffi à attirer mon attention. Stan jaillit de l'obscurité pour se jeter sur nous.

Enfin ma première mise à l'épreuve.

Ma poussée d'adrénaline fut aussi violente que s'il s'était agi d'un vrai Strigoï. Je réagis aussitôt en attrapant les bras de Brandon et de Christian. Se jeter entre le danger et les Moroï était toujours la première chose à faire. Je les forçai à s'arrêter, me tournai vers mon assaillant et portai ma main à mon pieu afin de les défendre de…

Ce fut alors qu'il apparut.

Mason.

Il se tenait à quelques pas de moi, à la droite de Stan, et offrait exactement la même apparence que la nuit précédente : il était translucide, miroitant et triste.

Je sentis mes cheveux se dresser sur ma tête et restai pétrifiée, incapable d'achever de dégainer mon pieu. J'oubliai complètement ce que je faisais et ne prêtai plus aucune attention aux gens et à l'agitation qui m'entouraient. Le temps suspendit son cours et le monde perdit sa réalité. Je ne vis plus que Mason : cette apparition fantomatique qui luisait dans le noir et semblait tellement tenir à me dire quelque chose… Le sentiment d'impuissance que j'avais éprouvé à Spokane m'assaillit de nouveau. Je n'avais pas su l'aider, et j'en étais encore incapable à cet instant. Une boule se forma au creux de mon estomac. Je ne pouvais que rester pétrifiée, en me demandant ce qu'il voulait me dire.

D'une main translucide, il désigna l'autre bout de l'académie sans que je comprenne ce que cela signifiait. Il y avait tant de choses dans cette direction qu'il m'était impossible de deviner ce qu'il indiquait exactement. Ne comprenant rien, mais voulant désespérément comprendre, je secouai la tête. Son visage parut encore plus triste.

Quelque chose s'abattit sur mon épaule et je trébuchai en avant. Le monde recommença soudain à exister, me tirant brutalement de mon hébétude. Je ne réussis qu'à tendre les bras pour éviter de tomber à plat ventre sur le sol. Je relevai la tête et vis Stan qui me surplombait.

— Hathaway ! aboya-t-il. À quoi jouez-vous ?

Je clignai des yeux pour dissiper l'impression étrange que m'avait laissée cette nouvelle apparition de Mason. Engourdie et stupide, je considérai le visage colérique de Stan, puis tournai la tête vers l'endroit où Mason se tenait. Il avait disparu. Tout en reportant mon attention sur Stan, je compris ce qui venait de se passer. Ma distraction lui avait laissé tout loisir de placer son attaque. Il tenait Brandon et Christian par le cou, chacun sous un bras. Il ne leur faisait pas mal, mais la situation était claire.

— Si j'avais été un Strigoï, ces deux-là seraient morts.

Chapitre 5

La plupart des problèmes disciplinaires de l'académie étaient portés devant Mme le proviseur Kirova. Elle supervisait à la fois les Moroï et les dhampirs, et s'était rendue célèbre par ses sanctions aussi bien imaginatives que traditionnelles. Elle n'était pas à proprement parler cruelle, mais elle n'était pas gentille non plus. Elle prenait seulement le comportement des élèves très au sérieux et le traitait de la manière qui lui semblait la plus adéquate.

Néanmoins, certains problèmes échappaient à sa juridiction.

Même s'il s'était déjà produit que les gardiens se réunissent en conseil disciplinaire, c'était extrêmement rare. Il fallait avoir commis quelque chose de très grave pour les pousser à en arriver là. Quelque chose comme mettre volontairement la vie d'un Moroï en danger, par exemple. Ou encore : être suspecté d'avoir volontairement mis la vie d'un Moroï en danger.

— Pour la dernière fois, grognai-je, je ne l'ai pas fait exprès.

Je me trouvais dans l'une des salles de réunion des gardiens, face à mes juges : Alberta, Emil et l'une des rares autres gardiennes de l'académie, Céleste. Ils avaient pris place derrière une longue table qui les rendait encore plus impressionnants. De mon côté, j'étais simplement assise sur une chaise et me sentais très vulnérable.

D'autres gardiens étaient présents mais, par chance, aucun de mes camarades de classe n'assistait à cette humiliation. Dimitri était là. Il ne siégeait pas parmi mes juges, et je ne pus m'empêcher de me demander si c'était parce que le fait d'être mon mentor risquait de nuire à son objectivité.

— Vous devez comprendre pourquoi nous avons du mal à vous croire, mademoiselle Hathaway, insista Alberta, qui jouait à la perfection son rôle de responsable sévère.

Céleste hocha la tête.

— Le gardien Alto est formel. Vous avez refusé de protéger deux Moroï, dont celui auquel vous aviez été assignée.

— Je n'ai pas refusé ! m'exclamai-je. J'ai... commis une boulette.

— Ce n'était pas une boulette ! intervint Stan, qui faisait partie des spectateurs, avant de jeter un coup d'œil en direction d'Alberta pour lui demander l'autorisation de poursuivre. Puis-je ? (Il se retourna vers moi après qu'elle eut hoché la tête.) Si vous aviez paré mon attaque, puis fait un faux mouvement, ç'aurait été une boulette. Mais vous n'avez pas paré mon attaque. Vous n'avez même pas essayé ! Vous êtes restée pétrifiée sans rien faire.

Naturellement, j'étais scandalisée. L'idée que j'aurais pu laisser volontairement Christian et Brandon se faire « tuer » par un Strigoï était ridicule. Mais que pouvais-je faire ? Je devais choisir entre reconnaître que j'avais fait une boulette et avouer que j'avais vu un fantôme. Aucune des deux options n'était satisfaisante, mais je devais minimiser la casse. Dans un cas je passais pour incompétente, dans l'autre pour folle à lier. Les deux me déplaisaient. J'aurais préféré qu'on m'accuse d'être « inconsciente » et « perturbatrice », comme d'habitude.

— Pourquoi est-ce si grave que j'aie raté mon coup ? demandai-je d'une petite voix. Ryan a échoué lui aussi, un peu plus tôt, et il n'a pas tous ces problèmes. N'est-ce pas le but de cet exercice ? Nous permettre de nous entraîner ? Si nous étions parfaitement prêts, vous nous auriez déjà mis au travail !

— N'avez-vous rien écouté ? me demanda Stan. (J'étais bien certaine de voir la veine de son front palpiter. De tous ceux qui étaient là, c'était le seul qui soit aussi furieux que moi. Du moins, c'était le seul, mis à part moi, qui exprimait ses émotions. Les autres affichaient un visage indéchiffrable, mais aucun n'avait assisté à la scène. Je devais bien reconnaître qu'à la place de Stan j'aurais pensé beaucoup de mal de moi.) Vous n'avez pas « commis une boulette », puisqu'il aurait fallu pour cela que vous fassiez quelque chose.

— D'accord, si vous voulez. J'étais paralysée. (Je lui jetai un regard de défi.) Est-ce que ça compte comme une boulette ? J'ai craqué sous la pression et je me suis retrouvée tétanisée. Il semblerait bien que je n'étais pas prête. Quand le moment est venu d'agir, j'ai paniqué. Ce genre de chose arrive en permanence aux novices.

— Y compris aux novices qui ont déjà tué des Strigoï ? intervint Emil. (Il venait de Roumanie et avait un accent un peu plus prononcé que celui de Dimitri. Il était aussi nettement moins beau.) Ça me paraît peu vraisemblable.

Je distribuai des regards furieux à toutes les personnes présentes.

— Je vois... Un seul incident suffit pour qu'on me considère comme une tueuse de Strigoï confirmée. Alors je n'ai plus le droit de paniquer ou d'être effrayée par quelque chose ? J'ai compris. Merci les gars. C'est très équitable de votre part.

Je me laissai retomber contre le dossier de ma chaise et me croisai les bras sur la poitrine. Je n'avais aucun besoin de jouer la provocation : j'étais ulcérée.

Alberta soupira, puis se pencha en avant.

— C'est une discussion stérile. Nous ne sommes pas ici pour débattre de détails techniques. Ce qui est grave, en revanche, c'est que vous avez clairement annoncé ce matin que vous ne vouliez pas être assignée à Christian Ozéra. Je me souviens très bien que vous nous avez dit que vous le faisiez contre votre volonté et que nous allions bientôt comprendre à quel point c'était une mauvaise idée. (Pas de chance : je l'avais vraiment dit. Mais qu'est-ce qui m'avait pris ?)

Après quoi, dès votre première mise à l'épreuve, vous vous révélez complètement irresponsable.

Je faillis bondir de ma chaise.

—Alors c'est ça le problème? Vous croyez que j'ai refusé de le protéger pour assouvir une vengeance tordue?

Tous trois me regardèrent, dans l'expectative.

—Vous n'êtes pas connue pour accepter calmement et avec grâce les choses qui vous déplaisent, me répondit-elle avec ironie.

Cette fois, je me levai et pointai vers elle un doigt accusateur.

—C'est faux! Depuis mon retour, j'ai obéi à toutes les règles que Kirova m'a imposées. Je suis allée à tous mes entraînements et j'ai respecté chaque couvre-feu. (J'en avais enfreint quelques-uns, en réalité, mais jamais de mon plein gré et toujours pour la bonne cause.) Je n'avais aucune raison de faire une chose pareille pour me venger. À quoi cela m'aurait-il servi? Sta… le gardien Alto n'aurait fait aucun mal à Christian. Je n'aurais même pas pu en tirer le plaisir de le voir prendre un coup. Cela ne pouvait rien m'apporter d'autre que d'être confrontée à une situation comme celle-ci et de courir le risque d'être exclue de l'exercice de terrain.

—Vous courez effectivement le risque d'être exclue de l'exercice de terrain, commenta froidement Céleste.

—Oh!

Je me rassis, en me sentant beaucoup moins téméraire, tout à coup. Le silence pesa sur la pièce pendant quelques instants, puis j'entendis la voix de Dimitri s'élever derrière moi.

—Elle marque un point, leur fit-il remarquer. (Mon cœur se mit à tambouriner dans ma poitrine. Dimitri savait que je ne me serais jamais vengée de cette manière. Il ne me croyait pas mesquine.) Si elle avait voulu protester ou se venger, elle s'y serait prise différemment.

Du moins, il ne me croyait pas trop mesquine.

Céleste fronça les sourcils.

—Soit, mais après le scandale qu'elle a fait ce matin…

Dimitri avança de quelques pas pour venir se placer à côté de ma chaise. Sa présence imposante me réconforta. J'eus une impression de déjà-vu, à cause de la scène qui s'était déroulée lorsque Lissa et moi étions revenues à l'académie, à l'automne précédent. Kirova avait bien failli me renvoyer et Dimitri m'avait défendue.

— C'était accidentel, déclara-t-il. Même si son comportement paraît suspect, vous n'avez aucune preuve. L'exclure de l'exercice de terrain, c'est-à-dire l'empêcher d'obtenir son diplôme, est une mesure un peu extrême en l'absence de toute certitude.

Tandis que mes trois juges réfléchissaient à cette remarque, je concentrai mon attention sur Alberta. C'était elle qui détenait le plus d'influence. Je l'aimais bien. Depuis que je la connaissais, elle s'était toujours montrée sévère mais aussi scrupuleusement juste. J'espérais que ce serait encore le cas. Elle invita Céleste et Emil à se pencher vers elle et conversa avec eux à voix basse. Après un hochement de tête résigné d'Alberta, les deux autres gardiens reprirent leur position initiale.

— Aimeriez-vous ajouter quelque chose avant que nous rendions notre décision, mademoiselle Hathaway ?

Si j'aimerais ajouter quelque chose ? Oh oui ! des tas de choses… Je mourais d'envie de leur dire que je n'étais pas incompétente, que j'étais même l'une des meilleures novices de l'académie. Je voulais leur dire que j'avais vu Stan attaquer et que j'avais été sur le point de réagir. Je désirais surtout leur dire que je ne voulais pas que cela soit noté dans mon dossier. Même si on me laissait poursuivre l'exercice de terrain, j'allais obtenir une note exécrable. Cela allait affecter ma moyenne générale et ultérieurement mon avenir.

Néanmoins, une fois encore, que pouvais-je faire d'autre ? Leur dire que j'avais vu un fantôme ? Le fantôme d'un garçon qui était fou amoureux de moi et était sans doute mort à cause de cela ? Je ne savais toujours pas ce que signifiaient ces visions. Je pouvais mettre la première sur le compte de l'épuisement, mais je l'avais désormais vu deux fois. Était-il réel ? Mon côté rationnel rejetait cette idée, mais c'était sans importance à cet instant. S'il était bien réel et si je leur parlais de lui, ils allaient me croire folle. S'il n'était pas réel et si je leur parlais de lui, ils allaient également me croire folle et auraient bien raison. Je ne pouvais pas gagner.

— Non, gardienne Petrov, répondis-je sur un ton que j'espérais humble. Je n'ai rien à ajouter.

— Très bien, conclut-elle d'une voix lasse. Voici ce que nous avons décidé. Vous avez de la chance : si le gardien Belikov ne s'était pas fait votre avocat, nos conclusions auraient pu être différentes. Nous vous laissons le bénéfice du doute. Vous allez poursuivre l'exercice de terrain et continuer à protéger M. Ozéra. Considérez cela comme une période de probation.

— Ça me va. (J'avais passé l'essentiel de ma vie scolaire en période de probation.) Merci.

— Et, puisque vous n'êtes pas lavée de tout soupçon, vous emploierez votre jour de congé de cette semaine à assumer du service communautaire.

Je bondis de nouveau de ma chaise.

— Quoi ?

Les doigts chauds et impérieux de Dimitri s'enroulèrent autour de mon poignet.

— Assieds-toi, murmura-t-il à mon oreille en me tirant vers ma chaise. Saisis la chance qui t'est offerte.

— Si cela vous pose un problème, nous pouvons étendre la sanction à deux semaines, m'avertit Céleste, ainsi qu'aux quatre suivantes.

Je me rassis et secouai la tête.

— Je suis désolée. Merci.

Le conseil s'acheva, me laissant épuisée et vaincue. Ne s'était-il vraiment écoulé qu'une seule journée ? L'excitation joyeuse que j'avais éprouvée à la perspective de démarrer l'exercice de terrain remontait sûrement à des semaines, et non au matin même. Lorsque Alberta m'ordonna d'aller retrouver Christian, Dimitri lui demanda l'autorisation de me parler seul à seul. Elle accepta, croyant sans doute qu'il allait me remettre sur le droit chemin.

La salle se vida. Je pensais qu'il allait s'asseoir et me parler, mais il se dirigea vers une petite table qui supportait une bonbonne d'eau, une Thermos de café et d'autres boissons.

— Veux-tu un chocolat chaud ? me demanda-t-il.

Je ne m'attendais pas à cela.

— Oui.

Il versa quatre sachets de chocolat en poudre dans deux tasses en plastique et y ajouta de l'eau chaude.

— Doubler la dose, voilà le secret, commenta-t-il après avoir rempli les tasses.

Il me tendit la mienne avec un bâtonnet en bois pour touiller, puis se dirigea vers une porte latérale. Supposant que j'étais censée le suivre, je lui courus après en essayant de ne pas renverser mon chocolat chaud.

— Où allons… ? Oh !

La porte ouvrait sur une véranda meublée de petites tables dont j'ignorais l'existence. À ma décharge, ce bâtiment était celui où travaillaient les gardiens. Les novices y pénétraient rarement. Je ne savais pas non plus qu'il était percé d'une petite cour intérieure, sur laquelle donnait cette véranda. L'été, on devait ouvrir toutes les fenêtres pour jouir de la verdure et de la douceur de l'air. En cette saison, avec les vitres recouvertes de givre, on avait plutôt l'impression d'être dans un palais de glace.

Dimitri brossa un fauteuil du revers de la main pour en chasser la poussière. Je l'imitai et m'installai en face de lui. Apparemment, cette pièce était peu fréquentée pendant l'hiver. Comme elle était fermée, il y faisait moins froid qu'à l'extérieur, mais elle n'était pas chauffée. La fraîcheur du lieu m'incita à réchauffer mes mains contre ma tasse. Le silence s'installa entre nous, seulement troublé par les bruits que je faisais en soufflant sur mon chocolat. Il vida le sien presque d'un trait. Il tuait des Strigoï depuis des années. Que pouvait bien lui faire un peu d'eau bouillante ?

Tandis que nous étions tranquillement assis, je l'observai par-dessus ma tasse. Lui ne me regardait pas, mais je savais qu'il avait conscience que je l'observais. Comme chaque fois que je posais les yeux sur lui, je fus d'abord frappée par son apparence. J'admirai ses cheveux sombres et doux, qu'il repoussait souvent derrière ses oreilles d'un geste machinal, des cheveux qui ne voulaient jamais rester en place dans sa queue-de-cheval. Ses yeux, sombres eux aussi, étaient à la fois doux et féroces. Je pris conscience que ses lèvres avaient ces mêmes qualités contradictoires. Lorsqu'il se battait ou traitait un problème grave, elles s'infléchissaient en une ligne dure. Mais à d'autres moments, plus légers, lorsqu'il riait ou embrassait… elles devenaient douces et merveilleuses.

À cet instant, son apparence n'était pas la seule chose qui me touchait. Je me sentais en sécurité et réconfortée par sa seule présence. Il m'apportait un peu de chaleur humaine après cette affreuse journée. La plupart du temps, avec les gens, j'avais besoin d'être le centre de l'attention, d'être drôle et de toujours trouver quelque chose d'intelligent à dire. C'était une habitude dont j'allais devoir me débarrasser en devenant gardienne, étant donné l'importance du silence dans ce travail. Auprès de Dimitri, je n'avais jamais l'impression de devoir être plus que ce que j'étais. Je n'éprouvais pas le besoin de le divertir, d'inventer des plaisanteries, ni même de le séduire. C'était bien assez d'être ensemble et de se sentir si à l'aise en présence l'un de l'autre (la tension sexuelle mise à part) que nous en perdions toute conscience de nous-mêmes. Je soufflai et bus une gorgée de chocolat.

— Que s'est-il passé, dehors ? finit-il par me demander en rencontrant mon regard. Tu n'as pas craqué sous la pression.

Son ton n'était pas accusateur, mais curieux. Cela me fit prendre conscience qu'il ne me traitait pas comme une élève, aujourd'hui. Il me considérait comme une égale. Il n'avait pas l'intention de me faire la leçon et voulait simplement savoir quel était mon problème.

Cela me rendit encore plus pénible de devoir lui mentir.

— Bien sûr que si, répondis-je en baissant les yeux vers ma tasse. À moins que tu croies que j'ai fait exprès de laisser Stan « attaquer » Christian.

— Non. Je n'en crois rien. Je savais que tu serais contrariée de découvrir ton assignation, mais je n'ai jamais douté que tu ferais ce qu'on attendait de toi. J'étais certain que tu ne laisserais pas tes sentiments personnels interférer avec ton devoir.

Je relevai la tête pour soutenir son regard plein de confiance en moi.

— Ça n'a pas été le cas. J'étais furieuse. Je le suis encore un peu… mais j'étais sincère quand j'ai dit que je le ferais. Et puis, après avoir passé un peu de temps avec lui… je ne le déteste pas. En fait, je pense qu'il fait du bien à Lissa. Il tient à elle et je ne peux pas lui en vouloir pour ça. Il nous arrive de nous disputer, c'est tout… mais on a formé une bonne équipe contre les Strigoï. Je m'en suis souvenue quand nous étions ensemble, tout à l'heure. D'un coup, ça m'a semblé stupide d'avoir protesté contre cette assignation. J'avais l'intention de faire du bon boulot.

Je n'avais pas voulu en dire autant, mais c'était bon de laisser sortir ce que je gardais en moi et l'expression de Dimitri aurait pu me faire avouer n'importe quoi. Presque n'importe quoi.

— Que s'est-il passé, alors ? insista-t-il. Avec Stan ?

Je détournai les yeux et recommençai à jouer avec ma tasse. Je détestais l'idée de lui cacher ce qui m'arrivait, mais je ne pouvais pas lui en parler. Dans le monde des humains, les vampires et les dhampirs étaient des créatures de mythes et de légendes, des histoires pour faire peur aux petits enfants. Les hommes ignoraient que nous étions bien réels et vivions parmi eux. Mais notre existence n'impliquait pas que toutes les autres histoires paranormales soient vraies pour autant. Nous le savions bien et avions nos propres mythes, nos propres histoires fantastiques qui mettaient en scène des êtres auxquels nous ne croyions pas, comme les loups-garous, le croquemitaine ou les fantômes…

Sauf lorsqu'il s'agissait d'alimenter les plaisanteries ou de pimenter les histoires qu'on se racontait autour d'un feu de camp, les fantômes ne jouaient aucun rôle dans notre culture. On en parlait évidemment le soir d'Halloween et certaines légendes perduraient au fil des ans. Mais, dans la vie réelle, il n'y avait pas de fantômes. Si vous reveniez hanter les vivants après votre mort, c'était que vous étiez un Strigoï.

C'était du moins ce qu'on m'avait enseigné. Je n'en savais vraiment pas assez pour expliquer ce qui se passait. L'idée que je m'imaginais avoir vu Mason me paraissait plus vraisemblable que celle qu'il soit réellement devenu un fantôme, mais elle impliquait que je commençais à perdre sérieusement la tête. Dire que j'avais toujours craint de voir Lissa devenir folle... Qui aurait cru que ce serait moi ?

Dimitri m'observait en attendant toujours ma réponse.

— Je ne sais pas ce qui s'est passé. J'étais pleine de bonnes intentions. J'ai seulement... commis une boulette.

— Tu mens très mal, Rose.

Je levai les yeux.

— C'est faux. J'ai inventé des tas d'excellents mensonges que les gens ont crus...

Il esquissa un sourire.

— J'en suis certain. Mais ça ne marche pas avec moi. Pour commencer, tu évites mon regard. Ensuite... je ne sais pas. Je sais faire la différence, c'est tout.

Et merde ! Il savait effectivement faire la différence. Je me levai et me dirigeai vers la porte sans me retourner. D'habitude, je chérissais chaque minute que je passais auprès de lui, mais je ne pouvais pas m'attarder davantage, ce jour-là. Comme je ne supportais pas de lui mentir et que je ne pouvais pas non plus lui dire la vérité, il fallait que je m'en aille.

— Écoute... je te remercie de t'inquiéter pour moi, mais je t'assure que tout va bien. J'ai seulement raté mon coup. Ça m'embarrasse beaucoup et je suis désolée d'avoir fait si peu honneur à tes entraînements géniaux, mais je vais me reprendre. La prochaine fois, je botterai les fesses de Stan.

Soudain, Dimitri se retrouva juste derrière moi sans que je l'aie entendu arriver. Il posa une main sur mon épaule qui me pétrifia devant la porte. Il ne me toucha pas ailleurs et n'essaya pas de m'attirer contre lui. Pourtant, cette main sur mon épaule me parut la chose la plus puissante du monde.

— Rose… (je compris à son ton qu'il ne souriait plus)… je ne comprends pas pourquoi tu mens, mais je sais que tu ne le ferais pas sans une bonne raison. Si quelque chose ne va pas… quelque chose dont tu aurais peur de parler aux autres…

Je me retournai vivement en réussissant à pivoter sur place d'une manière telle que sa main atterrit sur mon autre épaule sans même qu'il ait bougé.

— Je n'ai pas peur ! m'écriai-je. J'ai mes raisons et ce qui s'est passé avec Stan n'était rien, crois-moi. Vraiment. Ce n'est qu'un truc stupide qui a pris des proportions gigantesques. Ne te sens pas désolé pour moi, ni obligé de faire quelque chose. Ce qui s'est passé est un problème, mais je vais faire avec et accepter la sanction. Je vais m'occuper de tout. Je vais m'occuper de moi…

Le simple fait de m'empêcher de trembler mobilisait toutes mes forces. Comment cette journée avait-elle pu devenir si bizarre et dégénérer à ce point ?

Dimitri ne répondit rien. Il se contenta de m'observer avec une expression que je ne lui avais jamais vue et que je ne parvins pas à interpréter. Était-il furieux ? réprobateur ? Je n'aurais pas su le dire. Ses doigts se crispèrent légèrement sur mon épaule, puis se détendirent.

— Tu n'as pas besoin de le faire toute seule, dit-il finalement.

Son ton était presque mélancolique, ce qui n'avait aucun sens. C'était lui qui me répétait depuis si longtemps que je devais me montrer forte. J'eus envie de me jeter dans ses bras, mais c'était impossible.

Je ne pus m'empêcher de sourire.

— Tu dis ça... mais sois sincère : est-ce que, toi, tu cours demander de l'aide lorsque tu as un problème ?

— Ce n'est pas la même chose.

— Réponds-moi, camarade.

— Ne m'appelle pas comme ça.

— Alors n'élude pas ma question.

— Non. J'essaie de régler mes problèmes tout seul.

J'échappai à sa main.

— Tu vois ?

— Mais il y a beaucoup de personnes à qui tu peux te fier dans ta vie, des gens qui se soucient de toi... Ça change beaucoup de choses.

Je l'observai avec surprise.

— Tu n'as donc personne qui se soucie de toi ?

Il fronça les sourcils et songea à ce qu'il venait de dire.

— Eh bien... il y a toujours eu des gens très bien dans ma vie, et des gens qui se souciaient de moi. Mais cela ne signifie pas nécessairement que je peux me fier à eux ou leur parler de tout.

Je me focalisais tant sur l'étrangeté de notre relation que je pensais rarement à la vie que Dimitri pouvait avoir en dehors de moi. À l'académie, tout le monde le respectait. Professeurs et élèves le considéraient comme un gardien redoutablement efficace. Chaque fois que nous rencontrions des gardiens extérieurs à l'académie, ils le connaissaient et le respectaient aussi. Mais je ne me souvenais pas lui avoir jamais vu la moindre relation sociale. Il ne semblait pas avoir d'amis parmi les autres gardiens. Il ne les traitait que comme des collègues qu'il appréciait. Je ne l'avais vu se montrer amical envers quelqu'un que lorsque Tasha Ozéra, la tante de Christian, était venue rendre visite à son neveu. Ils se connaissaient depuis longtemps, mais même ce lien n'avait pas été assez étroit pour que Dimitri entretienne la relation après son départ.

Tout à coup, je pris conscience que Dimitri était terriblement seul. Lorsqu'il ne travaillait pas, il se contentait de s'enterrer avec ses romans de cow-boys. Même si je me sentais seule, je devais bien reconnaître que j'étais presque toujours très entourée. Comme c'était mon professeur, j'avais tendance à voir les choses unilatéralement : c'était lui qui me donnait quelque chose, qu'il s'agisse d'instruction ou de conseils. Sauf que je lui apportais quelque chose, moi aussi, qui était plus difficile à définir : un lien avec une autre personne.

— As-tu confiance en moi ? lui demandai-je.

Il n'hésita qu'un instant.

— Oui.

— Alors fais-moi confiance sur ce coup-là et ne t'inquiète pas pour moi.

Je reculai hors de portée de son bras sans qu'il dise quoi que ce soit ni essaie de m'arrêter. Je traversai la salle dans laquelle on m'avait interrogée, puis me dirigeai vers l'entrée principale du bâtiment et jetai mon reste de chocolat chaud dans la première poubelle que je croisai.

Chapitre 6

Seuls trois témoins avaient assisté à l'incident avec Stan sur la pelouse. Néanmoins, je ne fus pas surprise de voir que tout le monde semblait déjà au courant quand je rentrai dans le bâtiment principal un peu plus tard. Les cours étaient finis, mais beaucoup d'élèves circulaient dans les couloirs pour aller étudier, rattraper des devoirs en retard ou n'importe quoi d'autre. Ils s'efforçaient de rester discrets dans leurs regards et leurs chuchotements mais n'étaient pas très doués. Ceux qui croisaient mon regard m'offraient des sourires crispés ou détournaient immédiatement les yeux. Génial.

Comme je n'avais pas de lien psychique avec Christian, j'ignorais où il était. Je sentis que Lissa se trouvait dans la bibliothèque et estimai que cela fournirait un bon point de départ à mes recherches. En chemin, j'entendis une voix masculine derrière moi.

— Tu as poussé le bouchon un peu loin, tu ne crois pas ?

Je me retournai pour voir Ryan et Camille qui marchaient à quelques pas derrière moi. Si j'avais été un garçon, la réponse adaptée aurait été : « Avec ta mère, tu veux dire ? » Mais, comme je n'étais pas un garçon et que j'étais bien élevée, je me contentai de :

— Je ne vois pas de quoi tu parles.

Ryan allongea le pas pour me rattraper.

— Tu sais très bien de quoi je parle. Avec Christian. J'ai entendu dire que, quand Stan a attaqué, tu t'es comportée comme si tu lui disais « je te le laisse » avant de te tirer.

— Mon Dieu ! grognai-je. (C'était déjà assez pénible que tout le monde parle de vous, alors pourquoi fallait-il en plus que les histoires changent en cours de route ?) Ce n'est pas ce qui s'est passé.

— Ah oui ? Alors pourquoi as-tu été convoquée par Alberta ?

— Écoute, répliquai-je en me sentant perdre mes bonnes manières. Je me suis simplement plantée pendant l'attaque... Un peu comme toi, tout à l'heure, quand tu as cessé de prêter attention à ce qui se passait dans le couloir.

— Eh ! se vexa-t-il en rougissant légèrement. J'ai rattrapé le coup. J'ai fait ce que j'avais à faire.

— N'est-ce pas ce qu'on appelle « se faire tuer » de nos jours ?

— Au moins, je n'ai pas joué les sales pleurnichards qui refusent de se battre.

Je venais à peine de me calmer après ma discussion avec Dimitri et je sentais ma colère qui remontait déjà, comme un thermomètre prêt à éclater.

— Tu sais, tu devrais peut-être faire plus attention à ton boulot de gardien au lieu de critiquer les autres.

Je désignai Camille du menton. Elle était restée tranquille jusque-là, mais je lisais sur son visage qu'elle ne perdait pas une miette de la conversation.

Ryan haussa les épaules.

— Je peux faire les deux à la fois. Shane surveille nos arrières et la zone devant nous est sécurisée. Il n'y a pas de fenêtres. C'est du gâteau. (Il tapota l'épaule de Camille.) Elle ne court aucun risque.

— Cet endroit est facile à sécuriser. Tu ne t'en sortirais pas si bien dans le monde réel, face à de vrais Strigoï.

Son sourire disparut et je vis de la colère briller dans ses yeux.

— Peut-être. Mais, d'après ce que j'ai entendu, tu ne t'en es pas si bien sortie, là-bas, en tout cas en ce qui concerne Mason.

Plaisanter sur l'incident avec Stan et Christian était une chose, mais m'accuser d'être responsable de la mort de Mason ? C'était inacceptable. C'était moi qui avais protégé Lissa pendant deux ans dans le monde des humains. C'était moi qui avais tué deux Strigoï à Spokane. C'était moi, la seule novice de l'académie à porter des molnija, ces petits tatouages que les gardiens recevaient pour chaque Strigoï tué. Je savais que des rumeurs circulaient sur ce qui était arrivé à Mason, mais personne n'avait osé l'évoquer devant moi. L'idée que Ryan ou n'importe qui pouvaient me tenir pour responsable de la mort de Mason n'était pas supportable. Je me la reprochais déjà suffisamment moi-même, sans qu'ils en rajoutent.

Le thermomètre éclata.

D'un mouvement fluide, je le contournai, saisis Camille et la plaquai contre le mur. Je ne l'avais pas poussée assez fort pour lui faire mal, mais je l'avais clairement surprise. Tandis qu'elle écarquillait les yeux, je pressai mon avant-bras sur sa gorge pour l'immobiliser.

— Qu'est-ce que tu fais ? s'exclama Ryan en nous regardant tour à tour.

Je changeai légèrement de position sans relâcher ma pression sur Camille.

— Je fais ton éducation, répondis-je d'une voix affable. Certains endroits ne sont pas aussi faciles à sécuriser que tu le penses.

— Tu es folle ! Tu ne peux pas faire de mal à un Moroï ! Si les gardiens l'apprennent...

— Mais je ne lui fais pas de mal, me défendis-je en tournant les yeux vers elle. Qu'en penses-tu ? Éprouves-tu une douleur extrême ? (Après un instant d'hésitation, elle secoua la tête autant que sa position le lui permettait.) Trouves-tu ta situation inconfortable ? (Elle acquiesça faiblement.) Tu vois ? expliquai-je à Ryan. L'inconfort et la douleur sont deux choses différentes.

— Tu as perdu la tête ! Lâche-la !

— Je n'ai pas fini, Ry. Sois attentif… Ce que j'essaie de te démontrer, c'est que le danger peut venir de n'importe où. Pas seulement des Strigoï ou des gardiens déguisés en Strigoï. Si tu continues à agir comme un con arrogant qui croit tout savoir… (je serrai davantage la gorge de Camille sans l'empêcher de respirer ni lui faire mal)… tu vas passer à côté de certaines choses ; des choses qui peuvent coûter la vie à ton Moroï.

— D'accord. Tout ce que tu voudras. S'il te plaît, arrête… (Sa voix tremblait et il avait perdu toute son arrogance.) Tu lui fais peur.

— Moi aussi, j'aurais peur, si ma vie était entre tes mains.

Un parfum de clou de girofle m'informa de la présence d'Adrian. J'avais aussi remarqué que Shane et quelques autres s'étaient approchés pour nous regarder. Les autres novices semblaient hésitants, comme s'ils voulaient intervenir, mais craignaient de blesser Camille. Je savais que j'aurais dû la lâcher, mais Ryan m'avait mise hors de moi. J'avais besoin de marquer le coup et de lui rendre la monnaie de sa pièce. Je n'éprouvais même pas de remords vis-à-vis de Camille, puisque j'étais certaine qu'elle n'avait pas manqué de contribuer aux rumeurs qui circulaient sur mon compte.

— C'est fascinant, commenta Adrian d'une voix aussi traînante que d'habitude. Mais je pense que tu t'es fait comprendre.

— Je n'en suis pas sûre, répondis-je sur un ton à la fois mielleux et menaçant. Ryan n'a peut-être pas encore saisi.

— Pour l'amour de Dieu, Rose ! J'ai compris ! s'écria Ryan. Lâche-la !

Adrian me contourna pour venir se placer à côté de Camille. Nous étions pressées l'une contre l'autre, mais il parvint à se glisser entre nous et à mettre son visage dans mon champ de vision, presque contre celui de Camille. Même s'il arborait son habituel sourire idiot, une certaine gravité était perceptible dans ses yeux vert sombre.

— C'est ça, petite dhampir. Laisse-la partir. Tu as prouvé ce que tu voulais.

Je voulus ordonner à Adrian de s'écarter, lui dire que c'était à moi de décider quand j'en aurais fini, mais les mots refusèrent de sortir. Une part de moi enrageait qu'il soit intervenu, l'autre trouvait ce qu'il disait… raisonnable.

— Laisse-la partir, répéta-t-il.

Je ne regardais plus que lui, jusqu'à en oublier Camille. Tout à coup, mon esprit tout entier accepta l'idée que sa proposition était raisonnable. Je devais la lâcher. Je retirai mon bras et reculai d'un pas. Camille déglutit et courut se réfugier derrière Ryan en se servant de lui comme d'un bouclier. Je me rendis compte qu'elle était au bord des larmes. Ryan, pour sa part, paraissait abasourdi.

Adrian se redressa et le congédia d'un geste.

— Si j'étais toi, je dégagerais avant de vraiment contrarier Rose.

Ryan, Camille et les autres s'écartèrent lentement de nous. Adrian passa son bras autour de mes épaules et m'entraîna vers la bibliothèque. Je me sentais bizarre, comme si je venais de me réveiller, puis les choses devinrent de plus en plus claires au fur et à mesure que j'avançais. Je finis par repousser son bras et m'écartai de lui.

— Tu viens d'utiliser la suggestion sur moi ! m'exclamai-je. Tu m'as forcée à la lâcher !

— Il fallait bien que quelqu'un le fasse… tu avais l'air d'être sur le point de l'étrangler.

— C'est faux, me défendis-je en poussant la porte de la bibliothèque. Je ne lui aurais pas fait de mal. Tu n'avais pas le droit de me faire ça.

La suggestion, le pouvoir d'imposer sa volonté aux autres, était un talent que tous les vampires possédaient dans une faible mesure. Son usage était considéré comme immoral et la plupart ne le maîtrisaient pas assez pour provoquer de vrais dégâts. Mais l'esprit renforçait ce pouvoir, ce qui faisait d'Adrian et de Lissa deux personnes très dangereuses.

— Pas plus que tu avais le droit de t'en prendre à une pauvre fille dans un couloir pour apaiser ton orgueil blessé.

— Ryan n'avait pas le droit de me dire ces choses.

— Je ne sais même pas ce que sont « ces choses » mais, à moins que je me sois trompé sur ton âge, tu es trop vieille pour piquer une crise à cause d'une stupide rumeur.

— Piquer une…

Mes mots restèrent suspendus à mes lèvres lorsque nous atteignîmes la table où travaillait Lissa. Son visage et ses sentiments m'apprirent que les ennuis ne faisaient que commencer. Eddie se trouvait à quelques pas d'elle. Il était appuyé contre un mur et surveillait la salle. Ses yeux s'écarquillèrent à mon approche, mais il garda le silence.

Je m'assis en face de Lissa.

— Salut.

Elle leva les yeux, soupira, puis reporta son attention sur le manuel ouvert devant elle.

— Je me demandais quand tu réapparaîtrais. As-tu été suspendue ?

Elle parlait d'une voix calme et polie, mais je lisais facilement son état d'âme. Elle était contrariée, et même un peu en colère.

— Pas cette fois. Je m'en tire avec du service communautaire.

Elle ne répondit rien et notre lien m'informa qu'elle m'en voulait toujours.

Je soupirai à mon tour.

— Ça va… Parle-moi, Liss. Je sais que tu es folle de rage.

Adrian nous observa, moi d'abord, puis elle, et de nouveau moi.

— J'ai l'impression que quelque chose m'échappe.

— Génial, commentai-je. Tu te permets d'intervenir dans ma bagarre et tu ne sais même pas de quoi il s'agit ?

— « Bagarre » ? demanda Lissa, chez qui l'étonnement vint s'ajouter à la colère.

— Que s'est-il passé ? insista Adrian.

Je hochai la tête à l'intention de Lissa.

— Vas-y. Raconte-lui.

— Rose a été mise à l'épreuve, tout à l'heure, et elle a refusé de protéger Christian. (Elle secoua la tête avec exaspération, puis me dévisagea avec un regard accusateur.) Je n'arrive pas à croire que tu sois encore assez fâchée pour lui faire ça. C'est puéril.

Lissa avait abouti à la même conclusion que les gardiens. Je soupirai.

— Je ne l'ai pas fait exprès ! Je viens de supporter un interrogatoire sur le même sujet, et je leur ai dit la même chose.

— Alors que s'est-il passé ? Pourquoi as-tu fait ça ?

J'hésitai. Ma réticence à parler n'avait rien à voir avec la présence d'Adrian et Eddie, même si je n'avais aucune envie qu'ils m'entendent. Le problème était plus compliqué.

Dimitri avait raison : je pouvais me fier à des gens et, surtout, il y avait deux personnes en qui j'avais une confiance aveugle : Lissa et lui. Je m'étais déjà retenue de lui dire la vérité. Allais-je, ou plutôt pouvais-je, la lui cacher à elle aussi ? Même si elle était furieuse, je n'avais pas le moindre doute qu'elle me soutiendrait. Elle serait toujours là pour moi. Mais, comme avec Dimitri, je répugnai à lui raconter mon histoire de fantôme. J'étais placée devant la même alternative que face à lui : je devais choisir de passer soit pour une folle, soit pour une incompétente...

À travers notre lien, je sentais son esprit pur et clair. Il n'y avait aucune noirceur, aucun signe de dérèglement, mais je percevais une légère tension, tout au fond. Les antidépresseurs mettaient un certain temps avant de s'intégrer à un organisme et à en disparaître. Pourtant, sa magie commençait déjà à s'éveiller après seulement une journée d'arrêt. Je repensai à mes rencontres fantomatiques, au Mason triste et translucide qui m'était apparu. Comment pouvais-je lui expliquer une chose pareille ? Comment pouvais-je lui parler d'un phénomène si étrange et si improbable alors qu'elle faisait tant d'efforts pour donner un peu de normalité à sa vie et s'était lancé le défi de maîtriser ses pouvoirs ?

Je compris que je ne pouvais pas lui en parler. Pas encore… Surtout que je me rappelai tout à coup l'importante nouvelle que j'avais à lui communiquer.

— Je suis restée paralysée, expliquai-je finalement. C'est stupide. Je me suis tellement vantée de pouvoir battre n'importe qui… Pourtant, quand Stan a attaqué… (Je haussai les épaules.) Je ne sais pas. Je me suis retrouvée incapable de réagir. C'est très embarrassant. Et il a fallu que ce soit face à lui, en plus.

Lissa m'observa attentivement afin d'évaluer mon degré d'honnêteté. Son manque de confiance me fit souffrir… à ceci près que j'étais effectivement en train de lui mentir. Néanmoins, comme je l'avais dit à Dimitri, je pouvais être une bonne menteuse quand je le voulais. Lissa ne sut pas faire la différence.

— Comme j'aimerais pouvoir lire dans ton esprit, confia-t-elle.

— Allons… tu me connais. Me crois-tu vraiment capable de faire ça ? Laisser tomber Christian et me ridiculiser, simplement pour me venger des profs ?

— Non, répondit-elle finalement. Tu choisirais sûrement une méthode qui te permettrait de ne pas te faire pincer.

— Dimitri a dit la même chose, grommelai-je. Je suis ravie de voir que tout le monde a une telle foi en moi.

— Nous avons foi en toi, répliqua-t-elle. C'est pour ça que cette histoire nous paraît si bizarre.

— Tout le monde commet des erreurs, moi y comprise, arguai-je avec suffisance. Je sais que c'est dur à croire. Je me suis surprise moi-même… Mais je suppose que ça devait arriver un jour ou l'autre. Ça devait être nécessaire à l'équilibre de l'univers… sinon, il ne serait pas juste que quelqu'un soit aussi formidable que moi.

Adrian, qui avait eu le bon goût de se taire pour changer, nous regardait parler comme on suit un échange au tennis. Ses paupières légèrement plissées me firent suspecter qu'il étudiait nos auras.

Lissa me fit les gros yeux, mais la colère que j'avais sentie en arrivant s'apaisa un peu. Elle croyait en moi. Son regard se détourna de mon visage pour se poser sur quelqu'un qui se trouvait derrière moi et je ressentis le flot d'émotions heureuses qui signalait la présence de Christian.

— Mon loyal garde du corps est de retour, déclara-t-il en tirant une chaise. (Il se tourna vers Lissa.) As-tu déjà fini ?

— Fini quoi ?

Il inclina la tête dans ma direction.

— De lui faire passer un sale quart d'heure pour m'avoir abandonné entre les griffes mortelles d'Alto.

Lissa rougit. À présent que je m'étais suffisamment défendue, elle regrettait déjà un peu de m'avoir sauté à la gorge. La remarque désinvolte et pertinente de Christian la fit se sentir encore plus idiote.

— Nous avons discuté, c'est tout.

Adrian bâilla et s'affala sur le dossier de sa chaise.

— Je crois que j'ai tout compris. C'est une arnaque, c'est ça ? Une arnaque visant à m'effrayer parce que je n'arrête pas de te demander de devenir ma gardienne. Tu t'es dit que j'allais cesser de te harceler si tu faisais semblant d'être mauvaise. Puisque ça ne va pas marcher, il n'y a aucun intérêt à risquer la vie de quelqu'un d'autre.

Je lui fus reconnaissante de ne pas mentionner l'incident du couloir. Ryan avait nettement dépassé les bornes mais, le temps passant, j'avais de plus en plus de mal à croire que j'avais perdu la tête de cette manière. J'avais l'impression que c'était arrivé à quelqu'un d'autre et que je n'en avais été que spectatrice. Bien sûr, il semblait que je perdais la tête pour un oui ou pour un non, ces derniers temps. J'avais été furieuse qu'on m'ait assignée à Christian, furieuse de comprendre ce dont les gardiens m'accusaient, furieuse de...

Très bien. Il était sans doute temps que je lâche la bombe.

— Il y a... quelque chose que vous devriez savoir, les amis.

Tous les regards, y compris celui d'Eddie, se tournèrent vers moi.

— Que se passe-t-il ?

Comme il n'existait pas de bonne manière de leur annoncer une telle chose, je choisis d'y aller franchement.

— Eh bien… il se trouve que Victor Dashkov n'a jamais été déclaré coupable de ce qu'il nous avait fait. Il a seulement été emprisonné. On va bientôt le juger officiellement, dans une semaine, ou quelque chose comme ça.

La réaction de Lissa en entendant prononcer ce nom fut assez semblable à la mienne. Par l'intermédiaire de notre lien, je sentis de la stupeur immédiatement suivie par de la crainte. Puis une succession d'images défila dans son esprit. La manière dont le jeu pervers de Victor l'avait amenée à douter de sa santé mentale. La torture que son homme de main lui avait fait subir. Christian couvert de sang après qu'il eut été attaqué par les chiens de Victor. Elle serra les poings sur la table, si fort que ses articulations blanchirent. Christian ne pouvait pas ressentir sa réaction de la même manière que moi, mais il n'en eut pas besoin. Il posa sa main sur les siennes, mais elle le remarqua à peine.

— Mais… Mais… (Elle inspira profondément pour tâcher de se calmer.) Comment est-il possible qu'il n'ait pas encore été jugé coupable ? Tout le monde sait… Ils ont vu…

— C'est la loi. Ils sont censés lui offrir la possibilité de défendre son cas.

Son visage trahissait un grand désarroi, puis elle parvint lentement à la même prise de conscience que j'avais eue la veille avec Dimitri.

— Attends… Es-tu en train de dire qu'ils pourraient le déclarer innocent ?

En voyant ses yeux s'écarquiller de terreur, je ne pus me résoudre à lui répondre. Apparemment, la tête que je faisais lui suffit pour comprendre.

— C'est des conneries ! s'écria Christian en abattant son poing sur la table.

Plusieurs personnes assises aux tables voisines tournèrent la tête dans sa direction.

— C'est de la politique, le corrigea Adrian. Les gens qui sont au pouvoir ne sont pas soumis aux mêmes règles que les autres.

— Mais il a bien failli tuer Rose et Christian ! s'insurgea Lissa. Et il m'a enlevée ! Comment peut-il y avoir le moindre doute ?

Les émotions de Lissa jaillissaient toutes à la fois : la peur, la colère, le chagrin, la révolte, le désarroi, l'impuissance… Je ne voulais pas qu'elle sombre dans ces sentiments dangereux et me mis à espérer du fond du cœur qu'elle se calme. Lentement, progressivement, elle le fit. Mais alors ce fut moi qui éprouvai de nouveau de la colère. Je me retrouvai bientôt dans le même état que face à Ryan.

— Je suis certain qu'il ne s'agit que d'une formalité, déclara Adrian. Lorsque toutes les preuves auront été exposées, il n'y aura sans doute plus grand-chose à débattre.

— C'est le problème, répondis-je avec amertume. Toutes les preuves ne seront pas exposées : nous ne sommes pas autorisées à assister au procès

— Quoi ? s'exclama Christian. Mais alors qui va témoigner ?

— Les gardiens qui étaient là. Apparemment, ils n'ont pas confiance en nous pour rester discrètes. La reine ne veut pas que le monde sache que l'un de ses précieux nobles a fait quelque chose de mal.

Lissa ne sembla pas s'offusquer du dégoût avec lequel je parlais des Moroï de sang royal.

— Mais c'est à cause de ce qu'il nous a fait qu'on le juge…

Christian se leva et jeta des regards furieux autour de lui, comme si Victor s'était trouvé dans la bibliothèque.

— Je vais tout de suite m'occuper de ce problème.

— C'est ça, ironisa Adrian. Je suis sûr que d'aller trouver les gardiens en défonçant leur porte les fera changer d'avis. Tu n'as qu'à emmener Rose. À vous deux, vous devriez faire une très bonne impression…

— Ah oui ? riposta Christian en agrippant le dossier de sa chaise et en rivant sur Adrian un regard furieux. Tu as une meilleure idée ?

Le calme de Lissa recommença à vaciller.

— Si Victor était libéré, s'en prendrait-il encore à nous ?

— Si Victor est remis en liberté, il n'en profitera pas longtemps, lui promis-je. Je m'en assurerai.

— Prudence, intervint Adrian, que tout cela semblait amuser. Même toi, tu n'arriverais pas à t'en sortir, si tu assassinais un noble.

Je m'apprêtais à lui répondre que j'allais commencer par m'entraîner sur lui d'abord, lorsque la voix cinglante d'Eddie interrompit mes pensées.

— Rose !

Un instinct acquis par de nombreuses années d'entraînement se réveilla brutalement en moi. Je levai les yeux et vis aussitôt ce qu'il avait remarqué. Emil venait d'entrer dans la bibliothèque et observait les novices en prenant des notes. Je bondis de ma chaise et pris position près d'Eddie, à un endroit d'où je pouvais voir à la fois Christian et la plus grande partie de la bibliothèque. Merde ! je devais me ressaisir si je ne voulais pas donner raison à Ryan. Ma crise dans le couloir et cette discussion sur Victor m'avaient fait négliger complètement mes devoirs de gardienne. Cette fois, je n'aurais peut-être même pas besoin de Mason pour échouer.

Emil ne m'avait pas vue assise et en train de bavarder. Il approcha, nous jeta un coup d'œil et prit quelques notes avant de se diriger vers une autre partie de la bibliothèque. Je fus soulagée de l'avoir échappé belle et tâchai de reprendre le contrôle de moi-même. C'était difficile. Ma mauvaise humeur était revenue et la colère que le procès de Victor inspirait à Lissa et à Christian ne m'aidait pas à me détendre. Je voulais y assister afin de faire pencher la balance. J'avais envie de hurler, de fulminer et de faire partager ma frustration au monde entier. Mais c'était un luxe que je ne pouvais pas m'offrir en tant que gardienne. Mon premier devoir était de protéger les Moroï sans m'abandonner à mes impulsions. Je me répétai inlassablement la devise des gardiens : « Ils passent avant tout. »

Ces mots commençaient vraiment à m'ulcérer.

Chapitre 7

Lorsque la première sonnerie annonçant le couvre-feu retentit, les Moroï ramassèrent leurs affaires. Adrian nous quitta aussitôt, mais Lissa et Christian prirent leur temps pour rentrer à leur dortoir. Ils se tenaient la main et se penchaient l'un vers l'autre pour se chuchoter des choses que j'aurais pu « espionner » si je m'étais glissée dans la tête de Lissa. Ils étaient toujours fous de rage à propos de Victor.

Je leur laissai leur intimité, gardai mes distances, et scrutai le périmètre tandis qu'Eddie marchait à leur côté. Comme il y avait plus de Moroï que de dhampirs à l'académie, ceux-là avaient deux dortoirs, situés côte à côte. Les chambres de Lissa et de Christian ne se trouvaient pas dans le même. Ils s'arrêtèrent à l'endroit où les chemins qui menaient aux deux bâtiments se séparaient. Tandis qu'ils s'embrassaient pour se dire au revoir, je fis de mon mieux pour les surveiller en ayant l'air de ne pas les voir, à la manière des gardiens. Après m'avoir souhaité une bonne nuit, Lissa se dirigea vers son dortoir avec Eddie. Je suivis Christian en direction du sien.

Si j'avais protégé Adrian ou quelqu'un dans son genre, j'aurais sans doute dû supporter des plaisanteries grivoises tournant autour de l'idée que nous allions dormir l'un près de l'autre pendant six semaines, mais

Christian me traita de la manière brusque et naturelle dont on traite une sœur. Il me dégagea un espace par terre. Le temps qu'il revienne de s'être brossé les dents, je m'étais improvisé un couchage confortable avec des couvertures. Il éteignit la lumière et se glissa dans son lit.

— Christian ? l'appelai-je après quelques instants de silence.

— Il est l'heure de dormir, Rose.

Je bâillai.

— J'en ai envie aussi, crois-moi. Mais je voudrais d'abord te poser une question.

— Est-ce au sujet de Victor ? Parce que j'ai besoin de dormir et que ça va encore m'énerver.

— Non. C'est autre chose.

— Vas-y. Envoie.

— Pourquoi ne t'es-tu pas moqué de moi à propos de ce qui s'est passé avec Stan ? Tout le monde essaie de comprendre si je me suis plantée ou si je l'ai fait exprès. Lissa m'a fait passer un sale quart d'heure. Adrian s'en est amusé et les gardiens... Peu importe. Toi, par contre, tu n'as rien dit. Je pensais que tu serais le premier à lancer un commentaire cinglant.

Un long silence suivit, pendant lequel j'espérais qu'il était en train de réfléchir à sa réponse et non de s'endormir.

— Je n'avais aucune raison de te faire passer un sale quart d'heure, dit-il finalement. Je sais que tu ne l'as pas fait exprès.

— Pourquoi pas ? Enfin... je n'essaie pas de te contredire, puisque je ne l'ai effectivement pas fait exprès, mais comment peux-tu en être si sûr ?

— À cause de notre conversation en science culinaire. Et à cause de ta manière de te comporter. Je t'ai vue à Spokane. Aucune personne capable d'agir comme tu l'as fait pour nous sauver... Disons que je suis certain que tu ne ferais pas quelque chose de si puéril.

— Ça alors ! Merci. Ça... compte beaucoup pour moi. (Christian était le seul à me croire.) Tu es le premier à croire que j'ai raté mon coup sans l'avoir prémédité.

— Disons… que je ne crois pas ça non plus.

— Quoi ? Que je me suis plantée ? Pourquoi ?

— N'as-tu rien écouté de ce que je viens de dire ? Je t'ai vue à Spokane. Quelqu'un comme toi ne rate pas son coup ni ne reste paralysé. (Je m'apprêtai à lui dire la même chose qu'aux gardiens, que le fait d'avoir tué des Strigoï ne me rendait pas invincible, mais il m'en empêcha.) Et puis, j'ai vu la tête que tu faisais, là-dehors.

— Là-dehors… sur la pelouse ?

— Oui. (De nouveaux instants de silence s'écoulèrent.) J'ignore ce qui s'est passé, mais tu avais l'air… Tu n'avais pas l'air de quelqu'un qui cherche à se venger, ni de quelqu'un dérouté par l'attaque d'Alto. C'était autre chose… Je ne sais pas quoi. Mais tu semblais complètement absorbée par quelque chose d'autre. Et tu veux que je te dise ? Ton expression était franchement terrifiante.

— Et pourtant… tu ne te moques pas de moi sur ça non plus.

— Ce ne sont pas mes affaires. Si quelque chose t'a terrifiée à ce point, ce doit être grave. Mais, si les choses devaient mal tourner, je me sentirais en sécurité avec toi, Rose. Je sais que tu me protégerais si on rencontrait vraiment un Strigoï. (Il bâilla.) Bien. À présent que j'ai mis mon âme à nu, pourrions-nous dormir, s'il te plaît ? Peut-être n'as-tu pas besoin d'être fraîche et dispose demain matin mais nous n'avons pas tous cette chance.

Je le laissai s'endormir et ne tardai pas à être moi-même rattrapée par l'épuisement. J'avais eu une longue journée et ressentais encore le manque de sommeil de la nuit précédente. Dès que je fus profondément endormie, je me mis à rêver. Dans le même temps, je pris conscience qu'il s'agissait de l'un des rêves artificiels d'Adrian.

— Oh non ! grognai-je.

Je me trouvais dans un jardin en plein été. L'air était chaud et humide, et le soleil me caressait de ses rayons dorés. Des fleurs de toutes les couleurs s'épanouissaient autour de moi et l'air était imprégné d'un parfum de rose et de lilas. Des abeilles et des papillons voletaient de fleur en fleur. J'étais vêtue d'un jean et d'un débardeur en lin. Mon nazar, un petit œil en verre bleu censé me protéger du mauvais sort, pendait à mon cou. Je portais aussi au poignet un bracelet de perles avec une croix, appelé « *chotki* ». C'était un héritage des Dragomir que Lissa m'avait offert. Je portais rarement des bijoux au quotidien mais ces deux objets figuraient toujours dans les rêves d'Adrian.

— Où te caches-tu ? appelai-je. Je sais que tu es là.

Adrian sortit de derrière le tronc d'un pommier dont les branches étaient chargées de fleurs rose et blanc. Il était en jean, vêtement que je ne lui avais jamais vu porter jusque-là. C'était un jean de bonne qualité, visiblement d'une grande marque. Un tee-shirt en coton vert foncé, très simple, complétait sa tenue et le soleil jetait des reflets roux et dorés dans ses cheveux châtains.

— Je t'avais demandé de ne plus t'introduire dans mes rêves, dis-je en posant les mains sur mes hanches.

Il m'offrit son habituel sourire désinvolte.

— Mais alors comment pourrions-nous discuter ? Tu ne t'es guère montrée amicale, ces derniers temps…

— Peut-être aurais-tu plus d'amis si tu arrêtais d'utiliser la suggestion sur les gens qui t'entourent.

— Je devais te protéger de toi-même. Ton aura ressemblait à un ciel d'orage.

— D'accord. S'il te plaît, pourrions-nous éviter de parler d'auras et du destin fatal qui m'attend, pour une fois ?

Je vis à son regard que ce sujet l'intéressait vraiment, mais il laissa tomber.

— Très bien. Parlons d'autre chose.

— Mais je ne veux pas parler du tout ! Je veux dormir.

— Tu es en train de dormir. (Adrian me sourit, puis alla observer une plante grimpante qui s'enroulait autour d'un piquet et dont les fleurs orangées ressemblaient à des trompettes. Il caressa délicatement le calice de l'une d'elles.) C'était le jardin de ma grand-mère.

— Génial, commentai-je en m'adossant confortablement au pommier. (J'avais l'impression que nous risquions de rester là un certain temps.) Voilà que je dois subir l'histoire de ta famille à présent.

— Eh ! c'était une dame sympa.

— J'en suis certaine. Est-ce que je peux partir, maintenant ?

Il n'avait pas quitté les fleurs des yeux.

— Tu ne devrais pas dénigrer l'arbre généalogique des Moroï. Tu ne sais rien sur ton père. Il se pourrait bien que nous soyons cousins...

— Me laisserais-tu tranquille, si c'était le cas ?

Il revint vers moi et poursuivit son idée comme s'il n'avait pas entendu ma question.

— Non, ne t'inquiète pas. Je ne pense pas que nous soyons apparentés. Ton père n'est-il pas censé être turc, d'ailleurs ?

— Oui, d'après ma... Eh ! es-tu en train de mater mes seins ?

Il m'observait attentivement, mais ses yeux n'étaient pas braqués sur mon visage. Je croisai les bras sur ma poitrine et lui jetai un regard furieux.

— Je regarde ton débardeur... La couleur ne va pas.

Il tendit la main pour effleurer une bretelle. Comme une feuille de papier qui s'imprégnerait d'encre, le tissu blanc vira au bleu indigo. Puis il plissa les yeux à la manière d'un artiste qui examinerait son œuvre.

— Comment as-tu fait cela ? m'exclamai-je.

— C'est mon rêve... Non. Tu n'es pas le genre de personne à porter du bleu. Essayons ça. (Le bleu se transforma en un cramoisi lumineux.) C'est ça. C'est le rouge, ta couleur. Rouge comme une rose, comme une douce Rose...

— Mon Dieu ! je ne savais pas que tu pouvais virer cinglé même pendant tes rêves...

Il n'était jamais aussi inquiétant et aussi déprimé que Lissa l'avait été l'année précédente, mais l'esprit avait tendance à le rendre vraiment bizarre, de temps en temps.

Il recula en écartant les bras.

— Je suis toujours fou quand je suis près de toi, Rose. Allez ! je vais t'improviser un poème.

Il rejeta sa tête en arrière et se mit à déclamer vers le ciel.

— « Rose est en rouge
Jamais en bleu,
Acérée comme une épine
Et se battant comme elle. »

Adrian laissa retomber ses bras et posa sur moi un regard plein d'expectative.

— Comment une épine peut-elle se battre ? lui demandai-je.

Il secoua la tête.

— L'art n'a pas besoin d'avoir du sens, petite dhampir. Et puis, je suis cinglé, non ?

— Je t'ai déjà vu faire mieux.

— Je vais essayer de progresser, répondit-il en s'éloignant pour aller observer un hortensia.

Je m'apprêtais à lui demander une fois de plus quand j'allais pouvoir « retourner » dormir, mais notre dernier échange venait de faire jaillir une idée dans mon esprit.

— Adrian… comment peut-on savoir si on est fou ou pas ?

Il se détourna des fleurs en souriant. Je le sentis sur le point de faire une plaisanterie, mais il me considéra plus attentivement. Alors son sourire s'évanouit et il devint étonnamment sérieux.

— Crois-tu être folle ? me demanda-t-il.

— Je ne sais pas, répondis-je en baissant les yeux vers le sol. (J'étais pieds nus et l'herbe me chatouillait les orteils.) J'ai… vu des choses.

— Il est rare que les fous s'interrogent sur leur folie, me répondit-il avec sagesse.

Je soupirai et relevai les yeux.

— Ça ne m'aide pas beaucoup.

Il s'approcha pour poser une main sur mon épaule.

— Je ne crois pas que tu sois folle, Rose. Par contre, je crois que tu as traversé beaucoup d'épreuves.

— Qu'est-ce que ça veut dire ? demandai-je en fronçant les sourcils.

— Ça veut dire que je ne crois pas que tu sois folle.

— Merci. Ça éclaircit les choses. Tu sais, ces rêves commencent vraiment à me taper sur les nerfs.

— Ils ne dérangent pas Lissa, se défendit-il.

— Parce que tu visites aussi les siens ? Tu n'as donc vraiment aucune limite ?

— Dans son cas, c'est pédagogique. Elle veut apprendre à faire comme moi.

— Génial. Je suis donc la seule petite veinarde à devoir supporter ton harcèlement sexuel.

Il parut sincèrement blessé.

— J'aimerais vraiment que tu arrêtes d'agir comme si j'étais le mal en personne.

— Désolée. C'est seulement que je n'ai pas encore eu l'occasion de constater que tu pouvais faire quelque chose d'utile.

— C'est juste. Contrairement à ton mentor amateur de jeunes filles... Je ne te vois pas faire beaucoup de progrès avec lui, à ce propos.

Je reculai d'un pas et lui jetai un regard menaçant.

— Laisse Dimitri en dehors de ça.

— Je le ferai le jour où tu arrêteras de le croire parfait. Corrige-moi si je me trompe, mais il fait bien partie de ceux qui t'ont caché que ce procès allait avoir lieu, n'est-ce pas ?

Je détournai les yeux.

— C'est sans importance pour le moment. Et puis, il avait ses raisons.

— Oui. Des raisons qui n'impliquaient ni qu'il se montre honnête envers toi, ni qu'il se batte pour te permettre de t'y rendre, apparemment. Tandis que moi... (il haussa les épaules)... je pourrais faire en sorte que tu assistes à ce procès.

— Toi ? m'écriai-je avec un rire amer. Comment vas-tu t'y prendre ? Tu vas discuter avec le juge pendant une de ses pauses-cigarette ? utiliser la suggestion sur la reine et la moitié de la Cour ?

— Tu ne devrais pas rejeter si vite les gens qui peuvent t'aider. (Il me déposa un léger baiser sur le front, auquel j'essayai d'échapper.) Pour le moment, repose-toi un peu.

Le jardin s'effaça et je sombrai enfin dans le néant habituel du sommeil.

Chapitre 8

Pendant les jours qui suivirent, je ne lâchai pas Christian d'une semelle et il ne se produisit aucun nouvel incident ; mais, dans le même temps, mon impatience ne cessa de croître.

Pour commencer, je découvris que le travail de gardien impliquait de très longues heures d'attente. Je l'avais toujours su, mais c'était plus difficile que je croyais. Les gardiens étaient indispensables en cas d'attaque de Strigoï. Sauf que ces attaques étaient extrêmement rares. Du temps pouvait s'écouler, des années entières, sans qu'un gardien ait la moindre occasion de se battre. Même si nos instructeurs n'allaient sûrement pas nous faire attendre si longtemps dans le cadre de l'exercice, ils tenaient néanmoins à nous enseigner la patience et l'importance qu'il y a à ne pas relâcher sa vigilance même si aucune menace n'est survenue depuis longtemps.

Nous devions aussi adopter l'attitude très stricte d'un gardien en mission, en nous tenant toujours debout et en affichant toujours un air solennel. La plupart du temps, les gardiens qui vivaient au sein de familles moroï se comportaient normalement et faisaient des choses ordinaires comme lire ou regarder la télé, même s'ils restaient toujours en alerte. Mais comme nous ne pouvions pas être certains que ce serait notre cas, nous devions nous entraîner au plus difficile tant que nous étions à l'académie.

Toute cette attente usait ma patience, mais elle n'était pas la seule cause de ma frustration. J'avais hâte de prouver ma valeur et de rattraper la faute que j'avais commise en ne réagissant pas lorsque Stan m'avait attaquée. Comme Mason n'était pas réapparu, j'en avais conclu que mes visions étaient à mettre sur le compte de la fatigue et du stress. J'en étais soulagée, cela valait bien mieux que d'être folle ou incompétente.

Néanmoins, certaines choses me contrariaient. Un jour, alors que Christian retrouvait Lissa après les cours, je la sentis bouillir d'inquiétude, de peur et de colère. Seul notre lien m'en informa, puisqu'elle sauvait parfaitement les apparences. Christian et Eddie, qui discutaient entre eux, n'avaient rien remarqué.

Je m'approchai d'elle tandis que nous marchions et passai un bras autour de ses épaules.

— Ça va. Tout va bien se passer.

Je savais bien ce qui la perturbait. Victor.

Nous avions conclu que Christian, malgré son désir de prendre les choses en main, n'était sans doute pas notre meilleure chance d'assister au procès. Lissa avait donc joué la carte de la diplomatie et était allée parler très poliment à Alberta de la possibilité qu'on nous laisse témoigner. Alberta lui avait répondu tout aussi poliment qu'il n'en était pas question.

— Je croyais qu'ils nous laisseraient y aller si je leur expliquais à quel point c'était important pour nous, murmura-t-elle. Je n'en dors plus, Rose… Je n'arrête pas d'y penser. Et s'il s'en sortait ? Si on le remettait vraiment en liberté ?

Sa voix tremblait et je la sentis vulnérable comme elle ne l'avait pas été depuis longtemps. D'habitude, ce genre de choses m'inquiétait mais, cette fois, cela réveilla d'étranges souvenirs de l'époque où Lissa dépendait tant de moi. J'étais heureuse de voir à quel point elle était devenue forte et je tenais à ce quecela continue. Je la serrai davantage contre moi, ce qui n'était guère facile en marchant.

— On ne le remettra pas en liberté, lui promis-je. Nous assisterons à ce procès. Je vais m'en assurer. Tu sais que je ne permettrai pas qu'il t'arrive quoi que ce soit.

Elle posa sa tête sur mon épaule en esquissant un sourire.

—C'est ce que j'aime chez toi. Tu ne sais pas comment tu vas t'y prendre pour nous faire assister à ce procès, mais tu me le promets quand même pour que je me sente mieux.

—Est-ce que ça marche ?

—Oui.

Elle éprouvait toujours de l'inquiétude, mais son amusement l'avait un peu apaisée. Et puis, malgré sa remarque sur ma promesse en l'air, je l'avais vraiment rassurée.

Malheureusement, je découvris bientôt que Lissa avait d'autres motifs de contrariété. Elle attendait encore que les médicaments s'éliminent de son organisme pour pouvoir accéder à sa magie. Elle était bien là – nous la sentions l'une et l'autre – mais elle n'arrivait toujours pas à l'atteindre. Trois jours s'étaient écoulés sans que rien change. Même si j'en étais navrée pour elle, je m'inquiétais surtout de son équilibre mental. Pour le moment, il ne semblait pas menacé.

—Je ne comprends pas ce qui se passe, se plaignit-elle. (Nous avions presque atteint le bâtiment principal, où elle et Christian avaient prévu de regarder un film. Je me demandais vaguement à quel point il me serait difficile de le regarder avec eux en restant vigilante.) J'ai l'impression que je devrais être capable de quelque chose, mais je n'arrive toujours à rien. Je me sens paralysée.

—Ce n'est peut-être pas une mauvaise chose, lui fis-je remarquer en m'éloignant d'elle pour scruter l'allée devant nous.

Elle me décocha un regard triste.

—Tu t'inquiètes si facilement… Je croyais que c'était ma spécialité.

—Eh ! c'est mon boulot de veiller sur toi.

—En l'occurrence, c'est le mien, intervint Eddie pour plaisanter, ce qui lui arrivait rarement.

— Aucun de vous ne devrait s'inquiéter à propos de cela, nous gronda-t-elle.

Christian glissa son bras autour de sa taille.

— Tu es encore plus impatiente que Rose. Tout ce que tu as à faire, c'est…

Soudain, je fus frappée par une impression de déjà-vu.

Stan jaillit de derrière un arbre, bondit sur Lissa, la saisit d'un bras à hauteur de la poitrine et l'attira contre lui. Sans la moindre hésitation, mon corps réagit instinctivement à la menace pour la « sauver ». Le problème était qu'Eddie en avait fait autant. Comme il était plus près d'elle que moi, il fut le premier à atteindre Stan. Je tâchai d'entrer en scène à mon tour, mais la manière dont ils se tournaient autour m'empêchait d'être efficace.

D'un mouvement rapide et assuré, Eddie atteignit Stan par le côté et tira sur le bras qui retenait Lissa, avec une force suffisante pour lui déboîter l'épaule. Le physique nerveux d'Eddie avait tendance à faire oublier à quel point il était musclé. En retour, Stan griffa Eddie au visage, mais son mouvement permit à Lissa de se dégager pour courir rejoindre Christian derrière moi. Dès qu'elle fut hors de danger, je m'approchai des deux adversaires, dans l'espoir d'aider Eddie, qui n'en eut pas besoin. Il empoigna Stan avec une parfaite assurance et le plaqua au sol. Un instant plus tard, le pieu d'entraînement d'Eddie était appuyé contre le cœur de Stan.

Sincèrement satisfait, celui-ci éclata de rire.

— Beau boulot, Castile.

Eddie écarta son pieu et l'aida à se relever. Lorsque la bagarre fut finie, je me rendis compte que le visage de Stan était couvert de bleus et d'égratignures. Si nous autres novices ne devions faire face à une attaque que de loin en loin, nos professeurs, en revanche, se battaient tous les jours pendant cet exercice. Ils prenaient tous beaucoup de coups, et supportaient cela avec élégance et bonne humeur.

— Merci, monsieur, répondit Eddie, qui semblait content de lui sans être vaniteux.

— Bien sûr, j'aurais été plus vif et plus fort si j'avais été un Strigoï, mais vous avez été assez rapide pour rivaliser avec l'un d'eux. (Stan se tourna vers Lissa.) Ça va ?

— Très bien, répondit-elle, les joues enflammées.

Je sentis qu'elle avait apprécié l'excitation de l'aventure. Son taux d'adrénaline avait grimpé en flèche.

Le sourire de Stan disparut dès qu'il se tourna vers moi.

— Quant à vous… à quoi avez-vous joué ?

Surprise par la dureté de son ton, j'écarquillai les yeux. Il avait dit la même chose la fois précédente.

— Que voulez-vous dire ? m'exclamai-je. Je ne suis pas restée paralysée, cette fois ! J'étais prête à le soutenir ! Je n'attendais qu'une occasion d'intervenir…

— C'est vrai, reconnut-il. Et c'est bien là le problème. Vous étiez si impatiente de vous en mêler que vous avez oublié qu'il y avait deux Moroï derrière vous. Ils n'existaient plus pour vous. Nous sommes en extérieur et vous leur tourniez le dos.

J'avançai vers lui en le fusillant du regard, sans me soucier des convenances.

— Ce n'est pas juste ! Si nous avions été attaqués par un Strigoï dans le monde réel, ne me dites pas que les autres gardiens ne seraient pas intervenus dans la bagarre pour en finir aussi vite que possible !

— Vous avez sans doute raison, admit Stan. Mais votre motivation n'était pas d'éliminer la menace le plus vite possible. Vous ne pensiez pas aux Moroï dont vous aviez la garde. Vous ne pensiez qu'à faire quelque chose d'excitant et à redorer votre blason.

— Quoi ? Ne tirez-vous pas des conclusions un peu trop hâtives ? Vous me jugez sur ce que vous croyez être mes motivations ? Comment pouvez-vous savoir ce que je pense ?

Je ne le savais pas moi-même, la moitié du temps.

— Par instinct, me répondit-il mystérieusement. (Il tira un petit carnet de sa poche de manteau et inscrivit quelques notes. Je plissai les paupières en regrettant de ne pouvoir lire à travers le carnet ce qu'il écrivait sur mon compte. Lorsqu'il eut terminé, il rangea le carnet et nous salua d'un signe de tête.) À plus tard.

Nous le regardâmes s'éloigner sur la pelouse enneigée en direction du gymnase où s'entraînaient les dhampirs. J'en restai bouche bée et je me trouvai incapable de prononcer un mot. Où cela s'arrêterait-il ? Je passais mon temps à être sanctionnée pour de stupides détails techniques qui n'avaient rien à voir avec ce dont j'aurais été capable dans le monde réel.

— Ce n'est pas juste, répétai-je. Comment peut-il me juger sur ce qu'il croit que je pense ?

Eddie haussa les épaules tandis que nous nous remettions en route.

— Il peut penser ce qu'il veut. C'est notre instructeur.

— D'accord, mais il va encore me donner un mauvais point ! L'exercice de terrain n'a aucun intérêt si nous ne sommes pas jugés sur ce que nous ferions vraiment face à de véritables Strigoï. Je n'arrive pas à y croire. Je suis douée… très douée même. Comment est-il possible que j'échoue à cet exercice ?

Personne n'avait de réponse à cette question.

— Eh bien…, commenta Lissa, mal à l'aise, qu'il se soit montré juste ou non, il a raison sur un point : tu as été formidable, Eddie.

Je tournai les yeux vers mon ami et regrettai d'avoir laissé mon drame personnel lui gâcher son succès. J'étais folle de rage, vraiment folle de rage, mais l'injustice de Stan ne regardait que moi. Eddie s'en était tiré brillamment, et il reçut tant de compliments pendant le reste du trajet que je vis le rouge lui monter aux joues. Mais peut-être était-ce simplement dû au froid… En tout cas, j'étais contente pour lui.

Nous nous installâmes dans un salon que nous fûmes ravis de trouver désert et bien chauffé. Chaque dortoir disposait de quelques pièces de ce genre, qui regorgeaient de films, de jeux, de fauteuils confortables et de canapés. Les élèves n'avaient le droit de s'y rendre qu'à certaines heures. Ils étaient ouverts la plupart du temps pendant les week-ends, mais avaient des horaires limités le reste de la semaine, sûrement pour nous encourager à faire nos devoirs.

Eddie et moi étudiâmes la pièce, décidâmes d'une stratégie et prîmes position. Debout contre le mur, je me mis à regarder avec envie le canapé sur lequel Lissa et Christian s'étaient affalés.

J'avais craint que le film m'incite à relâcher ma vigilance, mais ce furent mes propres ruminations qui s'en chargèrent. Je n'arrivais pas à croire que Stan ait pu dire ce qu'il avait dit. Il avait même reconnu que, dans la réalité, n'importe quel gardien aurait essayé d'intervenir dans la bataille. Son idée selon laquelle je n'avais agi que pour servir ma propre gloire était absurde. Néanmoins, je commençais à me demander s'il n'y avait pas un véritable risque que j'échoue à cet exercice. Tant que je réussirais mes examens, ils n'oseraient sûrement pas me séparer de Lissa à la sortie de l'académie. D'après Alberta et Dimitri, cet exercice n'avait pour finalité que de nous permettre de nous entraîner différemment, Lissa et moi... Pourtant, la part anxieuse et paranoïaque de mon esprit commençait à se réveiller. Eddie faisait du très bon travail avec elle. Peut-être voulaient-ils voir comment elle se comportait avec d'autres gardiens. Peut-être craignaient-ils que je ne sache protéger que Lissa et que je ne vaille rien avec d'autres Moroï. Après tout, j'avais laissé mourir Mason... Peut-être le véritable objectif de cet exercice consistait-il à voir si on pouvait me remplacer. Qui étais-je, après tout ? Une novice dont on pouvait se passer. Lissa était la princesse Dragomir. Elle serait toujours protégée et il n'était pas nécessaire que ce soit par moi. Notre lien n'avait pas la moindre importance si je me révélais incompétente.

L'arrivée d'Adrian me détourna de mes idées paranoïaques. Il se glissa dans la pièce plongée dans la pénombre et me fit un clin d'œil en se laissant tomber dans un fauteuil près de moi. Je me doutais bien qu'il ne tarderait pas à refaire surface. Nous devions être son seul divertissement à l'académie... Peut-être pas, finalement, à en juger par l'odeur d'alcool qui émanait de lui.

— Es-tu sobre ? lui demandai-je à la fin du film.

— Suffisamment. Alors, que vous est-il arrivé, les amis ?

Adrian ne s'était plus invité dans mes rêves depuis celui du jardin. Il avait aussi modéré sa drague envahissante. Dans l'ensemble, il ne se joignait plus à nous que pour travailler avec Lissa ou tromper son ennui.

Nous lui racontâmes l'incident avec Stan en mettant l'accent sur la bravoure d'Eddie et en passant sous silence les réprimandes dont j'avais fait l'objet.

— Beau boulot, commenta Adrian. Et je vois que tu as gagné une blessure de guerre.

Il montra du doigt trois zébrures rouges sur la joue d'Eddie et je me rappelai tout à coup que Stan l'avait griffé pendant la bagarre.

Eddie effleura sa joue.

— Je la sens à peine.

Lissa s'approcha pour examiner les marques.

— Tu as reçu ce coup en me protégeant.

— J'ai reçu ce coup en essayant de réussir mon exercice de terrain, la taquina-t-il. Ne t'inquiète pas pour ça.

Alors cela se produisit. Je vis la compassion et le besoin désespéré d'aider les autres, qu'elle éprouvait si souvent, s'emparer d'elle. Elle ne pouvait supporter de voir la souffrance d'autrui sans rien faire si elle avait les moyens d'arranger les choses. Je sentis la magie s'éveiller en elle en un tourbillon éclatant qui me fit frissonner de la tête aux pieds. Je sentis l'effet que cela produisait sur elle. C'était comme une vague de feu et un ravissement. C'était une sensation enivrante. Elle tendit la main et effleura de ses doigts le visage d'Eddie…

Et les marques disparurent.

Lorsqu'elle laissa retomber sa main, l'euphorie générée par l'esprit nous quitta l'une et l'autre.

— Ça alors, murmura Adrian. Tu ne plaisantais pas… (Il examina le visage d'Eddie.) On ne voit plus la moindre trace.

Lissa, qui s'était levée, se laissa retomber sur le canapé. Elle posa sa tête contre les coussins et ferma les yeux.

— Je l'ai fait. Je peux encore le faire.

— Bien sûr que tu peux, commenta Adrian avec dédain. Maintenant tu dois me montrer comment faire ça.

Elle rouvrit les yeux.

— Ce n'est pas si facile.

— Je vois ! s'écria-t-il avec emphase. Tu me soumets à un véritable interrogatoire sur les auras et l'art d'entrer dans les rêves, mais tu refuses de me livrer tes propres secrets.

— Ce n'est pas que je « refuse », c'est que je ne sais pas comment faire.

— Eh bien essaie, cousine.

Subitement, il griffa sa propre main jusqu'au sang.

— Mon Dieu ! m'écriai-je. Est-ce que tu es fou ?

Quelle question… Bien sûr qu'il l'était.

Lissa lui prit la main et guérit sa blessure comme elle venait de guérir celle d'Eddie. Alors que la joie la gagnait, mon humeur se dégrada soudain sans raison.

Tous deux se lancèrent alors dans une discussion que je fus incapable de suivre. Ils employaient des termes classiques de magie et d'autres qu'ils devaient inventer pour l'occasion. À en juger d'après son expression, Christian ne semblait rien comprendre non plus. Nous nous aperçûmes rapidement qu'Adrian et Lissa nous avaient oubliés dans leur empressement à percer les mystères de l'esprit.

Christian finit par se lever sans dissimuler son ennui.

— Viens, Rose. Si j'avais envie d'entendre ça, je retournerais en cours. J'ai faim.

Lissa leva les yeux.

— Le dîner ne sera pas servi avant une heure et demie…

— Je vais voir les sources, lui répondit-il. Je n'y suis pas encore allé aujourd'hui.

Il déposa un baiser sur sa joue puis quitta le salon. Je lui emboîtai le pas. Il s'était remis à neiger et je décochai un regard accusateur aux flocons qui tourbillonnaient autour de nous. J'avais été excitée par les premières neiges, en décembre. À présent, tout ce blanc commençait à devenir franchement lassant. Néanmoins, le mauvais temps apaisa mon humeur massacrante comme il l'avait fait quelques nuits plus tôt, comme si l'air froid la chassait de mon esprit. Je me sentis devenir de plus en plus calme à mesure que nous approchions de la salle des sources.

« Sources » était le nom que nous donnions aux humains qui acceptaient de fournir régulièrement leur sang aux Moroï. Contrairement aux Strigoï, qui tuaient les victimes dont ils se nourrissaient, les Moroï ne buvaient que de petites quantités de sang et maintenaient leurs donneurs en vie. Ces humains, qui ne vivaient que pour l'euphorie que leur procuraient les morsures de vampire, semblaient très satisfaits de ce mode de vie, à l'écart de la société humaine. C'était une situation étrange, mais nécessaire à la survie des Moroï. Une ou deux sources étaient d'habitude disponibles pendant la nuit dans les dortoirs des Moroï. Mais, le jour, les élèves devaient se rendre dans le bâtiment principal pour obtenir leur dose quotidienne.

Tandis que je marchais au milieu des arbres blancs, des barrières blanches et des cailloux blancs, une autre tache blanche attira mon attention. En fait, elle n'était pas tout à fait blanche. Il y avait des couleurs, pâles et délavées.

Je m'arrêtai brusquement et sentis mes yeux s'écarquiller. Mason se tenait de l'autre côté de la pelouse où il se confondait presque avec un arbre et un piquet. *Non*, songeai-je. Alors que j'avais réussi à me convaincre que c'était fini, voilà qu'il me regardait de nouveau, le visage triste et fantomatique. Il tendit le bras et désigna l'arrière du campus. Je tournai les yeux dans cette direction sans avoir la moindre idée de ce qu'il voulait me montrer. Désemparée, je reportai mon attention sur lui en sentant la peur me gagner.

Je fis volte-face lorsqu'une main glaciale m'effleura le cou. C'était celle de Christian.

— Que se passe-t-il ? me demanda-t-il.

Je tournai de nouveau la tête vers l'endroit où j'avais vu Mason. Évidemment, il avait disparu. Je fermai les yeux un instant et soupirai, puis je revins à Christian et me remis en route.

— Rien.

Christian, qui habituellement ne manquait jamais de faire des commentaires spirituels quand nous étions ensemble, demeura silencieux jusqu'à ce que nous atteignions notre destination. Obsédée par mes doutes et mes inquiétudes à propos de Mason, je gardai le silence moi aussi. L'apparition n'avait duré que quelques secondes. Comme la neige qui tombait rendait la visibilité mauvaise, il était plus probable que j'avais été victime d'une illusion d'optique, non ? Je tâchai de m'en convaincre pendant le reste du trajet. Lorsque nous arrivâmes dans le bâtiment principal et échappâmes au froid, je me rendis finalement compte que quelque chose contrariait Christian.

— Que t'arrive-t-il ? lui demandai-je en essayant d'oublier Mason. Ça va ?

— Très bien, assura-t-il.

— Ta manière de le dire prouve le contraire.

Il se dirigea vers la salle des sources sans me répondre. Elle était plus fréquentée que je m'y attendais, au point que toutes les cabines individuelles étaient occupées par des Moroï. Brandon Lazar se trouvait là. Tandis qu'il se nourrissait, j'aperçus un bleu qui s'estompait sur sa joue et me rappelai que je n'avais jamais découvert qui l'avait frappé. Christian se présenta à la Moroï qui supervisait la salle, puis alla attendre son tour dans la zone prévue à cet effet. Je me creusai la tête afin d'essayer de comprendre la cause de sa mauvaise humeur.

— Que se passe-t-il ? Tu n'as pas aimé le film ? (Pas de réponse.) L'automutilation d'Adrian t'a énervé ? (Toujours pas de réponse.

Même si harceler Christian de la sorte me procurait un plaisir teinté de culpabilité, je pouvais continuer toute la nuit.) Es-tu... ? Oh ! (L'évidence me frappa si brutalement que je fus surprise de ne pas y avoir pensé plus tôt.) Es-tu contrarié parce que Lissa a voulu discuter de magie avec Adrian ? (Il haussa les épaules, ce qui me fournit une réponse suffisante.) Allons... elle n'aime pas la magie plus que toi. C'est seulement important pour elle, tu le sais bien. Elle a passé tellement d'années à croire qu'elle n'avait pas de pouvoirs avant de découvrir qu'elle en avait un bizarre et complètement imprévisible. Elle essaie seulement de le comprendre.

—Je sais, répondit-il sèchement en parcourant la salle du regard sans s'attarder sur personne en particulier. Ce n'est pas le problème.

—Alors pourquoi... ? (Une nouvelle révélation me fit laisser ma phrase en suspens.) Tu es jaloux d'Adrian.

Lorsque les yeux bleu pâle de Christian se posèrent sur moi, je compris que j'avais visé juste.

—Je ne suis pas jaloux. C'est seulement que...

—... tu te sens menacé parce que ta copine passe beaucoup de temps avec un garçon riche et raisonnablement mignon qu'elle trouve peut-être sympathique. En d'autres termes, tu es jaloux.

Il détourna les yeux, franchement contrarié.

—Je crois que notre lune de miel est finie, Rose... Merde ! pourquoi leur faut-il si longtemps ?

—Arrête, insistai-je en changeant de position pour soulager mes pieds qui commençaient à souffrir de toutes ces heures d'immobilité. N'as-tu rien écouté de mon discours romantique, l'autre jour, sur la place que tu occupes dans le cœur de Lissa ? Elle est folle de toi. Elle ne veut personne d'autre que toi et, crois-moi, je peux te le garantir avec une absolue certitude. S'il y avait quelqu'un d'autre dans sa vie, je serais au courant.

Une ombre de sourire se dessina sur ses lèvres.

—Tu es sa meilleure amie. Tu pourrais très bien la couvrir...

Je pouffai.

— Pas si elle avait une liaison avec Adrian. Dieu merci ! il ne l'intéresse pas ; du moins, pas sur le plan amoureux.

— Mais il peut se montrer persuasif. Il sait se servir de la suggestion…

— Sauf qu'il ne l'utilise pas sur elle. Je ne suis même pas sûre que ce soit possible… Je crois plutôt qu'ils se neutralisent l'un l'autre. Et puis, n'as-tu rien remarqué ? C'est moi le malheureux objet des attentions d'Adrian.

— Vraiment ? demanda Christian, visiblement surpris. (Les garçons étaient si inattentifs à ce genre de choses…) Je sais qu'il drague beaucoup…

— … et s'invite dans mes rêves sans mon accord. Comme je ne peux pas m'échapper, ça lui fournit d'excellentes occasions de me torturer avec son prétendu charme et ses tentatives pour se montrer romantique.

Il devint méfiant.

— Il apparaît aussi dans les rêves de Lissa.

Touché. Je n'aurais pas dû parler des rêves. Quels avaient été les mots d'Adrian, déjà ?

— Il ne le fait que pour des raisons pédagogiques. Je pense que tu n'as pas de quoi t'inquiéter.

— Les gens ne trouveraient pas choquant qu'elle se rende à une soirée en compagnie d'Adrian.

— Ah ! voilà donc où se situe le problème. As-tu peur d'être un handicap pour elle ?

— Je ne suis pas très doué pour les mondanités, reconnut-il dans un rare moment de vulnérabilité. Et je pense qu'Adrian a une meilleure réputation que moi.

— Tu plaisantes ?

— Allons, Rose… boire et fumer sont des défauts beaucoup moins graves que celui d'être suspecté de vouloir se transformer en Strigoï. J'ai bien vu la manière dont les gens se sont comportés envers moi lorsqu'elle m'a emmené à des réceptions, à la résidence de sports d'hiver. Je suis un boulet. Elle est la seule représentante de sa famille. Elle va passer le reste de sa vie à s'occuper de politique, à essayer de faire alliance avec des gens. Adrian peut lui être beaucoup plus utile que moi.

Je résistai à la tentation de le secouer pour lui faire recouvrer la raison.

— Je vois où tu veux en venir, mais ton raisonnement présente un point faible : il ne se passe rien entre Adrian et elle.

Il détourna les yeux sans répondre. J'avais l'impression que le fait qu'elle passe du temps avec un autre garçon n'était pas la seule chose qui le contrariait. Comme il l'avait lui-même admis, il manquait d'assurance face à Lissa. Sortir avec elle lui avait fait accomplir des progrès spectaculaires en matière de sociabilité mais, au bout du compte, il avait encore du mal à assumer le fait d'appartenir à une famille « souillée ». Il avait toujours peur de ne pas être assez bien pour elle.

— Rose a raison, dit une voix derrière nous qui n'était pas la bienvenue. (Je préparai mon regard le plus furieux et me tournai vers Jesse. Évidemment, Ralf n'était pas loin. Dean, le novice qui avait été assigné à Jesse, montait la garde à la porte. Ils semblaient avoir une relation plus distante que celle de Christian et moi. Jesse et Ralf ne se trouvaient pas dans la file d'attente à notre arrivée, mais ils étaient entrés après nous et semblaient en avoir entendu assez pour comprendre notre conversation.) Tu es de sang royal, après tout. Tu as parfaitement le droit d'être avec elle.

— Eh bien ! quel revirement ! m'écriai-je. Ne me disiez-vous pas, l'autre jour, que Christian risquait de se transformer en Strigoï à tout moment ? Je ferais attention à ma gorge, si j'étais vous. Il a l'air dangereux.

Jesse haussa les épaules.

— Tu as dit qu'il était inoffensif et, si quelqu'un connaît les Strigoï, c'est bien toi. De plus, nous commençons à penser que la nature rebelle des Ozéra est plutôt une bonne chose.

Je l'observai avec méfiance, persuadée qu'il y avait un piège. Il semblait pourtant sincère, comme s'il avait finalement admis que Christian ne représentait pas une menace.

— Merci, répondit Christian avec un léger sourire ironique. Maintenant que ma famille et moi avons reçu ton approbation, je vais enfin pouvoir progresser dans la vie. C'est tout ce qui me manquait.

— Je suis sérieux, insista Jesse. Les Ozéra sont plutôt discrets, ces derniers temps, mais c'était l'une des familles les plus puissantes, à une époque. Vous pourriez le redevenir, surtout toi. Tu n'as pas peur de braver les interdits. Ça nous plaît. Si tu cessais de jouer les asociaux, tu pourrais te faire de bons amis et aller loin. Alors tu arrêterais peut-être de t'inquiéter à propos de Lissa.

Christian et moi échangeâmes un regard.

— Où voulez-vous en venir ? leur demanda-t-il.

Jesse esquissa un sourire et observa les environs avec méfiance.

— Certains d'entre nous sont en train de s'organiser. Nous avons formé un groupe, qui permet à ceux qui appartiennent aux meilleures familles de s'unir, tu comprends ? La situation est devenue délicate depuis les attaques de Strigoï du mois dernier. La plupart des gens ne savent pas quoi faire. Nous discutons aussi de la possibilité de nous battre et cherchons de nouveaux moyens de répartir les gardiens. (Ces mots furent accompagnés d'un sourire mauvais et je me crispai en l'entendant parler des gardiens comme de simples objets.) Trop de Moroï roturiers essaient de peser dans les décisions.

— Où est le problème si leurs idées sont bonnes ? répliquai-je.

— Leurs idées ne sont pas bonnes. Ils ne savent pas rester à leur place. Certains d'entre nous ont commencé à réfléchir aux moyens de nous protéger de cela et de veiller les uns sur les autres. Ce que nous avons appris à faire devrait te plaire. Après tout, c'est nous qui devrions prendre les décisions, et non les dhampirs ou le premier Moroï venu. Nous sommes l'élite.

Les meilleurs. Rejoins-nous, et nous pourrons t'aider à arranger les choses avec Lissa.

Je ne pus m'empêcher d'éclater de rire. Christian, pour sa part, semblait simplement écœuré.

— Je reviens sur ce que j'ai dit tout à l'heure, commenta-t-il. Voilà ce que j'ai attendu toute ma vie. Une invitation à venir jouer avec vous dans votre cabane.

Ralf, qui était massif et solidement charpenté, s'avança d'un pas.

— Ne te fous pas de nous. C'est sérieux.

Christian soupira.

— Alors ne vous foutez pas de moi. Si vous croyez que j'ai envie de traîner avec vous et d'essayer d'améliorer encore l'existence de Moroï égoïstes et déjà trop gâtés, alors vous êtes encore plus stupides que je le pensais. Et je vous assure que l'opinion que j'avais de vous n'était déjà pas très haute.

Les visages de Ralf et de Jesse exprimèrent autant de colère que d'embarras. Par chance, Christian fut appelé juste à cet instant. Il me parut de bien meilleure humeur lorsque nous traversâmes la pièce. Rien ne valait une confrontation avec deux imbéciles pour vous remonter le moral.

La source attribuée à Christian était une femme prénommée Alice, l'une des plus âgées de l'académie. La plupart des Moroï préféraient de jeunes sources mais Christian, pervers comme il l'était, l'aimait bien parce qu'elle était presque sénile. Elle n'était pas si âgée que cela – elle devait avoir dans les soixante ans – mais la quantité d'endorphines de vampire qu'elle avait absorbée au fil des années avait affecté son esprit de manière permanente.

— Rose, dit-elle en tournant ses yeux bleus vers moi, tu n'es pas avec Christian, d'habitude. T'es-tu disputée avec Lissa ?

— Non. Simple changement de décor.

— Décor..., murmura-t-elle en tournant les yeux vers une fenêtre voisine. (Les vitres étaient teintées pour filtrer la lumière du jour et je doutais qu'un humain puisse voir quoi que ce soit à travers.) Le décor est toujours changeant… L'avais-tu remarqué ?

— Pas le nôtre en tout cas, commenta Christian en s'asseyant à côté d'elle. La neige ne fondra pas avant plusieurs mois.

Elle soupira et lui jeta un regard exaspéré.

— Je ne parlais pas de ce décor.

Christian me décocha un sourire amusé, puis se pencha pour plonger ses canines dans la gorge d'Alice. Son visage se détendit et la morsure lui fit oublier ses histoires de décor ou quoi qu'elle ait voulu dire. J'étais si habituée à vivre parmi des vampires que je ne pensais presque jamais à leurs canines. La plupart des Moroï étaient d'ailleurs assez doués pour les dissimuler. Je ne me rappelais quelle puissance avaient en réalité les vampires que dans des moments comme celui-ci.

En général, lorsque je regardais un vampire se nourrir, cela éveillait en moi des souvenirs de l'époque où Lissa et moi nous étions enfuies de l'académie et où j'avais dû lui donner mon sang. Je n'avais jamais atteint le stade de dépendance des sources, mais j'avais apprécié l'euphorie passagère. Cela m'avait manqué d'une manière que je ne pouvais avouer à personne. Dans notre monde, seuls les humains donnaient leur sang. Les dhampirs qui le faisaient étaient considérés comme souillés et humiliés.

À présent, cette vision ne me rappelait plus la sensation agréable qui y était associée. À la place, je revoyais la pièce où nous étions enfermés à Spokane et Isaiah, le Strigoï qui nous avait capturés, en train de boire le sang d'Eddie. Les émotions que cela éveillait en moi n'avaient rien de plaisant. Eddie avait terriblement souffert et je n'avais rien pu faire d'autre qu'assister à son martyre. Je détournai les yeux de Christian et Alice en grimaçant.

Lorsque nous quittâmes la salle des sources, Christian semblait encore plus joyeux et épanoui.

— C'est le week-end, Rose ! Pas de cours… et tu vas avoir ton jour de congé.

— Non, répondis-je en prenant conscience que je l'avais presque oublié. (Merde ! pourquoi fallait-il qu'il m'y fasse penser ? Je commençais à peine à me sentir mieux après l'incident avec Stan… Je soupirai.) Je suis de service communautaire.

Chapitre 9

Comme la plupart des familles moroï venaient d'Europe de l'Est, le christianisme orthodoxe constituait la religion dominante à l'académie. Les autres religions étaient aussi représentées mais, dans le fond, seule la moitié des élèves pratiquaient régulièrement une forme quelconque de culte. Lissa faisait partie de ce groupe. Elle allait à l'église tous les dimanches parce qu'elle était croyante. Christian s'y rendait également, à la fois pour l'accompagner et afin d'améliorer son image en montrant qu'il n'avait pas l'intention de se transformer en Strigoï. Comme les Strigoï ne pouvaient fouler un sol sacré, le fait d'assister régulièrement à la messe lui fournissait une apparence de respectabilité.

Lorsque je ne faisais pas la grasse matinée, j'y assistais, moi aussi, pour l'aspect social de la chose. En général, Lissa, mes amis et moi faisions quelque chose d'amusant après cela. L'église constituait un bon lieu de rendez-vous, en somme. Si Dieu m'en voulait de me servir de Sa maison pour développer ma vie sociale, Il ne me l'avait jamais fait savoir. Ou alors Il avait décidé de prendre Son temps pour me punir.

Néanmoins, ce dimanche-là, je dus rester près de la chapelle après la messe, parce que mon service communautaire devait se dérouler là. Lorsque l'endroit fut désert, je fus surprise de voir que quelqu'un d'autre s'était attardé : Dimitri.

— Que fais-tu là ? lui demandai-je.

— J'ai pensé que tu aurais peut-être besoin d'aide. Je crois que le prêtre a l'intention de faire un grand ménage, aujourd'hui.

— Sauf que ce n'est pas toi qu'on a puni. Et c'est ton jour de congé, à toi aussi. Nous… les novices, nous sommes attendus toute la semaine à essuyer des attaques, mais c'est vous, les gardiens, qui vous êtes battus en permanence.

Je remarquai soudain que Dimitri aussi avait quelques bleus, mais beaucoup moins que Stan. Cette semaine avait été longue pour tout le monde et ce n'était que la première d'une série de six.

— À quoi d'autre pourrais-je occuper ma journée ?

— Je peux te suggérer des centaines de choses à faire, répliquai-je sèchement. Il doit bien exister quelque part un film avec John Wayne que tu n'as pas vu.

Il secoua la tête.

— Non. Je les ai tous vus. Regarde… le prêtre nous attend.

Je me retournai. De fait, le père Andrew se tenait devant la chapelle et nous regardait avec insistance. Il avait retiré la riche chasuble qu'il portait pendant l'office et n'était plus vêtu que d'un pantalon et d'une chemise au col boutonné. Il semblait prêt à se mettre à l'ouvrage lui aussi, et je commençai à me demander ce qu'il était advenu du caractère sacré du repos dominical.

Tandis que Dimitri et moi nous dirigions vers lui pour connaître les corvées qu'il nous réservait, je m'interrogeai sur les raisons qui avaient poussé Dimitri à rester. Il n'était pas possible qu'il ait vraiment envie de travailler pendant son jour de congé. Il ne m'avait pas habituée aux devinettes. Comme ses intentions étaient en général claires et franches, je devais partir du principe qu'il existait une explication simple à son comportement. Simplement, elle m'échappait encore.

— Tout d'abord, je vous remercie tous les deux de vous être portés volontaires pour m'aider. (Le père Andrew nous sourit et je tâchai de ne pas pouffer à l'idée de « volontariat ». C'était un Moroï d'une quarantaine d'années, dont les cheveux gris se raréfiaient. Même si je n'avais pas vraiment la foi, je l'aimais bien et le respectais.) Ce que nous allons faire aujourd'hui n'est pas très compliqué, poursuivit-il. Ce sera même assez ennuyeux. Nous allons commencer par le ménage habituel, bien sûr, puis j'aimerais trier les caisses de livres qui s'entassent au grenier.

— Nous serons ravis de faire tout ce que vous voudrez, répondit solennellement Dimitri.

Je réprimai un soupir et m'efforçai de ne pas penser à toutes les autres choses que j'aurais pu faire à la place.

Nous nous mîmes à l'ouvrage.

Je passai le balai et Dimitri se chargea d'astiquer les bancs. Il nettoyait avec une grande concentration, comme s'il tirait une véritable fierté de son travail. Pour ma part, j'essayais encore de comprendre ce qu'il faisait là. Évidemment, j'étais ravie qu'il soit resté. Je me sentais toujours mieux en sa présence, et le regarder était un plaisir indéfiniment renouvelé.

Il me vint à l'esprit qu'il pouvait être resté dans l'espoir d'obtenir davantage d'informations sur ce qui s'était passé avec Stan, Christian et Brandon. Ou peut-être voulait-il me faire la leçon à propos de ce qui s'était passé la deuxième fois avec Stan, lorsque celui-ci m'avait accusée d'avoir voulu me jeter dans la bataille pour des raisons égoïstes. Ces deux explications étaient plausibles, à ceci près qu'il resta silencieux. Même lorsque le prêtre quitta la chapelle pour se rendre dans son bureau, il continua à travailler sans un mot. Finalement, j'estimai qu'il aurait déjà parlé s'il avait eu quelque chose à me dire.

Le ménage terminé, le père Andrew nous fit transporter les innombrables caisses du grenier vers une réserve située à l'arrière de la chapelle. Comme Lissa et Christian se servaient souvent de ce grenier comme lieu de rendez-vous secret, je me demandais quelle incidence le fait qu'il soit nettoyé aurait sur leurs interludes amoureux. Peut-être allaient-ils le délaisser et me permettre de me reposer de temps en temps…

Lorsque toutes les caisses furent descendues, nous nous assîmes tous trois par terre pour commencer à trier leur contenu. Le père Andrew nous expliqua ce que nous devions mettre de côté et ce qu'il fallait jeter, et je fus soulagée d'être assise, pour changer. Il me fit la conversation tout en travaillant, en m'interrogeant sur mes cours, entre autres choses. Tout cela n'était pas si pénible, finalement.

Tandis que nous travaillions, une idée me traversa l'esprit. J'avais réussi à me convaincre que les apparitions de Mason n'étaient que des hallucinations dues à la fatigue, mais j'allais sûrement me sentir encore mieux si une personne compétente me confirmait que les fantômes n'existaient pas.

— Dites-moi… croyez-vous que les fantômes existent ? l'interrogeai-je. Je veux dire : est-ce qu'on en parle… (j'embrassai mon environnement d'un geste)… dans ces bouquins ?

La question le surprit visiblement, mais il ne parut pas s'offenser de m'entendre traiter sa vocation et le travail de toute sa vie avec autant de désinvolture ; pas plus qu'il s'offensa de mon ignorance à ce sujet, malgré dix-sept années passées à assister à la messe. Il prit un air songeur et s'interrompit dans son travail.

— Eh bien… ça dépend de ce que tu entends par « fantôme ».

— L'idée, c'est que nous allons au paradis ou en enfer après la mort, non ? expliquai-je en tapotant la couverture d'un livre de théologie. Ça veut dire que les fantômes ne sont que des légendes, n'est-ce pas ? On n'en parle pas dans la Bible ?

— Une fois encore, ça dépend du sens que tu donnes à ce mot. D'après notre croyance, l'esprit quitte le corps à l'instant de la mort, mais il peut très bien s'attarder sur cette terre.

— Quoi ? (La surprise me fit lâcher le bol poussiéreux que je tenais en main. Par chance, il était en bois et ne se brisa pas. Je m'empressai de le ramasser. Ce n'était vraiment pas la réponse à laquelle je m'attendais.) Combien de temps ? Pour toujours ?

— Non. Bien sûr que non. Cela irait à l'encontre des notions de résurrection et de salut, qui sont les piliers de notre foi. Mais il est communément admis que les âmes peuvent s'attarder sur cette terre entre trois et quarante jours après la mort. Elles finissent par recevoir un jugement « provisoire » qui les envoie au ciel ou en enfer, même si personne ne connaîtra vraiment ni l'un ni l'autre avant le Jugement dernier, lorsque l'âme et le corps seront réunis pour l'éternité.

Je ne compris rien à cette histoire de salut. Seuls les mots « trois à quarante jours » retinrent mon attention. J'oubliai complètement ce que j'étais en train de faire.

— D'accord, mais est-ce vrai ou pas ? Des âmes se promènent-elles vraiment sur la terre pendant quarante jours après la mort ?

— Ah ! Rose... ceux qui demandent si l'objet de la foi est vrai ouvrent un débat pour lequel ils ne sont peut-être pas prêts.

Pressentant qu'il avait raison, je soupirai et reportai mon attention sur la caisse que j'avais devant moi.

— Mais, si cela peut t'aider, ajouta-t-il gentiment, certaines de ces idées se retrouvent dans les croyances populaires d'Europe de l'Est. On parlait déjà de fantômes avant l'émergence du christianisme. D'après ces légendes, l'esprit peut s'attarder sur terre un certain temps après la mort, surtout si la personne est décédée jeune ou de mort violente.

Je me figeai. Tous les progrès que j'avais faits dans la conviction que les apparitions de Mason étaient dues au stress furent instantanément réduits à néant. *« Jeune ou de mort violente. »*

— Pourquoi ? demandai-je d'une toute petite voix. Pourquoi restent-ils ? Veulent-ils... se venger ?

— Certains le croient. D'autres pensent qu'ils ont simplement du mal à trouver la paix après une expérience si perturbante.

— Et vous, qu'en pensez-vous ?

Il sourit.

— Je crois que l'âme se sépare du corps, comme les pères fondateurs nous l'enseignent, mais je ne pense pas que le séjour des âmes sur terre puisse être perçu par les vivants. Ce n'est pas comme au cinéma, où l'on voit des fantômes hanter des bâtiments et apparaître à ceux qu'ils ont connus. Je les conçois plutôt comme une sorte d'énergie invisible à nos sens, qui nous environnerait, en attendant de s'en aller et de trouver la paix. Ce qui importe vraiment, c'est ce qui nous attend hors de cette terre, dans la vie éternelle que le Sauveur nous a offerte grâce à Son sacrifice.

Je me demandai si le père Andrew aurait été si sûr de lui s'il avait vu ce que j'avais vu. *« Jeune ou de mort violente. »* Les deux choses s'appliquaient à Mason et il était mort moins de quarante jours plus tôt. Je revis son visage triste et me demandai comment l'interpréter. Voulait-il se venger ? Était-il incapable de trouver la paix ?

Et d'ailleurs comment la théologie du père Andrew considérerait-elle quelqu'un comme moi, qui étais morte puis avais ressuscité ? D'après Victor Dashkov, j'avais visité le monde des morts et en étais revenue lorsque Lissa m'avait guérie. Quel monde des morts ? S'agissait-il du paradis ou de l'enfer ? ou se référait-il à cet état intermédiaire dont parlait le père Andrew ?

L'idée que Mason puisse chercher à se venger était si saisissante que je ne dis plus rien. Le père Andrew remarqua mon changement d'état d'esprit sans comprendre ce qui l'avait causé. Il essaya de me distraire.

— Je viens juste de recevoir de nouveaux livres d'un ami qui officie dans une autre paroisse. Il y a des récits très intéressants sur saint Vladimir. (Il inclina la tête.) T'intéresses-tu toujours à lui et à Anna ?

En théorie, ils m'intéressaient toujours. Avant de rencontrer Adrian, nous ne connaissions que deux autres spécialistes de l'esprit. La première, Mme Karp, avait été l'un de nos professeurs jusqu'à ce que l'esprit la rende folle et qu'elle décide de se transformer en Strigoï pour échapper à la démence. Le deuxième était saint Vladimir, qui avait donné son nom à l'académie. Il avait vécu des siècles plus tôt et avait ramené sa gardienne Anna d'entre les morts, exactement comme Lissa m'avait ressuscitée. Cela avait créé un lien psychique entre eux comme entre nous, et l'on disait d'Anna qu'elle avait reçu « le baiser de l'ombre ».

En général, Lissa et moi nous efforcions d'obtenir le plus d'informations possible sur Vlad et Anna afin d'en apprendre davantage sur nous-mêmes. Néanmoins, même si j'avais du mal à l'admettre, j'avais désormais un problème plus grave que mon mystérieux lien avec Lissa. Celui-ci venait d'être supplanté par l'apparition d'un fantôme susceptible de m'en vouloir à cause du rôle que j'avais joué dans sa mort prématurée.

— Oui, répondis-je évasivement en évitant son regard. Ça m'intéresse. Mais je pense que je ne vais pas pouvoir me pencher là-dessus avant un certain temps. Je suis assez occupée par… cet exercice de terrain, vous savez.

Je me tus de nouveau. Il comprit que je n'avais plus envie de parler et me laissa travailler sans essayer de relancer la conversation. Dimitri n'avait pas dit un mot pendant tout notre échange. Lorsque nous eûmes fini de trier les livres, le père Andrew nous annonça qu'il nous restait une tâche à accomplir avant d'être libérés. Il nous indiqua certaines des caisses que nous avions réorganisées.

— J'aimerais que vous les portiez à l'école primaire, déclara-t-il. Déposez-les au dortoir des Moroï. Mme Davis, qui enseigne le catéchisme aux enfants, y trouvera peut-être quelque chose qui lui sera utile.

Il allait nous falloir au moins deux voyages et l'école primaire se trouvait à bonne distance. Malgré tout, c'était un pas de plus vers la liberté.

— Pourquoi t'intéresses-tu aux fantômes ? me demanda Dimitri pendant le premier voyage.

— C'était seulement pour faire la conversation.

— Même si je ne vois pas ton visage à cet instant, j'ai l'impression que tu es encore en train de me mentir.

— Tout le monde pense beaucoup de mal de moi, ces derniers temps. Stan m'a accusée d'être avide de gloire.

— J'en ai entendu parler, avoua Dimitri au détour d'une allée. (Les bâtiments du collège se dressaient à présent devant nous.) Ce n'était peut-être pas très juste de sa part.

— « Pas très » ? (Même si j'étais ravie qu'il le reconnaisse, cela ne suffisait pas à apaiser la colère que j'éprouvais à l'égard de Stan. La mauvaise humeur qui m'avait gâché la vie ces derniers temps refit surface.) Je te remercie, mais je commence à perdre foi en cet exercice de terrain ; voire en l'académie tout entière, par moments.

— Tu ne penses pas ce que tu dis.

— Je n'en sais rien. L'académie s'embarrasse de tant de règles et de questions politiques qui n'ont aucun rapport avec la vie réelle… J'ai vu comment ça se passait, là-dehors, camarade. Je suis allée dans la tanière du monstre. Je ne suis plus très sûre que tout cela nous prépare vraiment bien à ce qui nous attend à l'extérieur.

Comme je m'attendais qu'il objecte quelque chose, sa réponse me surprit.

— Il m'arrive de penser la même chose.

Je faillis trébucher en pénétrant dans l'un des deux dortoirs de cette partie de l'académie. Le hall d'entrée ressemblait beaucoup à ceux des dortoirs du lycée.

— Vraiment ? m'étonnai-je.

— Vraiment, répondit-il en esquissant un sourire. Entends-moi bien : je ne dis pas qu'on devrait confronter les novices au monde extérieur dès l'âge de dix ans, ni rien de ce genre, mais il m'arrive de penser que l'exercice de terrain devrait vraiment avoir lieu sur le terrain. J'ai l'impression d'avoir appris bien plus de choses lors de ma première année de travail effectif que pendant toutes mes années d'entraînement. Enfin… peut-être pas complètement, mais la situation était alors très différente de celle d'aujourd'hui.

Ravis d'être tombés d'accord, nous échangeâmes un regard complice. La chaleur qui m'envahit tempéra ma colère. Dimitri comprenait la frustration que j'éprouvais face au système, mais cela n'aurait pas dû m'étonner puisque Dimitri me comprenait, moi. Il scruta les environs. Il n'y avait personne derrière le bureau d'accueil et quelques élèves d'une douzaine d'années travaillaient ou discutaient autour de nous.

— Oh ! nous sommes dans le dortoir du collège, lui fis-je remarquer en changeant ma prise sur la caisse que je transportais. Celui de l'école primaire est à côté.

— Oui, mais Mme Davis loge dans celui-ci. Je vais essayer de la trouver pour lui demander où elle veut que nous rangions ces caisses. (Il posa délicatement la sienne par terre.) Je reviens tout de suite.

Je le regardai s'éloigner, posai ma propre caisse, m'appuyai contre un mur et manquai de sursauter en découvrant une jeune Moroï à quelques pas de moi. Elle se tenait si immobile que je ne l'avais pas remarquée. Même si elle ne semblait avoir que treize ou quatorze ans, elle était grande – bien plus que moi – et la sveltesse des Moroï la faisait paraître plus grande encore. Elle avait des boucles brunes et des taches de rousseur, ce qui était rare chez les Moroï, dont la peau était généralement très pâle. Ses yeux s'écarquillèrent lorsque mon regard croisa le sien.

— Oh ! mon Dieu ! tu es Rose Hathaway, n'est-ce pas ?

— Oui, répondis-je, surprise. Est-ce qu'on se connaît ?

— Tout le monde te connaît. Je veux dire… tout le monde a entendu parler de toi. Tu t'es enfuie de l'académie, puis tu es revenue et tu as tué des Strigoï. C'est tellement cool. As-tu reçu des molnija ?

Elle avait parlé d'une traite, sans prendre le temps de respirer.

— Oui. J'en ai deux.

Le fait de penser aux petits tatouages que j'avais sur la nuque y réveilla une démangeaison.

Ses yeux vert pâle s'écarquillèrent davantage, ce que j'aurais cru impossible.

— Oh ! mon Dieu !

En général, je m'emportais quand les gens accordaient trop d'importance à mes molnija. Après tout, les circonstances dans lesquelles je les avais gagnées n'avaient vraiment rien de cool. Mais cette fille était jeune, et il y avait quelque chose en elle qui m'intriguait.

— Comment t'appelles-tu ? lui demandai-je.

— Jillian… Jill. Je veux dire… simplement Jill, pas les deux. Jillian est mon vrai prénom, Jill la manière dont tout le monde m'appelle.

— Ça va, lui dis-je en réprimant un sourire. J'ai compris.

— J'ai entendu dire que des Moroï s'étaient servis de la magie pour se battre pendant cet incident. Est-ce que c'est vrai ? J'adorerais faire ça ! J'aimerais tellement que quelqu'un m'apprenne… Je suis spécialisée en air. Crois-tu que je puisse m'en servir contre les Strigoï ? Tout le monde me dit que je suis folle.

Pendant des siècles, les Moroï avaient considéré l'usage offensif de la magie comme un péché. Tout le monde pensait qu'elle ne devait servir qu'à des fins pacifiques. Cette idée n'avait été remise en cause que récemment, et surtout depuis le rôle que Christian avait joué dans notre évasion, à Spokane.

— Je ne sais pas, répondis-je. Tu devrais en parler à Christian Ozéra.

Elle en resta bouche bée.

— Tu crois qu'il accepterait de me parler ?

— Si c'est lutter contre le système que tu veux, il te parlera.

— Génial. Est-ce que c'était le gardien Belikov ? demanda-t-elle en changeant abruptement de sujet.

— Oui.

Je la crus sur le point de s'évanouir.

— Vraiment ? Il est encore plus beau que ce qu'on m'avait dit. C'est ton professeur, c'est ça ? Je veux dire… ton professeur personnel ?

— Oui.

Je commençais à me demander où il était passé. Cette discussion avec Jill était vraiment épuisante.

— Ça alors. Tu sais, quand on vous regarde, on n'a pas l'impression de voir un professeur et son élève. On dirait plutôt que vous êtes amis. Est-ce que vous faites des choses ensemble quand vous ne vous entraînez pas ?

— Eh bien… de temps en temps.

Je me souvins de ma récente prise de conscience à propos de Dimitri et du fait que je devais être l'une des rares personnes avec lesquelles il avait une vie sociale en dehors de son travail.

— Je le savais ! Je n'arrive même pas à l'imaginer… Je serais affolée en permanence avec lui, au point que je n'arriverais jamais à rien faire… Mais tu es si cool, du genre : « Oui, je suis avec ce type irrésistible, mais c'est sans importance. »

Je ne pus m'empêcher de rire.

— Je ne mérite pas tant d'éloges.

— Tu veux rire ! Et sache que je ne crois pas un mot de toutes ces histoires.

— Quelles histoires ?

— La rumeur d'après laquelle tu aurais frappé Christian Ozéra.

— Merci.

Ainsi, des échos de mon humiliation s'étaient répercutés jusqu'au collège. Si j'allais dans le dortoir de l'école primaire, j'y tomberais sans doute sur une petite fille de six ans qui m'apprendrait que j'avais tué Christian.

L'expression de Jill devint hésitante.

— Par contre, je ne sais pas quoi penser de l'autre histoire.

— Quelle autre histoire ?

— Celle d'après laquelle Adrian Ivashkov et toi êtes…

— Non, l'interrompis-je pour ne pas entendre la suite. Quoi que tu aies pu entendre, c'est faux.

— Mais c'était vraiment romantique…

— Alors je suis sûre que c'est faux.

Elle parut déçue pendant quelques secondes, puis recouvra son enthousiasme.

— Eh ! est-ce que tu peux m'apprendre à me battre ?

— Quoi ? Pourquoi voudrais-tu apprendre à te battre ?

— Eh bien… je me disais que si je voulais apprendre à me battre grâce à la magie je ferais sans doute bien d'apprendre aussi à le faire normalement.

— Je ne suis sans doute pas la bonne personne pour ça, me défilai-je. Tu devrais le demander à ton prof de sport.

— Je l'ai fait ! s'écria-t-elle, l'air désespérée. Il a refusé.

Je ne pus m'empêcher de rire.

— Je plaisantais…

— Allez… ça pourrait m'aider à affronter un Strigoï, un jour…

Mon rire se tarit brusquement.

— Non, ça ne t'aiderait pas.

Elle se mordit la lèvre et chercha désespérément à me convaincre.

— Au moins, ça m'aiderait à me protéger de ce psychopathe.

— Quoi ? Quel psychopathe ?

— Les élèves n'arrêtent pas de se faire taper dessus, par ici. La semaine dernière, c'était Dane Zeklos, et puis Brett, l'autre jour.

— Dane… (Je tâchai de me remémorer la généalogie des Moroï. Il y avait une infinité de Zeklos à l'académie.) C'est le petit frère de Jesse, c'est bien ça ?

Jill acquiesça.

— C'est ça. L'un de nos professeurs était fou de rage, mais Dane n'a rien voulu dire. Brett non plus.

— Brett comment ?

— Ozéra.

J'eus peur d'avoir mal entendu.

— « Ozéra » ?

J'avais l'impression qu'elle était folle de joie de m'apprendre des choses que j'ignorais.

— C'est le petit copain de mon amie Aimée. Il était couvert de bleus, hier, et il avait d'autres marques bizarres, comme des brûlures. Mais il n'était pas aussi amoché que Dane. Quand Mme Callahan lui a demandé ce qui s'était passé, Brett l'a convaincue que ce n'était rien et elle n'a pas insisté. J'ai trouvé ça bizarre. Et puis il était de très bonne humeur, ce que j'ai trouvé bizarre aussi. J'aurais plutôt cru qu'on se sentait déprimé après s'être fait taper dessus…

Ces révélations titillaient quelque chose au fond de mon esprit. Je savais que j'aurais dû faire un lien avec autre chose, sans parvenir à déterminer quoi. À vrai dire, entre Victor, les fantômes et l'exercice de terrain, c'était un vrai miracle que j'arrive encore à associer des mots pour faire des phrases.

— Alors, est-ce que tu veux bien m'apprendre quelques coups, pour que je ne me fasse pas taper dessus ? insista Jill, qui espérait sincèrement m'avoir convaincue. (Elle serra le poing.) Il faut faire comme ça, n'est-ce pas ? On met le pouce par-dessus les autres doigts et on cogne ?

— Eh bien… c'est un peu plus compliqué que ça. Tu dois te tenir d'une certaine manière, si tu ne veux pas te faire plus de mal qu'à ton adversaire. Tu dois faire très attention à tes coudes et à tes hanches.

— Tu veux bien me montrer ? me supplia-t-elle. Je suis sûre que tu es très douée…

J'étais très douée, c'est vrai, mais mon dossier ne mentionnait pas encore la corruption de mineur et je préférais que les choses restent ainsi. Par chance, Dimitri réapparut à cet instant avec Mme Davis.

— Hé ! l'appelai-je. J'aimerais te présenter quelqu'un. Dimitri, voici Jill. Jill, Dimitri.

Malgré sa surprise évidente, il lui offrit un sourire et lui serra la main. Le visage de Jill vira au rouge vif et elle perdit momentanément l'usage de la parole, pour changer. Dès qu'il eut lâché sa main, elle nous salua en bafouillant avant de s'enfuir. Nous nous mîmes d'accord avec Mme Davis et repartîmes en direction de la chapelle pour le deuxième voyage.

— Jill savait qui j'étais, racontai-je en chemin à Dimitri. On dirait qu'elle me prend pour une héroïne.

— Et ça te surprend que les plus jeunes élèves t'admirent ?

— Je ne sais pas. Je n'y avais jamais pensé. Je ne suis pas sûre de fournir un très bon modèle.

— Je ne suis pas d'accord. Tu es sociable, dévouée, et tu excelles dans tout ce que tu entreprends. Tu inspires plus de respect que tu le crois.

Je lui jetai un regard oblique.

— Pas assez pour qu'on me laisse assister au procès de Victor, apparemment.

— Ne recommence pas.

— Eh bien, si, je recommence ! Pourquoi ne comprends-tu pas à quel point c'est important ? Victor est très dangereux.

— Je le sais.

— Si on le relâche, il recommencera à échafauder ses plans tordus.

— Je ne crois vraiment pas qu'on le relâchera, tu sais... La plupart des rumeurs selon lesquelles la reine aurait l'intention de l'acquitter ne sont que... des rumeurs. Tu devrais savoir mieux que personne qu'il ne faut pas croire tout ce qu'on entend.

Je regardai obstinément devant moi en refusant d'admettre qu'il venait de marquer un point.

— On devrait quand même nous laisser y aller. Ou... (j'inspirai profondément)... on devrait au moins laisser Lissa y aller.

Il me fut plus difficile de prononcer ces mots que cela aurait dû, mais j'y pensais depuis un certain temps. Contrairement à ce que pensait Stan, je ne me croyais pas avide de gloire, mais il n'en restait pas moins qu'une part de moi voulait toujours être au cœur de l'action. J'avais souvent envie de foncer dans le tas, pour obtenir ce qui me semblait juste et aider les autres. Par exemple, j'avais envie d'assister au procès de Victor. Je voulais le regarder droit dans les yeux et m'assurer qu'il serait puni pour ce qu'il avait fait.

Néanmoins, le temps passant, il semblait de plus en plus improbable que cela se produise. Ils n'allaient pas nous laisser y aller. Mais peut-être accepteraient-ils de laisser l'une de nous y assister... Dans ce cas, il était normal que ce soit Lissa. C'était elle, la victime de ses plans. Même si le fait qu'elle s'y rende seule réveillait ma crainte de ne pas lui être indispensable, je préférais courir ce risque et être enfin assurée qu'on le laisse croupir derrière des barreaux.

Dimitri, qui comprenait mon besoin de me jeter dans le feu de l'action, parut surpris de ma suggestion.

—Tu as raison. Elle devrait y assister… mais, une fois encore, je ne peux rien faire. Tu continues à croire que c'est en mon pouvoir, mais c'est faux.

—Mais as-tu tout essayé ? (Je me souvins qu'Adrian, dans mon rêve, m'avait laissé entendre que Dimitri aurait pu insister davantage.) Tu as beaucoup d'influence. Il doit bien y avoir quelque chose à faire… n'importe quoi…

—Je n'ai pas autant d'influence que tu le crois. J'occupe un poste assez important à l'académie, mais je suis encore trop jeune pour avoir vraiment du poids dans le monde des gardiens. Et oui : j'ai défendu votre cause.

—Tu aurais peut-être dû insister davantage…

Je le sentis se renfermer. Nous discutions raisonnablement de beaucoup de choses, mais il refusait de m'encourager lorsque je me conduisais comme une garce. Je tâchai donc de me montrer plus raisonnable.

—Victor est au courant, pour nous deux, lui fis-je remarquer. Il pourrait en parler…

—Victor a d'autres soucis que nous avec ce procès.

—C'est vrai mais, tu le connais… il n'agit pas tout à fait comme une personne normale. S'il perd tout espoir de s'en sortir, il peut décider de nous dénoncer pour se venger.

Alors que je n'avais jamais pu me résoudre à confesser ma relation avec Dimitri à Lissa, il se trouvait que notre pire ennemi n'en ignorait rien. C'était encore plus déstabilisant que dans le cas d'Adrian. Victor l'avait deviné en nous observant et en rassemblant des indices. Je suppose qu'un scélérat manipulateur était doué pour ce genre de choses. Néanmoins, il n'avait jamais rendu cette information publique. Il avait préféré s'en servir contre nous en fabriquant un sortilège de luxure grâce à sa magie de la terre. Ce sortilège était tel qu'il n'aurait jamais fonctionné si nous n'avions pas déjà été attirés l'un par l'autre. Il avait seulement précipité les choses. Dimitri et moi nous étions sauté dessus et avions bien failli faire l'amour. Victor avait trouvé là une manière très maligne de nous distraire sans faire usage de la violence. Si quelqu'un avait essayé de nous attaquer, nous étions de taille à nous défendre. En revanche, nous avions beaucoup plus de mal à combattre l'attirance que nous éprouvions l'un pour l'autre.

Dimitri resta silencieux un long moment. Je compris que je venais de marquer un point.

—Alors nous devrons faire face du mieux possible, finit-il par répondre. Mais, si Victor a l'intention d'en parler, il le fera dans tous les cas, que tu témoignes ou pas.

Je renonçai à ajouter quoi que ce soit jusqu'à notre retour à la chapelle. Lorsque nous l'atteignîmes, le père Andrew nous annonça qu'il avait changé d'avis et qu'il n'y avait plus qu'une caisse à porter à Mme Davis.

—Je vais le faire, annonçai-je sèchement à Dimitri dès que le prêtre se fut éloigné. Inutile que tu m'accompagnes.

—Je t'en prie, Rose, n'en fais pas un drame…

—Mais *c'est* un drame ! m'écriai-je. On dirait que tu ne t'en rends pas compte.

—Je m'en rends compte, je t'assure. Crois-tu vraiment que j'aie envie de voir Victor remis en liberté ? qu'il recommence à nous menacer tous ? (C'était la première fois depuis longtemps que je le voyais sur le point de perdre son sang-froid.) Mais je t'ai déjà dit que j'avais fait tout ce que je pouvais. Je ne suis pas comme toi… Je ne fais pas un scandale chaque fois que les choses ne se passent pas comme je le voudrais.

—Ce n'est pas ce que je fais.

—Tu es en train de le faire en ce moment même.

Il avait raison. Une part de moi savait que je dépassais les bornes. Pourtant, comme cela m'arrivait souvent ces derniers temps, je fus incapable de me taire.

— Pourquoi m'as-tu aidée aujourd'hui ? Pourquoi es-tu là ?

— Est-ce si étrange ? me demanda-t-il en ayant presque l'air blessé.

— Oui. Essaies-tu de m'espionner ? de comprendre pourquoi je me suis plantée la dernière fois ? de t'assurer que je ne m'attire pas de nouveaux ennuis ?

Il m'observa en écartant une mèche de cheveux tombée devant ses yeux.

— Pourquoi faut-il qu'il y ait une raison cachée à ma présence ?

J'avais envie de déballer des tas de choses. Par exemple, j'aurais pu lui répondre que l'absence d'une raison cachée signifiait qu'il avait simplement eu envie de passer du temps avec moi, ce qui n'avait pas de sens, puisque nous savions tous les deux que nous devions nous en tenir à une relation strictement professionnelle. Il le savait mieux que personne, puisque c'était lui qui m'en avait convaincue.

— Parce que tout le monde a ses raisons.

— C'est vrai. Mais ce ne sont pas toujours celles que tu crois. (Il poussa la porte.) À plus tard.

Je le regardai disparaître, en proie à un mélange de confusion et de colère. Si la situation n'avait pas été si étrange, j'aurais presque cru que nous sortions d'un rendez-vous amoureux.

Chapitre 10

Le lendemain, je repris ma fonction de gardienne auprès de Christian. Une fois de plus, je mis ma vie entre parenthèses au profit de celle de quelqu'un d'autre.

— Comment s'est passée ta pénitence ? me demanda-t-il tandis que nous traversions le campus en sortant de son dortoir.

Je réprimai un bâillement. J'avais mal dormi la nuit précédente, à la fois à cause des sentiments que j'éprouvais pour Dimitri et de ce que le père Andrew m'avait dit. Malgré cela, je restais vigilante. Nous nous trouvions à l'endroit où Stan nous avait déjà attaqués deux fois et je savais les gardiens assez pervers pour me tomber dessus un jour où j'étais particulièrement épuisée.

— Ça a été. Le prêtre nous a laissé partir tôt.

— « Nous » ?

— Dimitri m'a aidée. Je crois qu'il s'en voulait un peu de ne pas avoir su m'épargner cette punition.

— Soit ça, soit il n'a rien de mieux à faire que de s'occuper de toi.

— Peut-être, mais j'en doute. Au bout du compte, ce n'était pas une si mauvaise journée.

À moins de considérer comme mauvais le fait d'apprendre l'existence de fantômes vengeurs…

— De mon côté, j'ai eu une journée formidable, déclara Christian avec un soupçon de fatuité.

Je réprimai mon envie de lui faire les gros yeux.

— Je sais.

Lissa et lui avaient mis à profit leur journée de liberté pour se jeter l'un sur l'autre. J'imaginais que je devais m'estimer heureuse qu'ils aient attendu qu'Eddie et moi ayons le dos tourné, mais c'était sans importance à bien des égards. Bien sûr, je pouvais censurer les détails lorsque j'étais éveillée, mais cela ne m'empêchait pas de savoir ce qui se passait. Un peu de la jalousie et de la colère que j'avais éprouvées la dernière fois qu'ils avaient passé du temps ensemble se réveilla au fond de moi. C'était toujours le même problème : Lissa pouvait faire ce qui m'était défendu.

Je mourais d'envie de prendre mon petit déjeuner. Je sentis une odeur de toast et de sirop d'érable chaud. Des glucides sur des glucides… Miam. Mais Christian voulait du sang avant toute nourriture solide et ses besoins étaient prioritaires sur les miens. « Ils passent avant tout. » Il semblait avoir renoncé à sa dose quotidienne, la veille, sans doute afin d'accorder plus de temps à l'amour.

La salle des sources n'était pas en pleine effervescence, mais il nous fallut tout de même attendre.

— Dis-moi… connais-tu Brett Ozéra ? l'interrogeai-je. Il est de ta famille, n'est-ce pas ?

Après ma rencontre avec Jill, j'étais parvenue à assembler quelques pièces du puzzle. L'histoire de Brett Ozéra et de Dane Zeklos m'avait rappelé le visage tuméfié de Brandon, le jour de la première attaque de Stan. Le désastre de cette attaque m'avait fait oublier Brandon, mais la coïncidence avait éveillé ma curiosité. Tous trois avaient pris des coups et refusé d'en parler.

Christian acquiesça.

— Oui, à la manière dont nous sommes tous parents. Je ne le connais pas très bien. C'est un cousin au troisième ou quatrième degré. Sa branche de la famille n'a pas eu beaucoup de rapports avec la mienne depuis… tu sais quoi.

— J'ai appris quelque chose de bizarre à son sujet.

Je lui racontai alors ce que Jill m'avait dit sur Dane et Brett.

— C'est étrange, reconnut-il. Mais il arrive que les élèves se battent ensemble.

— Oui, sauf qu'il y a des coïncidences troublantes. De plus, les nobles se battent rarement, d'habitude, or tous trois le sont.

— C'est peut-être justement de cela qu'il s'agit. Tu sais bien comment les choses ont évolué, ces derniers temps. Beaucoup de nobles sont furieux que les roturiers essaient de changer la manière dont les gardiens sont attribués, et veulent apprendre à se battre. C'est la raison d'être du stupide petit club de Jesse et Ralf. Ils veulent s'assurer que les nobles restent au sommet de l'échelle. Peut-être que les autres sont tout aussi furieux et commencent à répliquer.

— Alors quoi ? Une sorte de justicier s'en prendrait aux nobles ?

— Ce ne serait pas la chose la plus bizarre qui se serait produite à l'académie, me fit-il remarquer.

— C'est certain, grommelai-je.

On appela Christian, qui se tourna pour observer la salle.

— Regarde ! s'écria-t-il joyeusement. C'est encore Alice.

— Je ne comprends pas ce qui vous fascine chez elle, avouai-je alors que nous nous dirigions vers la vieille source. Lissa aussi est toujours contente de l'avoir… Sauf qu'Alice est cinglée.

— Je sais. C'est ça qui est génial.

Alice nous salua tandis que Christian s'asseyait à côté d'elle. Je m'appuyai contre le mur et croisai les bras sur ma poitrine.

— Le décor n'a pas changé, Alice, déclarai-je impétueusement. C'est exactement le même que la dernière fois.

Elle tourna les yeux vers moi.

— Patience, Rose. Tu dois te montrer patiente. Et prête. Es-tu prête ?

Le changement de sujet me déstabilisa un peu. C'était comme parler avec Jill, en plus tordu.

— Prête à quoi ? Au changement de décor ?

Dans un moment suprêmement ironique, elle me regarda comme si c'était moi qui étais folle.

— Armée. Es-tu armée ? Tu vas nous protéger, n'est-ce pas ?

Je tirai de la poche de mon manteau le pieu d'entraînement que l'on m'avait fourni pour l'exercice de terrain.

— Je vous couvre, répliquai-je.

Elle sembla très soulagée. Apparemment, elle n'était pas capable de faire la différence entre un vrai pieu et un faux.

— Bien, dit-elle. Alors nous sommes en sécurité.

— C'est ça, intervint Christian. Tant que Rose est armée, nous n'avons rien à craindre. Le monde des Moroï peut dormir en paix.

Alice ne comprit pas le sarcasme.

— Oui. Même si nous ne sommes en sécurité nulle part.

Je rangeai mon pieu.

— Nous sommes en sécurité. Nous avons les meilleurs gardiens du monde, sans parler des protections magiques. Les Strigoï ne viendront jamais ici.

Je ne précisai pas ce que j'avais récemment appris : les Strigoï pouvaient faire neutraliser les protections par des humains. Celles-ci étaient constituées de fils invisibles de magie composés des quatre éléments. Pour les créer, il fallait que quatre Moroï, chacun spécialisé dans l'un des éléments, les déposent sur le sol autour de la zone que l'on voulait protéger. La magie des Moroï, imprégnée de vie, tenait les Strigoï à distance, puisqu'ils étaient le contraire même de la vie. Ainsi, on installait souvent des protections autour des résidences des Moroï. Il y en avait beaucoup autour de l'académie. Mais comme les pieux étaient eux aussi imprégnés de la magie des quatre éléments, il suffisait d'enfoncer l'un d'eux dans le sol, à l'endroit où se situait une protection, pour la transpercer et la rendre inopérante. Ce problème n'avait jusqu'à aujourd'hui jamais été pris très au sérieux, parce que les Strigoï ne pouvaient pas toucher les pieux. Cependant, lors des attaques récentes, des humains, qui eux pouvaient toucher les pieux, avaient neutralisé les protections pour le compte des Strigoï. Nous pensions que le Strigoï que j'avais tué était le chef de ce groupe, sans en être certains pour autant.

Alice m'observa longuement de son regard brumeux comme si elle savait ce que je pensais.

—Aucun endroit n'est sûr. Les protections faiblissent. Les gardiens meurent.

Je jetai un regard à Christian qui haussa les épaules avec l'air de dire : *Qu'espérais-tu d'elle ?*

—Avez-vous fini de bavarder ? demanda-t-il. J'aimerais manger.

Alice, dont c'était la première dose de la journée, fut ravie de le satisfaire. Elle oublia vite les protections et tout ce qui pouvait occuper son esprit pour se perdre dans l'extase de la morsure. J'oubliai moi aussi cette histoire de protections. Je n'étais décidément pas capable de penser à plusieurs choses à la fois et j'étais encore obsédée par mon problème : Mason était-il réel ou non ? Malgré l'explication terrifiante du prêtre, je devais admettre que les visites de Mason n'avaient pas été menaçantes, mais seulement effrayantes. S'il était revenu pour se venger de moi, il s'en sortait très mal. De nouveau, j'accordai davantage de crédit à ma théorie du stress et de la fatigue.

—C'est à mon tour de manger, maintenant, déclarai-je lorsque Christian eut fini.

Je fus presque sûre de sentir une odeur de bacon. Cela allait sans doute ravir Christian, qui allait pouvoir en envelopper ses toasts.

Nous sortions à peine de la salle lorsque Lissa accourut vers nous en entraînant Eddie dans son sillage. L'excitation illuminait son visage, même si les sentiments que notre lien me révéla n'étaient pas vraiment heureux.

—Est-ce qu'on vous a prévenus ? nous demanda-t-elle, le souffle un peu court.

—Prévenus de quoi ?

— Vous devez vous dépêcher d'aller préparer votre sac. Nous allons assister au procès de Victor. Nous partons tout de suite.

On ne nous avait toujours pas dit quand le procès de Victor devait avoir lieu, mais quelqu'un avait apparemment décidé que nous pouvions y aller. Christian et moi échangeâmes un bref regard stupéfait avant de courir vers sa chambre pour rassembler nos affaires.

Ce fut fait en un clin d'œil. Mon sac était déjà prêt et il ne fallut qu'une minute à Christian pour remplir le sien. Moins d'une demi-heure plus tard, nous nous tenions sur l'aérodrome de l'académie. Il s'y trouvait deux jets privés, dont l'un était prêt à décoller. Quelques Moroï s'agitaient autour pour finir de préparer l'avion et la piste d'envol.

Personne ne semblait savoir ce qui se passait. On avait seulement dit à Lissa que Christian, elle et moi allions témoigner et qu'Eddie pouvait nous accompagner pour poursuivre son exercice de terrain. Personne ne lui avait expliqué le pourquoi de ce revirement, et nous étions partagés entre l'impatience et l'appréhension. Nous voulions tous voir Victor derrière les barreaux pour de bon. Pourtant, à présent que nous étions confrontés à la réalité du procès et à la perspective de le voir, cela nous semblait un peu effrayant.

Quelques gardiens attendaient près de l'escalier d'embarquement. Je reconnus ceux qui avaient participé à la capture de Victor. Ils allaient sans doute faire d'une pierre deux coups : témoigner au procès et assurer notre protection. Comme Dimitri se trouvait dans les environs, je m'empressai de courir vers lui.

— Je suis désolée ! m'écriai-je. Tellement désolée.

Il se tourna vers moi, le visage figé dans l'expression de parfaite neutralité qu'il adoptait si facilement.

— Désolée de quoi ?

— De t'avoir dit toutes ces horreurs, hier. Tu l'as fait… Tu l'as vraiment fait ! Tu les as convaincus de nous laisser venir.

Malgré mon appréhension à l'idée de revoir Victor, j'étais folle de joie. Dimitri avait réussi. J'avais toujours su qu'il tenait à moi et il venait juste de le prouver. S'il n'y avait pas eu autant de gens autour de nous, je l'aurais serré dans mes bras.

Le visage de Dimitri resta impassible.

— Ce n'est pas moi, Rose. Je n'ai rien à voir avec ça.

Alberta signala que nous pouvions embarquer et il se détourna de moi pour aller rejoindre les autres. Je restai un instant paralysée en tâchant de comprendre ce qui avait pu se passer. S'il n'était pas intervenu, alors pourquoi partions-nous ? Les efforts diplomatiques de Lissa avaient échoué quelques jours plus tôt. Alors comment expliquer ce revirement ?

Mes amis étaient déjà montés à bord et je m'empressai de les rejoindre. On m'interpella dès que je pénétrai dans la cabine.

— Petite dhampir ! il était temps que tu arrives.

Je tournai les yeux vers Adrian qui me faisait signe, un verre à la main. Génial. Alors que nous avions dû supplier pour assister au procès, Adrian n'avait eu aucun mal à se glisser à bord. Comme Lissa et Christian s'étaient assis côte à côte, je rejoignis Eddie en espérant que cela tiendrait Adrian à distance. Eddie m'offrit le siège côté hublot. Adrian vint tout de même s'asseoir devant nous et il aurait aussi bien pu s'installer dans notre rangée tant il se retourna souvent pour me parler. Ses bavardages et sa drague exubérante m'indiquèrent qu'il avait commencé à siroter des cocktails bien avant notre embarquement. Dès que nous fûmes dans les airs, je commençai à rêver d'en boire quelques-uns moi aussi. Un violent mal de tête m'avait saisie immédiatement après le décollage et j'imaginais que la vodka endormirait la douleur.

— Nous allons à la Cour, commenta Adrian. N'es-tu pas excitée ?

Je fermai les yeux et me massai les tempes.

— Laquelle ? La Cour royale ou celle de justice ?

— La Cour royale. As-tu emporté une robe ?

— Personne ne m'a dit de le faire.

— Donc, c'est un « non ».

— Oui.

— « Oui » ? Je croyais que c'était « non »...

J'ouvris un œil pour le regarder avec fureur.

— C'est « non » et tu le sais très bien. Non, je n'ai pas emporté de robe.

— Nous t'en trouverons une, conclut-il d'un ton condescendant.

— Tu as l'intention de m'emmener faire les boutiques ? Même si je prenais le risque de t'accompagner, je parie qu'on ne te considérerait pas comme un chaperon fiable.

— Les boutiques ? Tu parles ! Il y a des tailleurs, à la Cour. Nous allons te faire fabriquer quelque chose sur mesure.

— Nous n'allons pas rester si longtemps. D'ailleurs, ai-je vraiment besoin d'une robe, vu ce que nous allons faire ?

— Non. C'est seulement que j'aimerais te voir dedans.

J'appuyai ma tête contre le hublot en soupirant. Mon crâne me faisait toujours souffrir, comme si l'air faisait pression à l'intérieur. J'aperçus quelque chose du coin de l'œil et me retournai, surprise, mais il n'y avait que des étoiles à l'extérieur de l'avion.

— Une robe noire, poursuivait Adrian. En satin... avec une bordure en dentelle, peut-être. Aimes-tu la dentelle ? Certaines femmes trouvent que ça gratte.

— Adrian.

C'était comme si on me frappait le crâne à coups de marteau, à la fois de l'intérieur et de l'extérieur.

— Tu pourrais aussi avoir une bordure en velours... Ça ne gratterait pas.

— Adrian.

Même mes yeux me faisaient mal, à présent.

— Avec une fente assez longue pour montrer quelles jambes formidables tu as. Elle pourrait débuter à la hanche, avec une légère courbure...

— Adrian ! (Quelque chose explosa au fond de moi.) Veux-tu bien la fermer au moins cinq secondes ?

J'avais hurlé si fort que le pilote avait certainement dû m'entendre. Adrian parut surpris, ce qui lui arrivait rarement. Alberta, qui avait pris place de l'autre côté de la travée, à peu près à la même hauteur qu'Adrian, bondit de son siège.

— Rose ! s'écria-t-elle. Que se passe-t-il ?

Je me massai les tempes en grinçant des dents.

— J'ai la pire migraine du monde et il refuse de se taire, nom de Dieu ! (Il me fallut plusieurs secondes pour prendre conscience que je venais de jurer devant l'un de mes professeurs. Du coin de l'œil, je crus voir autre chose, comme une sorte d'ombre, passer dans l'avion. Cela m'évoqua des ailes noires, comme celles d'une chauve-souris ou d'un corbeau. Je mis mes mains devant mes yeux. Rien ne volait à travers l'avion.) Mais pourquoi ça ne veut pas passer ?

Je m'attendais qu'Alberta me réprimande pour ma crise, mais Christian prit la parole.

— Elle n'a rien mangé de la journée et elle avait très faim tout à l'heure.

Je baissai les mains de mes yeux. Le visage d'Alberta était soucieux et Dimitri s'était approché à son tour. D'autres ombres traversèrent mon champ de vision. La plupart avaient des contours indistincts, mais j'aurais pu jurer avoir vu quelque chose qui ressemblait à un crâne noyé dans l'obscurité. Tout disparut lorsque je clignai des paupières. Alberta se tourna vers une hôtesse de l'air.

— Pouvez-vous lui apporter quelque chose à manger et un analgésique ?

— Où as-tu mal exactement ? me demanda Dimitri.

À présent que j'étais au centre de l'attention générale, ma colère me parut excessive.

— C'est une migraine… Je suis sûre que ça va finir par passer… (Comme il gardait son air sévère, je posai le doigt au centre de mon front.) C'est comme si une force m'appuyait sur le crâne. J'ai mal derrière les yeux, aussi. Et puis j'ai l'impression d'avoir quelque chose dans l'œil. Je vois des ombres ou je ne sais quoi. Ça disparaît quand je cligne des yeux.

— Ah ! commenta Alberta. Les problèmes de vision sont bien un symptôme de migraine. On appelle ça des « auras ». En général, les gens en sont victimes avant que la douleur s'installe.

— Des « auras » ? répétai-je, stupéfaite.

Je jetai un regard à Adrian. Il m'observait par-dessus le dossier de son siège, d'où pendaient ses longs bras.

— Pas du même genre, répondit-il en esquissant un sourire. Mais c'est le même terme. Comme « Cour » tout à l'heure. Les auras de migraine désignent les images et les flashs lumineux qu'on voit quand on a mal à la tête. Elles n'ont rien à voir avec celles que moi je vois. Mais je peux te dire que la tienne... Ça alors !

— Elle est noire ?

— Et ce n'est pas tout. Elle est visible malgré tous les verres que j'ai bus. Je n'ai jamais rien vu de tel.

Je ne savais pas vraiment quoi en penser. L'hôtesse de l'air revint à cet instant avec une banane, une barre de céréales et un comprimé d'ibuprofène. On était loin des toasts dont j'avais rêvé, mais cela fit du bien à mon estomac vide. J'engloutis le tout, plaçai un coussin contre le hublot, y calai ma tête et fermai les yeux en espérant me débarrasser de cette migraine grâce au sommeil, avant l'atterrissage. Par chance, tout le monde se tut.

Je somnolais vaguement lorsque je sentis qu'on m'effleurait le bras.

— Rose ?

J'ouvris les yeux pour découvrir Lissa assise à la place d'Eddie. Les mêmes formes ailées flottaient derrière elle et j'avais toujours mal à la tête. Je devinai encore un visage au milieu des ombres mouvantes. Cette fois, il avait la bouche grande ouverte et des yeux qui jetaient des flammes. Je tressaillis.

— Souffres-tu encore ? me demanda Lissa.

Le visage disparut dès que je clignai des yeux.

— Oui, je… Oh non ! (Je compris subitement ce qu'elle s'apprêtait à faire.) Arrête ! Ne gaspille pas ton pouvoir sur moi.

— C'est facile, maintenant, m'assura-t-elle. Ça m'affecte à peine.

— Oui, mais plus tu l'utilises, plus cela te fera du mal à long terme. Même si tu trouves ça facile pour le moment.

— Il sera toujours temps de s'en inquiéter plus tard.

Elle prit ma main entre les siennes et ferma les yeux. Par l'intermédiaire de notre lien, je sentis la magie s'éveiller en elle tandis qu'elle puisait dans le pouvoir de guérison de l'esprit. Elle la ressentait comme une énergie chaude et dorée. Elle m'avait déjà guérie auparavant, et je percevais toujours cela comme des variations de température où le chaud et le froid se succédaient en alternance. Pourtant cette fois, lorsqu'elle dirigea son pouvoir vers moi, je n'éprouvai rien d'autre qu'une légère vibration. Elle ouvrit brusquement les yeux.

— Que s'est-il passé ? s'écria-t-elle.

— Rien. J'ai toujours mal à la tête.

— Pourtant je… (La stupeur que je lisais sur son visage redoublait celle que je sentais en elle.)… Je l'ai fait. J'ai touché la magie. Ça a marché.

— Je ne sais pas, Liss, mais ça va aller, ne t'en fais pas. Tu n'as pas interrompu ton traitement depuis très longtemps…

— C'est vrai… mais je n'ai eu aucun mal à guérir Eddie, l'autre jour. Ainsi qu'Adrian, ajouta-t-elle sèchement.

Ce dernier s'était encore retourné sur son siège et nous observait attentivement.

— Ce n'étaient que des égratignures, la rassurai-je. Nous avons affaire à une migraine atroce. Tu dois peut-être attendre d'avoir repris des forces.

Lissa se mordit la lèvre.

— Tu ne crois quand même pas que les médicaments ont altéré mon pouvoir de manière permanente ?

— Non, répondit Adrian en inclinant la tête. Tu as brillé comme une supernova quand tu as puisé dedans. Ta magie est là. Je crois qu'elle est seulement sans effet sur Rose.

— Pourquoi ? s'inquiéta-t-elle.

— Peut-être qu'elle a quelque chose que tu ne peux pas guérir.

— Une migraine ? demandai-je, incrédule.

Il haussa les épaules.

— Ai-je l'air d'un docteur ? Je n'en sais rien. Je vous dis seulement ce que j'ai vu.

Je plaquai ma main sur mon front en soupirant.

— Bien. J'apprécie ton aide, Lissa, et tes commentaires agaçants, Adrian, mais je pense que le mieux que j'aie à faire pour le moment, c'est dormir. C'est peut-être un effet du stress ou quelque chose comme ça. (Pourquoi pas ? Le stress était la réponse à tout, ces derniers temps. Les fantômes. Les migraines incurables. Les visages qui flottaient dans les airs.) Quelque chose contre quoi tu ne peux rien.

— Peut-être, m'accorda-t-elle en ayant l'air de prendre comme une offense personnelle le fait que je souffre de quelque chose qu'elle ne pouvait pas guérir.

Néanmoins, je sentis que c'était contre elle et non contre moi que sa colère était dirigée. Elle avait peur de ne pas être assez douée.

— Ça va aller, dis-je pour la rassurer. Tu commences seulement à t'y remettre. Dès que tu auras recouvré tes pleins pouvoirs, je me casserai une côte ou autre chose pour qu'on puisse faire un essai.

Elle grogna.

— Le pire, c'est que je pense que tu ne plaisantes pas. (Elle me serra brièvement la main avant de se lever.) Dors bien.

Après son départ, je me rendis compte qu'Eddie n'allait pas revenir. Il s'était installé sur un autre siège pour me laisser plus de place. Reconnaissante, je déplaçai le coussin, le tapotai et étendis mes jambes du mieux possible à travers les sièges. D'autres ombres dansèrent devant mes yeux jusqu'à ce que je les ferme pour dormir.

Je me réveillai un peu plus tard, au moment de l'atterrissage, tirée d'un profond sommeil par le bruit des moteurs qui décéléraient.

À mon grand soulagement, ma migraine avait disparu, tout comme les formes étranges que j'avais vues flotter autour de moi.

— Ça va mieux ? s'inquiéta Lissa lorsqu'elle me vit me lever en bâillant.

J'acquiesçai.

— Nettement. Et ça ira encore mieux lorsque j'aurai mangé de la vraie nourriture.

— Eh bien ! s'écria-t-elle en riant. J'ai comme l'impression que ça ne doit pas manquer par ici.

Elle avait raison. Je jetai un coup d'œil par le hublot pour me faire une première impression de notre environnement. Nous avions réussi. Nous étions à la Cour royale des Moroï.

Chapitre 11

Nous sortîmes de l'avion pour entrer dans la tourmente d'un climat humide et venteux. La neige fondue qui nous fouettait était bien pire que les flocons blancs qui tombaient dans le Montana. Nous étions sur la côte est, à présent. Du moins, nous n'en étions pas loin. La cour de la reine se trouvait en Pennsylvanie, dans la région du Pocono, une chaîne de montagnes dont j'avais vaguement entendu parler. Je savais que nous n'étions proches d'aucune ville importante, comme Philadelphie ou Pittsburgh, les seules que je connaissais dans cet État.

L'aérodrome sur lequel nous avions atterri appartenait à la Cour, de sorte que nous nous trouvions déjà à l'intérieur de protections. Il ressemblait beaucoup à celui de l'académie. En fait, à bien des égards, la Cour royale avait été édifiée d'une manière assez semblable à l'académie. Les humains croyaient d'ailleurs que ce complexe était une école. La Cour était composée de bâtiments majestueux et ornementés, séparés entre eux par des pelouses bien entretenues et agrémentées d'arbres et de fleurs. Du moins, elles le seraient au printemps. En cette saison, la végétation était aussi morne et aussi dénudée que dans le Montana.

Nous fûmes accueillis par un groupe de cinq gardiens, tous vêtus d'un pantalon et d'un manteau noirs, manteau sous lequel on devinait une chemise blanche. Ce n'était pas exactement un uniforme, mais la coutume voulait que les gardiens portent un costume élégant dans les grandes occasions. En comparaison, nos jeans et nos tee-shirts nous donnaient l'air de parents pauvres. Néanmoins, je ne pus m'empêcher de songer que nous serions bien plus à l'aise si nous devions nous battre contre des Strigoï.

Les gardiens connaissaient Alberta et Dimitri, qui, à vrai dire, connaissaient tout le monde. Après les formalités d'usage, tout le monde se détendit et l'atmosphère devint cordiale. Comme nous étions tous impatients d'échapper au froid, notre escorte nous entraîna vers les bâtiments. J'en savais assez sur la Cour pour deviner que le plus grand et le plus élaboré des bâtiments était celui où se traitaient toutes les affaires des Moroï. De l'extérieur, il avait l'air d'une sorte de palais gothique, mais je me doutais que l'intérieur devait ressembler à n'importe quel bâtiment officiel moderne des humains.

Nous ne prîmes pas cette direction. On nous conduisit dans un bâtiment adjacent, d'allure aussi exquise mais deux fois plus petit. L'un des gardiens nous expliqua que c'était là que résidaient tous les invités et les dignitaires qui se présentaient à la Cour. À ma grande surprise, on nous attribua des chambres individuelles.

Eddie protesta en arguant avec force qu'il ne devait pas s'éloigner de Lissa, mais Dimitri sourit et lui expliqua que ce ne serait pas nécessaire. Dans des endroits comme celui-ci, les gardiens n'avaient pas besoin de veiller sur leur Moroï de si près. En fait, ils le quittaient même souvent pour vaquer à leurs propres occupations. La Cour était aussi lourdement protégée que l'académie. À vrai dire, les Moroï qui séjournaient à l'académie n'étaient pas non plus protégés de très près par leurs gardiens. Nous ne le faisions depuis une semaine qu'à cause de l'exercice de terrain. Eddie finit par acquiescer à contrecœur, et son dévouement m'émerveilla une fois de plus.

Alberta échangea quelques mots avec les gardiens avant de se tourner vers nous.

— Détendez-vous un peu avant le dîner, qui sera servi dans quatre heures. Lissa, la reine veut te voir dans une heure.

Je perçus un sursaut de surprise par l'intermédiaire de notre lien, et Lissa et moi échangeâmes un bref regard déconcerté. La dernière fois que Lissa avait rencontré la reine, Tatiana l'avait prise de haut et l'avait humiliée devant tout le monde pour s'être enfuie avec moi. Nous nous demandâmes l'une et l'autre ce qu'elle pouvait bien lui vouloir cette fois-ci.

— Bien sûr, répondit Lissa. Rose et moi serons prêtes dans une heure.

Alberta secoua la tête.

— Rose n'est pas convoquée. La reine a précisé qu'elle voulait te voir seule.

Évidemment. Pourquoi la reine s'intéresserait-elle à l'ombre de Vasilisa Dragomir ? Une méchante voix se mit à chuchoter dans ma tête. *Tu n'es pas indispensable...*

Je fus surprise par la noirceur de mon sentiment et m'empressai de le chasser de mon esprit. Je me rendis dans ma chambre et fus soulagée d'y trouver une télévision. La perspective de m'avachir devant pendant les quatre heures à venir me parut fantastique. Pour le reste, la décoration était élégante et très moderne, avec des tables noires laquées et des fauteuils en cuir blanc. J'avais presque peur de m'y asseoir. Ironiquement, et malgré la beauté du lieu, la chambre n'était pas aussi luxueuse que celle dans laquelle nous avions dormi à la résidence de sports d'hiver lors des dernières vacances. Cela n'aurait pas dû me surprendre, puisqu'on venait à la Cour pour affaires, et non pour y passer des vacances.

Je venais à peine de m'étendre sur le canapé en cuir et d'allumer la télévision lorsque je sentis Lissa entrer dans ma tête.

Viens me voir, dit-elle.

Je me redressai, aussi surprise par la forme du message que par son contenu. En général, notre lien ne me transmettait que des impressions. Les requêtes précises, comme celle-ci, étaient très rares.

Je me levai et quittai la chambre pour aller frapper à la porte voisine. Lissa m'ouvrit aussitôt.

— Tu ne pouvais pas venir me voir ? demandai-je.

— Je suis désolée, s'excusa-t-elle, visiblement sincère. (Il était difficile d'être de mauvaise humeur en face d'une personne si gentille.) Je n'avais pas le temps. J'essaie de choisir ce que je vais porter.

Sa valise était ouverte sur le lit et certains vêtements étaient déjà pendus dans l'armoire. Contrairement à moi, elle avait emporté des tenues adaptées à toutes les occasions, des plus officielles aux plus banales. Je m'étendis sur son canapé, qui était en velours pelucheux et non en cuir.

— Mets le chemisier imprimé avec le pantalon noir, lui conseillai-je. Pas une robe.

— Pourquoi pas une robe ?

— Parce que tu ne veux pas avoir l'air de ramper à ses pieds.

— C'est la reine, Rose. C'est lui témoigner du respect que de s'habiller avec élégance, pas ramper...

— Si tu le dis.

Lissa enfila quand même la tenue que je lui avais suggérée. Elle me parla en finissant de se préparer et je la regardai se maquiller avec envie. Je ne m'étais pas rendu compte à quel point le maquillage me manquait. Lorsque nous vivions parmi les humains, je me pomponnais soigneusement tous les jours. Désormais, je n'avais plus le temps ni de raisons de le faire. J'étais toujours en train de me battre, ce qui rendait le maquillage inutile et l'aurait ruiné à coup sûr. J'en étais réduite à m'étaler de la crème hydratante sur le visage. Le matin, j'avais toujours l'air d'en avoir trop mis, comme si je m'étais appliqué un masque. Pourtant, à la fin de la journée, après avoir affronté le froid et l'hostilité du climat, j'étais toujours surprise de constater que ma peau l'avait entièrement absorbée.

J'éprouvai une pointe de regret à l'idée que je n'allais plus avoir que de rares occasions de prendre soin de moi jusqu'à la fin de ma vie. Lissa allait passer l'essentiel de la sienne à participer à des réceptions royales, dans des tenues d'apparat. Personne ne me remarquerait. Cela me semblait étrange, parce que c'était toujours moi que l'on remarquait jusqu'à l'année précédente.

— À ton avis, pourquoi veut-elle me voir ? m'interrogea Lissa.

— Peut-être pour t'expliquer ce que nous faisons là.

— Peut-être...

Malgré son calme apparent, Lissa se sentait mal à l'aise. Elle ne s'était pas encore tout à fait remise de l'humiliation brutale que la reine lui avait fait subir à l'automne dernier. Ma jalousie mesquine me parut subitement dérisoire en comparaison de ce qui l'attendait. Je me giflai mentalement pour me rappeler que je n'étais pas seulement sa gardienne invisible. J'étais aussi sa meilleure amie et nous ne nous étions pas beaucoup parlé, ces derniers temps.

— Tu n'as pas de raisons de t'inquiéter, Liss. Tu n'as rien fait de mal. Et même, tu fais tout à la perfection. Tes notes sont excellentes. Ton comportement est irréprochable. Tu te souviens de tous ces gens que tu as impressionnés pendant notre séjour aux sports d'hiver ? Cette garce ne peut rien te reprocher.

— Tu ne devrais pas dire ça, répondit Lissa par réflexe.

Elle appliqua du mascara sur ses cils, étudia le résultat, puis mit une seconde couche.

— Je dis seulement ce que je pense. Si elle te reproche quoi que ce soit, tu pourras en déduire qu'elle a peur de toi.

Lissa éclata de rire.

— Pourquoi aurait-elle peur de moi ?

— Parce que tu attires les foules et que les gens comme elle n'aiment pas qu'on leur vole la vedette. (La pertinence de ma remarque me surprit moi-même.) Et puis, tu es la dernière des Dragomir. Tu seras toujours sous les feux de la rampe. Elle, qui est-elle ? Une Ivashkov de plus. Ils sont nombreux. Sans doute parce que tous les garçons de cette famille ressemblent à Adrian et passent leur temps à avoir des enfants illégitimes.

— Adrian n'a pas d'enfants.

— D'après ce qu'on en sait, répondis-je sur un ton plein de mystère.

Elle ricana, puis s'écarta du miroir, satisfaite de son œuvre.

— Pourquoi es-tu toujours si cruelle envers Adrian ?

Je feignis la surprise.

— Tu le défends, maintenant ? Que s'est-il passé depuis l'époque où tu me conseillais de l'éviter ? Tu m'as presque arraché la tête la première fois que tu m'as vue avec lui, alors que je ne l'avais même pas fait exprès…

Elle sortit une fine chaîne en or de sa valise et essaya de la mettre.

— Eh bien… je ne le connaissais pas vraiment, à cette époque. Il n'est pas si mauvais. C'est vrai… Je veux dire : ce n'est pas un garçon modèle, mais je pense que la plupart des histoires de filles qui circulent sur son compte sont très exagérées.

— Pas moi.

Je bondis sur mes pieds. Comme elle n'avait toujours pas réussi à fermer sa chaîne, je la lui pris des mains et le fis pour elle.

— Merci, dit-elle en laissant ses mains glisser le long du bijou. Je crois qu'Adrian a vraiment un faible pour toi, tu sais. Au sens où il aurait envie que ça devienne sérieux…

Je reculai en secouant la tête.

— Non. Il a un faible pour moi au sens où il aimerait bien arracher les vêtements de la jolie dhampir.

— Je ne crois pas.

— C'est parce que tu ne peux pas t'empêcher de penser du bien de tout le monde.

Elle commença à se brosser les cheveux d'un air sceptique.

— Je ne sais pas. Mais je pense qu'il n'est pas aussi mauvais que tu le crois. Je sais qu'il ne s'est pas écoulé beaucoup de temps depuis Mason, mais tu devrais songer à sortir avec quelqu'un d'autre.

— Attache-toi les cheveux, lui conseillai-je en tirant une barrette de sa valise. Mason et moi ne sommes jamais vraiment sortis ensemble, tu le sais très bien.

— Raison de plus. Nos études ne sont pas encore terminées. Tu devrais prendre le temps de t'amuser un peu.

M'amuser... C'était ironique. Quelques mois plus tôt, j'avais fait valoir devant Dimitri qu'il n'était pas juste que mon statut de novice m'oblige à veiller sur ma réputation et m'empêche de faire n'importe quoi. Il m'avait accordé qu'il était injuste que je ne puisse pas faire les mêmes choses que les autres filles de mon âge, mais m'avait objecté que c'était le prix à payer pour le bien de mon avenir. J'en avais été contrariée, mais les manœuvres de Victor m'avaient aidé à comprendre ce qu'il entendait par là, si bien que Dimitri avait fini par me dire que j'avais peut-être tort de me surveiller à ce point-là. Depuis la mésaventure de Spokane, j'avais l'impression d'être une personne tout à fait différente de celle qui avait parlé de son droit de s'amuser avec Dimitri à l'automne précédent. Je n'étais plus qu'à quelques mois de la fin de mes études. Les histoires de lycée... les fêtes... les garçons... quel rôle cela jouait-il dans l'ordre du monde ? Tout ce qui se passait à l'académie me semblait désormais terriblement futile, sauf si cela m'aidait à devenir une meilleure gardienne.

— Je ne suis pas sûre d'avoir besoin d'un petit ami pour parfaire mon expérience du lycée.

— Je ne le pense pas non plus, m'accorda-t-elle en serrant sa queue-de-cheval. Mais tu avais l'habitude de draguer et de sortir. J'ai l'impression que cela te ferait du bien de recommencer de temps à autre. Je ne te suggère pas de t'engager sérieusement avec Adrian.

— Voilà un point sur lequel il sera parfaitement d'accord. Je pense qu'il ne veut surtout pas entendre parler d'une relation sérieuse, et c'est bien le problème.

— Pourtant, d'après certaines rumeurs, il serait très sérieux. L'autre jour, j'ai entendu dire que vous étiez fiancés. On m'a aussi dit que son père l'a renié lorsque Adrian lui a déclaré qu'il n'aimerait jamais personne d'autre que toi.

— Ah ! (C'était la seule réponse possible à des rumeurs si délirantes.) Ce qui est inquiétant, c'est que ces mêmes rumeurs circulent aussi au collège. (Je levai les yeux au plafond.) Pourquoi faut-il qu'il m'arrive toujours ce genre de choses ?

Elle s'approcha du canapé et baissa les yeux vers moi.

— Parce que tu es formidable et que tout le monde t'adore.

— Non. C'est toi que tout le monde adore.

— Soit. Alors nous devons être toutes les deux formidables et adorables. Un de ces jours... (ses yeux étincelèrent de malice)... tu trouveras un garçon que tu aimeras aussi.

— Ne t'attends pas que cela se produise de sitôt. Et puis ça n'a aucune importance pour le moment. C'est de toi que je dois me soucier. Nous allons obtenir notre diplôme, tu vas aller à l'université et ce sera formidable. Rien que toi et moi... Plus de règles...

— Ça m'effraie un peu, avoua-t-elle. L'idée de me retrouver complètement libre... Mais tu seras avec moi. Et Dimitri aussi. (Elle soupira.) Je n'arrive pas à m'imaginer vivre sans toi. Je ne me souviens même pas d'une époque où tu n'étais pas là.

Je me redressai pour lui donner une pichenette sur le bras.

— Fais attention : tu vas rendre Christian jaloux. Et merde ! Il va être là, lui aussi ? Peu importe où nous atterrirons, il te suivra ?

— Probablement. Il y aura toi, moi, lui, Dimitri et les gardiens qu'on assignera à Christian. Nous allons former une grande famille heureuse.

Malgré mon ricanement, je sentis quelque chose de chaleureux s'éveiller en moi. Même si notre monde était en plein bouleversement, ma vie était peuplée de gens formidables. Tant que nous resterions ensemble, tout se passerait bien.

Elle consulta la pendule du regard et son appréhension refit surface.

— Il faut que j'y aille. Est-ce que tu veux bien... m'accompagner ?

— Tu sais bien que je ne peux pas.

— Je sais... Tu ne peux pas physiquement. Mais est-ce que tu veux bien... faire ce truc ? voir ce qui se passe à l'intérieur de ma tête ? Ça me donnera l'impression de ne pas être seule.

C'était la première fois que Lissa me demandait de le faire volontairement. En général, elle détestait que je m'immisce dans son esprit. Cette requête prouvait à quel point elle était nerveuse.

— D'accord. Ce sera sûrement plus intéressant que de regarder la télé.

Je rentrai dans ma chambre et repris ma position initiale sur le canapé. Je fis le vide en moi, puis m'ouvris à l'esprit de Lissa en dépassant la simple connaissance de ses états d'âme. Cela m'était possible grâce à notre lien et cela constituait l'aspect le plus intense de notre relation. Il ne s'agissait pas seulement de connaître ses pensées, mais d'entrer véritablement en elle pour voir le monde à travers ses yeux et partager son vécu. Je n'avais appris à contrôler ce phénomène que récemment. Auparavant, je glissais en elle sans le vouloir, de la même manière qu'il m'était parfois impossible d'empêcher ses sentiments de m'atteindre. Désormais, je contrôlais mes expériences de décorporation et pouvais les provoquer à volonté, comme j'étais sur le point de le faire.

Lissa venait juste d'atteindre le petit salon dans lequel la reine l'attendait. Les Moroï employaient des mots comme « royal » et il leur arrivait parfois de s'agenouiller, mais il n'y avait ni trône ni rien de ce genre dans cette pièce. Tatiana, assise dans un fauteuil ordinaire, vêtue d'une jupe bleue et d'un blazer, ressemblait davantage à une femme d'affaires qu'à un monarque. Elle n'était pas seule. Une grande Moroï à l'allure majestueuse et aux cheveux blonds parsemés de mèches grises était assise à côté d'elle. Je la reconnus aussitôt : il s'agissait de Priscilla Voda, amie et conseillère de la reine. Nous l'avions rencontrée lors de notre voyage aux sports d'hiver et Lissa l'avait vivement impressionnée. J'interprétai sa présence comme un signe favorable. Des gardiens silencieux, vêtus de noir et de blanc, se tenaient le long des murs. À mon grand étonnement, Adrian était lui aussi présent. Il était étendu sur une petite causeuse et ne semblait guère se soucier d'être en compagnie du chef suprême des Moroï. Le gardien qui accompagnait Lissa l'annonça.

— La princesse Vasilisa Dragomir.

Tatiana la salua d'un hochement de tête.

— Sois la bienvenue, Vasilisa. Assieds-toi, je t'en prie.

Lissa, de plus en plus nerveuse, s'assit à côté d'Adrian. Un serviteur moroï se présenta pour lui proposer du thé ou du café, qu'elle refusa poliment. Pendant ce temps, Tatiana la détaillait de la tête aux pieds en sirotant son thé. Ce fut Priscilla Voda qui mit fin au silence pesant.

— Tu te souviens de ce que je t'ai dit à son sujet ? demanda-t-elle joyeusement à la reine. Je l'ai trouvée très impressionnante lors de ce dîner dans l'Idaho. Elle a apaisé une grave querelle au sujet des Moroï souhaitant se battre aux côtés de leurs gardiens. Elle a même réussi à calmer le père d'Adrian.

Un sourire glacial traversa le visage impassible de Tatiana.

— C'est impressionnant. La moitié du temps, j'ai l'impression que Nathan a toujours douze ans.

— Moi aussi, commenta Adrian avant de porter son verre de vin à ses lèvres.

Tatiana ne releva pas sa remarque et concentra de nouveau son attention sur Lissa.

— On dirait bien que tu as impressionné tout le monde. Je n'entends que du bien à ton sujet, malgré tes manquements passés… qui, si j'ai bien compris, ne seraient pas tout à fait sans raisons. (La surprise de Lissa fit rire la reine, mais son rire ne contenait pas beaucoup d'humour ni de chaleur.) Oui… on m'a informée de tes pouvoirs, et je sais évidemment ce qui s'est passé avec Victor. Adrian aussi m'a parlé de l'esprit. C'est si étrange… Dis-moi… peux-tu… ?

Elle tourna les yeux vers une table voisine qui supportait un pot de fleurs. Quelques feuilles d'un vert sombre jaillissaient de la terre, indiquant qu'il devait s'agir d'une plante à bulbe. Elle attendait le printemps pour fleurir, tout comme la végétation extérieure.

Lissa hésita. Le fait de se servir de ses pouvoirs en public lui semblait encore étrange. Mais Tatiana l'observait avec un regard plein d'expectative. Après quelques instants d'hésitation supplémentaires, Lissa se pencha pour effleurer les feuilles. Les pousses grandirent de plusieurs centimètres. De gros boutons se formèrent le long des tiges, grossirent, puis s'ouvrirent pour révéler des fleurs blanches et odorantes. C'était un lys. Lissa retira sa main.

Tatiana n'essaya pas de dissimuler son émerveillement et murmura quelques mots dans une langue que je ne compris pas. Elle avait choisi d'établir sa cour aux États-Unis mais n'y était pas née. Même si elle parlait sans accent, les moments de surprise semblaient faire resurgir sa langue natale, comme chez Dimitri. Il ne lui fallut que quelques instants pour recouvrer son impassibilité majestueuse.

— Intéressant..., commenta-t-elle.

Quel euphémisme...

— Cela pourrait s'avérer très utile, intervint Priscilla. Vasilisa et Adrian ne peuvent pas être les deux seuls spécialistes de cet élément... Si nous en découvrions d'autres, nous pourrions en apprendre davantage. La guérison est un pouvoir merveilleux, sans parler de toutes les autres choses dont ils sont capables. Imagine tout ce que nous pourrions en faire...

Lissa fut gagnée par l'optimisme. Cela faisait déjà un certain temps qu'elle voulait rencontrer d'autres personnes comme elle. Adrian était le seul autre spécialiste de l'esprit qu'elle connaissait et elle ne l'avait rencontré que par hasard. Si la reine et le conseil des Moroï y consacraient leurs efforts, il ne faisait pas de doute qu'ils en découvriraient d'autres. Néanmoins, les paroles de Priscilla l'avaient troublée.

— Je vous demande pardon, princesse Voda, mais je pense que nous devrions envisager avec prudence l'usage de mes pouvoirs de guérison ou de ceux des autres.

— Pourquoi ? demanda Tatiana. D'après ce que j'ai compris, tu peux guérir à peu près n'importe quoi.

— C'est vrai, répondit Lissa en pesant ses mots. Et j'aimerais le faire. J'aimerais aider tout le monde, mais c'est impossible. Ne vous méprenez pas sur mes paroles : je voudrais vraiment aider les gens.

Mais je sais que nous n'allons pas manquer de tomber sur d'autres Victor qui essaieront d'en abuser. Et au bout d'un certain temps… Comment choisir ? Qui sauverons-nous ? Cela fait partie de la vie que… certains meurent. Mes pouvoirs ne sont pas une prescription qu'on peut renouveler indéfiniment. Et je vous avoue que j'ai peur qu'on en réserve l'usage à… certaines catégories de personnes. Tout comme les gardiens.

La tension s'accrut dans la pièce. Ce que Lissa venait d'insinuer était rarement abordé en public.

— De quoi parles-tu ? demanda Tatiana en plissant les yeux.

J'étais certaine qu'elle le savait déjà.

Malgré sa terreur, Lissa développa.

— Tout le monde sait que les gardiens sont répartis selon certains… critères. On ne les attribue qu'à l'élite. Les nobles. Les riches. Les gens qui ont du pouvoir.

L'atmosphère devint glaciale et les lèvres de Tatiana se figèrent en une ligne dure. Elle garda le silence un long moment, pendant lequel j'eus l'impression que tout le monde retenait son souffle. En tout cas, je retenais le mien.

— Tu ne penses pas que les nobles méritent une protection particulière ? demanda-t-elle finalement. Ne penses-tu pas que tu la mérites, toi, la dernière des Dragomir ?

— Je pense qu'il est important d'assurer la sécurité de nos dirigeants. Mais je crois aussi que nous ferions bien, parfois, de prendre le temps de réfléchir à ce que nous faisons. Le moment me semble bien choisi pour reconsidérer la manière dont nous agissons.

Les propos de Lissa étaient si sages et elle les tenait avec tant d'assurance… J'étais fière d'elle. En observant Priscilla Voda, je compris qu'elle éprouvait la même chose que moi. Elle avait apprécié Lissa dès leur première rencontre. Mais je remarquai aussi que Priscilla était nerveuse. Elle était soumise à l'autorité de la reine et n'ignorait pas que Lissa nageait en eaux troubles.

Tatiana but une gorgée de thé, ce qui me parut n'être qu'un prétexte pour rassembler ses idées.

— Dois-je en déduire que tu es également favorable à l'idée que les Moroï se battent aux côtés de leurs gardiens et attaquent les Strigoï ?

C'était encore un sujet dangereux, devant lequel Lissa ne se défila pas.

— Je pense que, si certains Moroï veulent le faire, on ne devrait pas le leur interdire.

Jill me revint subitement à l'esprit.

— La vie des Moroï est précieuse, argua la reine. Nous ne devrions pas la mettre en péril.

— La vie des dhampirs est précieuse, elle aussi, lui objecta Lissa. Le fait que les Moroï se battent à leurs côtés pourrait sauver tout le monde… et puis, une fois encore, pourquoi le leur interdire ? Ils ont le droit d'apprendre à se défendre. Certaines personnes, comme Tasha Ozéra, ont mis au point des techniques permettant de se servir de la magie à des fins offensives.

Cette mention de la tante de Christian fit froncer les sourcils à la reine. Tasha avait été attaquée par des Strigoï lorsqu'elle était jeune, et elle avait passé le reste de sa vie à apprendre à se battre.

— Tasha Ozéra… est une agitatrice, qui commence à rassembler beaucoup d'autres agitateurs autour d'elle.

— Elle essaie d'introduire des idées nouvelles. (Je remarquai tout à coup que Lissa avait cessé d'avoir peur. Elle avait foi en ses convictions et tenait à les exprimer.) Tout au long de l'histoire, les gens qui ont eu des idées nouvelles, qui ont pensé différemment et ont voulu changer les choses, ont toujours été accusés d'être des fauteurs de troubles. Mais voulez-vous entendre la vérité ?

Les lèvres de Tatiana se déformèrent en une grimace qui était presque un sourire.

— Toujours.

— Nous avons besoin de changements. Nos traditions sont importantes, bien sûr. Nous ne devrions pas les abandonner… mais je pense que nous sommes parfois dans l'erreur.

— « Dans l'erreur » ?

— Au fil du temps, nous avons accepté certains changements. Nous avons évolué. Nous avons intégré, l'électricité, les ordinateurs, la technologie en général... Nous sommes tous d'accord pour dire que notre vie en a été améliorée. Pourquoi ne pourrions-nous pas faire la même chose avec nos manières d'agir ? Pourquoi nous raccrochons-nous désespérément au passé alors que nous pourrions améliorer les choses ?

Lissa était à bout de souffle et exaltée. Ses joues étaient en feu et son cœur battait à tout rompre. Nous observâmes tous le visage de marbre de Tatiana à la recherche d'un indice de ce qu'elle pensait.

— Il est très intéressant de discuter avec toi, finit-elle par dire en prononçant le mot « intéressant » comme s'il s'agissait d'une grossièreté. Mais j'ai des affaires urgentes à traiter. (Elle se leva et fut immédiatement imitée par tout le monde, y compris Adrian.) Je ne me joindrai pas à vous pour le dîner, mais tes amis et toi ne manquerez de rien. Nous nous verrons demain, au procès. Malgré l'idéalisme naïf de tes idées et le fait que tu sois si radicale, je suis contente que tu sois là pour témoigner. Au moins, la nécessité de l'emprisonnement de Victor Dashkov est un sujet sur lequel nous sommes tous d'accord.

Tatiana quitta la pièce avec deux gardiens sur les talons. Priscilla la suivit aussi, laissant Lissa et Adrian en tête à tête.

— Bien joué, cousine. Peu de gens sont capables de la déstabiliser à ce point.

— Elle ne me semblait pas très déstabilisée.

— Elle l'était, crois-moi. La plupart des gens qu'elle côtoie quotidiennement n'osent jamais lui parler comme ça, et encore moins quelqu'un de ton âge. (Il se releva et tendit la main à Lissa.) Viens. Je vais te faire visiter les lieux. Ça te changera les idées.

— Je suis déjà venue ici, répondit-elle. Lorsque j'étais plus jeune.

— Soit. Mais il n'y a pas les mêmes choses à voir quand on est jeune et quand on est plus âgé. Savais-tu qu'il y avait un bar qui ne ferme jamais ? Allons prendre un verre.

— Je n'ai pas envie de boire.

— Tu changeras d'avis avant la fin de ton séjour.

Je quittai la tête de Lissa et me retrouvai dans ma chambre. À présent que sa rencontre avec la reine avait pris fin, elle n'avait plus besoin de mon soutien invisible. Et puis je ne tenais vraiment pas à passer du temps avec Adrian. Je me redressai et fus surprise de me sentir en pleine forme. Mon séjour dans sa tête m'avait fait l'effet d'une sieste.

Je décidai donc d'explorer un peu les lieux de mon côté. Je n'étais jamais venue à la Cour royale. On en parlait comme d'une ville miniature et je me demandais ce qu'il y avait d'autre à voir que ce bar, dans lequel Adrian vivait sans doute lorsqu'il était ici.

Je descendis l'escalier en supposant que j'allais devoir sortir. À ma connaissance, ce bâtiment ne comprenait que des chambres. C'était un peu l'hôtel du palais. En arrivant dans le hall d'entrée, j'aperçus Christian et Eddie qui discutaient avec quelqu'un que je ne voyais pas. Eddie, toujours vigilant, m'aperçut et me décocha un grand sourire.

— Eh ! Rose ! regarde qui nous avons trouvé !

Tandis que je me dirigeais vers eux, Christian s'écarta pour révéler la mystérieuse personne à laquelle ils parlaient. Je m'arrêtai net en la voyant et elle me sourit.

— Salut, Rose !

Un instant plus tard, je sentis un sourire s'épanouir sur mon visage.

— Salut, Mia.

Chapitre 12

Si vous m'aviez posé la question six mois plus tôt, je vous aurais répondu qu'il était impossible que je sois contente de tomber un jour sur Mia Rinaldi à la Cour royale. Elle avait un an de moins que moi et avait nourri durant plusieurs années une rancune à l'égard de Lissa, au point d'employer des moyens extrêmes pour nous gâcher la vie. Elle avait fait du bon travail. Les rumeurs que Jesse et Ralf avaient répandues sur mon compte étaient le résultat de ses efforts.

Mais Mia nous avait accompagnés à Spokane et avait été, elle aussi, retenue captive par les Strigoï. Comme pour Christian et Eddie, cela avait tout changé. Elle avait vu les mêmes horreurs que nous. En fait, c'était la seule de mes amis à avoir assisté à la mort de Mason et à mon combat contre les Strigoï. Elle m'avait même sauvé la vie, ce jour-là, en se servant de sa magie de l'eau pour noyer provisoirement l'un d'eux. Dans le grand débat portant sur la question de savoir si les Moroï devaient ou non se battre aux côtés de leurs gardiens, elle militait fermement en faveur du changement.

Je n'avais pas vu Mia depuis les funérailles de Mason, presque un mois plus tôt. En l'observant, j'eus l'impression qu'un an s'était écoulé. J'avais toujours trouvé que Mia ressemblait à une poupée.

Elle était plus petite que la plupart des Moroï et avait des joues bien rondes et des traits juvéniles. Le fait qu'elle porte toujours des anglaises bouclées à la perfection renforçait cette image. Pourtant, ce jour-là, elle ne s'était pas donné tant de mal pour se coiffer. Ses cheveux blonds, serrés dans une queue-de-cheval, ne présentaient qu'une légère ondulation naturelle. Elle n'était pas maquillée et son teint témoignait de longues heures passées dehors. Sa peau avait subi les assauts du vent et elle avait même un très léger bronzage, ce qui était une rareté chez les Moroï, qui fuyaient les rayons du soleil. Pour la première fois depuis que je la connaissais, elle paraissait vraiment son âge.

Ma surprise la fit rire.

— Allons, ça ne fait pas si longtemps... On dirait que tu ne me reconnais pas.

— C'est presque vrai. (Je la serrai dans mes bras en ayant du mal à croire qu'elle avait un jour comploté pour ruiner ma vie et que je lui avais cassé le nez.) Qu'est-ce que tu fais là ?

Elle nous montra la porte.

— Nous étions sur le point de sortir. Je vais tout vous expliquer.

Nous nous rendîmes dans un bâtiment voisin. Sans être un véritable centre commercial, il abritait quelques magasins indispensables aux Moroï qui vivaient à la Cour ou y séjournaient : une poignée de restaurants, de petites épiceries et des bureaux qui offraient toutes sortes de services. Il y avait aussi un salon de thé, où Mia nous conduisit.

Même si les salons de thé étaient des lieux très répandus, je n'y mettais presque jamais les pieds. Je me retrouvai assise dans un endroit public (ou semi-public) avec mes amis, délivrée de toutes les inquiétudes que j'avais à l'académie... C'était génial. Cela me rappela l'époque où Lissa et moi étions en fuite, et où notre vie ne se limitait pas à l'académie et à son règlement.

— C'est ici que mon père travaille, maintenant, nous expliqua-t-elle. Je vis avec lui.

Les enfants des Moroï vivaient rarement avec leurs parents. On les envoyait dans des institutions comme Saint-Vladimir, où ils pouvaient grandir en sécurité.

— Et tes études ? lui demandai-je.

— Même si les enfants ne sont pas très nombreux à la Cour, il y en a quelques-uns. La plupart d'entre eux sont riches et ont des précepteurs personnels. Mon père a fait jouer quelques relations pour que je puisse assister aux cours avec eux, dans diverses matières. J'apprends toujours les mêmes choses, seulement d'une manière différente. C'est plutôt cool. J'ai moins de cours et plus de devoirs.

— Tu ne te contentes pas d'étudier, à ce que je vois, intervint Eddie. À moins que tes cours aient lieu à l'extérieur.

Il avait fait les mêmes observations que moi. En examinant ses mains, qui tenaient son café au lait, je remarquai des ampoules.

Elle se tordit les doigts.

— Je me suis fait des amis parmi les gardiens. Ils m'enseignent quelques trucs.

— C'est risqué, commenta Christian sur un ton approbateur. La possibilité d'autoriser les Moroï à se battre est encore débattue.

— La possibilité d'autoriser les Moroï à se battre en utilisant la magie, tu veux dire, le reprit-elle. Voilà ce qui est débattu. Personne ne s'intéresse vraiment à l'hypothèse qu'ils se battent au corps à corps.

— Ce n'est pas tout à fait vrai, intervins-je. Cette controverse fait seulement moins de bruit que celle qui porte sur la magie.

— Ce n'est pas illégal, me répondit-elle doctement. Et, tant que ça ne le sera pas, je continuerai à le faire. Avec toute l'agitation qui règne par ici, vous croyez vraiment que les gens remarquent ce que fait quelqu'un comme moi ?

Mia n'était non seulement pas noble, mais même d'assez basse extraction. Ce n'était pas un problème en soi, mais sa condition sociale devait davantage se faire sentir dans un endroit comme celui-ci.

Malgré cela, je me réjouissais de sa nouvelle situation. Mia semblait plus heureuse et plus avisée qu'elle l'avait été pendant toute l'époque où je l'avais connue. Elle semblait… libérée. Christian exprima ma pensée avant que je parvienne à la formuler.

— Tu as changé.

— Nous avons tous changé, rectifia-t-elle. Surtout toi, Rose. Même si je ne parviens pas à expliquer en quoi.

— Je pense qu'il n'y avait aucune chance que nous restions les mêmes qu'avant, tous les cinq, déclara Christian, qui se corrigea lui-même un instant plus tard. Tous les quatre.

Assaillis par le souvenir de Mason, nous gardâmes le silence. Le fait de me retrouver avec Christian, Eddie et Mia avait réveillé le chagrin que j'essayais sans cesse de dissimuler, et je compris à leur expression qu'ils livraient continuellement la même bataille que moi.

La conversation finit par se relancer et nous échangeâmes des nouvelles sur ce qui se passait à la Cour et à l'académie. Pourtant, je ne pus m'empêcher de repenser aux paroles de Mia, qui trouvait que j'avais plus changé que les autres. J'étais obsédée par l'impression de perte de contrôle que j'avais ressentie dernièrement, comme si la moitié de mes actions et de mes sentiments ne m'appartenaient pas. En me retrouvant assise là, il me sembla que Mia n'était plus gouvernée que par la part positive de son caractère, et moi par la part négative. Les conversations que j'avais eues avec Adrian au sujet de la noirceur supposée de mon aura me revinrent à l'esprit.

Peut-être était-ce le fait de penser à lui qui le fit apparaître, mais Adrian finit par nous rejoindre avec Lissa. Leur bar devait probablement se trouver dans le même bâtiment. Je me rendis compte que j'avais inconsciemment empêché les émotions de Lissa de m'atteindre et n'avais plus vraiment fait attention à elle. Je fus soulagée de constater qu'Adrian ne l'avait pas complètement saoulée, mais elle avait accepté de boire deux verres. Notre lien me révéla une légère ébriété dont je pris soin de me préserver.

Elle fut aussi surprise que nous de voir Mia, mais la salua chaleureusement et lui demanda de ses nouvelles. Comme je connaissais déjà l'essentiel, je me contentai d'écouter en sirotant mon thé.

J'étais hostile au café. La plupart des gardiens en consommaient à la manière dont les Moroï buvaient du sang, mais il n'était pas question que je touche à ce produit.

— Comment s'est passée ton entrevue avec la reine ? finit par demander Christian à Lissa.

— Pas trop mal, répondit-elle. Sans être géniale non plus. Disons qu'elle ne m'a ni hurlé après ni humiliée... C'est un début.

— Ne sois pas modeste, intervint Adrian en plaçant son bras autour de ses épaules. La princesse Dragomir lui a tenu tête ! Vous auriez dû voir ça...

Lissa éclata de rire.

— J'imagine qu'elle ne t'a pas expliqué pourquoi elle a décidé de nous laisser assister au procès ? demanda Christian avec raideur.

Il semblait contrarié par les liens qui étaient en train de se nouer, ou bien par le bras d'Adrian.

Le rire de Lissa se tarit, mais elle continua à sourire.

— C'est grâce à Adrian.

— Quoi ? nous écriâmes-nous au même instant, Christian et moi.

Adrian, qui semblait très content de lui, garda le silence, pour changer, et laissa Lissa parler pour lui.

— Il l'a convaincue que nous devions être là. Apparemment, il l'a harcelée jusqu'à ce qu'elle cède.

— On appelle ça « persuasion » et non « harcèlement », la reprit Adrian.

Lissa se remit à rire.

Les mots dont je m'étais servie pour parler de la reine revinrent me hanter : « *Qui est-elle ? Une Ivashkov de plus. Ils sont nombreux.* » Ils l'étaient en effet... Je regardai Adrian.

— À quel point êtes-vous proches ? (La réponse me fut livrée par l'esprit de Lissa.) C'est ta tante...

— Grand-tante... et je suis son petit-neveu préféré. À vrai dire, je suis son seul petit-neveu, mais c'est sans importance. Je serais son préféré de toute manière.

— Incroyable, murmura Christian.

— Je suis d'accord, ajoutai-je.

— Aucun de vous ne m'apprécie, s'offusqua Adrian. Pourquoi avez-vous tant de mal à croire que je pourrais me rendre utile en ces temps difficiles ? (Il se leva. Il essayait d'avoir l'air vexé, mais son sourire en coin indiquait qu'il trouvait toujours la situation très amusante.) Mes cigarettes et moi allons faire un tour. Elles, au moins, me témoignent un peu de respect.

— T'es-tu saoulée avec lui ? demanda Christian à Lissa dès qu'il nous eut quittés.

— Je ne suis pas saoule. Je n'ai bu que deux verres. Depuis quand es-tu devenu si puritain ?

— Depuis qu'Adrian a commencé à exercer une mauvaise influence sur toi.

— Allons ! il nous a permis de venir ici. Personne d'autre n'en a été capable. Il n'y était pas obligé mais il l'a fait. Pourtant, Rose et toi vous comportez toujours comme s'il était la personne la plus diabolique de la planète.

Ce n'était pas tout à fait vrai. Pour l'essentiel, je me comportais comme si j'avais reçu un coup sur la tête et étais encore trop assommée pour réagir.

— C'est ça. Je suis sûr qu'il l'a fait parce qu'il a bon cœur, grommela Christian.

— Sinon pour quoi d'autre se serait-il donné cette peine ?

— Je me le demande...

Lissa écarquilla les yeux.

— Tu crois qu'il l'a fait pour moi ? Tu crois qu'il y a quelque chose entre nous ?

— Vous buvez ensemble, vous pratiquez la magie ensemble et vous assistez ensemble à des rencontres au sommet. Que penserais-tu, si tu étais à ma place ?

Mia et Eddie semblaient avoir envie d'être ailleurs. Je commençais à partager leur sentiment.

La colère de Lissa me frappa comme une vague de chaleur. Elle était sincèrement outrée. À vrai dire, sa fureur n'avait pas grand-chose à voir avec Adrian. C'était le manque de confiance que Christian lui témoignait qui la mettait hors d'elle. En ce qui le concernait, je n'avais pas besoin de lien psychique pour comprendre ce qu'il éprouvait. Il était jaloux, mais pas seulement parce qu'elle passait du temps avec Adrian. Il lui enviait encore l'influence que celui-ci pouvait mettre à son service. Il s'agissait exactement de ce dont Jesse et Ralf avaient parlé : seules les bonnes relations ouvraient les bonnes portes ; et c'étaient des relations que Christian n'avait pas.

Je donnai un coup de genou à Christian en espérant qu'il comprenne qu'il ferait bien de se taire avant d'aggraver les choses. La colère de Lissa s'était encore intensifiée, et il commençait à s'y mêler un certain embarras, lié à la crainte de s'être vraiment trop rapprochée d'Adrian. Tout cela était ridicule.

— Pour l'amour de Dieu, Christian ! m'écriai-je. Si Adrian l'a fait pour quelqu'un, c'est pour moi, à cause de sa stupide obsession ! Il y a quelque temps, il s'est vanté d'en avoir le pouvoir et j'ai refusé de le croire. (Je me tournai vers Lissa. Il fallait que je la calme, que j'apaise ces mauvais sentiments qui pouvaient lui causer tant de mal lorsqu'ils la submergeaient.) Tu n'es peut-être pas saoule, Liss, mais tu ferais bien d'attendre une heure avant de poursuivre cette conversation. Tu vas finir par dire des choses aussi stupides que Christian et ce sera à moi qu'il reviendra d'arranger le désastre, comme toujours.

Comme je commençais à m'énerver, je m'attendis que quelqu'un me fasse remarquer à quel point j'étais désagréable. Pourtant, Lissa se détendit et sourit à Christian.

— Oui, nous ferions mieux d'en reparler plus tard. Il s'est déjà passé beaucoup de choses, aujourd'hui.

Christian acquiesça après un instant d'hésitation.

— Oui. Je suis désolé de t'avoir sauté à la gorge.

Il lui rendit son sourire, ce qui mit fin à la dispute.

— Alors ? demanda Lissa à Mia. Qui as-tu rencontré depuis que tu es ici ?

Je les dévisageai, stupéfaite, mais personne ne le remarqua. Alors que je venais de les réconcilier, personne ne songeait à me remercier. Je n'entendis aucun : « Merci, Rose, de nous avoir fait remarquer à quel point nous étions stupides. » C'était déjà bien difficile de supporter leur histoire d'amour jour après jour sans que personne se soucie de ma sensibilité. Voilà que je sauvais leur relation sans même qu'ils s'en rendent compte.

— Je reviens, annonçai-je en interrompant la description que faisait Mia de certains adolescents qui vivaient à la Cour.

Si je restais là, je craignais de dire quelque chose que j'allais regretter, ou même de casser une chaise. D'où cette rage me venait-elle donc ?

Je sortis en espérant qu'une bouffée d'air froid me calmerait. À la place, j'inspirai une grande bouffée de fumée aux clous de girofle.

— Ne t'avise pas de te plaindre à propos de la fumée, m'avertit Adrian, qui était adossé au mur de brique. Personne ne t'a obligée à sortir. Tu savais que j'étais là.

— En fait, c'est pour cette raison que j'y suis aussi. Ça, et l'impression que j'allais devenir folle si je restais une minute de plus à l'intérieur.

Il m'observa en penchant la tête, puis ses sourcils se soulevèrent.

— Tu ne plaisantes pas, n'est-ce pas ? Que s'est-il passé ? Tu allais très bien, il y a quelques minutes.

Je me mis à faire les cent pas devant lui.

— Je ne sais pas. C'est vrai que j'allais bien. Puis Lissa et Christian se sont lancés dans une stupide dispute à ton sujet. C'est bizarre... C'étaient eux qui étaient fous de rage... Et j'ai fini par l'être encore plus que tous les deux réunis.

— Attends... Ils se sont disputés à cause de moi ?

— C'est ce que je viens de dire. N'as-tu rien écouté ?

— Eh ! ne te défoule pas sur moi. Je ne t'ai rien fait.

Je croisai les bras sur ma poitrine.

— Christian est jaloux du temps que tu passes avec Lissa.

— Nous étudions l'esprit. Il est le bienvenu, s'il veut se joindre à nous.

— Peut-être, mais personne n'a jamais dit que l'amour était raisonnable. Ça l'a énervé de vous voir arriver ensemble, et plus encore que tu aies influencé la reine pour faire plaisir à Lissa.

— Je ne l'ai pas fait pour elle. Je l'ai fait pour vous tous, et surtout pour toi.

Je me plantai devant lui.

— Je ne t'ai pas cru. Je n'ai pas cru que tu pouvais le faire.

Il me décocha un grand sourire.

— Tu aurais peut-être dû écouter l'histoire de ma famille dans notre rêve, finalement...

— Je suppose. Je croyais que...

Je n'achevai pas ma phrase. Je croyais que c'était Dimitri qui allait intervenir pour moi ; Dimitri qui, malgré ce qu'il disait, pouvait faire advenir presque n'importe quoi. Mais il n'avait rien fait.

— Que croyais-tu ? insista Adrian.

— Rien. (Il me fut pénible de prononcer les mots suivants.) Merci de nous avoir aidés.

— Mon Dieu ! s'écria-t-il. J'ai obtenu un mot gentil de Rose Hathaway ! Je peux mourir heureux.

— Qu'est-ce que tu insinues ? Que je suis une garce ingrate, d'habitude ? (Il se contenta de me regarder.) Eh ! c'est pas sympa !

— Tu pourrais peut-être te racheter par un câlin... (Je lui jetai un regard furieux.) Un petit câlin ?

Après un soupir, je m'approchai d'Adrian, passai un bras autour de son cou et posai légèrement ma tête sur son épaule.

— Merci, Adrian.

Nous restâmes un instant immobiles. Je n'éprouvais ni l'électricité ni l'impression d'intimité que Dimitri suscitait en moi, mais je devais reconnaître que Lissa avait raison sur un point. Adrian était agaçant, parfois arrogant, mais ce n'était vraiment pas le sale type dont je brossais souvent le portrait.

Les portes s'ouvrirent pour laisser sortir Lissa et les autres. Ils eurent l'air surpris, ce qui était bien compréhensible, mais je ne m'en souciai guère à cet instant. Quelle importance, puisqu'ils me croyaient sans doute déjà enceinte d'Adrian ? Je m'écartai de lui.

— Vous allez vous promener ? leur demandai-je.

— Oui. Mia a mieux à faire que de discuter avec nous, plaisanta Christian.

— Eh ! j'ai seulement promis à mon père de passer le voir ! On se reverra avant votre départ. (Elle commença à s'éloigner, puis fit subitement volte-face.) Mais où ai-je la tête ? (Elle tira un morceau de papier de la poche de son manteau et me le tendit.) C'est en partie la raison pour laquelle je vous cherchais. L'un des greffiers du tribunal m'a demandé de te remettre ça.

— Merci, dis-je, déconcertée.

Elle nous quitta pour aller retrouver son père, tandis que nous autres repartions vers nos chambres. Je ralentis un peu le pas et dépliai le papier en me demandant qui pouvait bien vouloir me contacter.

« Rose,

J'ai été très heureux d'apprendre ton arrivée ! Je suis certain que cela rendra les auditions de demain beaucoup plus divertissantes. Cela fait quelque temps déjà que je veux avoir des nouvelles de Lissa. Sache aussi que tes escapades amoureuses m'amusent toujours. Je suis impatient de les faire partager aux autres, demain, au tribunal.

Cordialement,
V.D. »

— De qui est-ce ? me demanda Eddie en se plaçant à mon niveau.

Je m'empressai de replier le message et le fourrai dans ma poche.

— De personne, répondis-je.

Personne, en vérité…

V.D.

Victor Dashkov.

Chapitre 13

Une fois de retour dans nos chambres, j'annonçai à Lissa que je devais régler quelque chose avec les gardiens. Comme elle était impatiente de finir de se réconcilier avec Christian, sans doute en lui arrachant ses vêtements, elle ne me demanda pas de détails. Ma chambre était équipée d'un téléphone. J'appelai un opérateur, qui me fournit le numéro de la chambre de Dimitri.

Il fut surpris et un peu inquiet de me découvrir devant sa porte. La dernière fois que cela s'était produit, j'étais sous l'influence du sortilège de luxure de Victor et m'étais comportée... de manière agressive.

— Je suis venue te parler.

Je lui tendis le message dès qu'il me laissa entrer.

— V.D.

— Oui, je sais, commenta-t-il. (Il me rendit le papier.) Victor Dashkov.

— Qu'allons-nous faire ? Je sais que nous en avons déjà parlé, mais il menace vraiment de nous dénoncer, maintenant.

Dimitri ne répondit rien. Je savais qu'il était en train d'envisager tous les aspects de la situation, comme il le faisait avant de livrer un combat. Finalement, il sortit son portable de sa poche, ce qui était bien plus cool que de se servir du téléphone de sa chambre.

— Un instant, me demanda-t-il.

Je me dirigeai vers son lit pour m'y asseoir, puis décidai que l'idée était dangereuse et allai m'installer sur le canapé. Je ne savais pas à qui il téléphonait, mais il parla en russe.

— Que se passe-t-il ? lui demandai-je lorsqu'il eut raccroché.

— Je te le dirai bientôt. Pour l'instant, nous devons attendre.

— Génial. C'est mon activité préférée.

Il tira un fauteuil et s'assit en face de moi. Le siège semblait trop petit pour quelqu'un d'aussi grand que lui. Pourtant, comme toujours, il parvint à y prendre place d'un mouvement gracieux.

L'un des romans de cow-boys qu'il emportait toujours avec lui traînait à côté de moi. Je le ramassai en songeant une fois de plus à la solitude qui était la sienne. Même à la Cour, il préférait rester dans sa chambre.

— Pourquoi lis-tu ça ?

— Certaines personnes lisent pour le plaisir, me fit-il remarquer.

— Ne te moque pas de moi. Et je lis des livres, d'ailleurs. J'en lis pour résoudre des mystères qui menacent la vie et la santé mentale de ma meilleure amie. Ça m'étonnerait que ces trucs de cow-boys t'aident à sauver le monde…

Il me prit le livre des mains et le feuilleta d'un air songeur, bien différent de sa concentration ordinaire.

— Comme n'importe quel livre, c'est une forme d'évasion. Et il y a quelque chose… Je ne sais pas. Le Far West me fascine, en quelque sorte. Aucune règle… Chacun vivant selon son propre code de l'honneur. Il n'est pas nécessaire de s'appuyer sur les idées des autres concernant le bien et le mal pour faire régner la justice.

— Attends une minute ! (J'éclatai de rire.) Je croyais que c'était moi, qui aimais enfreindre les règles…

— Je n'ai pas dit que j'aimais ça. Seulement que je voyais en quoi l'idée était attrayante.

— Ne te fous pas de moi, camarade. Tu as envie de mettre un chapeau de cow-boy et de tenir en respect des bandes de hors-la-loi.

— Je n'ai pas le temps. Je suis trop occupé à te tenir en respect, toi.

Je lui offris un grand sourire. Je me sentais aussi bien que lorsque nous avions nettoyé la chapelle, du moins jusqu'à notre dispute. Détendue… À l'aise… En fait, c'était un peu comme à l'époque où nous avions commencé à nous entraîner ensemble, bien avant que tout devienne si compliqué. D'accord… les choses avaient toujours été compliquées entre nous, mais il y avait eu un temps où elles l'étaient un peu moins. Cette idée m'attrista. Comme j'aurais aimé pouvoir revivre ces jours heureux… Il n'y avait pas de Victor Dashkov, alors, et je n'avais pas de sang sur les mains.

— Je suis désolé, dit subitement Dimitri.

— De quoi ? De lire de mauvais romans ?

— De ne pas avoir été capable de te faire venir ici. J'ai l'impression de t'avoir laissé tomber.

Je lus de l'inquiétude sur son visage, comme s'il craignait d'avoir commis une faute irréparable.

Ses excuses me prirent par surprise. Un instant, je me demandai s'il n'était pas jaloux de l'influence d'Adrian tout comme l'était Christian. Puis je compris que cela n'avait rien à voir. J'avais été infecte avec Dimitri parce que je le croyais capable de tout. Tout au fond de lui, il ressentait la même chose, du moins en ce qui me concernait. Il ne supportait pas l'idée de me refuser quelque chose. Ma mauvaise humeur avait disparu depuis longtemps et je me sentis soudain épuisée. Et bête.

— Ce n'est pas le cas, le rassurai-je. Je me suis comportée comme une sale gosse. Tu ne m'as jamais laissé tomber jusqu'ici, et certainement pas dans cette histoire.

Son regard reconnaissant me donna l'impression qu'il me poussait des ailes. Si nous étions restés encore un instant comme cela, il aurait sûrement dit quelque chose de si gentil que je me serais envolée. À la place, son téléphone sonna.

Après une nouvelle conversation en russe, il se leva.

— Très bien, allons-y.

— Où ça ?

— Voir Victor Dashkov.

Il se trouvait que Dimitri avait un ami qui connaissait un ami, de sorte qu'il nous fut possible d'entrer dans la prison de la Cour, qui jouissait pourtant du meilleur système de sécurité du monde des Moroï.

— Pourquoi faisons-nous ça ? chuchotai-je tandis que nous marchions dans un couloir en direction de la cellule de Victor. (J'avais vraiment espéré trouver des murs de pierre et des torches, mais l'endroit était très moderne et fonctionnel, avec un sol de marbre et des murs d'un blanc immaculé. Au moins, il n'y avait pas de fenêtres.) Tu crois pouvoir le convaincre de laisser tomber ?

Dimitri secoua la tête.

— Si Victor voulait se venger de nous, il le ferait sans nous en avertir. Il ne fait jamais rien sans raison. S'il t'a prévenue, c'est qu'il veut quelque chose. Nous allons bientôt découvrir de quoi il s'agit.

Nous atteignîmes la cellule de Victor. C'était le seul détenu de la prison. Comme le reste du bâtiment, sa cellule me fit songer à une chambre d'hôpital. La pièce était propre, lumineuse, aseptisée et très vide. L'absence de toute stimulation et de toute distraction m'aurait rendue folle en l'espace de une heure. La cellule comportait aussi des barreaux métalliques qui semblaient très solides, et c'était le plus important.

Victor, assis sur une chaise, s'examinait paresseusement les ongles. Notre dernière rencontre datait de quatre mois et le fait de le revoir me donna la chair de poule. Des sentiments dont j'ignorais qu'ils étaient enfouis en moi refirent brusquement surface.

L'une des choses les plus difficiles à supporter fut de lui trouver l'air si jeune et si bien portant. C'était en torturant Lissa qu'il avait recouvré la santé et je le haïssais pour cela. Si sa maladie avait suivi son cours normal, il serait sans doute mort à présent.

Il avait les cheveux noirs, avec à peine quelques mèches grises et un début de calvitie. Il avait la quarantaine et un visage altier, presque beau. Il leva les yeux à notre approche. Ses yeux, du même vert de jade que ceux de Lissa, se posèrent sur moi. Je savais que les familles Dragomir et Dashkov étaient apparentées, mais voir quelqu'un d'autre avec cette même couleur d'yeux me mit mal à l'aise. Un sourire illumina son visage.

—Ça alors ! Quel plaisir ! La charmante Rosemarie, qui est presque une adulte à présent. (Son regard se posa sur Dimitri.) Bien sûr, certains te traitent déjà comme telle depuis un certain temps...

Je pressai mon visage contre les barreaux.

—Arrête de te foutre de nous, fils de pute ! Que veux-tu ?

Dimitri posa doucement sa main sur mon épaule pour m'écarter de la cellule.

—Calme-toi, Rose.

Je pris une profonde inspiration et reculai lentement, tandis que Victor se levait de sa chaise et éclatait de rire.

—Je vois que ta protégée n'a toujours pas appris à se contrôler depuis le temps. Mais peut-être n'est-ce pas ce que tu veux...

—Nous ne sommes pas venus pour bavarder, répondit calmement Dimitri. Vous vouliez attirer Rose ici et nous voulons savoir pourquoi.

—Est-il vraiment nécessaire que j'aie une raison sordide ? Je voulais seulement prendre de ses nouvelles, et quelque chose me dit que nous n'aurons guère l'occasion d'avoir une conversation amicale demain.

Le sourire sarcastique qui n'avait pas quitté son visage me fit songer qu'il avait beaucoup de chance de se trouver derrière des barreaux, hors de ma portée.

—Nous n'allons pas non plus avoir une conversation amicale maintenant, grognai-je.

—Tu crois que je plaisante, mais tu te trompes. Je tiens vraiment à savoir comment tu vas. Tu m'as toujours fasciné, Rosemarie. Tu es la seule personne que nous connaissons à avoir reçu le baiser de l'ombre. Comme je te l'ai déjà dit, ce n'est pas le genre de chose dont on sort indemne. Il est impossible que tu te conformes paisiblement à la stricte routine de l'académie. Les gens comme toi ne sont pas faits pour se fondre dans la masse.

— Je ne suis pas un cobaye.

Il poursuivit comme si je n'avais rien dit.

— Comment cela se passe-t-il ? As-tu remarqué de nouveaux symptômes ?

— Nous n'avons pas le temps pour ça. Si vous n'en venez pas tout de suite au fait, nous partons, l'avertit Dimitri.

Je n'arrivais pas à comprendre comment Dimitri pouvait être si calme. Je me penchai vers Victor et lui décochai mon sourire le plus glacial.

— Il n'est pas question qu'on vous libère demain. J'espère que vous aimez la prison. Je suis sûre que vous vous y plairez beaucoup quand vous retomberez malade, et vous savez que cela arrivera...

Victor me regarda de haut, sans se départir de l'air amusé qui me donnait envie de l'étrangler.

— Tout ce qui vit est destiné à mourir, Rose. À part toi, peut-être. À moins que tu sois déjà morte. Je n'en sais rien... Je ne pense pas que ceux qui ont visité le monde des morts puissent tout à fait s'en abstraire après cela.

Je m'apprêtais à lui lancer une réplique cinglante, mais quelque chose me retint. « *Ceux qui ont visité le monde des morts.* » Et si les apparitions de Mason n'étaient dues ni à un déséquilibre mental chez moi ni à un désir de vengeance de sa part ? Et s'il y avait quelque chose en moi, quelque chose que je devais au fait d'être morte et d'avoir ressuscité, qui me reliait à Mason ? Victor avait été le premier à m'expliquer ce qu'était le baiser de l'ombre. Tout à coup, je me demandai s'il ne pourrait pas fournir des réponses à certaines de mes questions.

Mon visage dut me trahir, car son regard devint interrogateur.

— Oui ? Tu aimerais me dire quelque chose ?

L'idée de lui demander quelque chose me faisait horreur et me retournait l'estomac. Mais je ravalai ma fierté et dis :

— Qu'est-ce que le monde des morts ? Est-ce le paradis ou l'enfer ?

— Aucun des deux.

— Quel genre de créatures y vivent ? m'écriai-je. Des fantômes ? Est-ce que je vais y retourner ? Est-ce que quelque chose peut en sortir ?

Comme je le craignais, Victor prenait un grand plaisir à me voir lui demander des informations. Son sourire s'élargit.

— De toute évidence, des choses peuvent en sortir, puisque tu es ici.

— Il te provoque, m'avertit Dimitri. Laisse tomber.

Victor lui jeta un bref regard menaçant.

— Je l'aide. (Il se retourna vers moi.) Sincèrement, je ne sais pas grand-chose. C'est toi qui y es allée, Rose. Pas moi. Pas encore. Un jour, c'est sans doute toi qui m'apprendras des choses. Mais je suis certain que plus tu auras affaire à la mort, plus tu en seras proche.

— Ça suffit, intervint Dimitri d'une voix dure. Nous partons.

— Attendez ! nous retint Victor d'une voix chaleureuse. Vous ne m'avez pas encore parlé de Vasilisa.

J'appuyai de nouveau mon visage contre les barreaux.

— Ne vous approchez pas d'elle. Elle n'a rien à voir avec tout ça.

Victor me regarda avec dédain.

— Étant donné que je suis enfermé ici, je n'ai pas vraiment les moyens de m'approcher d'elle, ma chère. Et tu te trompes : Vasilisa a tout à voir avec tout.

— C'est pour ça ! m'exclamai-je, en comprenant tout à coup. Voilà pourquoi vous m'avez envoyé ce message. Vous m'avez attirée ici parce que vous vouliez obtenir des informations sur elle, et vous saviez très bien qu'elle n'accepterait jamais de venir vous parler en personne. Vous n'avez rien pour la faire chanter, elle.

— « Chantage » est un bien vilain mot.

—Vous n'arriverez jamais à la voir en dehors du tribunal. Il n'est pas question qu'elle vous guérisse encore. Comme je vous l'ai dit, vous allez retomber malade et vous allez mourir. C'est vous qui m'enverrez des cartes postales depuis le monde des morts.

—Tu crois vraiment que c'est de cela qu'il s'agit ? que mes motivations sont si mesquines ? (L'ironie avait disparu de ses yeux verts, cédant la place à une expression fébrile, presque fanatique. Ses lèvres pincées tendaient un peu la peau de son visage et je remarquai subitement qu'il avait perdu du poids depuis notre dernière rencontre. La prison l'avait peut-être davantage éprouvé que je le croyais.) Tu as oublié pourquoi j'ai fait tout ça. Tu étais tellement préoccupée par tes propres intérêts immédiats que tu es passée à côté du grand dessein que je poursuivais.

Je fouillai dans ma mémoire pour retrouver les détails de ce qui s'était passé à l'automne précédent. Il avait raison. Je n'avais plus songé qu'au mal qu'il nous avait fait, à Lissa et à moi, au point d'en oublier nos autres conversations et ses explications démentes sur ses grands projets.

—Vous vouliez déclencher une révolution. Vous le voulez encore... C'est de la folie et ça n'a aucune chance de se produire.

—C'est déjà en train de se produire. Crois-tu que j'ignore ce qui se passe dans le monde ? J'ai toujours des contacts. Les gens se laissent acheter... Comment crois-tu que j'aie pu t'envoyer ce message ? Je sais qu'il y a des tensions... Je sais que Natasha Ozéra est à la tête d'un groupe de Moroï qui veulent se battre aux côtés de leurs gardiens. Tu la soutiens et tu me méprises, Rose. Pourtant, je poursuivais le même but, l'automne dernier. Pourquoi ne nous traites-tu pas de la même manière ?

—Les méthodes de Tasha Ozéra sont assez différentes des vôtres, intervint Dimitri.

—Et c'est pour cela qu'elle n'aboutit à rien, répliqua Victor. Tatiana et son conseil sont paralysés par des siècles de traditions archaïques. Rien ne changera tant que le pouvoir en place nous gouvernera. Nous n'apprendrons jamais à nous battre. Les Moroï roturiers n'auront jamais voix au chapitre. Les dhampirs comme vous seront toujours envoyés au combat.

— C'est à ça que nous consacrons notre vie, grogna Dimitri.

Je le sentais de plus en plus tendu. Même s'il se maîtrisait mieux que moi, je savais que sa colère égalait la mienne.

— Et c'est pour ça que vous mourez. Vous n'êtes que des esclaves et vous n'en avez même pas conscience. Et pourquoi donc ? Pourquoi nous protégez-vous ?

— Parce que... nous avons besoin de vous, dis-je d'une voix hésitante. Pour que notre race survive.

— Vous n'avez pas besoin de vous jeter dans la bataille pour ça. Il n'est pas si difficile de faire des enfants...

Je ne relevai pas son sarcasme.

— Et parce que les Moroï... les Moroï et leur magie sont précieux. Ils peuvent réaliser des choses extraordinaires.

Victor leva les mains au ciel d'exaspération.

— Nous réalisions des choses extraordinaires. Les humains nous vénéraient comme des dieux, mais nous nous sommes laissé gagner par la paresse. Les progrès de la technologie ont rendu nos pouvoirs obsolètes. Nous ne réalisons plus aujourd'hui que des tours de magie dérisoires.

— Si vous avez tant d'idées à faire partager, commenta Dimitri avec un éclat inquiétant dans le regard, rendez-vous utile tant que vous êtes en prison. Écrivez un manifeste.

— Et puis quel est le rapport avec Lissa ?

— Vasilisa véhicule le changement.

Je lui jetai un regard incrédule.

— Vous croyez qu'elle va prendre la tête de votre révolution ?

— Je préférerais le faire moi-même... Ça viendra. Néanmoins, je pense qu'elle va y jouer un rôle. J'ai aussi entendu parler d'elle. C'est une étoile montante... Elle est encore jeune, c'est vrai, mais les gens commencent déjà à la remarquer. Tous les nobles ne sont pas égaux, vous savez. Les Dragomir ont le dragon, la plus noble des créatures, pour symbole. Et puis le sang des Dragomir a toujours été d'une puissance particulière, c'est la raison pour laquelle les Strigoï les ont tant pourchassés. Le retour d'un Dragomir au pouvoir serait un grand événement, surtout s'il s'agit de quelqu'un comme elle. D'après les informations qui me sont parvenues, elle doit avoir maîtrisé son pouvoir. Si c'est bien le cas, qui sait ce qu'elle pourra faire des dons qui sont les siens. Elle attire déjà les gens à elle, presque sans effort. Si elle voulait vraiment les influencer... elle pourrait obtenir n'importe quoi d'eux.

Ses yeux s'emplirent de joie et d'admiration tandis qu'il songeait à la Lissa de ses rêves.

— C'est incroyable, grommelai-je. D'abord vous voulez la séquestrer pour qu'elle vous garde en vie, et maintenant vous voulez qu'elle utilise la suggestion pour mettre à exécution vos projets de psychopathe...

— Comme je te l'ai dit, elle véhicule le changement. Tout comme toi qui as reçu le baiser de l'ombre, elle est la seule de son espèce que nous connaissions. Cela fait d'elle une personne dangereuse... et très précieuse.

Enfin un point positif. Victor ne savait pas tout, finalement. Il ignorait qu'Adrian aussi maîtrisait l'esprit.

— Lissa ne fera jamais une chose pareille, répliquai-je. Elle n'abusera jamais de ses pouvoirs.

— Et Victor ne nous dénoncera pas, ajouta Dimitri en me tirant par le bras. Il a eu ce qu'il voulait. Il t'a fait venir parce qu'il cherchait à obtenir des informations sur Lissa.

— Il n'aura pas appris grand-chose...

— Tu serais surprise..., ironisa Victor avant de sourire à Dimitri. Et pourquoi es-tu si sûr que je ne révélerai pas vos imprudences amoureuses ?

— Parce que cela ne vous épargnera pas la prison. Et parce que vous perdrez toutes les chances, si faibles soient-elles, d'obtenir l'aide de Lissa si vous ruinez l'avenir de Rose. (Victor tressaillit légèrement : Dimitri avait vu juste. Celui-ci s'approcha des barreaux comme je l'avais fait un peu plus tôt. Moi qui croyais avoir eu un ton menaçant, je pris conscience que j'en étais bien loin en l'entendant prononcer les mots suivants :) Et cela ne servirait pas vos intérêts, puisque vous ne resteriez pas en vie assez longtemps pour voir vos grands projets se réaliser. Vous n'êtes pas le seul à avoir des relations.

J'en eus le souffle coupé un instant. Dimitri m'apportait tant de choses : de l'amour, du réconfort, du savoir. Je m'étais tellement habituée à lui que j'en avais oublié à quel point il pouvait être dangereux. En le regardant toiser Victor, immense et menaçant, je sentis un frisson me parcourir l'échine. Je me souvins tout à coup de mon retour à l'académie. Les gens m'avaient parlé de lui comme d'un dieu, et c'était bien ce dont il avait l'air à cet instant.

Si Victor fut sensible à la menace de Dimitri, il n'en montra rien. Ses yeux verts se posèrent alternativement sur lui et sur moi.

— C'est par la volonté de Dieu que vous vous êtes rencontrés, tous les deux. Ou par celle de quelqu'un d'autre…

— Nous nous verrons au tribunal, conclus-je.

Nous le quittâmes. Dimitri dit quelques mots en russe au gardien de service lorsque nous passâmes devant lui. D'après leur attitude, je devinai qu'il le remerciait.

Nous sortîmes et traversâmes un vaste parc de toute beauté pour regagner nos chambres. La neige fondue avait cessé de tomber et une couche de glace recouvrait désormais les bâtiments et les arbres. On aurait dit que le monde était en verre. Je jetai un coup d'œil à Dimitri, qui regardait droit devant lui. Même si le fait que nous marchions le dissimulait, j'étais certaine qu'il tremblait.

— Ça va ? lui demandai-je.

— Oui.

— Tu en es sûr ?

— Ça ne pourrait pas aller mieux.

— Crois-tu qu'il va nous dénoncer ?

— Non.

Nous marchâmes en silence quelque temps, jusqu'à ce que je lui pose la question qui me brûlait les lèvres.

— Est-ce que tu bluffais quand tu as dit à Victor que s'il parlait tu...

Je ne pus achever ma phrase. Les mots « le ferais tuer » refusèrent de franchir mes lèvres.

— Je n'ai pas grande influence dans les hautes sphères de la société moroï, mais j'en ai beaucoup auprès des gardiens qui se chargent du sale boulot de notre monde.

— Tu n'as pas répondu à ma question. Parlais-tu sérieusement ?

— Je suis prêt à beaucoup de choses pour te protéger, Roza.

Mon cœur s'emballa. Il ne m'appelait « Roza » que lorsqu'il se sentait particulièrement affectueux à mon égard.

— Ça ne me protégerait pas vraiment, puisque cela impliquerait d'agir après le danger, et de sang-froid... Tu ne fais pas ce genre de choses. La vengeance est mon rayon. C'est moi qui devrais le tuer...

Je voulais faire une plaisanterie, mais il ne la trouva pas drôle.

— Ne dis pas ce genre de choses. Et puis ça n'a pas d'importance. Victor ne parlera pas.

Lorsque nous entrâmes dans le bâtiment des invités, il me quitta pour regagner sa propre chambre. À l'instant où j'ouvris la porte de la mienne, Lissa apparut au bout du couloir.

— Ah ! tu es là ! Que s'est-il passé ? Tu as raté le dîner.

Cela m'était complètement sorti de l'esprit.

— Désolée. J'ai été retenue par des problèmes de gardiens. C'est une longue histoire.

Elle s'était changée pour le repas. Elle avait relevé ses cheveux et portait une robe très ajustée en soie argentée. Elle était magnifique ; royale. Repensant aux paroles de Victor, je me demandai si elle était vraiment la force de changement qu'il voyait en elle. En la voyant si splendide et si majestueuse, je n'avais aucun mal à imaginer que les gens accepteraient de la suivre n'importe où. Je le ferais moi-même, sans aucun doute ; mais mon jugement était faussé.

— Pourquoi me regardes-tu comme ça ? me demanda-t-elle en esquissant un sourire.

Je ne pouvais pas lui dire que je venais de voir l'homme qu'elle craignait le plus au monde. Je ne pouvais pas lui dire que pendant qu'elle faisait la fête aux yeux de tous, en pleine lumière, j'avais surveillé ses arrières dans l'ombre, comme je le faisais toujours.

Alors je lui rendis son sourire.

— J'aime beaucoup ta robe.

Chapitre 14

Le lendemain matin, on frappa à ma porte une demi-heure avant que mon réveil sonne. Je m'attendais que ce soit Lissa, mais une consultation ensommeillée de notre lien m'apprit qu'elle dormait encore. Surprise, je m'extirpai du lit et allai ouvrir la porte. Une Moroï que je ne connaissais pas me tendit une pile de vêtements à laquelle était attaché un mot. Je me demandai un instant si je devais lui donner un pourboire, mais elle me quitta trop vite pour que j'aie le temps de réagir.

Je m'assis sur mon lit et dépliai le tout. Il y avait un pantalon noir, une chemise blanche et une veste noire. Il s'agissait du costume que portaient les gardiens de la Cour, et il était à ma taille. Ça alors… J'étais sur le point d'entrer dans l'équipe. Tandis qu'un sourire s'épanouissait sur mon visage, je dépliai le mot. C'était l'écriture de Dimitri : « Porte tes cheveux relevés. »

Je continuai à sourire. La plupart des gardiennes se coupaient les cheveux pour exhiber leurs molnija. J'y avais moi-même songé à contrecœur et Dimitri m'en avait dissuadée. Il adorait mes cheveux longs et m'avait dit qu'il me suffisait de les porter relevés. La manière dont il en avait parlé m'avait donné des frissons, que je ressentis de nouveau à cet instant.

Une heure plus tard, je me dirigeais vers le tribunal en compagnie de Lissa, de Christian et d'Eddie. Ce dernier avait aussi reçu un costume noir et blanc et j'étais certaine que, tout comme moi, il devait avoir l'impression d'être un enfant qui se serait amusé à passer les vêtements de ses parents. Ma veste courte et ma chemise ajustée étaient d'ailleurs plutôt élégantes, et je me demandai si on allait m'autoriser à les garder.

La salle d'audience se trouvait dans le grand bâtiment richement ornementé devant lequel nous étions passés en arrivant. En le traversant, je remarquai qu'il mêlait l'ancien et le moderne. À l'extérieur, il n'était que fenêtres en ogive et flèches gothiques. À l'intérieur, il régnait un bourdonnement d'activité moderne. Des gens travaillaient sur des ordinateurs à écran plat dans des bureaux. On accédait aux étages par des ascenseurs. Mais il y avait encore quelques touches d'ancien çà et là : des sculptures sur des socles, des chandeliers...

La salle d'audience elle-même était ornée de fresques magnifiques qui s'étendaient du sol au plafond et les blasons des douze familles royales étaient suspendus au mur auquel nous faisions face. Lorsque nous entrâmes, Lissa s'arrêta net, les yeux rivés sur le dragon des Dragomir. *« La plus noble des créatures. »* Des émotions contradictoires tourbillonnèrent en elle tandis qu'elle contemplait son blason et prenait pleinement conscience de la responsabilité qui était la sienne en tant que dernière représentante de sa famille. Elle était fière de porter ce nom et craignait de ne pas lui faire honneur. Je lui donnai un léger coup de coude pour qu'elle continue à avancer vers nos places.

La salle était séparée en deux par une travée centrale. Nous nous installâmes au premier rang à droite. Il restait quelques minutes avant le début de l'audience et le public était encore peu nombreux. Compte tenu de la discrétion qui avait entouré l'incarcération de Victor, je suspectais que cela n'allait pas beaucoup changer. Un juge avait pris place sur l'estrade, mais il n'y avait pas de jury. Une seconde estrade, sur le côté, supportait le siège que la reine occuperait lorsqu'elle arriverait. C'était elle qui prendrait la décision finale, comme il était d'usage dans les affaires impliquant un membre de l'une des familles royales.

Je montrai le siège à Lissa.

— Espérons qu'elle soit contre lui, puisqu'on dirait bien que c'est elle qui tranchera.

Lissa fronça les sourcils.

— L'absence de jury me fait bizarre.

— C'est parce que nous avons passé beaucoup de temps parmi les humains.

— Peut-être, répondit-elle en souriant. Je ne sais pas. J'ai seulement l'impression que ça favorise la corruption.

— D'accord… mais c'est de Victor qu'on parle.

Quelques instants plus tard, le prince Victor Dashkov entra à son tour dans la salle. Ou plutôt : Victor Dashkov tout court entra dans la salle. On l'avait privé de son titre en le mettant en prison, et celui-ci était revenu au membre le plus âgé de sa famille après lui.

Je sentis la peur s'éveiller en Lissa et je vis disparaître le peu de couleurs qu'avaient ses joues. Un sentiment auquel je ne m'attendais pas se mêlait à sa peur : le regret. Avant de l'enlever, Victor était comme un oncle pour elle. C'était même ainsi qu'elle l'appelait. Elle l'avait aimé et il l'avait trahie.

— Du calme, murmurai-je. Tout va bien se passer.

Les yeux plissés et rusés de Victor scrutèrent le public comme s'il s'agissait d'une réunion mondaine. Il semblait aussi peu concerné par ce qui se passait que lorsque Dimitri et moi lui avions parlé. Je sentis mes lèvres se crisper en un rictus. Je vis rouge et dus faire de gros efforts pour rester aussi sereine que les autres gardiens qui se trouvaient dans la salle.

Finalement, son regard tomba sur Lissa, qui tressaillit à la vue de ces yeux de la même couleur que les siens et ceux des autres membres de sa famille. Lorsqu'il inclina la tête pour la saluer, je faillis perdre le contrôle de moi-même. Avant que je fasse quoi que ce soit, des mots s'imposèrent à mon esprit. C'étaient ceux de Lissa : « Respire, Rose, respire. » Il semblait que nous allions devoir nous soutenir l'une l'autre pour surmonter l'épreuve qui nous attendait. Un instant plus tard, Victor se dirigea vers le siège qui lui était réservé, à gauche de la salle.

— Merci, dis-je à Lissa lorsque son attention se fut détournée de nous. C'est comme si tu avais lu dans mon esprit.

— Non, me répondit-elle avec douceur. J'ai simplement senti ta main.

Je baissai les yeux sur ma main, posée sur la sienne. Je l'avais fait pour la réconforter mais avais fini par lui écraser les doigts sous l'effet de ma propre tension.

— Désolée, m'excusai-je en retirant ma main et en espérant ne lui avoir rien cassé.

La reine Tatiana entra à son tour, ce qui me fournit une distraction et me calma un peu. Nous nous levâmes tous à son arrivée, puis nous agenouillâmes. C'était assez archaïque, mais c'était une coutume que les Moroï respectaient depuis des siècles. Nous ne reprîmes nos places qu'après qu'elle se fut assise.

Le procès commença. Les uns après les autres, tous ceux qui avaient pris part aux événements témoignèrent de ce qu'ils avaient vu. Pour l'essentiel, il s'agissait des gardiens qui s'étaient lancés à la poursuite de Victor lorsqu'il avait enlevé Lissa et avaient ensuite participé à l'assaut de la maison où il s'était retranché.

Dimitri fut le dernier des gardiens à témoigner. En surface, son témoignage ne différait guère de celui des autres. Comme eux, il avait fait partie de l'équipe de sauvetage, sauf que son récit commençait un peu plus tôt.

— Je me trouvais avec mon élève, Rose Hathaway, déclara-t-il. Grâce au lien psychique qu'elle partage avec la princesse, elle a été la première à sentir ce qui se passait.

L'avocat de Victor – comment avaient-ils trouvé quelqu'un pour le représenter ? – consulta ses notes, puis releva les yeux vers Dimitri.

— D'après le rapport, il semble qu'il se soit écoulé plusieurs heures entre le moment où elle a pris conscience de ce qui se passait et celui où vous avez donné l'alerte.

Dimitri acquiesça sans rien perdre de son impassibilité.

— Elle n'a pas pu réagir immédiatement parce que M. Dashkov lui avait jeté un sortilège qui l'a poussée à m'attaquer. (Il prononça ces mots avec une assurance qui me stupéfia. L'avocat lui-même ne sembla rien remarquer. Je fus la seule à voir, et peut-être était-ce seulement parce que je le connaissais bien, à quel point il souffrait de devoir mentir. Il le faisait pour nous protéger, et me protéger moi en particulier. Mais cela lui brisait le cœur de mentir alors qu'il témoignait sous serment. Contrairement à ce qu'il m'arrivait de croire, Dimitri n'était pas parfait. Néanmoins, il s'efforçait d'être toujours intègre. Aujourd'hui, c'était impossible.) M. Dashkov est spécialisé en magie de la terre. Ceux qui maîtrisent cet élément et sont doués pour la suggestion sont capables d'influencer nos instincts les plus primaires. En l'occurrence, il a dirigé sa colère et sa violence contre moi.

J'entendis un son étrange sur ma gauche, comme si quelqu'un étouffait un rire. Le juge, une Moroï d'un certain âge mais pleine d'autorité, jeta un regard sévère dans cette direction.

— Monsieur Dashkov, je vous prie de respecter la solennité de cette cour.

Victor, qui souriait encore, s'excusa d'un geste.

— Je suis terriblement désolé, Votre Honneur et Votre Majesté. Quelque chose dans le témoignage du gardien Belikov m'a amusé, c'est tout. Cela ne se reproduira pas.

Je retins mon souffle en attendant le coup fatal. Il ne vint pas. Dimitri acheva son témoignage, puis Christian fut appelé à la barre. Sa déposition fut courte. Il se trouvait avec Lissa au moment de l'enlèvement et s'était fait assommer. Il avait aidé à la retrouver en identifiant certains gardiens de Victor comme les ravisseurs. Lorsque Christian retourna s'asseoir, ce fut mon tour.

Je me levai en espérant paraître calme devant tous ces gens ainsi que devant Victor. En fait, je fis un détour pour ne pas croiser son regard. Alors que je déclinais mon identité, puis prononçais le serment de dire la vérité, je perçus soudain, dans toute sa violence, ce que Dimitri avait dû ressentir. J'étais debout, devant tous ces gens, en train de jurer que j'allais être sincère, et pourtant j'allais mentir un instant plus tard si on m'interrogeait sur le sortilège de luxure.

Je tâchai d'aller à l'essentiel. J'avais quelques détails à ajouter sur les événements qui s'étaient déroulés avant l'enlèvement, comme les pièges pervers que Victor avait tendus à Lissa pour mettre ses pouvoirs à l'épreuve. Pour le reste, mon témoignage était le même que celui de Dimitri et des autres gardiens.

Comme je n'étais pas une mauvaise menteuse, je glissai sur la question du sortilège qui m'avait incitée à « attaquer » Dimitri avec une telle aisance que cela ne suscita l'attention de personne. Excepté Victor. Malgré la résolution que j'avais prise de ne pas le regarder, je ne pus m'empêcher de jeter un coup d'œil dans sa direction à ce moment de mon récit. Il plongea son regard dans le mien, un fin sourire aux lèvres. Je compris que sa suffisance ne tenait pas seulement au fait qu'il me savait en train de mentir. Il me toisait aussi parce qu'il connaissait l'entière vérité. Sous ce regard, je pris conscience du pouvoir qu'il détenait sur Dimitri et moi. Rien ne lui était plus facile que de ruiner notre vie devant tous ces gens, malgré les menaces de Dimitri. Pendant tout mon témoignage, je m'efforçai de rester impassible pour que Dimitri soit fier de moi ; mais mon cœur tambourinait dans ma poitrine.

Les quelques minutes que dura mon épreuve me semblèrent une éternité. J'achevai mon témoignage, immensément soulagée que Victor ne m'ait pas dénoncée, puis ce fut le tour de Lissa. En tant que victime, elle offrait une nouvelle perspective sur les événements. Tout le monde prêta une attention particulière à son récit. Celui-ci fut prenant : personne n'avait jamais rien entendu de tel. Je me rendis compte que Lissa se servait du charisme que lui conférait l'esprit, sans même le faire exprès. Cette force puisait à la même source que son pouvoir de suggestion. Le public se montra captivé et compatissant. Lorsqu'elle décrivit la torture à laquelle Victor l'avait soumise pour la forcer à le guérir, je vis des visages pâlir d'horreur. Même le masque sévère qu'affichait Tatiana vacilla un peu, mais sans que je puisse deviner si elle éprouvait de la pitié ou de la simple surprise.

Ce fut surtout le calme avec lequel Lissa raconta son histoire qui me stupéfia. En apparence, elle était belle et sereine. Mais le fait de décrire précisément la manière dont l'homme de main de Victor l'avait torturée réveilla en elle les souffrances et la terreur de cette nuit-là. Son bourreau était un spécialiste de l'air et il avait joué de cet élément, en alternant successivement la privation puis l'excès d'oxygène, jusqu'à ce qu'elle perde presque connaissance. Cela avait été une expérience horrible, que j'avais partagée avec elle. En fait, je l'éprouvai même une seconde fois, avec elle, tandis qu'elle la relatait à la barre. Chaque détail affreux était gravé dans sa mémoire et réveillait un écho douloureux dans nos deux esprits. Je fus aussi soulagée qu'elle quand son témoignage s'acheva.

Finalement, ce fut le tour de Victor. L'expression qu'il arborait n'aurait jamais permis de deviner qu'il était en train d'être jugé. Il n'était ni en colère ni scandalisé. Il n'affichait aucun remords. Il ne suppliait pas. Il était aussi détendu que s'il avait participé à une réunion mondaine et n'avait aucune raison de s'inquiéter. Cela réveilla ma colère.

Lorsqu'on l'interrogea, il répondit comme si tout ce qu'il avait fait était le fruit du bon sens. Lorsque le procureur lui demanda pourquoi il avait agi ainsi, il la regarda comme si elle était folle.

—Je n'avais pas le choix, répondit-il aimablement. J'étais mourant. Personne ne m'aurait autorisé à mener ouvertement des expériences sur les pouvoirs de la princesse. Qu'auriez-vous fait à ma place ?

Le procureur, qui avait du mal à dissimuler son dégoût, ne releva pas sa remarque.

— Et vous avez également jugé nécessaire d'inciter votre propre fille à se transformer en Strigoï ?

Le public s'agita, mal à l'aise. L'une des choses les plus horribles concernant les Strigoï était qu'on le devenait. Personne ne naissait strigoï. Un Strigoï pouvait forcer un humain, un dhampir ou un Moroï à devenir comme lui, en buvant le sang de sa victime puis en lui offrant le sien. Peu importait que la personne soit consentante ou non, puisqu'elle perdait son ancienne personnalité et tout sens moral en devenant un Strigoï. Elle acceptait sa nouvelle nature de monstre et la nécessité de tuer des gens pour survivre. Les Strigoï convertissaient ainsi ceux qu'ils estimaient assez forts pour leur être utiles. Parfois, ils le faisaient par simple cruauté.

Un Moroï pouvait aussi se transformer en Strigoï de son plein gré s'il tuait la personne dont il se nourrissait, mais il anéantissait ses pouvoirs, en même temps que son existence d'être vivant. Les parents de Christian l'avaient fait pour devenir immortels. La fille de Victor, Natalie, l'avait fait parce qu'il le lui avait demandé. La force et la rapidité qu'elle y avait gagnées lui avaient permis de tenter de faire évader son père. Victor avait considéré que le dessein qu'il poursuivait justifiait ce sacrifice.

Cette fois encore, il n'afficha aucun remords. Sa réponse fut la plus simple possible.

— C'est Natalie qui a fait ce choix.

— Comptez-vous employer cet argument à propos de tous les gens dont vous vous êtes servi pour atteindre votre but ? Le gardien Belikov et Mlle Hathaway n'ont pas consenti à ce que vous leur avez fait faire.

Victor pouffa.

— C'est une question de point de vue. Sincèrement, je ne pense pas que ça les ait beaucoup dérangés. Mais si vous n'avez rien à faire après mon procès, Votre Honneur, je vous suggère d'ouvrir un dossier sur une affaire de détournement de mineur.

J'en restai pétrifiée. Il l'avait fait. Il l'avait vraiment fait.

Je m'attendis que toutes les personnes présentes se tournent vers Dimitri et moi. Personne ne le fit. Les gens se contentèrent de regarder Victor avec consternation. Je compris alors que c'était exactement à quoi Victor s'était attendu. Il voulait seulement jouer avec nous, en sachant très bien que personne ne le prendrait au sérieux. Les sentiments de Lissa, tels que je les perçus à travers notre lien, me le confirmèrent. Elle pensait que Victor avait essayé de détourner l'attention de son propre cas en inventant des mensonges sur Dimitri et moi, et elle éprouvait du dégoût à le voir tomber si bas.

Le juge fut du même avis et reprocha à Victor de s'écarter du sujet. Son interrogatoire était presque fini. Les avocats posèrent encore quelques questions, puis le moment où la reine devait rendre son verdict arriva. Je retins mon souffle encore une fois en me demandant ce qu'elle allait faire. Il n'avait contesté aucune des accusations qui pesaient sur lui. Grâce aux témoignages de mes amis, les preuves à charge étaient accablantes. Cependant, comme Victor lui-même nous l'avait fait remarquer, la corruption régnait dans la noblesse. La reine pouvait très bien décider d'éviter le scandale que n'allait pas manquer de provoquer l'incarcération de quelqu'un de si connu. Même si personne ne connaissait les détails de l'affaire, sa condamnation allait faire parler. Peut-être ne voulait-elle pas avoir à en subir les conséquences. Peut-être Victor l'avait-il achetée, elle aussi…

Mais elle finit par le déclarer coupable et le condamna à l'emprisonnement à perpétuité, dans une autre prison que celle où il avait attendu son jugement. J'avais entendu parler des prisons moroï comme d'endroits terrifiants. Sa prochaine destination risquait d'être bien différente de la cellule dans laquelle il se trouvait quand nous lui avions rendu visite. Comme la veille, Victor garda son calme et son air amusé. Cela me déplut. La conversation que nous avions eue m'incitait à penser qu'il n'allait pas accepter son sort aussi sereinement qu'il l'affichait. Je ne pus qu'espérer qu'on allait le surveiller de près.

Un geste de la reine mit fin à l'audience. Nous nous levâmes et commençâmes à parler tandis qu'elle scrutait la salle d'un œil aiguisé, sans doute afin d'en tirer des informations qui m'échappaient. L'escorte de Victor l'entraîna vers la sortie. Lorsqu'il repassa devant nous, il s'arrêta pour nous parler.

— Je vois que tu te portes bien, Vasilisa. (Lissa ne répondit rien. Elle le haïssait et le craignait mais, grâce à ce verdict, elle croyait désormais qu'il ne pourrait plus jamais lui faire de mal. C'était comme si un chapitre pénible de sa vie venait de s'achever. Elle pouvait enfin regarder vers l'avenir et laisser ces horribles souvenirs s'effacer.) Je suis navré que nous n'ayons pas eu l'occasion de discuter, mais je suis certain que nous nous rattraperons la prochaine fois.

— Avancez, ordonna l'un de ses gardiens avant de l'entraîner loin de nous.

— Il est fou, murmura Lissa lorsqu'il eut disparu. Je n'arrive pas à croire qu'il se soit permis d'inventer cette histoire sur Dimitri et toi.

Dimitri se trouvait derrière elle. Je rencontrai son regard lorsqu'il passa à côté de nous. Il était aussi soulagé que moi. Nous venions de frôler la catastrophe et nous avions gagné.

Christian s'approcha pour la serrer longuement dans ses bras. Je les regardai avec une tendresse qui me surprit moi-même, puis sursautai en sentant une main se poser sur mon bras. C'était Adrian.

— Ça va, petite dhampir ? me demanda-t-il à voix basse. Dashkov a dit... des choses embarrassantes.

Je m'approchai pour lui répondre d'une voix tout aussi basse.

— Personne ne l'a cru. Je pense que ça devrait aller... mais merci de t'en inquiéter.

Il sourit et me donna une pichenette sur le nez.

— Deux mercis en deux jours... Mais je suppose que je ne dois pas attendre de ta gratitude une marque d'attention particulière à mon égard...

Je pouffai.

— Non. Tu n'as qu'à l'imaginer.

Il me serra brièvement dans ses bras.

— Très bien. J'ai beaucoup d'imagination.

Alors que nous nous apprêtions à sortir, Priscilla Voda se précipita vers Lissa.

— La reine souhaite vous parler avant votre départ. En privé.

Je tournai la tête vers la reine, dont le regard était rivé sur nous, et me demandai de quoi il pouvait bien s'agir.

— Bien sûr, répondit Lissa, aussi perplexe que moi.

Tu veux bien écouter encore ? me demanda-t-elle par l'intermédiaire de notre lien.

Je lui répondis par un bref hochement de tête avant que Priscilla l'entraîne dans son sillage. De retour dans ma chambre, j'ouvris mon esprit à celui de Lissa tout en faisant mon sac. Tatiana dut d'abord achever de remplir quelques formalités administratives à l'issue du procès, avant de la rejoindre enfin dans le même salon que la veille. Lissa et Priscilla s'inclinèrent à son arrivée et attendirent qu'elle s'assoie.

Tatiana s'installa confortablement dans son fauteuil.

— Puisque tu dois bientôt reprendre l'avion, Vasilisa, je vais être brève. J'aimerais te faire une proposition.

— Quel genre de proposition, Votre Majesté ?

— Tu vas bientôt devoir t'inscrire à l'université. (Elle en parlait comme si c'était une affaire entendue. De fait, Lissa avait bien l'intention d'aller à l'université, mais je n'aimais pas son assurance.) J'ai cru comprendre que tu n'étais pas satisfaite des choix qui s'offrent à toi.

— Ce n'est pas tout à fait vrai, se défendit Lissa. C'est seulement que tous les endroits réservés aux Moroï sont de petites structures. Je sais bien que c'est pour garantir notre sécurité, mais j'aurais aimé m'inscrire dans une université plus importante, plus prestigieuse…

Il existait à travers le pays une poignée d'universités surveillées par des gardiens dans lesquelles les Moroï pouvaient étudier en toute sécurité. Néanmoins, comme Lissa venait de le dire, elles étaient toutes assez petites.

Tatiana acquiesça avec impatience, comme si elle savait déjà tout cela.

—Je vais te faire une proposition comme personne n'en a jamais eu, à ma connaissance. Lorsque tu seras diplômée, j'aimerais que tu viennes vivre ici, à la Cour. Comme tu n'as plus de famille, je pense que tu gagnerais à apprendre les rouages de la politique au cœur même de notre gouvernement. En parallèle, nous prendrions des mesures pour que tu puisses poursuivre tes études à l'université de Lehigh. Elle se trouve à moins de une heure d'ici. En as-tu entendu parler ?

Lissa acquiesça. Ce nom m'était complètement inconnu, mais Lissa était assez bonne élève pour avoir fait des recherches sur toutes les universités des États-Unis.

—C'est une bonne université, Votre Majesté. Mais… elle est petite, elle aussi.

—Elle est plus grande que celles que fréquentent habituellement les Moroï, lui fit remarquer la reine.

—C'est vrai. (Lissa s'efforçait de comprendre ce qui se passait. Pourquoi Tatiana lui faisait-elle cette offre ? Leur désaccord de la veille rendait la proposition d'autant plus inexplicable. Comme quelque chose lui échappait, elle décida de voir jusqu'où elle pouvait pousser la reine.) L'université de Pennsylvanie n'est pas très loin non plus, Votre Majesté.

—Mais elle est immense, Vasilisa. Nous ne pourrions pas y assurer ta sécurité.

Lissa haussa les épaules.

—Alors ça ne change pas grand-chose que je m'inscrive à Lehigh plutôt qu'ailleurs.

La reine parut scandalisée. Priscilla aussi. Elles n'arrivaient pas à croire que Lissa puisse accueillir la proposition qui lui était faite avec indifférence. En vérité, Lissa était loin d'être aussi indifférente qu'elle le paraissait. Lehigh était une université bien plus prestigieuse que celles où elle s'attendait à aller et l'idée la tentait. Mais elle voulait surtout savoir à quel point la reine tenait à la faire venir à la Cour.

Tatiana fronça les sourcils et parut soupeser la question.

— Selon les résultats que tu obtiendras à Lehigh, nous pourrions envisager un transfert dans quelques années. Mais, une fois encore, le problème de ta sécurité sera très difficile à résoudre.

Eh bien ! la reine tenait vraiment à la faire venir. Mais pourquoi ? Lissa décida tout simplement de le lui demander.

— Je suis très honorée, Votre Majesté, et reconnaissante, mais pourquoi me faites-vous cette proposition ?

— Tu es la dernière Dragomir, ce qui fait de toi une personne très précieuse. Pour cette raison, il me paraît important d'assurer ton avenir. Et j'ai horreur de voir des esprits brillants gaspillés. De plus... (elle hésita avant de poursuivre)... tu avais raison, dans une certaine mesure. Les Moroï ont effectivement du mal à accepter le changement. Cela pourrait nous être utile de bénéficier d'un avis divergent.

Lissa ne répondit pas aussitôt. Elle continuait à envisager la proposition sous tous les angles. Elle aurait aimé que je sois là pour la conseiller, mais je n'étais pas certaine d'avoir une opinion. D'un côté, la perspective d'exercer mon activité de gardienne à la fois à la Cour et dans une université sympa était assez attrayante. De l'autre, nous aurions plus de liberté n'importe où ailleurs. Finalement, Lissa pencha en faveur d'une formation de meilleure qualité.

— Très bien. J'accepte. Et je vous remercie, Votre Majesté.

— Excellent, conclut Tatiana. Nous allons prendre les mesures nécessaires. Tu peux disposer.

Comme la reine ne semblait pas décidée à bouger, Lissa s'inclina, puis se précipita vers la porte, l'esprit affolé par la nouvelle. Tatiana l'interpella juste avant qu'elle sorte.

— Vasilisa ? Veux-tu bien m'envoyer ton amie, la fille Hathaway ?

— Rose ? demanda Lissa, surprise. Pourquoi voulez-vous... ? Bien sûr. Je vais la prévenir.

Lissa s'empressa de regagner le bâtiment des invités, mais je la retrouvai à mi-chemin.

— Que se passe-t-il ? lui demandai-je.

— Je ne sais pas. Tu as entendu ce qu'elle a dit ?

— Oui. Peut-être veut-elle me dire de redoubler de prudence si tu t'inscris à cette université.

— Peut-être. Je n'en sais rien. (Elle me serra brièvement dans ses bras.) Bonne chance. À tout de suite.

Je me rendis dans la pièce qu'elle venait de quitter et trouvai Tatiana les mains jointes, dans une posture pleine de raideur et d'impatience. Elle ressemblait encore à une femme d'affaires, dans sa jupe droite et son blazer d'un marron satiné. Cette couleur ne me semblait pas la mieux assortie à ses cheveux d'un gris sombre, mais c'était le problème de sa conseillère vestimentaire, pas le mien.

Je m'inclinai comme Lissa l'avait fait et observai la pièce. Priscilla était partie. En plus de la reine, il y avait deux gardiens. Je m'attendais que Tatiana m'invite à m'asseoir. Au lieu de cela, elle se leva et s'avança vers moi. Elle semblait contrariée.

— Mademoiselle Hathaway, me dit-elle d'une voix sèche. Je vais être brève. Vous allez mettre un terme à la liaison scandaleuse que vous entretenez avec mon petit-neveu. Immédiatement.

Chapitre 15

— Je… quoi ?

— Vous m'avez parfaitement entendue. Je ne sais pas jusqu'où les choses sont allées entre vous, et je vous avoue que je n'ai aucune envie d'en connaître les détails. Là n'est pas la question. Ce qui compte, c'est que ça n'ira pas plus loin.

La reine me toisait, les mains sur les hanches, attendant visiblement que je lui promette de faire tout ce qu'elle voudrait. Sauf que je ne pouvais pas. Certaine qu'il s'agissait d'une sorte de plaisanterie, je regardai encore autour de moi. Mes yeux tombèrent sur les deux gardiens, de l'autre côté de la pièce, et j'espérai un instant qu'ils allaient m'expliquer ce qui se passait, mais ils surveillaient sans rien voir, comme l'exigeait leur travail. Nos regards ne se rencontrèrent pas. Je reportai mon attention sur la reine.

— Votre Majesté… il semble qu'il y ait comme un malentendu. Il n'y a rien entre Adrian et moi.

— Est-ce que vous me prenez pour une idiote ?

Quelle entrée en matière…

— Non, Votre Majesté.

— C'est un bon début. Ce n'est pas la peine de me mentir. On vous a vus ensemble, ici et à l'académie. Je vous ai vus moi-même dans la salle d'audiences. (Merde ! Pourquoi avait-il fallu qu'Adrian choisisse ce moment pour se montrer chevaleresque et m'extorquer un câlin ?) J'ai entendu toutes les rumeurs qui circulent sur vous deux et cette histoire va prendre fin immédiatement. Il n'est pas question qu'Adrian Ivashkov s'enfuie avec une dhampir à la réputation douteuse, alors autant vous sortir cette idée de la tête tout de suite.

— Je n'ai jamais pensé qu'il allait le faire… puisqu'il n'y a rien entre nous. Je veux dire… nous sommes amis, c'est tout. Il m'aime bien. Il me drague. Je suis certaine qu'il aimerait faire des tas de choses interdites avec moi, mais nous ne les faisons pas, Votre Majesté.

Dès que j'eus prononcé ces mots, je me sentis idiote. Cela dit, à en juger par son expression, je ne pouvais pas faire grand-chose pour aggraver mon cas.

— Je vous connais, déclara-t-elle. Tout le monde ne parle que de vos récents exploits et fait vos louanges, mais je n'ai pas oublié que c'est vous qui avez incité Vasilisa à fuguer. Je sais aussi quelle vie dissolue vous menez : l'alcool, les garçons. S'il ne tenait qu'à moi, je vous expédierais dans une communauté de catins rouges sans la moindre hésitation. Vous ne devriez pas avoir de mal à vous intégrer au décor. (*L'alcool et les garçons ?* À l'entendre, j'étais une prostituée alcoolique, alors que je n'avais probablement jamais bu plus que les autres adolescents à qui il arrivait de faire la fête. Néanmoins, cela ne me parut pas utile de le lui préciser, pas plus que de lui signaler que j'étais encore vierge.) Malheureusement, poursuivit-elle, vos récentes… performances ne me permettent pas de vous faire renvoyer de l'académie. Tout le monde semble croire que vous avez un brillant avenir devant vous. C'est peut-être vrai… Cela dit, si je ne peux pas vous empêcher de devenir une gardienne, je peux influer sur votre assignation.

Je me raidis.

— Que dites-vous ? Est-ce que c'est une menace ?

J'avais prononcé ces mots d'une voix hésitante, et non comme un défi. Elle ne pouvait pas être sérieuse. C'était une chose de me séparer de Lissa pendant l'exercice de terrain, mais ce qu'elle venait d'insinuer était bien plus grave.

— Je dis seulement que je m'intéresse vivement à l'avenir de Vasilisa ; c'est tout. Et, si je dois la protéger de mauvaises influences, je n'hésiterai pas à le faire. Nous pouvons lui trouver un autre gardien, et vous affecter à un autre Moroï.

— Vous ne pouvez pas faire ça ! m'écriai-je. (Je compris à son expression qu'elle était contente de me faire enfin réagir. À la fois furieuse et terrifiée, je fis de gros efforts pour lutter contre mon impulsivité naturelle. À cet instant, c'étaient la diplomatie et la sincérité qui pouvaient le mieux servir ma cause.) Il n'y a rien entre Adrian et moi. Vraiment. Vous n'allez pas me punir pour quelque chose que je n'ai pas fait... (Je songeai, seulement un instant plus tard, à ajouter :) Votre Majesté.

— Je ne veux pas vous punir, Rose. Je veux seulement m'assurer que nous nous comprenons bien. Les garçons moroï n'épousent pas les filles dhampirs. Ils s'amusent avec elles. Elles s'imaginent toutes que ce sera différent pour elles... Même votre mère l'a cru avec Ibrahim, mais elle s'est trompée, elle aussi.

— Avec qui ?

Ce nom me fit l'effet d'une gifle. « Ibrahim » ? C'était un nom que je n'avais jamais entendu, ni vu porté par personne. Je voulus lui demander de qui elle parlait et quel était le rapport avec ma mère, mais elle reprit sa tirade.

— Elles se trompent toujours. Vous pourrez faire tout ce que vous voudrez dans l'espoir de changer les choses, mais vous perdrez votre temps. (Elle secoua la tête comme si elle était sincèrement désolée pour les filles dhampirs, mais son air suffisant disait le contraire.) Vous pouvez vous servir de votre joli minois et de votre corps attrayant autant que vous voudrez... Au bout du compte, ce sont les autres qui se serviront de vous. Il prétend peut-être vous aimer pour le moment, mais il finira par se lasser. Épargnez-vous le chagrin qui vous attend. En vérité, je vous rends service.

—Mais il ne prétend pas m'aimer… (C'était peine perdue. Le plus ironique était que je ne doutais pas un instant qu'Adrian ne s'intéressait à moi que pour le sexe. Je n'avais jamais eu la moindre illusion sur ce point. Puisque je ne couchais pas avec lui, il n'y avait aucun problème… Sauf que Tatiana semblait en voir un. Je soupirai, devinant que rien de ce que je pourrais dire ne la convaincrait qu'Adrian ne m'intéressait pas.) Écoutez… si vous êtes si certaine que notre relation n'a pas d'avenir, pourquoi me dites-vous tout ça ? D'après vous, il va finir par se débarrasser de moi, de toute manière, Votre Majesté.

Elle hésita un instant et je faillis éclater de rire. Malgré son discours dégradant sur moi, ma mère et les autres dhampirs, une part d'elle craignait vraiment que je sois assez jolie et assez séduisante pour inciter Adrian à un mariage honteux. Elle s'empressa de dissimuler son embarras.

—Je préfère régler les problèmes avant qu'ils deviennent trop compliqués à gérer, c'est tout. De plus, cela facilitera les choses entre lui et Vasilisa si vous n'êtes plus un souci pour eux.

Une minute… Ma brève satisfaction fit place à une grande confusion. Je fus aussi perdue à cet instant que je l'avais été lorsqu'elle m'avait accusée d'avoir une liaison avec Adrian.

—Lui et… Vasilisa ? Lissa ? Mais de quoi parlez-vous ?

J'oubliai d'ajouter « Votre Majesté », mais cela n'avait plus guère d'importance à ce stade.

—Ils forment un couple parfait, tous les deux, répondit-elle sur le même ton qu'elle aurait employé si elle avait été sur le point d'acheter une œuvre d'art. Malgré votre mauvaise influence, Vasilisa est devenue une jeune femme très prometteuse. Sa nature sérieuse et dévouée tempérera l'impulsivité d'Adrian. Et le fait d'être ensemble leur permettra de continuer d'étudier leur… capacité inhabituelle en matière de magie.

Cinq minutes plus tôt, l'hypothèse de mon mariage avec Adrian était l'idée la plus démente que j'avais entendue. Mais elle venait juste d'être détrônée par celle d'un mariage entre Lissa et Adrian.

— Lissa et Adrian. Ensemble. Vous n'êtes pas sérieuse, Votre Majesté.

— Je pense qu'ils finiront par y songer s'ils vivent ici tous les deux. Ils ont déjà une certaine affection l'un pour l'autre. De plus, les deux grand-mères d'Adrian étaient des Dragomir. Son ascendance est amplement suffisante pour permettre à Lissa de prolonger sa lignée.

— Tout comme celle de Christian Ozéra.

Dans l'un de leurs plus écœurants moments de tendresse, Lissa et Christian avaient consulté son arbre généalogique pour savoir s'il possédait assez de gènes de Dragomir pour transmettre le nom à leurs enfants. Ç'avait été assez horrible. Je les avais quittés quand Lissa m'avait dit qu'ils comptaient donner mon nom à leur troisième fille.

— Christian Ozéra ? (Son sourire devint encore plus condescendant.) Il n'est pas question que Vasilisa Dragomir l'épouse.

— Pas maintenant, c'est vrai. Je veux dire… ils iront d'abord à l'université et…

— Ni maintenant ni jamais, m'interrompit Tatiana. Les Dragomir sont une lignée d'une grande noblesse et d'une grande ancienneté. Il n'est pas question que leur dernière descendante s'allie à quelqu'un comme lui.

— Il est de sang royal, lui fis-je remarquer d'une voix grave qui commençait à se rapprocher de ma voix menaçante. (Sans que je comprenne pourquoi, j'étais encore plus furieuse de l'entendre insulter Christian que lorsqu'elle m'avait insultée moi.) Les Ozéra ne sont pas inférieurs aux Dragomir ni aux Ivashkov. Christian est de sang royal, tout comme Lissa, Adrian et vous.

Elle pouffa.

— Il n'est pas comme nous. Oui, les Ozéra sont une famille royale et, oui, il a plusieurs cousins éloignés qui sont tout à fait respectables.

Mais ce n'est pas d'eux que nous parlons. Nous parlons du fils de deux personnes qui se sont volontairement transformées en Strigoï. Savez-vous combien de fois cela s'est produit au cours de mon existence ? Neuf. Neuf fois en cinquante ans. Dont ses parents.

— Oui, ses parents, répliquai-je. Pas lui.

— Peu importe. La princesse Dragomir ne peut pas s'unir à quelqu'un comme lui. Elle est trop prestigieuse pour ça.

— En revanche, votre neveu est le candidat parfait, complétai-je avec amertume. Votre Majesté.

— Puisque vous êtes une fille si intelligente, racontez-moi donc comment les choses se passent à Saint-Vladimir. Comment vos camarades de classe voient-ils Christian ? Que pensent-ils de sa relation avec Vasilisa ?

Ses yeux étincelaient d'ironie et de suffisance.

— Ça se passe très bien. Ils ont beaucoup d'amis.

— Qui acceptent Christian sans problème ?

Je songeai aussitôt à la manière dont Jesse et Ralf m'avaient parlé de Christian. Et il était vrai que beaucoup de gens continuaient à l'éviter comme s'il était déjà un Strigoï. C'était pour cette raison qu'il n'avait pas de partenaire en science culinaire. Je tâchai de dissimuler mes pensées, mais mon hésitation me trahit.

— Vous voyez ? s'exclama-t-elle. Et l'académie n'est qu'un microcosme de notre société. Imaginez ce que cela donnera à une plus grande échelle... Imaginez ce que cela donnera lorsqu'elle jouera un rôle actif au sein du gouvernement et qu'elle aura besoin de trouver des soutiens. Christian sera un handicap pour elle. Elle se fera des ennemis, simplement à cause de lui. Est-ce vraiment ce que vous souhaitez pour elle ?

C'était exactement ce que craignait Christian et je m'y opposai avec la même fermeté que j'avais montrée face à lui.

— Ce n'est pas ce qui va se passer. Vous vous trompez.

— Vous êtes très jeune, mademoiselle Hathaway. Et vous retardez votre avion. (Elle se dirigea vers la porte. Les gardiens vinrent se placer à côté d'elle en un clin d'œil.) Je n'ai rien d'autre à ajouter et j'espère que c'est la dernière fois que nous aurons une discussion comme celle-ci.

Ou une discussion tout court, songeai-je.

Elle quitta la pièce et je courus attraper mon avion dès que l'étiquette me le permit. Notre discussion repassait en boucle dans ma tête. À quel point cette femme était-elle folle ? Non seulement elle me croyait sur le point de m'enfuir avec Adrian, mais elle était aussi persuadée qu'elle allait pouvoir arranger un mariage entre Lissa et lui. Je n'arrivais pas à déterminer quelle partie de cette conversation était la plus ridicule.

J'étais impatiente de raconter tout cela aux autres pour qu'on en rie ensemble. Pourtant, en retournant à ma chambre pour prendre mon sac, je changeai d'avis. Il y avait déjà tellement de rumeurs qui circulaient sur Adrian et moi… Ce n'était sans doute pas une bonne idée de les alimenter davantage. Je songeai aussi qu'il valait mieux que Christian n'en sache rien. Il ne s'interrogeait déjà que trop sur sa relation avec Lissa. Qu'éprouverait-il s'il apprenait que la reine projetait de se débarrasser de lui ?

Je décidai donc de garder ces informations pour moi dans l'immédiat, ce qui me fut d'autant plus difficile que Lissa m'attendait devant ma porte.

— Salut, dis-je. Je croyais que tu aurais déjà embarqué…

— Non. Ils ont retardé le départ de quelques heures.

— Ah !

Rentrer à l'académie me semblait tout à coup la meilleure idée du monde.

— Qu'est-ce que la reine te voulait ? me demanda Lissa.

— Me féliciter, répondis-je avec aisance. Pour avoir tué mes premiers Strigoï. Je ne m'y attendais pas. C'était assez bizarre.

— Pas tant que ça, m'assura-t-elle. Ce que tu as fait est extraordinaire. Elle voulait seulement t'offrir la reconnaissance que tu mérites.

— Je suppose… Alors, quelle est la suite du programme ? Que faisons-nous de notre temps libre ?

L'excitation fut soudain perceptible à la fois dans ses yeux et à travers notre lien ; je me réjouis d'avoir réussi à changer de sujet.

— Eh bien... je me disais que, puisque nous sommes à la Cour... N'as-tu pas envie d'explorer un peu les lieux ? Il doit y avoir autre chose à voir qu'un bar et un salon de thé. Nous ferions bien de nous familiariser avec l'endroit, si nous devons y vivre. Et puis, nous avons plein de choses à fêter.

Notre situation me frappa de plein fouet. J'avais été si préoccupée par Victor que je n'avais pas vraiment pris conscience que nous nous trouvions à la Cour royale, le centre du monde des Moroï. Étant donné qu'elle était presque aussi vaste que l'académie, elle devait contenir bien d'autres choses que les structures officielles que nous avions vues jusque-là. Et Lissa disait vrai : nous avions bien des raisons de nous réjouir. Victor avait été condamné. Elle venait de recevoir une proposition alléchante pour ses études. La liaison qu'on me prêtait avec Adrian jetait une ombre au tableau, mais l'excitation de Lissa était assez contagieuse pour que je sois disposée à l'oublier dans l'immédiat.

— Où est Christian ? lui demandai-je.

— Il fait des trucs de son côté. Est-il nécessaire qu'il soit là ?

— Non, mais comme il nous accompagne toujours ces derniers temps...

— C'est vrai, reconnut-elle. Mais j'avais envie qu'on passe un peu de temps seules toutes les deux.

Je perçus les sentiments qui l'avaient incitée à prendre cette décision. La brève conversation que nous avions eue avant qu'elle se rende chez la reine avait réveillé en elle une nostalgie des jours anciens, lorsque nous étions toutes les deux et livrées à nous-mêmes.

— Je ne me plains pas, lui assurai-je. Alors, que pouvons-nous visiter en trois heures ?

Son visage s'éclaira d'un sourire malicieux.

— L'essentiel.

Je sentis qu'elle avait une idée précise en tête qu'elle s'efforçait de me cacher. Elle ne pouvait pas m'empêcher d'entrer dans son esprit, mais elle avait compris que, si elle ne pensait pas trop à une idée, il m'était plus difficile de la saisir. Elle aimait se dire qu'elle était encore capable de me surprendre de temps à autre. En revanche, elle n'arrivait jamais à me cacher ses problèmes ou les choses importantes qui lui arrivaient.

Nous affrontâmes le mauvais temps et Lissa décida de notre direction. Nous tournâmes le dos aux bâtiments administratifs pour nous diriger vers ceux qui en étaient les plus éloignés.

— La reine vit dans ce bâtiment-ci, m'expliqua Lissa. Ce n'est pas tout à fait un palais, mais c'est ce qui s'en rapproche le plus. Lorsque la Cour se trouvait encore en Europe, les Moroï vivaient dans de vrais châteaux.

Je fis une grimace.

— À t'entendre, on croirait que c'était une bonne chose.

— Des murs de pierre ? Des tours ? Tu admettras que l'idée est plutôt plaisante...

— C'est vrai. Mais je suis sûre qu'ils avaient une très mauvaise connexion à Internet.

Lissa secoua la tête en souriant et ne daigna pas répondre à ma remarque. Nous dépassâmes de nouveaux bâtiments à la façade aussi ornementée que les autres, mais qui évoquaient plutôt des immeubles résidentiels. Lissa confirma mon impression.

— C'est ici que vivent les gens qui travaillent à la Cour toute l'année, déclara-t-elle.

Je les observai plus attentivement en me demandant à quoi ressemblait l'intérieur, puis une idée joyeuse me vint à l'esprit.

— Est-ce là qu'on nous logera, d'après toi ?

Cette pensée la prit par surprise et l'excita vite autant que moi. Elle aussi aimait l'idée que nous allions avoir notre propre appartement, que nous pourrions décorer selon nos goûts et où nous serions libres d'aller et venir à notre convenance. L'idée que Dimitri y habite avec nous me plaisait aussi, mais je savais qu'il ne serait pas avec elle vingt-quatre heures sur vingt-quatre et sept jours sur sept si nous vivions à la Cour. Pour la même raison, je ne serais pas non plus avec elle vingt-quatre heures sur vingt-quatre et sept jours sur sept… Nous laisserait-on partager le même appartement ? Ou cela fournirait-il une nouvelle occasion de me prouver que je n'étais pas indispensable ?

— J'espère bien, répondit-elle sans deviner mon inquiétude. Au dernier étage avec un balcon.

Je recommençai à sourire.

— Et une piscine.

— Comment peux-tu penser à une piscine par un temps pareil ?

— Si on est en train de rêver, autant le faire à fond… Je suis sûre que Tatiana en a une. Je parie qu'elle porte des bikinis et que des garçons sexy lui étalent de la crème solaire sur le dos.

Je m'attendais à un regard réprobateur, mais Lissa se contenta de sourire en m'entraînant à l'intérieur d'un bâtiment situé près des immeubles.

— C'est drôle que tu parles de ça…

— Pourquoi ?

Elle était sur le point de trahir son secret. Je n'étais plus qu'à un cheveu de l'extraire de son esprit… J'y serais parvenue si je n'avais pas été si abasourdie par ce que je découvris. Tous mes sens furent assaillis en même temps : il y avait de la musique douce, des fontaines, des plantes, des gens en peignoir blanc… Tout était scintillant et argenté.

C'était un spa, de grand luxe, dissimulé dans un vieux bâtiment de pierre, au fin fond de la Cour royale. Qui aurait pu le deviner ? Comme un long bureau de réception en granit se dressait dans l'entrée, notre champ de vision était limité. Néanmoins, ce que j'apercevais était féerique. Des femmes étaient assises le long d'un mur pour recevoir des soins de pédicure et de manucure. Des hommes et des femmes moroï se faisaient couper et teindre les cheveux. On devinait un véritable labyrinthe à l'arrière du salon de beauté et des flèches indiquaient la direction d'autres sections du spa : massage, sauna, soins du visage…

Lissa me décocha un grand sourire.

— Alors ? Qu'en penses-tu ?

— Je pense qu'Adrian avait raison de dire que la Cour recélait bien des mystères… (Je poussai un soupir factice.) Et je déteste l'idée qu'il ait raison.

— Tu étais si déprimée, ces derniers temps, avec l'exercice de terrain et… tout le reste. (Elle n'eut pas besoin de mentionner la mort de Mason et mon combat contre les Strigoï : je les lus dans son esprit.) J'ai pensé que cela te ferait du bien. Je suis venue consulter le planning pendant que tu étais avec la reine et ils ont réussi à nous glisser entre deux rendez-vous.

Lissa se dirigea vers la réceptionniste et lui donna nos noms. La femme les reconnut aussitôt mais fut surprise d'accueillir une dhampir. Je m'en moquais. J'étais bien trop étourdie par ce que je voyais et entendais. En comparaison de mon mode de vie austère et pragmatique, tant de luxe défiait presque mon entendement.

Après avoir rempli nos fiches, Lissa tourna vers moi un visage impatient et radieux.

— J'ai réussi à nous inscrire à ces massages avec…

— Les ongles, l'interrompis-je.

— Quoi ?

— Je veux qu'on me fasse les ongles. Pourrais-je avoir une manucure ?

C'était la chose la plus exotique et la plus parfaitement inutile qui m'était venue à l'esprit. Évidemment, ce n'était pas inutile pour les autres femmes. Mais pour moi ? Avec ce que je faisais de mes mains et la manière dont je les soumettais aux ampoules, aux bleus, à la crasse et au vent ? Oui. Inutile. Je ne m'étais pas verni les ongles depuis une éternité. Il y avait une bonne raison à cela : la moitié du vernis n'aurait pas manqué de s'écailler dès la première séance d'entraînement. Une novice dans mon genre ne pouvait pas se permettre ce genre de luxe. C'était pour cela qu'il me faisait tellement envie… Voir Lissa se maquiller avait réveillé mon désir de prendre un peu soin de ma personne. J'avais accepté l'idée que cela ne ferait jamais partie de ma vie de tous les jours mais, puisque je me retrouvais dans un endroit comme celui-ci, je voulais qu'on me fasse les ongles.

Lissa chancela légèrement. Apparemment, elle s'était fait une joie de cette histoire de massage. Mais il lui était difficile de me refuser quelque chose et elle retourna parler à la réceptionniste. Celle-ci sembla avoir quelques difficultés pour jongler avec son planning, mais elle finit par trouver une solution.

— Bien sûr, princesse.

Subjuguée par le charisme naturel de Lissa, elle lui offrit un sourire joyeux. La moitié du temps, Lissa n'avait même pas besoin d'utiliser la magie de l'esprit pour que les gens lui rendent service.

— Je ne voudrais pas vous causer de désagréments, s'excusa Lissa.

— Non ! Bien sûr que non !

Nous nous retrouvâmes bientôt assises à des tables adjacentes, tandis que des femmes moroï nous trempaient les mains dans de l'eau chaude et commençaient à nous curer les ongles avec un curieux mélange de sucre et d'algues.

— Pourquoi une manucure ? voulut savoir Lissa.

Je lui exposai mon raisonnement en lui expliquant que je n'avais plus vraiment le temps de me maquiller et que l'usage que je faisais de mes mains rendait parfaitement inutiles tous les soins que je pouvais leur prodiguer. Son expression devint songeuse.

— Je n'y avais jamais pensé. Je croyais seulement que ça ne t'intéressait plus, ces derniers temps. Ou que tu n'en avais pas besoin, jolie comme tu es…

— Peu importe, déclarai-je. C'est toi que les garçons vénèrent.

— À cause du nom que je porte. C'est toi que les garçons, et en particulier un de ma connaissance, désirent pour d'autres raisons.

Je me demandais vraiment de qui elle voulait parler…

— Soit. Mais ces autres raisons ne sont pas très nobles.

Elle haussa les épaules.

— Ça ne change rien. Tu n'as pas besoin de maquillage pour qu'ils s'extasient devant toi.

Alors je vécus l'expérience la plus déconcertante de ma vie par l'intermédiaire de notre lien. Je me vis à travers ses yeux. C'était comme si je me regardais dans un miroir, sauf qu'elle me voyait de profil. Lorsqu'elle me regardait, elle me trouvait vraiment belle. Mon teint mat et mes cheveux bruns lui semblaient exotiques. Elle se trouvait pâle, presque livide à côté de moi et s'estimait trop mince lorsqu'elle voyait mes courbes. Cela me parut irréel, tant je me trouvais banale à côté de sa beauté lumineuse. Son envie n'avait rien de mesquin ; ce n'était pas dans sa nature. C'était plutôt l'admiration mélancolique d'une forme de beauté qui ne serait jamais la sienne.

J'eus envie de la rassurer, mais songeai qu'elle ne voulait sûrement pas que j'aie conscience de ses doutes. Et puis la femme qui s'occupait de mes ongles interrompit le fil de mes pensées en me demandant quelle couleur je voulais. Je choisis un doré scintillant. C'était peut-être une couleur trop voyante, mais je la trouvais vraiment jolie, et le vernis n'allait pas tenir longtemps, de toute manière. Lissa choisit un rose pâle aussi élégant et aussi raffiné qu'elle. Sa manucure fut beaucoup plus rapide que la mienne, parce que la femme qui s'occupait de moi dut passer un temps fou à m'adoucir les mains et à me limer les ongles. Elle eut fini bien avant moi.

Lorsque nous eûmes toutes deux des mains splendides, nous les levâmes fièrement pour les comparer.

— Tu es magnifique, ma chère, déclara-t-elle en prenant un air affecté.

Nous nous dirigeâmes vers le salon de massage en riant. Lissa avait initialement prévu des massages intégraux, mais la manucure avait pris du temps. Nous nous contentâmes donc d'un massage des pieds, ce qui valait d'ailleurs mieux, puisque nous ne pouvions pas changer de tenue tant que nos ongles n'étaient pas secs. Il nous suffit de retirer nos chaussures et de remonter notre pantalon.

Je m'installai dans un fauteuil et plongeai mes pieds dans un bain chaud et bouillonnant. Quelqu'un y versa quelque chose qui sentait la violette, sans que j'y prête vraiment attention. J'étais enchantée de mes mains. Elles étaient parfaites. La manucure les avait polies et hydratées jusqu'à leur donner la douceur de la soie et mes ongles avaient été transformés en ovales dorés et scintillants.

— Rose, me dit Lissa.

— Quoi ?

La femme avait aussi ajouté une couche de vernis incolore et je me demandai si cela allait aider la couleur à tenir plus longtemps.

— Rose.

Sentant que Lissa requérait toute mon attention, je détournai les yeux de mes superbes mains. Elle souriait jusqu'aux oreilles. Je sentis renaître son excitation et réapparaître le secret qu'elle m'avait caché pendant notre trajet jusqu'au spa.

— Qu'y a-t-il ? lui demandai-je.

— Rose, je te présente Ambrose, annonça-t-elle en m'indiquant la personne qui se trouvait à mes pieds.

Je jetai un coup d'œil distrait au masseur.

— Salut, Ambrose, comment… ?

Je m'interrompis avant que les expressions « Mon Dieu ! » ou « Ça alors ! » m'échappent.

Le garçon qui me massait les pieds ne devait pas être beaucoup plus âgé que moi. Il avait des cheveux noirs bouclés et un corps harmonieusement musclé. Je le savais parce qu'il était torse nu et nous offrait une vue imprenable sur ses biceps et ses pectoraux. Sa peau n'avait pu atteindre cette teinte dorée que grâce à une exposition prolongée au soleil, ce qui indiquait qu'il s'agissait d'un humain. Les marques de morsures que présentait son cou le confirmaient. C'était une source au physique attrayant. Très attrayant.

Néanmoins, son charme était presque irréel. Dimitri était superbe, mais il avait quelques défauts qui épiçaient sa beauté. Ambrose était parfait, comme une sorte d'œuvre d'art. Il ne me donnait pas envie de me jeter dans ses bras, mais je devais reconnaître qu'il était agréable à regarder.

Lissa, qui s'inquiétait encore au sujet de ma vie amoureuse, avait apparemment jugé qu'il était ce dont j'avais besoin. Elle-même se faisait masser par une femme.

— Je suis ravi de te rencontrer, Rose, déclara Ambrose.

Il avait une voix musicale.

— Moi aussi, répondis-je en reprenant brusquement conscience de moi-même, tandis qu'il sortait mes pieds de l'eau et les séchait.

En particulier, j'étais parfaitement consciente de l'apparence de mes pieds. Ils n'étaient pas vraiment abîmés, puisqu'ils n'étaient pas exposés aux éléments, contrairement à mes mains. J'aurais simplement préféré qu'ils soient un peu plus soignés, si ce top-modèle masculin devait tant les manipuler.

Lissa, qui était assez fine pour deviner mon trouble, ne pouvait plus s'arrêter de rire. Ses pensées résonnèrent dans ma tête. *Il est mignon, n'est-ce pas ?* Refusant d'exprimer mes impressions à voix haute, je lui décochai un regard oblique. *C'est le masseur personnel de Tatiana. Voilà qui te fait presque entrer dans la noblesse...* Je soupirai bruyamment pour lui faire comprendre qu'elle n'était pas aussi drôle qu'elle le croyait. *Et quand je dis « personnel », c'est vraiment personnel...*

La surprise me fit sursauter et donner un coup de pied involontaire au jeune homme. Heureusement, les mains expertes d'Ambrose rattrapèrent mon pied avant qu'il heurte son joli visage. Même si je n'étais pas capable de communiquer par télépathie, j'étais à peu près certaine qu'elle ne pouvait pas se tromper sur le sens de mon regard : « Tu ne peux pas être sérieuse, parce que, si tu l'es, tu vas avoir de gros ennuis... »

Son sourire s'élargit.

J'ai pensé que tu apprécierais de te faire choyer par l'amant secret de la reine.

« Choyer » n'était pas exactement le terme qui me serait venu à l'esprit. J'observai les traits jeunes et harmonieux d'Ambrose sans parvenir à l'imaginer avec cette vieille sorcière. Bien sûr, mon déni n'était peut-être que la manière qu'avait trouvée mon cerveau de refuser d'admettre que quelqu'un qui avait touché la reine me touchait à mon tour. C'était une idée répugnante.

Les mains d'Ambrose remontèrent jusqu'à mes mollets et il ne tarda pas à entamer la conversation sur l'élégance de mes jambes. Son sourire éblouissant aux dents parfaitement blanches ne quittait pas son visage mais je ne lui donnai que des réponses brèves. Je n'arrivais toujours pas à me faire à l'idée que c'était l'amant de Tatiana.

Lissa grogna dans mon esprit. *Il te drague, Rose! À quoi joues-tu? Tu peux faire mieux que ça! C'est comme cela que tu me récompenses pour m'être donné tant de mal à te trouver le garçon le plus sexy de la Cour?*

Cette conversation à sens unique commençait à franchement m'agacer. J'avais envie de lui dire que je ne lui avais jamais demandé de louer les services de ce garçon pour moi. En fait, il me vint subitement des images mentales d'une nouvelle convocation chez la reine, au cours de laquelle elle me reprocherait également d'entretenir une liaison avec Ambrose. Cela n'aurait-il pas admirablement complété le tableau?

Ambrose continuait à sourire tout en me massant la plante des pieds avec ses pouces. C'était douloureux… mais d'une manière agréable. Je ne m'étais pas rendu compte que cette partie de mon corps était si tendue.

— Ils se donnent beaucoup de mal pour s'assurer que vous portiez un costume noir et blanc parfaitement ajusté, mais personne ne pense jamais à vos pieds, disait-il. Comment pouvez-vous rester debout toute la journée et être encore capables d'effectuer des coups de pied circulaires et des positions du chat si vous portez de mauvaises chaussures?

J'étais sur le point de lui dire qu'il n'avait pas besoin de s'inquiéter autant pour mes pieds lorsque j'eus une impression étrange. « Coup de pied circulaire » et « position du chat » n'étaient pas des termes top secrets. Il suffisait d'entrer « arts martiaux » sur Google pour les trouver. Néanmoins, ce n'était pas le genre de sujet que je m'attendais à entendre un Moroï aborder, et encore moins une source. J'observai Ambrose de plus près et remarquai la manière dont ses yeux noirs étaient toujours mobiles et faisaient attention à tout. Je me rappelai aussi la rapidité de son réflexe lorsqu'il avait rattrapé mon pied.

Je sentis ma bouche s'ouvrir et la refermai avant d'avoir l'air stupide.

— Tu es un dhampir, murmurai-je.

Chapitre 16

— Toi aussi, me taquina-t-il.

— Oui, mais je croyais…

— Que j'étais humain ? À cause des morsures ?

— Oui, reconnus-je, jugeant inutile de mentir.

— Nous devons tous survivre, expliqua-t-il. Et les dhampirs sont doués pour trouver des moyens de le faire.

— C'est vrai. Mais la plupart d'entre nous deviennent des gardiens, lui fis-je remarquer. Surtout les hommes.

Je n'arrivais toujours pas à croire que c'était un dhampir, ni que je ne m'en étais pas rendu compte aussitôt.

À l'origine, les dhampirs étaient nés de l'accouplement de Moroï et d'humains. Nous étions donc à moitié moroï et à moitié humains. Au fil du temps, les Moroï s'étaient de plus en plus éloignés des humains. Ceux-ci avaient considérablement augmenté en nombre, et n'avaient plus besoin depuis longtemps de la magie des Moroï. Aujourd'hui, les Moroï craignaient de devenir des cobayes entre leurs mains si leur existence était découverte. Du coup, plus aucun dhampir ne naissait de cette manière. Néanmoins, une bizarrerie génétique voulait que les dhampirs ne puissent pas concevoir d'enfants entre eux.

Le seul moyen qu'avait l'espèce de se perpétuer était de s'accoupler avec des Moroï. La logique aurait dû faire que les enfants d'un Moroï et d'un dhampir soient aux trois quarts moroï. Mais non. Nous naissions avec des gènes de parfaits dhampirs, moitié humains, moitié moroï, et héritions du meilleur des deux espèces. La plupart des dhampirs avaient une mère dhampir et un père moroï. Depuis des siècles, les mères dhampirs envoyaient leurs enfants dans des institutions pour qu'ils y soient éduqués afin de pouvoir se consacrer à leur travail de gardien. C'était ce qu'avait fait la mienne.

Avec le temps, néanmoins, certaines dhampirs s'étaient mises à vouloir élever elles-mêmes leurs enfants. Elles refusaient de devenir gardiennes et formaient des communautés. C'était le cas de la mère de Dimitri. Ces femmes faisaient l'objet de vilaines rumeurs, parce que les hommes moroï venaient souvent les voir à la recherche d'aventures faciles. Dimitri m'avait assuré que beaucoup de ces rumeurs étaient très exagérées et que la plupart des femmes dhampirs n'étaient pas si dépravées. Ces rumeurs venaient du fait qu'il s'agissait presque toujours de mères célibataires qui n'avaient plus aucun contact avec le père de leurs enfants, et aussi du fait que certaines d'entre elles laissaient les Moroï boire leur sang pendant l'amour. Notre culture considérait cela comme un acte dégradant et c'était de là que venait le surnom que l'on donnait à ces dhampirs qui n'étaient pas gardiennes : les catins rouges.

Sauf que l'idée d'une catin rouge mâle ne m'avait jamais traversé l'esprit.

Mon cerveau s'affola.

— La plupart des garçons qui ne veulent pas devenir gardiens se contentent de fuir, ajoutai-je.

C'était rare, mais cela arrivait. Ces garçons s'enfuyaient de leur académie et disparaissaient en s'intégrant parmi les humains. Ce choix aussi était jugé honteux.

— Je n'ai pas voulu m'enfuir, expliqua Ambrose, que cette conversation semblait réjouir. Mais je ne voulais pas non plus me battre contre les Strigoï. Alors j'ai choisi cette solution.

À côté de moi, Lissa était abasourdie. Les catins rouges vivaient en marge de notre société. Le fait d'en avoir une sous les yeux, et un garçon, en plus, lui paraissait incroyable.

— Tu trouves ça mieux que de devenir gardien ? lui demandai-je, incrédule.

— Voyons voir… Les gardiens passent leur temps à veiller sur les autres, à risquer leur vie et à porter de mauvaises chaussures. Moi ? J'ai de très bonnes chaussures, je suis en train de masser une jolie fille et je dors dans un lit douillet.

Je fis la grimace.

— Ne parlons pas de l'endroit où tu dors, si tu veux bien…

— Et les morsures ne sont pas aussi terribles que tu l'imagines. Je donne moins de sang qu'une source et l'euphorie que cela procure est très agréable.

— Ne parlons pas de ça non plus.

Il n'était pas question que j'admette que je savais très bien ce que les morsures des Moroï avaient de « très agréable ».

— Soit. Mais tu peux dire tout ce que tu veux, je mène la belle vie.

Il me décocha un sourire malicieux.

— Mais les gens… ne te maltraitent-ils pas ? Ils doivent dire des choses…

— Bien sûr ! reconnut-il. Des choses horribles. On me donne des tas de surnoms affreux. Mais sais-tu d'où viennent les pires reproches ? Des autres dhampirs. Les Moroï ont plutôt tendance à me laisser tranquille.

— C'est parce qu'ils ne comprennent pas ce que c'est que d'être un gardien, quelle importance ça a… (Je me rendis compte, avec une certaine gêne, que je parlais exactement comme ma mère.) C'est ce que les dhampirs sont destinés à devenir.

Ambrose se leva, étira ses jambes et m'offrit une vision saisissante de son torse musclé.

— En es-tu sûre ? Cela t'intéresserait-il de savoir quelle est vraiment ta destinée ? Je connais quelqu'un qui pourrait te le dire.

— Ne fais pas ça, Ambrose, grogna la masseuse de Lissa. Cette femme est folle.

— C'est une voyante, Eve.

— Ce n'est pas une voyante et tu ne peux pas emmener la princesse Dragomir la voir.

— La reine elle-même lui demande conseil, argua-t-il.

— Et elle a tort, grommela Eve.

Lissa et moi échangeâmes un regard. Les voyantes et les diseuses de bonne aventure étaient généralement considérées avec aussi peu de sérieux que les fantômes ; sauf que Lissa et moi venions de découvrir que certaines aptitudes psychiques que l'on croyait imaginaires relevaient en réalité des pouvoirs de l'esprit. Je sentis l'espoir de rencontrer une autre spécialiste de l'esprit s'éveiller en Lissa.

— Nous aimerions beaucoup rencontrer une voyante, dit-elle. Peut-on aller la voir ? S'il te plaît ? (Elle consulta des yeux une pendule voisine.) Et vite ? Nous avons un avion à prendre.

Eve estimait clairement que nous perdions notre temps, mais Ambrose était impatient de nous la présenter. Nous enfilâmes nos chaussures et le suivîmes hors du salon de massage. Celui-ci se trouvait au cœur d'un labyrinthe situé à l'arrière du salon de beauté, et nous nous retrouvâmes bientôt dans un autre labyrinthe qui s'étendait derrière le premier.

— Je ne vois plus aucune flèche de direction, remarquai-je alors que nous passions une porte. À quoi servent ces pièces ?

— À tout ce que les gens désirent obtenir contre de l'argent.

— Comme quoi ?

— Tu es d'une telle innocence, Rose…

Nous nous dirigeâmes vers une porte située au bout d'un couloir et pénétrâmes dans une petite pièce qui ne contenait qu'un bureau. Il y avait une porte fermée sur le mur opposé. La Moroï qui se trouvait derrière le bureau leva les yeux et reconnut Ambrose. Celui-ci se dirigea vers elle et lui parla à voix basse pour essayer de la convaincre de nous laisser entrer.

Lissa se tourna vers moi.

— Qu'en penses-tu ? chuchota-t-elle.

Mes yeux étaient rivés sur Ambrose.

— Que c'est du gaspillage de muscles.

— Oublie cette histoire de catin rouge… Je te parle de cette voyante. Crois-tu que nous ayons trouvé une autre spécialiste de l'esprit ? me demanda-t-elle avec impatience.

— Si un fêtard comme Adrian peut en être un, je ne vois pas pourquoi une femme qui prédit l'avenir ne le serait pas…

Ambrose revint vers nous le sourire aux lèvres.

— Suzanne a été ravie de vous glisser entre deux rendez-vous avant votre départ. Ça ne prendra qu'une minute, le temps que Rhonda termine sa consultation en cours.

Suzanne ne semblait pas aussi ravie qu'il le disait mais je n'eus guère le temps de m'en soucier puisque l'autre porte s'ouvrit pour laisser sortir un Moroï d'un certain âge à l'air extatique. Il donna de l'argent à Suzanne, nous salua d'un signe de tête et disparut. Ambrose alla se placer devant la porte et nous invita à entrer d'un geste théâtral.

— À vous, mesdemoiselles.

Lissa et moi pénétrâmes dans l'autre pièce. Ambrose nous suivit et referma la porte derrière lui. J'eus l'impression d'être entrée dans le cœur de quelqu'un. Tout était rouge. Il y avait d'épais tapis rouges, un canapé en velours rouge, du brocart rouge en guise de papier peint, et des coussins en satin rouge sur le sol. Une Moroï d'une quarantaine d'années aux cheveux noirs bouclés et aux yeux de la même couleur était assise sur les coussins. Hormis une légère teinte olivâtre, sa peau était aussi pâle que celle de tous les Moroï. Ses vêtements noirs formaient un contraste saisissant avec le rouge de la pièce et elle portait des bijoux de la couleur de mes ongles, au cou et aux poignets. Je m'attendis à l'entendre parler d'une voix mystérieuse ou avec un accent étranger, mais elle s'exprima dans un anglais parfaitement banal.

— Asseyez-vous, je vous en prie, dit-elle en nous désignant les coussins. (Ambrose alla s'installer sur le canapé.) Qui m'as-tu amené ? lui demanda-t-elle tandis que Lissa et moi prenions place devant elle.

— La princesse Vasilisa Dragomir et sa future gardienne, Rose. Elles ont besoin d'une consultation rapide.

— Pourquoi veux-tu toujours presser les choses ? demanda Rhonda.

— Ce n'est pas ma faute ! Elles ont un avion à prendre.

— Ce serait pareil si ce n'était pas le cas. Tu es toujours pressé.

Une fois surmontée la stupeur dans laquelle m'avait plongée la pièce, je remarquai leur familiarité et la ressemblance de leurs chevelures.

— Êtes-vous parents ?

— C'est ma tante, annonça Ambrose avec tendresse. Elle m'adore.

Rhonda lui fit les gros yeux.

C'était surprenant. Les dhampirs restaient rarement en contact avec leur famille moroï, mais Ambrose était spécial de bien des manières. Tout cela intriguait aussi beaucoup Lissa, mais son intérêt différait du mien. Elle observait attentivement Rhonda en essayant de deviner s'il s'agissait ou non d'une spécialiste de l'esprit.

— Êtes-vous gitane ? lui demandai-je.

Rhonda fit une grimace et commença à battre un paquet de cartes.

— Je suis une Rom, répondit-elle. Beaucoup de gens nous appellent « Gitans », même si le terme n'est pas exactement approprié. En vérité, je suis d'abord une Moroï. (Elle battit ses cartes encore quelques instants, puis tendit le paquet à Lissa.) Coupez, s'il vous plaît.

Lissa avait toujours le regard rivé sur elle, dans l'espoir de réussir peut-être à distinguer son aura. Adrian repérait les autres spécialistes de l'esprit de cette façon, mais c'était un talent qu'elle n'avait pas encore développé. Elle coupa le paquet et le rendit, puis Rhonda posa trois cartes devant elle.

Je me penchai en avant.

— Cool…

C'étaient des cartes de tarot. Je ne savais pas grand-chose à leur sujet, hormis le fait qu'elles étaient censées posséder des pouvoirs mystérieux et permettre de prédire l'avenir. Je n'y croyais guère plus qu'en la religion, mais je ne croyais pas non plus aux fantômes, jusqu'à récemment.

Les trois cartes étaient la Lune, l'Impératrice et l'As de coupe. Ambrose se pencha par-dessus mon épaule pour les voir.

— Oh ! commenta-t-il. Intéressant…

Rhonda lui décocha un regard sévère.

— Tais-toi. Tu ne sais pas de quoi tu parles. (Elle reporta son attention sur les cartes et posa son doigt sur l'As de coupe.) Vous êtes à l'aube d'un nouveau commencement, d'une renaissance à un grand pouvoir et à des émotions nouvelles. Votre vie va changer. Vous allez emprunter une voie difficile qui vous permettra d'éclairer le monde.

— Eh bien ! commentai-je.

Rhonda posa son doigt sur l'Impératrice.

— Vous obtiendrez du pouvoir, dont vous saurez user avec grâce et intelligence. Tout cela est déjà en germe, mais il y a une marge d'incertitude, un jeu énigmatique d'influences qui vous entoure comme un brouillard. (Elle tourna son attention vers la Lune.) Mais mon impression générale est que ces facteurs ne vous feront pas dévier de votre destinée.

— Vous lisez tout cela dans ces cartes ? demanda Lissa, les yeux écarquillés.

Rhonda haussa les épaules.

— C'est dans les cartes, oui. Mais je possède aussi un don qui me permet de percevoir des forces invisibles aux hommes ordinaires.

Elle recommença à battre ses cartes, puis me tendit le paquet pour que je coupe. Elle tira trois nouvelles cartes : le Neuf d'épée, le Soleil et l'As d'épée. Le Soleil était à l'envers.

Même si je n'y connaissais rien, je compris aussitôt que je n'allais pas être aussi gâtée que Lissa. L'Impératrice représentait une femme avec une longue robe et des étoiles sur la tête, la Lune une pleine lune au-dessus de deux chiens, l'As de coupe un calice incrusté de pierres précieuses et rempli de fleurs.

De mon côté, mon Neuf d'épée représentait une femme qui pleurait devant un mur d'épées et mon As d'épée une main rébarbative qui tenait une épée en acier. Seul le Soleil avait quelque chose de réjouissant. Il représentait une sorte d'ange qui montait un cheval blanc sous un soleil éblouissant.

— Ne devrait-elle pas être tournée dans l'autre sens ? demandai-je.

— Non, répondit-elle sans quitter les cartes des yeux. Vous allez détruire ce qui n'est pas mort.

J'attendis trente secondes qu'elle poursuive, ce qu'elle ne fit pas.

— C'est tout ?

Elle acquiesça.

— C'est ce que les cartes me révèlent.

— Elles doivent bien avoir autre chose à dire, m'insurgeai-je en montrant les cartes du doigt. Vous avez donné assez d'informations à Lissa pour remplir une encyclopédie ! Et je sais déjà que je vais tuer ce qui n'est pas mort, puisque c'est mon boulot.

Non seulement je n'avais obtenu qu'une information minuscule, mais en plus elle n'avait pas la moindre originalité.

Rhonda haussa les épaules comme si c'était une explication suffisante.

Je m'apprêtais à lui dire qu'il n'était pas question que je paie pour une consultation si nulle lorsqu'on frappa discrètement à la porte. Elle s'ouvrit, et je fus surprise de voir apparaître la tête de Dimitri. Son regard tomba sur Lissa et moi.

— On m'a dit que je vous trouverais ici. (Il entra et remarqua la présence de Rhonda. Je fus encore plus surprise de le voir la saluer avec respect et de l'entendre lui parler très poliment.) Je suis navré de vous interrompre, mais je dois escorter ces deux jeunes filles jusqu'à leur avion.

Rhonda l'examina attentivement, mais pas avec l'air d'établir une liste mentale de ses atouts physiques. C'était plutôt comme s'il constituait un mystère qu'elle essayait de percer.

— Vous n'avez pas à vous excuser. Mais peut-être avez-vous deux minutes pour que je vous tire les cartes ?

Puisque nous avions des opinions assez proches en matière de religion, je m'attendais que Dimitri lui réponde qu'il n'avait pas de temps à perdre avec des fadaises de diseuse de bonne aventure. Mais son expression resta sérieuse, et il finit par hocher la tête et par s'asseoir à côté de moi en m'offrant au passage une bouffée de son parfum de cuir et de lotion après-rasage.

— Merci, dit-il avec la même politesse.

— Je serai brève.

Rhonda était déjà en train de battre mes cartes inutiles. En un temps record, elle tendit le paquet à Dimitri pour qu'il le coupe et posa trois cartes devant lui : le Cavalier de bâton, la Roue de la fortune et le Cinq de coupe. Elles ne me firent aucune impression particulière. Le Cavalier de bâton ressemblait à quoi on pouvait s'attendre : un homme monté sur un cheval qui tenait une longue lance. La Roue de la fortune était un cercle entouré d'étranges symboles qui flottaient dans des nuages. Le Cinq de coupe représentait cinq coupes renversées d'où s'écoulait un liquide et auxquelles un homme tournait le dos.

Elle examina les cartes, puis Dimitri, puis encore les cartes. Son expression était indéchiffrable.

— Vous allez perdre ce qui vous est le plus précieux, alors chérissez-le tant que c'est encore possible. (Elle posa son doigt sur la Roue de la fortune.) La roue ne cesse jamais de tourner…

Sa consultation n'était pas aussi enthousiasmante que celle de Lissa, mais il avait quand même obtenu plus d'informations que moi. Lissa me donna un coup de coude pour m'inciter à me taire, ce qui me surprit. J'avais ouvert la bouche pour protester sans même m'en rendre compte. Je la refermai et me sentis rougir.

Dimitri observait les cartes avec une expression inquiète et songeuse. Je ne savais pas s'il y connaissait quelque chose, mais il regardait les images comme si elles détenaient vraiment les secrets de l'univers. Finalement, il salua encore Rhonda avec respect.

— Merci.

Elle lui rendit son salut, puis nous nous levâmes tous trois pour aller prendre notre avion. Ambrose nous informa qu'il nous offrait la consultation et qu'il allait s'arranger avec Suzanne un peu plus tard.

— Ça en valait la peine, me dit-il. Je suis ravi de te voir envisager ton destin d'un œil neuf.

Je pouffai.

— J'espère que je ne vais pas t'offenser, mais ces cartes ne m'ont pas donné grand-chose à envisager.

Comme tout le reste, mon commentaire le fit rire.

Nous étions sur le point de quitter la petite salle d'attente de Suzanne lorsque Lissa se précipita par la porte de Rhonda restée ouverte. Je la suivis.

— Excusez-moi, lui dit-elle.

Rhonda leva un regard déconcerté du paquet de cartes qu'elle avait recommencé à battre.

— Oui ?

— Ça va vous paraître bizarre mais… pouvez-vous me dire dans quel élément vous vous êtes spécialisée ?

Je sentis que Lissa retenait son souffle. Elle avait tellement envie que Rhonda lui réponde qu'elle ne s'était spécialisée en rien, ce qui aurait dû être le cas si elle avait possédé l'esprit… Il y avait encore tant de choses à découvrir et Lissa aimait l'idée de rencontrer des gens qui puissent lui apprendre à développer son don ; et particulièrement quelqu'un qui puisse lui apprendre à lire l'avenir.

— L'air, répondit Rhonda. (La légère brise qui nous souleva les cheveux le confirma.) Pourquoi ?

Lissa cessa de retenir son souffle et notre lien me révéla l'ampleur de sa déception.

— Pour rien. Merci encore.

Chapitre 17

Christian nous attendait sur la piste d'envol, près de l'escalier d'embarquement, en compagnie de quelques gardiens. Lissa courut lui parler et me laissa seule avec Dimitri. Il n'avait pas dit un mot depuis que nous avions quitté le spa. Même si la gravité et le silence lui étaient coutumiers, son humeur me semblait inhabituelle.

— Es-tu toujours en train de penser à ce que Rhonda t'a dit ? C'est un vrai charlatan.

— Pourquoi dis-tu ça ? demanda-t-il en s'arrêtant à quelques pas des autres gardiens.

Le vent froid nous fouettait le visage et j'espérai que nous embarquerions bientôt.

— Parce qu'elle ne nous a rien dit du tout ! Tu aurais dû entendre mon avenir… Ça tenait en une phrase parfaitement évidente. Lissa a eu plus de chance, admis-je, mais ce n'était pas si profond… Rhonda a dit qu'elle allait devenir une grande dirigeante. Sérieusement, à quel point trouves-tu cela difficile à deviner ?

Dimitri me sourit.

— L'aurais-tu crue si ta consultation avait été plus intéressante ?

— Peut-être, si elle avait été prometteuse. (Il se contenta de rire.) Mais tu prends la tienne au sérieux. Pourquoi ? Tu crois vraiment à ces trucs ?

— Ce n'est pas tant que j'y croie ou pas. (Il portait un bonnet en laine noire et tira dessus pour se couvrir les oreilles.) Simplement, je respecte les gens comme elle. Ils ont accès à des connaissances qui sont refusées au commun des mortels.

— En tout cas, ce n'est pas une spécialiste de l'esprit. Alors je ne sais pas trop d'où elle tire ses connaissances… Je crois toujours que c'est une arnaqueuse.

— En fait, c'est une *vrăjitoare.*

— Une… (Je n'allais même pas m'y essayer.) Une quoi ? C'est du russe ?

— Du roumain. Ça veut dire… En fait, il n'y a pas vraiment de mot pour le traduire. « Sorcière » est assez proche, mais ce n'est pas ça. L'idée que les Roumains se font d'une sorcière est très différente de celle des Américains.

Je ne me serais jamais attendue à avoir une conversation pareille avec lui. Je ne le croyais pas superstitieux. L'espace d'un instant, je songeai que, s'il croyait aux sorcières et aux diseuses de bonne aventure, il supporterait peut-être l'idée que je voie des fantômes. J'envisageai de lui en parler, mais me ravisai aussitôt. De toute manière, je n'aurais pas eu l'occasion de dire un mot, parce que Dimitri poursuivit.

— Ma grand-mère était comme Rhonda, m'expliqua-t-il. Je veux dire qu'elle pratiquait le même art, mais d'une manière très différente.

— Ta grand-mère était une… ce que tu as dit ?

— On les appelle autrement en russe, mais ça veut dire la même chose. Elle aussi lisait dans les cartes et donnait des conseils. C'était comme ça qu'elle gagnait sa vie.

Je ravalai tous mes commentaires sur les arnaques.

— Est-ce qu'elle avait raison ? dans ses prédictions ?

— Parfois. Ne me regarde pas comme ça.

— Comme quoi ?

— Comme si tu me croyais en train de délirer mais que tu sois trop gentille pour me le dire.

— « Délirer » est un terme un peu fort. Je suis surprise, c'est tout. Je n'aurais jamais pensé que tu croyais à ces trucs.

— Puisque j'ai grandi avec, ça ne me paraît pas si bizarre. Et puis, comme je te l'ai dit, je ne suis pas sûr d'y croire à cent pour cent.

Adrian avait rejoint notre groupe près de l'avion et se plaignait vigoureusement du temps qu'il fallait pour nous faire embarquer.

— Je n'ai jamais pensé non plus que tu avais une grand-mère, dis-je à Dimitri. Je veux dire… tu en as forcément une… mais j'ai du mal à imaginer ce que c'est que de grandir avec une grand-mère. (Je ne rencontrais que très rarement ma mère et ne connaissais aucun des autres membres de ma famille.) Est-ce que c'était bizarre d'avoir une sorcière pour grand-mère ? effrayant ? Est-ce qu'elle menaçait de te jeter un sort lorsque tu étais désobéissant ?

— La plupart du temps, elle me menaçait surtout de m'envoyer dans ma chambre.

— Je ne trouve pas ça très effrayant.

— C'est parce que tu ne la connais pas.

Je fus frappée par sa formulation.

— Elle est encore en vie ?

Il acquiesça.

— Le grand âge ne suffira pas à la tuer. Elle est robuste. Elle a même été gardienne, pendant un moment.

— Vraiment ? (Comme celle d'Ambrose, son histoire bousculait mes convictions sur les dhampirs, les gardiens et les catins rouges.) Et elle a arrêté pour devenir une… pour élever ses enfants ?

— Elle a des idées très arrêtées à propos de la famille ; des idées que tu trouverais sûrement sexistes. Elle croit que tous les dhampirs doivent s'entraîner et travailler comme gardiens, quel que soit leur sexe, mais que les femmes doivent un jour retourner chez elles, pour élever leurs enfants ensemble.

— Mais pas les hommes ?

— Non, répondit-il avec une ironie amère. Elle pense que les hommes doivent continuer de travailler et de tuer des Strigoï.

— Eh bien ! (Je me rappelai le peu de choses que Dimitri m'avait raconté sur sa famille. Son père avait fait quelques brèves apparitions de temps à autre, mais c'était le seul homme qu'il y avait dans sa vie. Il n'avait que des sœurs. À vrai dire, ces idées ne me paraissaient pas si sexistes. Je pensais aussi que les hommes devaient se battre, et c'était pourquoi ma rencontre avec Ambrose m'avait tant perturbée.) Tu étais celui qui devait aller se battre. Les femmes de ta famille t'ont jeté dehors.

— Loin de là ! (Il éclata de rire.) Ma mère m'accueillerait à bras ouverts si je voulais retourner vivre avec elle.

Il souriait comme s'il s'agissait d'une plaisanterie, mais je perçus un éclat dans son regard qui ressemblait beaucoup à de la nostalgie. Il disparut en un instant tandis que Dimitri se tournait vers Adrian qui s'était mis à pousser des cris joyeux pour nous signaler que nous allions enfin embarquer.

Lorsque nous nous fûmes installés dans l'avion, Lissa s'empressa de communiquer les nouvelles à nos amis. Elle commença par leur dire que la reine avait demandé à me voir. C'était un sujet que je n'avais pas envie d'aborder, mais elle insista, ravie que la reine ait voulu me « féliciter ». Tout le monde sauf Adrian parut impressionné. La tête qu'il fit m'indiqua qu'il ne croyait pas un instant qu'elle m'ait convoquée pour cette raison. Néanmoins, son regard fut assez déconcerté pour que j'en déduise qu'il n'en connaissait pas le motif véritable. Il était temps que je sache quelque chose qu'il ignorait… J'eus le pressentiment qu'il aurait été aussi scandalisé que moi par l'idée d'un mariage entre lui et Lissa.

Lissa dévoila ensuite la proposition que lui avait faite la reine de vivre à la Cour et de s'inscrire à l'université de Lehigh.

— Je n'arrive toujours pas à y croire, confia-t-elle. Ça paraît trop beau pour être vrai.

Adrian vida un verre de ce qui ressemblait à du whisky. Comment avait-il pu se faire servir si vite ?

— Venant de ma grand-tante ? C'est en effet bien trop beau...

— Que veux-tu dire ? demandai-je. (Depuis que Tatiana m'avait accusée d'entretenir une liaison avec Adrian et que j'avais découvert qu'elle avait un dhampir pour amant et pour source, plus rien ne pouvait m'étonner de sa part.) Lissa a-t-elle des raisons de s'inquiéter ?

— Pour sa sécurité ? Non. C'est seulement que ma grand-tante ne fait jamais rien par simple gentillesse. Enfin... ça lui arrive, se corrigea-t-il. Elle n'est pas entièrement mauvaise. Et je pense qu'elle s'inquiète vraiment de l'avenir des Dragomir. J'ai entendu dire qu'elle aimait bien tes parents. Mais quant à savoir pourquoi elle t'a proposé ça... Aucune idée. Tes opinions sont radicales. Peut-être veut-elle entendre un autre son de cloche... ou peut-être veut-elle te garder à l'œil pour éviter que tu lui crées des problèmes.

Ou peut-être veut-elle te la faire épouser, ajoutai-je mentalement.

Tout cela déplaisait beaucoup à Christian.

— Il a raison. Ils cherchent peut-être un moyen de te contrôler. Tu ferais mieux d'aller vivre avec ma tante Tasha. Tu n'as pas besoin d'aller dans une université moroï.

— Mais elle y serait plus en sécurité, fis-je valoir.

J'étais toujours partante pour combattre le système et préserver Lissa des intrigues de la noblesse, mais elle serait en danger dans une université que les Moroï ne protégeaient pas et cette idée ne me plaisait pas non plus. Alors que je m'apprêtais à poursuivre, l'avion décolla. Dès que nous fûmes dans les airs, ma migraine de la veille réapparut. C'était comme si l'air environnant faisait pression sur mon crâne.

— Merde, grognai-je en posant mes mains sur mon front.

— Tu es de nouveau malade ? me demanda Lissa, inquiète.

J'acquiesçai.

— As-tu toujours eu des problèmes en avion ? m'interrogea Adrian en faisant signe pour qu'on remplisse de nouveau son verre.

— Jamais. Je ne veux pas revivre ça…

Je serrai les dents en tâchant de ne prêter aucune attention ni à la douleur ni aux formes noires qui avaient réapparu, elles aussi. Cela me réclama beaucoup d'efforts, mais une concentration intense me permit d'apaiser un peu mes symptômes. Bizarre… Néanmoins, je ne fus guère d'humeur à parler après cela et on me laissa tranquille. La discussion à propos de l'université resta en suspens.

Les heures passèrent. Nous étions presque arrivés à l'académie lorsqu'une hôtesse de l'air se dirigea vers nous, les sourcils froncés. Alberta tourna aussitôt son attention vers elle.

— Que se passe-t-il ?

— Une tempête de neige, annonça l'hôtesse. Nous ne pouvons pas atterrir à Saint-Vladimir pour le moment. Mais nous avons besoin de refaire le plein de carburant. Nous allons donc atterrir à l'aéroport régional de Martinville. C'est un petit aéroport qui ne se trouve qu'à quelques heures de route de Saint-Vladimir, mais il est moins touché par la tempête. Nous prévoyons d'atterrir, de faire le plein, puis de repartir vers l'académie dès qu'ils auront dégagé la piste. Par la voie des airs, le trajet durera moins de une heure.

C'était une nouvelle contrariante, mais loin d'être catastrophique. Et puis, que pouvions-nous faire d'autre ? Au moins, j'allais bientôt être soulagée. Si ma migraine se comportait comme la fois précédente, elle disparaîtrait dès que nous aurions touché le sol. Nous redressâmes nos sièges et attachâmes nos ceintures en vue de l'atterrissage. Le temps avait l'air affreux, mais nous avions un bon pilote, qui posa l'appareil sans difficulté.

Ce fut alors que cela se produisit.

Dès que nous eûmes touché le sol, mon univers éclata. Au lieu de disparaître, ma migraine empira, bien au-delà de ce que j'aurais cru possible. J'eus l'impression qu'on m'ouvrait le crâne.

Mais ce n'était encore que le début. Parce que soudain je vis apparaître des visages tout autour de moi. C'étaient des êtres fantomatiques et translucides comme Mason. Il y en avait partout, au point que je ne distinguais même plus les sièges ni mes amis. Je ne voyais plus que ces visages… et des mains. Des mains pâles et phosphorescentes qui se tendaient vers moi. Ces visages avaient la bouche ouverte comme s'ils voulaient parler et ils semblaient tous attendre quelque chose de moi.

À mesure qu'ils s'approchaient de moi, je commençai à les reconnaître. Je vis les gardiens de Victor qui s'étaient fait tuer pendant le sauvetage de Lissa. Leurs yeux étaient écarquillés de terreur. Pourquoi ? Revivaient-ils leur propre mort ? Il y avait aussi des enfants que je ne reconnus pas aussitôt. Puis je me souvins… C'étaient ceux dont Dimitri et moi avions découvert les cadavres après une attaque de Strigoï. Ils avaient les mêmes couleurs pâlies que Mason, sauf que leur gorge était couverte de sang, comme le jour où nous les avions trouvés morts. Le rouge intense du sang contrastait vivement avec la pâleur phosphorescente de leurs corps.

Les visages se pressaient autour de moi, de plus en plus nombreux. Même si aucun d'entre eux ne parlait vraiment, j'entendais un bourdonnement continuel de plus en plus puissant. Trois nouveaux personnages se joignirent à la foule. Alors qu'ils auraient dû s'y fondre, ils se détachèrent des autres visages, aussi nettement que le sang sur la gorge des enfants.

C'était la famille de Lissa.

Son père, sa mère et son frère André. Ils étaient exactement tels que je les avais vus la dernière fois, juste avant l'accident de voiture. Blonds. Beaux. Altiers. Leur mort n'avait pas laissé davantage de traces sur leurs corps que sur celui de Mason, alors que je savais que l'accident leur avait occasionné des blessures horribles. Tout comme Mason, leurs regards étaient tristes et je sentais qu'ils voulaient me dire quelque chose même s'ils ne parlaient pas. Mais, à la différence de ce qui se passait avec Mason, je compris le message.

Il y avait une tache noire derrière André qui s'accroissait régulièrement. Il me montra du doigt, puis la désigna. Je sus, sans comprendre comment, qu'il s'agissait de l'entrée du monde des morts, celui d'où j'étais revenue. André, qui avait mon âge au moment de sa mort, me la montra encore. Ses parents en firent autant. Ils n'avaient pas besoin de parler pour que je comprenne ce qu'ils disaient : « Tu ne devrais pas être vivante. Il faut que tu nous suives... »

Je me mis à hurler.

Il me sembla que quelqu'un me parlait, mais comment en être sûre alors que je ne voyais que ces visages, ces mains et la tache noire derrière André ? De temps à autre, le visage triste et solennel de Mason apparaissait près de moi. Je le suppliai de m'aider.

— Fais-les disparaître ! hurlai-je. Fais-les disparaître !

Mais il ne voulait ou ne pouvait rien faire. Je détachai ma ceinture avec des gestes affolés et essayai de me lever. Les fantômes ne me touchaient pas, mais ils étaient tous beaucoup trop près et continuaient à tendre vers moi leurs mains squelettiques. Je battis des bras pour les chasser en appelant à l'aide et en suppliant qu'on fasse cesser ce cauchemar.

Personne ne pouvait m'aider. Personne ne pouvait aider ces mains et ces yeux vides, ni faire cesser la souffrance qui me consumait. Cela empira tant que ma vision commença à s'obscurcir. Je sentis que j'allais m'évanouir et m'en réjouis. Cela allait me délivrer de la douleur et des visages. Je ne distinguai bientôt plus rien. Lorsque les visages eurent disparu, la douleur en fit autant, tandis que des ténèbres apaisantes m'engloutissaient.

Chapitre 18

Après cela, tout devint flou. J'eus vaguement l'impression de revenir à la conscience, qu'on prononçait mon nom et que l'avion était de nouveau en vol. Finalement, je me réveillai à l'infirmerie de l'académie pour découvrir le docteur Olendzki penché sur moi.

— Bonjour, Rose, me dit-elle. (C'était une Moroï entre deux âges qui plaisantait souvent sur le fait que j'étais sa principale patiente.) Comment te sens-tu ?

Les détails de ce qui s'était passé me revinrent. Les visages. Mason. Les autres fantômes. La migraine affreuse. Tout cela avait disparu.

— Bien, répondis-je en me surprenant moi-même.

Un instant, je me demandai si je n'avais pas rêvé tout cela. Puis je regardai par-dessus son épaule et découvris Dimitri et Alberta qui attendaient un peu plus loin. Leur expression m'informa que les événements qui s'étaient produits dans l'avion étaient bien réels.

Le docteur tourna la tête en entendant Alberta se racler la gorge.

— Vous permettez ? demanda-t-elle.

Le médecin acquiesça et les deux gardiens s'approchèrent.

La présence de Dimitri, comme toujours, me fut d'un grand réconfort. Quoi qu'il se passe, je me sentais toujours un peu plus en sécurité auprès de lui. Pourtant, lui non plus n'avait rien pu faire pour mettre fin à ma torture, à l'aéroport. Lorsqu'il me regardait comme il le faisait à cet instant, avec inquiétude et tendresse, j'éprouvais toujours des sentiments contradictoires. Une part de moi adorait qu'il se soucie autant de moi, tandis que l'autre voulait se montrer forte devant lui pour qu'il ne s'inquiète pas.

— Rose, commença Alberta d'une voix hésitante.

Elle ne savait pas comment s'y prendre. Ce qui venait de se passer sortait du champ de son expérience. Dimitri prit le relais.

— Que s'est-il passé, Rose ? (Il enchaîna sans me laisser le temps de prononcer un mot.) Et surtout ne me dis pas que ce n'était rien, cette fois.

Si je ne pouvais plus me retrancher derrière cette réponse, je ne savais pas quoi dire.

Le docteur Olendzki rajusta ses lunettes sur son nez.

— Nous voulons seulement t'aider.

— Je n'ai pas besoin d'aide. Je vais bien.

Voilà que je parlais comme Brandon et Brett. Je n'allais sans doute plus tarder à dire : « Je suis tombée. »

Alberta recouvra la parole.

— Tu allais bien lorsque nous étions en vol, mais certainement pas pendant l'escale.

— Je vais bien, maintenant, répondis-je froidement en évitant son regard.

— Mais que s'est-il passé ? insista-t-elle. Pourquoi as-tu hurlé ? Que voulais-tu dire lorsque tu nous demandais de « les » faire disparaître ?

Je songeai un instant à user de mon autre explication de repli : celle qui mettait tout sur le compte du stress. Mais elle me paraissait tout à fait stupide à présent. Par conséquent, je gardai de nouveau le silence et fus surprise de sentir les larmes me monter aux yeux.

— Rose, murmura Dimitri d'une voix qui me fit l'effet d'une caresse soyeuse sur ma peau. S'il te plaît…

Cela eut raison de ma résistance. J'avais tant de mal à lui tenir tête… Je levai les yeux vers le plafond.

— Des fantômes, murmurai-je. J'ai vu des fantômes.

Personne ne s'y attendait, mais comment auraient-ils pu ? Un silence pesant s'installa. Finalement, ce fut le docteur Olendzki qui m'interrogea d'une voix hésitante.

— Que… ? Que veux-tu dire ?

Je déglutis.

— Il me suit depuis deux semaines. Mason. Sur le campus. Je sais que ça paraît fou… mais c'est bien lui. Ou plutôt son fantôme. Voilà ce qui s'est passé avec Stan. Je suis restée paralysée parce que Mason est apparu et que je ne savais pas quoi faire. Dans l'avion… je crois qu'il était là aussi… avec d'autres. Mais je ne les distinguais pas très bien tant que nous étions en vol. Il n'y avait que des bribes d'images… et la migraine. Mais, quand nous avons atterri à Martinville, il est apparu en entier. Et il n'était pas seul. Il y en avait d'autres avec lui. D'autres fantômes.

Une larme roula sur ma joue, que je m'empressai d'essuyer en espérant que personne ne l'avait remarquée.

Alors j'attendis sans savoir quelle allait être leur réaction. L'un d'entre eux allait-il éclater de rire ? me dire que j'étais folle ? m'accuser de mentir et me demander ce qui s'était vraiment passé ?

— Les connaissais-tu ? me demanda finalement Dimitri.

Je tournai la tête vers lui et croisai son regard. Il était toujours sérieux et inquiet, sans la moindre trace de moquerie.

— Oui. J'ai vu certains des gardiens de Victor et les victimes du massacre. La… La famille de Lissa était là aussi.

Personne n'ajouta rien. Ils se regardèrent les uns les autres, en espérant sans doute que l'un d'eux serait capable de les aider à comprendre.

Le docteur Olendzki soupira.

— Puis-je vous parler en privé ? leur demanda-t-elle.

Tous trois quittèrent la salle d'examens en refermant la porte derrière eux – mais mal. Je m'extirpai du lit et traversai la pièce pour aller me poster derrière. Le léger entrebâillement était suffisant pour que mon ouïe de dhampir me permette de suivre leur conversation. J'avais un peu honte de les espionner, mais ils parlaient de moi et j'avais le pressentiment que mon avenir était en jeu.

— Ce qui se passe est évident ! pesta le docteur Olendzki. (Je ne l'avais jamais vue si énervée. Avec ses patients, elle était toujours l'image même de la sérénité. Il m'était difficile de l'imaginer furieuse, mais elle l'était visiblement.) Pauvre fille... Elle est victime de troubles posttraumatiques, et ce n'est pas très étonnant après tout ce qu'elle a vécu...

— En êtes-vous sûre ? demanda Alberta. Peut-être s'agit-il d'autre chose...

En l'entendant laisser sa phrase en suspens, je compris qu'elle ne voyait vraiment pas quelle autre explication il pouvait y avoir.

— Examinez les faits : une adolescente qui assiste à la mort de l'un de ses amis et se retrouve forcée de tuer ses assassins. Vous ne trouvez pas ça traumatisant ? Vous ne pensez pas que ç'a pu avoir un petit effet sur elle ?

— Tous les gardiens doivent apprendre à faire face à des tragédies de ce genre, répliqua Alberta.

— Il n'y a peut-être rien à faire pour les gardiens qui se trouvent sur le terrain, mais Rose est encore une élève. Nous avons les moyens de l'aider.

— Quels moyens ? demanda Dimitri.

Il était simplement curieux, inquiet, et ne cherchait pas à la provoquer.

— Lui faire rencontrer un psychologue. Parler à quelqu'un de ce qui s'est passé peut lui faire beaucoup de bien. Vous auriez dû y songer dès son retour. Et vous auriez dû y songer également pour tous ceux qui étaient avec elle, tant que vous y étiez. Pourquoi personne ne se soucie-t-il jamais de ce genre de choses ?

— C'est une bonne idée, admit Dimitri. (Je reconnus son ton : son esprit tournait à plein régime.) Elle pourrait le faire pendant son jour de congé.

— « Son jour de congé » ? Mieux vaudrait tous les jours. Vous devriez la dispenser complètement de cet exercice de terrain. De fausses attaques dc Strigoï nc sont pas le meilleur moyen de se remettre d'une vraie.

— Non !

Je poussai la porte avant de penser à ce que je faisais. En les voyant se tourner vers moi, je me sentis stupide. Je venais de me trahir.

— Rose, dit le docteur Olendzki en recouvrant sa douceur professionnelle à laquelle se mêlait une pointe de réprobation. Tu devrais retourner t'allonger.

— Je vais bien. Et vous ne pouvez pas me dispenser de l'exercice de terrain. Je n'aurai pas mon diplôme si vous faites ça.

— Tu ne vas pas bien, Rose. Et tu ne dois pas en avoir honte, après tout ce qui t'est arrivé. Que tu croies voir le fantôme d'un ami mort n'est pas très surprenant étant donné les circonstances.

Je m'apprêtai à la reprendre sur le terme « croire », puis me ravisai. Je compris qu'insister sur le fait que j'avais réellement vu un fantôme n'allait sans doute pas m'aider, même si je commençais à croire que c'était la vérité. Je cherchai frénétiquement une raison convaincante pour qu'on me laisse poursuivre l'exercice de terrain. En général, j'étais assez douée pour me tirer des mauvais pas.

— À moins de me faire passer vingt-quatre heures sur vingt-quatre et sept jours sur sept avec un psychologue, vous allez empirer les choses. J'ai besoin de faire quelque chose. La plupart de mes cours sont suspendus. À quoi voulez-vous que je m'occupe ? Voulez-vous que je reste assise sans rien faire ? que je passe mon temps à ruminer ce qui s'est passé ? Je vais devenir folle pour de bon. Je ne veux pas rester prisonnière de mon passé. Je veux aller de l'avant.

Ils réagirent à mon intervention en se lançant dans un débat sur ce qu'il convenait de faire de moi. Sachant qu'il valait mieux que je n'intervienne plus, je les écoutai en me mordant la langue. Finalement, et malgré les objections du médecin, il fut décidé que je poursuivrais l'exercice de terrain à mi-temps.

Cette solution de compromis parut idéale à tout le monde sauf à moi. Je n'aspirais qu'à poursuivre ma vie exactement comme avant. Néanmoins, je savais qu'il valait mieux que je m'en contente. Ils décrétèrent que je ne suivrais plus que trois jours d'exercice de terrain par semaine et aucun service de nuit. Les autres jours, je devais continuer à m'entraîner et faire les devoirs qu'ils inventeraient pour moi.

Je devais aussi voir un psychologue, ce qui ne m'enthousiasmait guère. Je n'avais rien de particulier contre eux… Lissa en avait vu un et cela lui avait été très utile. Dans certains cas, parler pouvait aider. Seulement… il s'agissait de quelque chose dont je n'avais aucune envie de parler.

Mais, comme je devais choisir entre cela et être dispensée d'exercice de terrain, je fus ravie d'accepter. D'après Alberta, cette solution ne compromettait pas mes chances d'obtenir mon diplôme. Elle aimait aussi l'idée que mes visites chez le psychologue coïncident avec une période où il me faudrait faire face à de fausses attaques de Strigoï, juste au cas où les réelles auraient vraiment été traumatisantes.

Après une nouvelle auscultation, le docteur Olendzki m'autorisa à quitter l'infirmerie et m'ordonna de retourner dans ma chambre. Alberta nous quitta aussitôt, mais Dimitri me raccompagna.

— Merci d'avoir eu l'idée du mi-temps, lui dis-je.

Comme le temps s'était réchauffé après la tempête, les allées étaient détrempées. Le moment n'était pas encore venu de sortir les maillots de bain, mais de grandes quantités de neige et de glace étaient en train de fondre. De l'eau s'égouttait continuellement des arbres, et nous devions faire des détours pour éviter les flaques.

Dimitri s'arrêta brutalement et se planta devant moi en me barrant la route. Je manquai de lui rentrer dedans. Il me saisit alors le bras pour m'attirer vers lui, plus près que je m'y serais attendue en public. Ses doigts s'enfonçaient dans ma chair sans me faire mal.

— Rose, dit-il d'une voix si douloureuse que je sentis mon cœur rater un battement. Je ne devrais pas découvrir ça maintenant !

Pourquoi ne m'as-tu rien dit ? Sais-tu ce que j'ai ressenti ? Sais-tu quel effet ça m'a fait de te voir dans cet état sans comprendre ce qui se passait ? Sais-tu à quel point j'ai eu peur ?

J'étais stupéfiée, à la fois à cause de sa crise et de notre proximité. Incapable de lui répondre aussitôt, je déglutis. Son visage trahissait tant d'émotions... Je ne me rappelais pas l'avoir jamais vu en exprimer autant. C'était aussi merveilleux que terrifiant. Alors je lui fis la réponse la plus stupide du monde.

— Tu n'as peur de rien.

— J'ai peur de beaucoup de choses. J'ai eu peur pour toi. (Il lâcha mon bras et je reculai d'un pas. Sa passion et son inquiétude étaient encore palpables.) Je ne suis pas parfait. Je ne suis pas invulnérable.

— Je sais. C'est seulement que...

Je ne savais pas quoi dire. Il avait raison. J'avais toujours vu Dimitri comme un héros de légende. Omniscient. Invincible. Il m'était difficile de croire qu'il puisse tant s'inquiéter pour moi.

— Et ça fait longtemps que ça dure, ajouta-t-il. C'était déjà le problème avec Stan, et quand tu as interrogé le père Andrew sur les fantômes. Tu as gardé ce secret pendant tout ce temps ! Pourquoi n'en as-tu parlé à personne ? Pourquoi n'as-tu rien dit à Lissa... ou à moi ?

Je plongeai mon regard dans ces yeux sombres que j'aimais tant.

— Est-ce que tu m'aurais crue ?

Il fronça les sourcils.

— Est-ce que j'aurais cru quoi ?

— Que je voyais des fantômes.

— Eh bien... ce ne sont pas des fantômes, Rose. Tu crois seulement qu'ils en sont parce que...

— Voilà pourquoi, l'interrompis-je. Voilà pourquoi je n'en ai parlé ni à toi ni à personne d'autre. Personne ne m'aurait écoutée sans me croire cinglée.

— Je ne te crois pas cinglée. Mais je pense que tu as enduré beaucoup de choses.

Adrian avait dit presque la même chose quand je lui avais demandé comment je pouvais savoir si j'étais folle ou non.

— Ce n'est pas tout, dis-je, avant de me remettre en route.

Il tendit le bras et me rattrapa sans bouger d'un pas, puis m'attira encore plus près de lui. Mal à l'aise, j'observai les environs en me demandant si quelqu'un pouvait nous voir, mais le campus était désert. Le soleil n'était pas encore couché. Il était tôt, si tôt que la plupart des gens devaient encore dormir. Il allait bien s'écouler encore une heure avant que les premiers frémissements d'activité matinale débutent. Malgré cela, j'étais surprise de voir Dimitri courir un tel risque.

— Alors dis-moi. Si ce n'est pas tout, explique-moi.

— Tu ne me croirais pas. Ne vois-tu pas ? Personne ne me croira. Pas même toi…

Cette idée me brisa la voix. Dimitri comprenait tant de choses chez moi. J'avais envie, ou plutôt besoin, qu'il comprenne aussi cela.

— Je vais… essayer. Mais je continue à penser que tu ne sais pas vraiment ce qui t'arrive.

— Tu te trompes, répondis-je avec assurance. C'est ce dont personne ne se rend compte. Écoute… Il faut que tu décides une fois pour toutes si tu me fais vraiment confiance. Si tu penses que je suis une gamine trop naïve pour saisir ce qui se passe dans son esprit troublé, tu ferais mieux de laisser tomber. Mais si tu me fais assez confiance pour te souvenir que j'ai vu et que je connais des choses qui échappent aux gens de mon âge… alors tu devrais m'accorder que je sais peut-être de quoi je parle.

Une brise tiède et humide chargée d'une odeur de neige fondue tourbillonna autour de nous.

— Je te fais confiance, Roza. Mais… je ne crois pas aux fantômes.

Il était sincère. Il voulait vraiment m'atteindre, me comprendre… mais cela l'obligeait à renoncer à des convictions qu'il n'était pas encore prêt à remettre en cause. C'était ironique, si l'on songeait à l'effet que lui avaient fait les cartes de tarot.

— Vas-tu essayer ? lui demandai-je. Ou au moins essayer de ne pas mettre ça sur le compte d'une psychose ?

— Oui. Ça, j'en suis capable.

Alors je lui racontai les premières apparitions de Mason et comment la crainte de passer pour folle m'avait empêchée d'expliquer à qui que ce soit l'incident qui s'était produit avec Stan. Je lui parlai aussi des ombres que j'avais vues dans l'avion et décrivis avec davantage de détails ce qui s'était passé à l'aéroport.

— Ne trouves-tu pas mon récit un peu trop… précis pour une simple réaction posttraumatique ? lui demandai-je lorsque j'eus terminé.

— Je ne crois pas qu'une réaction posttraumatique soit forcément imprécise. Elles sont imprévisibles par nature. (Il avait pris l'expression songeuse que je connaissais si bien, celle grâce à laquelle je savais qu'il était en train d'envisager la situation sous tous les angles. J'étais certaine qu'il ne croyait pas encore à mon histoire de fantômes, mais aussi qu'il faisait beaucoup d'efforts pour garder l'esprit ouvert. Il le confirma un instant plus tard.) Pourquoi es-tu si certaine que tout ça n'est pas le fruit de ton imagination ?

— C'est ce que j'ai cru, au début. À présent… je ne sais plus. J'ai l'impression que c'est réel, même si je sais bien que ça ne constitue pas une preuve. Tu as entendu comme moi ce que disait le père Andrew… à propos des gens qui s'attardaient sur terre sous forme de fantômes après être décédés jeunes ou de mort violente.

Dimitri se mordit la lèvre. Il avait été sur le point de me conseiller de ne pas prendre les paroles du prêtre à la lettre.

— Ainsi, tu crois que Mason est revenu pour se venger ? me demanda-t-il à la place.

— C'est ce que j'ai cru, tout d'abord, mais je n'en suis plus si sûre. Il n'a jamais essayé de me faire du mal. Il a seulement l'air de vouloir quelque chose. Et puis… les autres fantômes aussi semblaient vouloir quelque chose, même ceux que je ne connaissais pas. Pourquoi ?

Dimitri me dévisagea avec sérieux.

— Tu as une théorie.

— Oui. J'ai repensé aux paroles de Victor. D'après lui, le fait que j'aie reçu le baiser de l'ombre, que je sois morte, me relie au monde des morts. Il a dit que je ne le laisserai jamais tout à fait derrière moi.

Son expression se durcit.

— Si j'étais toi, je n'accorderais pas beaucoup de crédit à ce que Victor Dashkov nous a raconté.

— Mais il a des connaissances ! Tu le sais aussi bien que moi, et peu importe que ce soit un salaud.

— Soit. Admettons que ce soit vrai. Admettons que le fait d'avoir reçu le baiser de l'ombre te permette de voir des fantômes. Alors pourquoi maintenant ? Pourquoi cela n'a-t-il pas commencé juste après l'accident ?

— J'y ai réfléchi, m'empressai-je de répondre. Alors je me suis rappelé une autre chose que Victor a dite : que je me rapprochais de la mort d'autant plus que je me confrontais à elle. Et si le fait d'avoir tué quelqu'un avait renforcé mon lien et rendu ça possible ? Je viens de tuer mon premier Strigoï ; mes premiers Strigoï en vérité.

— Pourquoi est-ce si irrégulier ? demanda Dimitri. Pourquoi cela s'est-il produit à ces moments-là et pas à d'autres ? Pourquoi dans l'avion ? Pourquoi pas à la Cour ?

Mon enthousiasme faiblit un peu.

— Tu joues l'avocat du diable ? crachai-je. Tu remets en cause tout ce que je dis. Je croyais que tu devais garder l'esprit ouvert…

— Je le fais. Mais tu dois le faire toi aussi. Réfléchis à ma question. Pourquoi cela s'est-il produit dans ces occasions précises ?

— Je ne sais pas, admis-je en me laissant gagner par le découragement. Tu crois toujours que je suis folle.

Il me souleva le menton pour me forcer à le regarder droit dans les yeux.

— Non. Jamais. Aucune de ces théories ne m'incite à te croire folle. Mais j'ai toujours pensé que les explications les plus simples étaient les meilleures. L'explication du docteur Olendzki est simple. La théorie des fantômes présente des failles. Mais si tu découvres de nouveaux éléments... alors nous aurons peut-être une base plus solide pour progresser.

— Nous ?

— Bien sûr. Peu importe la vérité, je ne te laisserai pas résoudre ce problème toute seule. Tu sais que je ne t'abandonnerai jamais.

Ses mots étaient si doux et si chevaleresques que j'éprouvai le besoin de lui retourner son serment, même si j'eus surtout l'impression de me ridiculiser.

— Et tu sais que je ne t'abandonnerai jamais moi non plus. Je suis sincère... Je ne te le souhaite pas, évidemment, mais, si tu te mets à voir des fantômes ou n'importe quoi, je t'aiderai à y faire face.

Il laissa échapper un petit rire.

— Merci.

Nos mains se trouvèrent et nos doigts s'enlacèrent. Nous restâmes immobiles pendant presque une minute sans qu'aucun de nous dise un mot. Seules nos mains se touchaient. La brise se fit sentir de nouveau. Même s'il ne devait pas faire plus de cinq degrés, j'eus l'impression que c'était le printemps. Je m'attendais à voir des fleurs s'épanouir autour de nous. Comme si nous avions partagé la même pensée, nous nous lâchâmes les mains au même instant.

Nous atteignîmes mon dortoir peu de temps après et Dimitri me demanda si j'allais supporter de rester seule. Je lui répondis que j'allais bien et que le mieux qu'il avait à faire était de retourner vaquer à ses propres occupations. Il me quitta. Alors que j'étais sur le point de pousser la porte, je me rendis compte que mon sac de voyage était resté à l'infirmerie. Je fis demi-tour et repartis dans la direction d'où je venais en grommelant des choses qui m'auraient valu d'être collée.

La secrétaire du docteur Olendzki m'autorisa à entrer dans les salles d'examens lorsque je lui eus exposé la raison de ma visite. Je récupérai mon sac, puis ressortis dans le couloir, prête à repartir. Tout à coup, je vis que la chambre qui se trouvait en face de la mienne était occupée. Il n'y avait aucun signe de la présence de personnel médical aux alentours, et ma curiosité, toujours à l'affût, m'incita à jeter un coup d'œil à l'intérieur.

C'était Abby Badica, une Moroï de terminale. « Mignonne » et « joyeuse » étaient les adjectifs qui venaient le plus facilement à l'esprit lorsqu'on parlait d'Abby, mais elle n'était ni l'un ni l'autre à cet instant. Elle était couverte de bleus et d'égratignures. Quand elle tourna son visage vers moi, j'y découvris aussi des marques de brûlures.

— Laisse-moi deviner, lui dis-je. Tu es tombée.

— Quoi ?

— Tu es tombée. Je sais que c'est la raison officielle : celle fournie par Brandon, Brett et Dane. Mais je vais te donner un bon conseil : vous feriez bien de trouver autre chose. Je crois que le médecin commence à avoir des soupçons.

Ses yeux s'écarquillèrent.

— Tu es au courant ?

Ce fut à cet instant que je compris l'erreur que j'avais commise avec Brandon. Je lui avais demandé des explications, ce qui l'avait braqué. Ceux qui avaient interrogé Brett et Dane étaient parvenus au même résultat. Face à Abby, je pris conscience qu'il me suffisait de faire semblant de connaître déjà les réponses pour qu'elle me fournisse toutes les informations que je désirais.

— Bien sûr que je suis au courant. Ils m'ont tout raconté.

— Quoi ? s'écria-t-elle. Ils avaient juré de se taire. Ça fait partie des règles.

« Des règles » ? Mais de quoi parlait-elle ? Tel que je l'imaginais, le groupe de justiciers antinobles que j'imaginais n'était pas du genre à avoir des règles. Quelque chose m'échappait.

— Ils n'ont pas vraiment eu le choix. Je ne sais pas pourquoi, mais je suis toujours la première personne à vous croiser après ça. J'ai dû couvrir les autres. Mais je te préviens que je ne sais pas combien de temps ça va encore pouvoir durer avant qu'on se pose davantage de questions.

J'essayais de lui parler comme si j'étais une sympathisante, disposée à aider dans la mesure du possible.

—J'aurais dû être plus forte… J'ai essayé, mais ça n'a pas suffi. (Elle avait l'air épuisée et, aussi, de beaucoup souffrir.) Je te demande seulement de garder ça pour toi jusqu'à ce que ça se calme, d'accord ? S'il te plaît ?

—Bien sûr, répondis-je en mourant d'envie de savoir ce qu'elle avait « essayé ». Je ne tiens pas à faire entrer d'autres personnes dans la confidence. D'ailleurs, comment t'es-tu retrouvée là ? Vous êtes censés éviter d'attirer l'attention…

C'était du moins ce que je supposais. J'inventai mes répliques au fur et à mesure.

Elle grimaça.

—La surveillante du dortoir a remarqué mon état et m'a envoyée ici. Si les autres membres de la Mână le découvrent, je vais avoir de gros ennuis.

—Avec un peu de chance, le médecin te renverra dans ta chambre avant qu'ils l'apprennent. Olendzki est assez occupée, en ce moment. Tu portes les mêmes marques que Brett et Brandon, et ni l'un ni l'autre n'étaient gravement blessés. (C'était du moins ce que j'espérais.) Les… brûlures ont été un peu plus difficiles à justifier, mais ils n'ont pas eu de problèmes.

C'était un pari. Non seulement j'ignorais tous des blessures de Brett, mais je ne savais même pas si les marques dont Jill avait parlé étaient bien des brûlures. Si elles n'en étaient pas, je venais de me dénoncer. Au lieu de me reprendre, elle effleura l'une de ses propres marques sans y penser.

—Oui. Ils ont dit que ça allait bientôt s'estomper. Je vais seulement devoir trouver quelque chose à raconter à Olendzki. (Je vis une étincelle d'espoir briller dans ses yeux.) Ils ont dit que c'était contraire aux règles mais… peut-être qu'ils me laisseront encore essayer.

Ce fut à cet instant que le bon docteur fit son retour. Olendzki fut surprise de me trouver encore là et me dit que j'avais besoin d'aller me reposer. Je les saluai l'une et l'autre, puis ressortis affronter le froid, que je remarquai à peine. Enfin, je tenais un premier indice. Mână.

Chapitre 19

Lissa était ma meilleure amie depuis l'école primaire, voilà pourquoi il m'était si pénible de lui cacher tant de choses, ces derniers temps. Elle était toujours sincère envers moi, toujours prête à me faire partager ce qu'elle avait à l'esprit ; mais peut-être était-ce parce qu'elle n'avait pas le choix. Auparavant, je me comportais de la même manière à son égard. Pourtant, à un moment, j'avais commencé à lui dissimuler mes problèmes. J'avais été incapable de lui parler de Dimitri ou de la véritable raison pour laquelle j'étais restée paralysée pendant l'attaque de Stan. Je détestais cette situation. Elle me rongeait de l'intérieur et me faisait me sentir coupable lorsque j'étais avec elle.

Ce jour-là, cependant, je n'avais aucun moyen d'échapper à une explication au sujet de ce qui s'était passé à l'aéroport. Même si j'arrivais à inventer quelque chose, le fait que je ne m'occupe plus de Christian qu'à mi-temps était un indice énorme qu'il se passait quelque chose de grave. Cette fois, il m'était impossible de me défiler.

Alors, malgré le mal que cela me causa, je fournis une version brève de ce qui s'était passé à Lissa et Christian, ainsi qu'à Eddie et Adrian qui se trouvaient avec eux.

— Tu crois avoir vu des fantômes ? s'écria Christian. Sérieusement ?

Je compris à son expression qu'il s'apprêtait à lancer quelques commentaires sarcastiques.

— Écoute, grognai-je. Je vous ai raconté ce qui se passait, mais je n'ai aucune envie de développer. Je suis encore en train d'y réfléchir, alors fous-moi la paix.

— Rose, commença péniblement Lissa.

Une tornade d'émotions m'assaillait par l'intermédiaire de notre lien. De la peur. De l'inquiétude. De la stupeur. Sa compassion me fit me sentir encore plus mal.

Je secouai la tête.

— Non, Liss. S'il te plaît. Vous avez le droit de penser ce que vous voulez de moi et d'échafauder vos propres théories, mais nous n'allons pas en discuter. Pas maintenant. Laissez-moi tranquille.

Je m'attendais que l'obstination naturelle de Lissa la pousse à insister. Je m'attendais qu'Adrian et Christian le fassent aussi parce qu'ils étaient agaçants par nature. Mais si mes mots avaient été simples, je les avais prononcés avec une grande dureté de ton et d'attitude. Ce fut la surprise de Lissa, que je ressentis à travers notre lien, qui m'en fit prendre conscience. Alors il me suffit d'observer le visage des garçons pour comprendre que j'avais dû être incroyablement désagréable.

— Désolée, grommelai-je. J'apprécie que vous vous souciiez de moi, mais je ne suis pas d'humeur.

Je croisai le regard de Lissa. *Plus tard*, dit-elle dans mon esprit. Je répondis par un bref hochement de tête en me demandant secrètement comment j'allais pouvoir éviter cette conversation.

Ce jour-là, Adrian et elle s'étaient de nouveau retrouvés pour pratiquer la magie. J'aimais toujours passer du temps avec Lissa, mais cela ne m'était désormais possible que parce que Christian l'accompagnait partout, la plupart du temps. À vrai dire, je ne comprenais vraiment pas pourquoi il assistait également à ses leçons de magie. Je suppose qu'il devait être encore un peu jaloux malgré tout ce qui s'était passé. Évidemment, il aurait eu une bonne raison de l'être s'il avait été au courant des projets de mariage de la reine. Néanmoins, il était évident que ces séances de magie commençaient à le lasser. La leçon du jour se déroulait dans la classe de Mme Meissner. Il rapprocha deux tables l'une contre l'autre sur lesquelles il s'étendit et se couvrit les yeux avec le bras.

— Réveillez-moi quand ça deviendra intéressant, déclara-t-il.

Eddie et moi nous tenions au milieu de la pièce, ce qui nous permettait de surveiller à la fois la porte et les fenêtres tout en restant à proximité des Moroï.

— Tu as vraiment vu Mason ? me chuchota Eddie. (Il prit immédiatement un air penaud.) Désolé... Tu as dit que tu ne voulais pas en parler.

Je m'apprêtai à répondre que c'était bien ce que j'avais dit, lorsque je fus soudain frappée par son expression. Il ne me posait pas cette question pour satisfaire une curiosité malsaine. Il me la posait à cause de Mason, de leur ancienne proximité, et parce que Eddie n'avait pas mieux surmonté que moi la mort de son meilleur ami. J'avais l'impression qu'il trouvait l'idée que Mason cherche à communiquer avec nous depuis l'au-delà rassurante ; excepté que ce n'était pas lui qui voyait son fantôme.

— Je crois que c'était lui, murmurai-je. Mais je n'en suis pas sûre. Tout le monde croit que c'est le fruit de mon imagination.

— De quoi avait-il l'air ? Était-il contrarié ?

— Il avait l'air... triste. Très triste.

— Si c'était vraiment lui... Je veux dire... Je n'en sais rien. (Eddie baissa les yeux en oubliant un instant de surveiller la pièce.) Je me suis toujours demandé s'il nous en voulait de ne pas avoir réussi à le sauver.

— Nous ne pouvions rien faire, lui assurai-je, répétant exactement ce que tout le monde m'avait dit. Mais je me le suis demandé aussi, parce que le père Andrew a dit qu'il arrivait que les fantômes reviennent pour se venger. Sauf que Mason ne m'a pas donné cette impression. Il semblait seulement vouloir me dire quelque chose.

Eddie releva brusquement la tête en prenant conscience qu'il était en service. Il n'ajouta plus un mot, mais je savais parfaitement à quoi il pensait.

Pendant ce temps, Lissa et Adrian faisaient des progrès. Plutôt, Adrian faisait des progrès. Ils avaient déterré une poignée de plantes chétives, soit mortes, soit en pleine léthargie hivernale, et les avaient replantées dans de petits pots. Ces pots étaient à présent alignés sur une longue table. Lissa effleura l'une des plantes et je sentis l'euphorie liée à l'usage de la magie s'éveiller en elle. Un instant plus tard, la plante se mit à verdir et des feuilles apparurent.

Adrian observa la plante aussi intensément que si elle recélait tous les secrets de l'univers, puis expira profondément.

— Très bien. Un coup pour rien.

Il effleura une autre plante. « Un coup pour rien » était un commentaire pertinent, puisqu'il ne se passa strictement rien. Sauf que la plante frissonna un peu quelques instants plus tard. Une minuscule pousse verte apparut, puis sa croissance s'arrêta.

— Tu as réussi, s'exclama Lissa, impressionnée.

Je sentis qu'elle était aussi un peu jalouse. Adrian venait d'apprendre l'un de ses tours alors qu'elle ne maîtrisait encore aucun des siens.

— À peine, commenta-t-il en jetant à la plante un regard mauvais. (Il était complètement sobre. Comme il n'était tempéré par aucun de ses vices, l'esprit avait le champ libre pour le rendre irritable. Ce soir-là, notre humeur nous faisait au moins un point commun.) Merde !

— Tu plaisantes ? s'étonna Lissa. C'était génial. Tu as fait pousser une plante... avec ton esprit. C'est merveilleux.

— Sauf que je n'ai pas fait aussi bien que toi, répliqua-t-il rageusement, comme s'il avait dix ans.

Je ne pus m'empêcher de m'en mêler.

— Alors arrête de te plaindre et essaie encore.

Il tourna les yeux vers moi et esquissa un sourire.

— Épargne-moi tes conseils, la Fille aux Fantômes… Les gardiens sont censés être vus, pas entendus.

Je lui donnai une pichenette pour lui faire payer le surnom de « Fille aux Fantômes », mais il ne remarqua rien, parce que Lissa avait recommencé à lui parler.

— Elle a raison. Essaie encore.

— Refais-le, s'il te plaît. Je voudrais te regarder. J'ai l'impression de pouvoir sentir ce que tu fais.

Elle reproduisit l'expérience sur une autre plante. Je sentis encore la magie s'éveiller en elle, avec la joie qui en était l'écho… puis elle vacilla. Sa magie se teinta d'une touche de peur et d'instabilité qui me rappela l'époque où son état mental s'était tant détérioré.

Non, priai-je en silence. *Je savais que ça finirait par se produire si elle continuait à utiliser ses pouvoirs. Je vous en prie… Faites que ça ne recommence pas…*

Alors la tache qui ternissait sa magie disparut subitement. Ses pensées et ses émotions redevinrent parfaitement normales. Je remarquai alors qu'elle avait aussi fait pousser la plante. Distraite par sa faiblesse momentanée, je ne l'avais pas vue faire. Adrian avait lui aussi manqué le spectacle, parce que ses yeux étaient rivés sur moi. Son expression trahissait de l'inquiétude et une très grande confusion.

— Voilà, dit joyeusement Lissa, qui ne s'était pas rendu compte qu'il avait cessé de l'observer. À ton tour.

Adrian reporta son attention sur l'exercice. Alors qu'il tendait la main vers une autre plante en soupirant, Lissa interrompit son geste.

— Non. Essaie sur la même. Peut-être que tu n'y arrives que par petites touches, pour le moment.

Il acquiesça, puis reporta son attention sur la première plante. Pendant quelques minutes, il ne fit que la regarder. Le silence régnait dans la salle. Je ne l'avais jamais vu si concentré sur quelque chose, au point que de petites gouttes de sueur perlaient à son front. Finalement, la plante recommença à frémir. Elle grandit et verdit encore, puis de petits bourgeons apparurent. Je le vis plisser les yeux et serrer les dents. J'étais certaine qu'il se concentrait à la limite de ses facultés. Les boutons se mirent à éclore. Des feuilles et de petites fleurs blanches s'épanouirent à leur tour.

Lissa poussa un cri de joie.

— Tu as réussi ! (Elle le serra dans ses bras et une vague d'émerveillement m'assaillit. Elle était sincèrement heureuse qu'il y soit parvenu. Même si sa propre absence de progrès la contrariait, le fait qu'il ait réussi à reproduire l'un de ses pouvoirs lui donnait de l'espoir. Cela signifiait qu'ils pouvaient vraiment apprendre l'un de l'autre.) Comme je suis impatiente de réussir moi aussi quelque chose de nouveau, ajouta-t-elle, encore un peu jalouse.

Adrian tapota un carnet.

— Le monde de l'esprit recèle une multitude de dons. Tu devrais bien réussir à en maîtriser quelques-uns…

— Qu'est-ce que c'est ? demandai-je.

— Tu te souviens que j'ai fait des recherches sur les gens qui présentaient des comportements inhabituels ? répondit Lissa. Nous avons dressé une liste des différentes bizarreries que nous avons relevées.

Je m'en souvenais. Lorsqu'elle avait cherché d'autres spécialistes de l'esprit, Lissa avait découvert des rapports sur des Moroï qui possédaient des aptitudes inédites. Peu de gens accordaient du crédit à ces rapports, mais elle était convaincue que toutes ces personnes utilisaient l'esprit sans le savoir.

— En plus de la guérison, de l'aptitude à voir les auras et de l'art d'entrer dans les rêves, il semble qu'il faille ajouter un talent hors du commun pour la suggestion, précisa Adrian.

— Vous le saviez déjà, lui fis-je remarquer.

— Ce dont je parle est encore plus frappant que ça. Il ne s'agit pas seulement de faire obéir les gens, il s'agit de leur faire voir et ressentir des choses qui n'existent pas.

— Comme des hallucinations ? demandai-je.

— Quelque chose dans ce genre… Certains rapports parlent de gens qui se servaient de la suggestion pour faire vivre aux autres leurs pires cauchemars, en leur faisant croire qu'ils étaient attaqués, ou n'importe quoi…

Je frémis.

— C'est plutôt effrayant.

— Et fascinant, ajouta Adrian.

Lissa était d'accord avec moi.

— Je ne sais pas… La suggestion habituelle est une chose, mais j'ai l'impression que c'est mal d'aller au-delà.

Christian bâilla.

— À présent que tu as réussi ce tour, en avons-nous fini avec la magie, pour aujourd'hui ?

Jetant un coup d'œil derrière moi, je vis que Christian était assis et attentif. Ses yeux étaient rivés sur Lissa et Adrian, et le câlin de la victoire ne semblait pas lui avoir fait plaisir. Lissa et Adrian s'écartèrent l'un de l'autre sans avoir remarqué sa réaction. Ils étaient bien trop absorbés par leur enthousiasme pour prêter attention à ses regards furieux.

— Peux-tu le refaire ? demanda Lissa avec excitation. En faire pousser une autre ?

Adrian secoua la tête.

— Pas tout de suite. Ça m'a épuisé. J'ai besoin d'une cigarette. (Il désigna Christian d'un geste.) Va t'occuper de ton homme. Il s'est montré extrêmement patient depuis le début.

Lissa se dirigea vers Christian, le visage illuminé par la joie. Elle était si belle et si radieuse qu'il lui fut difficile de continuer à lui en vouloir. La dureté de son expression s'effaça peu à peu pour laisser place à la tendresse qu'elle était la seule à pouvoir susciter en lui.

— Rentrons au dortoir, suggéra-t-elle en lui prenant la main.

Nous nous mîmes en route. Eddie, qui avait choisi le rôle de gardien rapproché, marchait près de Christian et Lissa, tandis que je m'occupais de la protection éloignée. Cela me laissa seule avec

Adrian, qui était resté en arrière pour me parler. Comme il fumait, je dus également supporter le nuage toxique que cela générait. Je ne comprenais vraiment pas pourquoi les autorités le laissaient faire. L'odeur me fit froncer le nez.

— Tu sais, tu peux aussi tenir le rôle de gardien très éloigné et rester derrière nous avec ce truc…, lui fis-je remarquer.

— Ça va. J'ai assez fumé. (Il jeta sa cigarette, l'écrasa et abandonna le mégot derrière lui. Je haïssais ce geste presque autant que le fait qu'il fume.) Qu'en dis-tu, petite dhampir ? J'ai été plutôt fortiche avec cette plante, non ? Bien sûr, je le serais encore plus si je faisais repousser le membre d'un amputé, par exemple. Ou si je séparais des siamois… Mais ça viendra avec un peu d'entraînement.

— Si tu veux un bon conseil, et je suis sûre que ce n'est pas le cas, vous devriez arrêter la magie. Christian croit toujours que tu dragues Lissa.

— Quoi ? s'écria-t-il en feignant l'étonnement. Ignore-t-il que mon cœur t'appartient ?

— Ton cœur ne m'appartient pas. Et il s'inquiète toujours pour Lissa, malgré tout ce que j'ai pu lui dire.

— Tu sais, je pense qu'il se sentirait mieux si nous sortions ensemble…

— Si tu me touches, je te fournirai l'occasion de découvrir si tu peux te guérir toi-même, répondis-je d'une voix aimable. Alors nous verrons à quel point tu es fortiche.

— Je demanderai à Lissa de me guérir, riposta-t-il avec arrogance. Ce sera facile pour elle. Même si… (son sourire sarcastique disparut)… il se passe quelque chose de bizarre quand elle se sert de ses pouvoirs.

— Je sais. Tu le sens, toi aussi ?

— Non, mais je le vois. (Il fronça les sourcils.) Rose… te souviens-tu du jour où tu m'as demandé si tu étais folle et où je t'ai répondu que tu ne l'étais pas ?

— Oui.

— Je me suis peut-être trompé. Je crois que tu es folle.

Je faillis m'arrêter net.

— Qu'est-ce que tu racontes ?

— Eh bien… tu vois… quand Lissa a fait pousser la deuxième plante… son aura s'est un peu obscurcie.

— Ça colle avec ce que j'ai ressenti. C'était comme si… elle était devenue fragile mentalement pendant un instant, de la même manière qu'elle l'était avant son traitement. Et puis ça a disparu.

Il acquiesça.

— Oui. C'est ça le truc… L'obscurité de son aura est allée dans la tienne. J'avais déjà remarqué que vos auras étaient très différentes des autres, mais c'est la première fois que je vois ce phénomène se produire. C'est comme si la tache sombre qui se trouvait dans la sienne avait sauté dans la tienne.

Cette idée me fit frémir.

— Qu'est-ce que ça veut dire ?

— Eh bien… c'est pour ça que je crois que tu es folle. Lissa ne subit plus aucun des effets secondaires de la magie, n'est-ce pas ? Quant à toi… tu n'as pas toujours été de bonne humeur ces derniers temps et tu vois des fantômes. (Il avait prononcé ces mots avec désinvolture, comme si le fait de voir des fantômes était une chose qui se produisait de temps à autre.) Je pense que l'aspect dangereux de l'esprit, celui qui génère des dérèglements mentaux, s'échappe d'elle pour s'intégrer en toi. Cela permet à Lissa de rester équilibrée, tandis que toi… comme je viens de le dire : tu vois des fantômes.

J'eus l'impression de recevoir une gifle. Une nouvelle théorie. Il ne s'agissait plus de traumatisme ni de vrais fantômes, mais du fait que « j'attrapais » la folie de Lissa. La période où elle était au plus mal, dépressive et autodestructrice, me revint à l'esprit. Je me souvins aussi de notre ancien professeur, Mme Karp, elle aussi spécialiste de l'esprit, qui avait perdu la tête au point de se transformer en Strigoï.

— Non, répondis-je d'une voix tendue. Ce n'est pas ce qui est en train de m'arriver.

— Et votre lien ? La connexion existe. Si ses pensées et ses sentiments te parviennent… pourquoi pas aussi sa folie ?

Adrian, comme à son habitude, était d'humeur légère et curieuse. Il ne se rendait pas compte de la terreur qu'il venait d'éveiller en moi.

— Parce que ça n'a pas de…

Alors l'évidence me frappa. C'était la réponse que nous cherchions depuis si longtemps.

Saint Vladimir avait lutté toute sa vie contre les effets secondaires de l'esprit. Il avait eu des cauchemars et des hallucinations, qu'il avait attribués à l'influence de « démons ». Mais il n'était pas devenu complètement fou et n'avait pas tenté de se tuer. Lissa et moi étions convaincues que c'était grâce à sa gardienne Anna, qui avait reçu le baiser de l'ombre. Nous pensions que leur lien l'avait aidé. Comme il n'existait ni antidépresseurs ni anxiolytiques à cette époque, nous avions supposé que c'était leur amitié qui l'avait soutenu et le fait qu'il ait pu se confier à elle dans les moments difficiles.

Mais si… si…

J'en perdis le souffle. Je ne pouvais pas supporter de vivre un jour de plus sans connaître la réponse à cette question. Quelle heure était-il ? Il me restait bien encore une heure avant le couvre-feu ? Il fallait que je sache. Je m'arrêtai net et manquai de glisser sur le sol boueux.

— Christian !

Le groupe qui nous précédait s'arrêta à son tour et tous se tournèrent vers Adrian et moi.

— Oui ? demanda Christian.

— J'ai besoin de faire un détour. Plutôt : nous devons faire un détour, puisque je ne peux aller nulle part sans toi. Nous devons aller à la chapelle.

Ses sourcils se soulevèrent de surprise.

— Pourquoi ? Tu as quelque chose à confesser ?

— Ne pose pas de questions, s'il te plaît. Ça ne prendra que quelques minutes.

L'inquiétude se peignit sur les traits de Lissa.

— Nous pouvons y aller tous ensemble…

— Non. Nous ferons vite. (Je ne voulais pas qu'elle soit là pour entendre la réponse que j'étais certaine d'obtenir.) Va au dortoir. Nous te rejoindrons là-bas. Christian ? S'il te plaît ?

Il m'observait, hésitant entre l'envie de se moquer de moi et celle de me venir en aide. Ce n'était pas un parfait crétin, après tout. Finalement, le second choix l'emporta.

— D'accord. Mais, si tu essaies de me faire prier avec toi, je m'en vais.

Nous prîmes tous deux la direction de la chapelle et j'avançai si vite qu'il dut trottiner pour rester à ma hauteur.

— Je suppose que tu ne veux pas me dire de quoi il s'agit ? demanda-t-il.

— Non. Mais j'apprécie ta coopération.

— C'est toujours un plaisir de te rendre service.

J'étais certaine qu'il faisait la grimace, mais je restai concentrée sur mes pas.

Nous atteignîmes la chapelle, dont la porte était logiquement fermée. Je frappai, puis scrutai les fenêtres avec angoisse en espérant voir briller une lumière. Il n'y en avait aucune.

— Je suis déjà entré ici par effraction, tu sais, me dit Christian. Si tu as besoin de quelque chose à l'intérieur…

— Non, il me faut plus que ça. J'ai besoin de voir le prêtre. Merde ! il n'est pas là.

— Il est sans doute couché.

— Merde ! répétai-je en me sentant un peu coupable d'être si grossière à la porte d'un lieu saint. (Si le prêtre était couché, il se trouvait dans le bâtiment où logeait le personnel moroï et m'était donc tout à fait inaccessible.) Il faut que je…

La porte s'ouvrit pour laisser passer la tête du père Andrew. Il avait l'air surpris mais ne semblait pas contrarié d'avoir été dérangé.

— Rose ? Christian ? Est-ce qu'il y a un problème ?

— J'ai une question à vous poser, lui annonçai-je. Ça ne sera pas long.

Sa surprise s'accrut, mais il s'écarta pour nous laisser entrer. Nous nous arrêtâmes dans le vestibule de la chapelle, à l'extérieur du sanctuaire.

— J'étais en train de tout fermer avant d'aller dormir, nous expliqua le père Andrew.

— Vous m'avez bien dit que saint Vladimir était mort de vieillesse ?

— Oui, répondit-il posément. D'après ce que j'en sais… c'est ce que disent tous les livres que j'ai lus, y compris ceux que je viens de recevoir.

— Et Anna ? demandai-je.

Ma voix donnait l'impression que j'étais au bord de la crise d'hystérie, ce qui était bien le cas.

— Que veux-tu savoir ?

— Que lui est-il arrivé ? Comment est-elle morte ?

Pendant tout ce temps, Lissa et moi ne nous étions inquiétées que du destin de Vlad. Pas une fois nous n'avions songé à nous informer de celui d'Anna.

— Eh bien… (le père Andrew soupira)… sa fin n'a pas été aussi heureuse, j'en ai peur. Elle qui aura passé sa vie à le protéger… Certains indices laissent entendre qu'elle aussi est devenue instable sur ses vieux jours. Et puis…

— Et puis ? m'impatientai-je.

Christian, complètement déconcerté, nous regardait à tour de rôle, le prêtre et moi.

— Et puis, quelques mois après le décès de saint Vladimir, elle s'est suicidée. (Je fermai les yeux un instant, puis les rouvris. C'était bien ce que je craignais.) Je suis désolé, conclut-il. Je sais à quel point tu t'es intéressée à leur histoire. Je ne l'ai moi-même découvert qu'au cours de mes dernières lectures. Le suicide est un péché, évidemment... mais, si l'on considère le lien qui était le leur, il n'est pas difficile d'imaginer ce qu'elle a pu ressentir en le perdant.

— Vous avez dit aussi qu'elle avait commencé à perdre un peu la tête.

Il acquiesça, puis écarta les bras.

— Il est difficile de deviner ce que cette pauvre femme pensait. Son dérangement avait sans doute plusieurs causes. Pourquoi était-ce si urgent ?

Je secouai la tête.

— C'est une longue histoire. Merci de votre aide.

Christian et moi étions à mi-chemin du dortoir lorsqu'il se décida finalement à m'interroger.

— Qu'est-ce que c'est que cette histoire ? Je me souviens que vous avez fait des recherches sur eux. Vladimir et Anna étaient comme Lissa et toi, c'est bien ça ?

— Oui, répondis-je d'un air morne. Écoute... Je ne veux pas générer de problèmes entre vous, mais je te supplie de ne rien raconter à Lissa de tout cela. Pas avant que j'en sache plus. Dis-lui seulement... je ne sais pas. Je lui dirai que j'ai brusquement paniqué parce que je croyais que je devais encore assurer du service communautaire.

— Tu veux qu'on lui mente tous les deux, c'est ça ?

— Je déteste ça, crois-moi. Mais c'est dans son intérêt, pour le moment.

Parce que, si Lissa découvrait qu'elle risquait de me rendre folle... elle le prendrait assez mal. Elle voudrait cesser de pratiquer la magie. C'était ce que j'avais toujours souhaité, bien sûr... Pourtant, j'avais senti la joie qu'elle éprouvait en le faisant. Pouvais-je lui retirer cela ? Pouvais-je exiger ce sacrifice d'elle ?

Puisqu'il n'y avait aucune réponse simple, je ne devais pas sauter trop vite aux conclusions. Pas avant d'en savoir plus. Christian accepta de garder le secret. Le temps que nous rejoignîmes les autres, c'était presque l'heure du couvre-feu. Nous ne restâmes ensemble qu'une demi-heure, puis nous séparâmes pour aller nous coucher, moi y comprise, puisque mon nouvel emploi du temps me dispensait de service de nuit. Le risque d'attaque de Strigoï était de toute manière assez faible en général, et mes instructeurs s'inquiétaient surtout de me voir prendre une vraie nuit de repos.

Au moment du couvre-feu, je me dirigeai donc seule vers le dortoir des dhampirs. Alors que je l'avais presque atteint, il réapparut.

Mason.

Je m'arrêtai net et scrutai les environs dans l'espoir de trouver un témoin qui pourrait trancher une fois pour toutes la question de savoir si j'étais folle ou non. Sa silhouette grise se tenait devant moi. Les mains enfoncées dans les poches de son manteau, il avait une posture désinvolte qui rendait cette expérience encore plus bizarre.

— Eh bien…, lui dis-je en me sentant étonnamment calme, malgré la tristesse qui s'emparait de moi chaque fois que je le voyais. Je suis contente de te revoir seul. Je n'ai pas tellement aimé tes amis dans l'avion.

Il me regardait avec une expression indéchiffrable et ses yeux étaient toujours aussi tristes. La culpabilité me noua l'estomac et je me sentis encore plus mal. Finalement, je craquai.

— Qu'es-tu ? lui criai-je. Es-tu réel ? Suis-je en train de devenir folle ?

À ma grande surprise, il acquiesça.

— À quoi as-tu répondu ? Oui, tu es réel ?

Il acquiesça.

— Oui, je suis folle ?

Il secoua la tête.

— C'est un soulagement, dis-je en me forçant à plaisanter malgré la tornade d'émotions qui rugissait en moi. Mais ne me dirais-tu pas la même chose si tu étais une hallucination ?

Mason se contenta de me regarder. Je jetai de nouveaux coups d'œil aux alentours en espérant voir apparaître quelqu'un.

— Pourquoi es-tu là ? Est-ce que tu nous en veux ? Es-tu revenu pour te venger ?

En le voyant secouer la tête, je sentis quelque chose se détendre en moi. Jusqu'à cet instant, je ne m'étais pas rendu compte que cela m'inquiétait à ce point. La culpabilité et le chagrin étaient si profondément ancrés en moi… Il me semblait inévitable qu'il me fasse les mêmes reproches que Ryan.

— As-tu… du mal à trouver la paix ?

Mason acquiesça et me parut encore plus triste. Je songeai à ses derniers instants et ravalai mes larmes. Moi aussi, j'aurais probablement eu du mal à trouver la paix si on avait pris ma vie avant même qu'elle commence.

— Y a-t-il autre chose ? une autre raison pour laquelle tu m'apparais ?

Il acquiesça.

— Quoi ? lui demandai-je. (Les questions étaient bien trop nombreuses, ces derniers temps. Il me fallait des réponses.) De quoi s'agit-il ? Que dois-je faire ?

Mais nous ne pouvions apparemment communiquer que grâce à des questions auxquelles on pouvait répondre par « oui » ou par « non ». Il ouvrit la bouche comme s'il s'apprêtait à parler. Cela sembla lui coûter autant d'efforts qu'à Adrian pour faire croître sa plante, mais il n'émit aucun son.

— Je suis désolée, murmurai-je. Je suis désolée de ne pas comprendre et… pour tout le reste.

Mason me lança un dernier regard mélancolique avant de disparaître.

Chapitre 20

— Parlons de votre mère.

Je soupirai.

— Que voulez-vous savoir ?

C'était mon premier rendez-vous avec la psychologue, qui ne m'avait guère impressionnée jusque-là. J'aurais probablement dû lui parler tout de suite de l'apparition de Mason de la nuit précédente, mais je ne voulais pas donner au personnel de l'académie de nouvelles raisons de croire que je perdais la tête, même si c'était bien le cas.

À vrai dire, je n'en étais pas certaine. Les explications d'Adrian sur mon aura et l'histoire d'Anna donnaient incontestablement du crédit à cette hypothèse. Pourtant, je ne me sentais pas folle. Les fous avaient-ils conscience de l'être ? Adrian m'avait dit que non. « Fou » était en soi un terme étrange. J'avais étudié assez de psychologie pour savoir qu'il avait une définition extrêmement large. La plupart des maladies mentales étaient en réalité très spécifiques et présentaient des symptômes précis : comme l'angoisse, la dépression, les sautes d'humeur… Je ne savais pas où me situer sur cette échelle, ni même si elle s'appliquait à moi.

— Qu'éprouvez-vous pour elle ? précisa la psychologue. Pour votre mère ?

— Je pense que c'est une excellente gardienne et une mère médiocre.

La psychologue, qui s'appelait Deirdre, écrivit quelque chose dans son carnet. C'était une Moroï blonde et mince, vêtue d'une robe en cachemire. Elle ne semblait guère plus âgée que moi, mais les diplômes accrochés au mur indiquaient qu'elle avait obtenu toutes sortes de titres universitaires en psychothérapie. Son bureau était situé dans le bâtiment administratif, où se trouvait aussi celui du proviseur et où la plupart des affaires de l'académie étaient traitées. J'avais un peu espéré qu'il y aurait un divan, sur lequel j'aurais pu m'allonger, comme en possédaient tous les thérapeutes qu'on voyait à la télévision, mais je devais me contenter d'un fauteuil. Au moins, il était confortable. Les murs étaient recouverts de photos de la nature : des papillons, des jonquilles et d'autres choses de ce genre. Je supposai qu'elles étaient censées avoir des vertus apaisantes.

— Voulez-vous développer le terme « médiocre » ? demanda Deirdre.

— C'est une promotion. Il y a un mois, j'aurais dit « horrible ». Mais quel est le rapport avec Mason ?

— Voulez-vous parler de Mason ?

J'avais remarqué chez elle une tendance à répondre à mes questions par d'autres questions.

— Je ne sais pas, admis-je. Il me semblait que c'était pour ça que j'étais là.

— Comment vous sentez-vous quand vous pensez à lui ? à sa mort ?

— Triste. Qu'est-ce que je pourrais ressentir d'autre ?

— De la colère ?

Je songeai aux Strigoï, à leur visage dénué de toute émotion et à leur indifférence face au meurtre.

— Un peu, oui.

— De la culpabilité ?

— Évidemment.

— Pourquoi « évidemment » ?

— Parce que c'est à cause de moi qu'il s'est retrouvé là. Je l'avais contrarié et… il a voulu me prouver quelque chose. Je lui ai dit où se trouvaient les Strigoï alors que je n'étais pas censée le faire. S'il ne l'avait pas su, il n'aurait pas fait ce qu'il a fait et il serait encore en vie.

— Vous ne l'estimez donc pas responsable de ses propres actes ? Vous ne pensez pas que c'est lui qui a fait ce choix ?

— Eh bien… si. Je ne l'ai pas forcé à le faire.

— Avez-vous une autre raison de vous sentir coupable ?

Je détournai les yeux de son visage pour me concentrer sur la photo d'une coccinelle.

— Il m'aimait bien… de manière romantique. Nous sommes plus ou moins sortis ensemble, mais je n'ai pas pu m'impliquer dans la relation. Ça l'a blessé.

— Pourquoi n'avez-vous pas pu vous impliquer ?

— Je ne sais pas. (L'image de son corps étendu sur le sol surgit dans mon esprit et je m'empressai de l'en chasser. Il n'était pas question que je pleure devant Deirdre.) C'est bien le problème. J'aurais dû. Il était gentil, drôle et nous nous entendions très bien… mais je ne ressentais pas ce que j'aurais dû. Même quand je l'embrassais… J'ai fini par ne plus pouvoir le faire.

— Pensez-vous avoir un problème avec les contacts physiques ?

— Que voulez-vous… ? Non ! Bien sûr que non.

— Avez-vous déjà fait l'amour avec quelqu'un ?

— Non. Êtes-vous en train d'insinuer que j'aurais dû ?

— Pensez-vous que vous auriez dû le faire ?

Merde ! je croyais la tenir. J'étais persuadée qu'elle n'allait pas trouver une autre question pour répondre à celle-là.

— Mason n'était pas la bonne personne.

— Y a-t-il quelqu'un d'autre ? quelqu'un dont vous pensez qu'il pourrait être la bonne personne ?

J'hésitai. Je ne voyais pas le rapport avec le fait que je voyais des fantômes. D'après les papiers que j'avais signés, tout ce que nous disions dans son bureau devait rester confidentiel. Elle ne pouvait en parler à personne, sauf si je mettais ma propre vie en danger ou faisais quelque chose d'illégal. Je ne savais pas très bien si une relation avec un homme plus âgé relevait de cette catégorie.

— Oui, mais je ne peux pas vous dire de qui il s'agit.

— Depuis combien de temps le connaissez-vous ?

— Presque six mois.

— Vous sentez-vous proche de lui ?

— Bien sûr. Mais nous ne sommes pas… (Comment décrire cela ?) Nous ne sommes pas vraiment ensemble. Il est… indisponible, en quelque sorte.

Elle pouvait en déduire ce qu'elle voulait, par exemple que je m'intéressais à un garçon qui avait déjà une petite amie.

— Est-ce pour cette raison que vous n'avez pas pu vous rapprocher de Mason ?

— Oui.

— Et ce garçon vous empêche-t-il de sortir avec quelqu'un d'autre ?

— Eh bien… il ne fait rien délibérément.

— Mais l'affection que vous éprouvez pour lui vous empêche de vous intéresser à quelqu'un d'autre ?

— C'est vrai. Mais ça n'a pas d'importance. Il vaut sans doute mieux que je ne sorte avec personne, de toute manière.

— Pourquoi ?

— Parce que je n'ai pas le temps. Je m'entraîne pour devenir une gardienne. Je dois accorder toute mon attention à Lissa.

— Et vous pensez qu'il est impossible de faire ça et de vous impliquer affectivement en même temps ?

Je secouai la tête.

— Oui. Je dois être prête à lui sacrifier ma vie. Je ne peux pas me laisser distraire par quelqu'un d'autre. Nous autres gardiens avons une devise : « Ils passent avant tout. » Vous. Les Moroï.

— Vous pensez donc que vous allez toujours devoir faire passer les besoins de Lissa avant les vôtres ?

— Bien sûr. (Je fronçai les sourcils.) Que pourrais-je faire d'autre ? Je vais devenir sa gardienne.

— Qu'éprouvez-vous à ce sujet ? à l'idée de devoir renoncer à vos désirs pour elle ?

— C'est ma meilleure amie et la dernière représentante de sa famille.

— Ce n'est pas ce que je vous ai demandé.

— Je sais, mais… (Je m'interrompis net.) Tiens ! vous n'avez pas posé de question…

— Vous croyez que je ne fais que poser des questions ?

— Peu importe. Écoutez. J'adore Lissa. Je suis heureuse de consacrer ma vie à la protéger. Fin de l'histoire. De plus, allez-vous me dire, vous, une Moroï, à moi, une dhampir, que je ne devrais pas faire passer les Moroï avant tout ? Vous savez très bien comment fonctionne le système.

— Oui. Mais je ne suis pas ici pour l'analyser. Je suis ici pour vous aider à aller mieux.

— J'ai l'impression que vous allez avoir du mal à faire l'un sans l'autre…

Deirdre esquissa un sourire, puis leva les yeux vers la pendule.

— Notre séance d'aujourd'hui est terminée. Nous reviendrons là-dessus la prochaine fois.

Je croisai les bras sur ma poitrine.

— Je croyais que vous alliez me donner un avis lumineux ou me dire ce que je devais faire… Mais vous n'avez fait que me faire parler.

Elle eut un petit rire.

— Ce n'est pas ce que je pense, mais ce que pense le patient, qui importe vraiment dans une thérapie.

— Alors pourquoi en faire une ?

— Parce que nous ne savons pas toujours très bien ce que nous pensons ou éprouvons. Certaines choses sont plus faciles à découvrir lorsqu'on est guidé par quelqu'un d'autre. Vous allez souvent vous rendre compte que vous savez déjà ce que vous devez faire. Je peux vous aider à vous poser des questions que vous n'auriez pas formulées spontanément.

— Je vous accorde que vous êtes douée pour les questions, commentai-je sèchement.

— Quoi qu'il en soit, même si je n'ai pas d'avis « lumineux » à vous donner, j'aimerais en revanche que vous réfléchissiez à certaines choses d'ici à notre prochain rendez-vous. (Elle baissa les yeux vers son carnet et le tapota du bout de son crayon tout en réfléchissant.) Tout d'abord, j'aimerais que vous repensiez à la question que je vous ai posée sur Lissa. Qu'éprouvez-vous réellement à l'idée de lui consacrer votre vie entière ?

— Je vous l'ai déjà dit.

— Je sais. J'aimerais seulement que vous y réfléchissiez encore. Si votre réponse reste la même, c'est parfait. Et il y a encore autre chose à quoi je voudrais que vous songiez : demandez-vous si ce n'est pas précisément parce qu'il est indisponible que vous vous intéressez à ce garçon.

— C'est délirant. Ça n'a pas de sens…

— Vraiment ? Vous venez de me dire que vous ne pourrez jamais vous impliquer dans une relation amoureuse. N'est-il pas possible que le fait de désirer quelqu'un que vous ne pouvez pas avoir soit la manière qu'a trouvée votre inconscient de contourner le problème ? Si vous ne pouvez pas l'avoir, alors les sentiments que vous éprouvez pour lui et ceux que vous éprouvez pour Lissa n'entreront jamais en conflit. Vous n'aurez jamais à choisir…

— C'est une idée troublante, grommelai-je.

— Elle est censée l'être. C'est pour ça que je suis là.

— Et quel est le rapport avec Mason ?

— Ça a un rapport avec vous, Rose. Voilà ce qui est important.

J'avais quitté le bureau de la psychologue en ayant l'impression que mon cerveau avait fondu, et aussi celle d'être passée en jugement.

Si Deirdre s'était chargée d'interroger Victor, nous en aurions sans doute fini deux fois plus vite.

Je pensais aussi que Deirdre se trompait complètement de direction. Je n'éprouvais aucun ressentiment à l'égard de Lissa. Et l'idée que j'étais tombée amoureuse de Dimitri parce que nous ne pouvions pas être ensemble était ridicule. Je n'avais même jamais pensé à la contradiction qu'il y avait entre notre relation et notre devoir de gardiens avant qu'il m'en parle. J'étais tombée amoureuse de lui parce que... parce que c'était Dimitri. Parce qu'il était tendre, fort, drôle, féroce et terriblement beau. Parce qu'il me comprenait.

Pourtant, tandis que je me dirigeais vers le bâtiment principal, sa question continuait à me tarabuster. Je n'avais peut-être pas songé au risque que notre relation nous distraie de notre devoir, mais je savais depuis le début que son âge et son travail constituaient des barrières gigantesques. Cela avait-il joué un rôle ? Une part de moi savait-elle déjà qu'il ne pourrait jamais rien se passer entre nous, ce qui me permettrait de rester toujours entièrement dévouée à Lissa ?

Non, décidai-je résolument. C'était ridicule. Deirdre était peut-être douée pour poser des questions, mais elle ne posait pas les bonnes.

— Rose !

Je tournai la tête vers la droite et vis Adrian traverser la pelouse dans ma direction sans se soucier que la neige fondue abîme ses chaussures de marque.

— Est-ce que tu viens vraiment de m'appeler « Rose » ? lui demandai-je. Et non « petite dhampir » ? Je ne crois pas que cela se soit jamais produit.

— Ça m'arrive tout le temps, répliqua-t-il en me rattrapant.

Nous entrâmes dans le bâtiment. Comme les cours n'étaient pas finis, les couloirs étaient déserts.

— Où est ta moitié ? demanda-t-il.

— Christian ?

— Non, Lissa. Tu peux me dire où elle se trouve, n'est-ce pas ?

— Oui. Je peux te le dire parce que c'est la dernière heure de cours et qu'elle est en classe, comme tout le monde. Tu oublies toujours que cet endroit est un lycée pour le reste d'entre nous.

Il sembla déçu.

— J'ai découvert de nouveaux cas dont je voulais discuter avec elle. D'autres cas de suggestion hors du commun…

— Ça alors ! Tu as vraiment réalisé quelque chose de productif ? Je suis impressionnée.

— Tu peux parler, toi, dont toute l'existence se résume à frapper des gens… Vous êtes des barbares, vous autres dhampirs, mais c'est pour cela qu'on vous aime.

— À vrai dire… nous ne sommes pas les seuls à frapper des gens, ces derniers temps. (J'avais presque oublié mon histoire de société secrète réservée à l'élite, tant je me souciais de multiples choses à la fois… J'avais l'impression d'essayer de retenir de l'eau dans mes mains. C'était risqué, mais je devais lui poser la question.) Est-ce que le mot « Mână » te dit quelque chose ?

Il s'adossa au mur et sortit son paquet de cigarettes.

— Bien sûr.

— Tu es à l'intérieur, lui fis-je remarquer.

— Quoi ? Ah ! c'est vrai. (Il rangea son paquet dans la poche de son manteau.) La moitié des élèves de cette académie ne sont-ils pas censés étudier le roumain ? Ça veut dire « main ».

— J'étudie l'anglais.

« Main ». Cela n'avait aucun sens.

— Pourquoi cet intérêt soudain pour les langues étrangères ?

— Je ne sais pas. J'ai dû me tromper. Je croyais que ç'avait un rapport avec ce qui arrive à ces Moroï de sang royal…

Une idée le frappa tout à coup.

— Seigneur ! pas ça… Le font-ils ici aussi ?

— Faire quoi ?

— La Mână. La Main. C'est une stupide société secrète qui apparaît de temps à autre dans les académies. Une cellule s'était développée à Alder lorsque j'y étais. En général, une poignée de nobles se réunissent en secret pour se féliciter d'être à ce point supérieurs aux autres.

—Alors c'est bien ça. (Les pièces du puzzle se mettaient en place.) C'est la petite bande de Jesse et Ralf; celle dans laquelle ils ont essayé d'attirer Christian. Voilà ce qu'est cette Mână.

—Lui? (Adrian éclata de rire.) Ils devaient vraiment être désespérés, et je ne dis pas cela contre Christian. Simplement, il n'est vraiment pas la recrue idéale pour ce genre de groupe...

—De fait, il les a envoyés se faire voir assez brutalement. Quel est le but de cette société secrète, au juste?

Il haussa les épaules.

—Le même que celui de toutes les autres. C'est une manière que les gens ont trouvée de se sentir mieux dans leur peau. Tout le monde aime se sentir spécial. Le fait d'entrer dans un groupe élitiste est une manière d'éprouver ça.

—Et tu n'en as jamais fait partie?

—Inutile! Tout le monde sait déjà que je suis quelqu'un de spécial.

—D'après Jesse et Ralf, les nobles devaient s'allier à cause de toutes les controverses qui ont cours en ce moment: la magie offensive, les gardiens et tout ça... Ils prétendent pouvoir y changer quelque chose.

—Pas à cet âge, répondit Adrian. Ils ne peuvent pas faire grand-chose d'autre que parler. Quand ils deviennent adultes, il arrive que des membres de la Mână fassent alliance et continuent de se réunir en secret.

—C'est tout? Ils se retrouvent pour parler et s'écouter parler?

Son expression devint songeuse.

—Ils y consacrent beaucoup de temps, c'est certain. Mais, quand une cellule se forme quelque part, il y a généralement un projet précis que ses membres veulent faire aboutir en secret. Puisque chaque groupe a ses spécificités, celui-ci a probablement un plan, un programme, ou quelque chose du genre.

Un plan ou un programme. Je n'aimais pas cela. Surtout si Jesse et Ralf étaient impliqués.

— Tu en sais beaucoup pour quelqu'un qui n'en fait pas partie…

— Mon père en a fait partie. Il n'en parle pas souvent, parce que c'est secret, mais j'ai appris une ou deux choses… Et puis j'en ai de nouveau entendu parler quand j'étais au lycée.

Je m'appuyai contre le mur. La pendule du mur d'en face m'indiqua que les cours étaient presque terminés.

— Est-ce que des gens se faisaient passer à tabac ? D'après ce que je sais, au moins quatre Moroï ont été attaqués. Ils refusent d'en parler.

— Qui ? Des Moroï roturiers ?

— Non. Des Moroï de sang royal.

— Ça n'a pas de sens. Le but ultime de ces sociétés est de permettre à l'élite de se regrouper pour se protéger du changement. À moins peut-être qu'ils s'en prennent aux nobles qui refusent de se joindre à eux ou soutiennent la cause adverse…

— Peut-être… mais l'une des victimes est le frère de Jesse, qui semble être l'un des membres fondateurs. On s'attendrait qu'ils soient dans le même camp. Et ils n'ont rien fait à Christian quand il les a jetés.

Adrian écarta les bras.

— Même moi, je ne sais pas tout ! Et, comme je te l'ai dit, ce groupe particulier a probablement son propre plan qu'il tient secret. (Je soupirai de frustration, ce qui me valut un regard interrogateur d'Adrian.) Pourquoi t'en soucies-tu autant ?

— Parce que ce n'est pas juste. Les élèves que j'ai vus étaient dans un sale état. Si un groupe d'illuminés s'amuse à tabasser les gens, il faut y mettre un terme.

Adrian éclata de rire et se mit à jouer avec une de mes mèches de cheveux.

— Tu ne pourras pas sauver tout le monde… Et pourtant Dieu sait que tu essaies !

— Je veux seulement faire ce qui me paraît juste. (Me rappelant les commentaires de Dimitri sur le Far West, je ne pus m'empêcher de sourire.) J'ai besoin de faire régner la justice là où c'est nécessaire.

— Ce qu'il y a de plus fou là-dedans, petite dhampir, c'est que tu penses vraiment ce que tu dis. Je le vois à ton aura.

— Attends… Es-tu en train de dire qu'elle n'est plus noire ?

— Elle est toujours sombre, assurément. Mais elle est parcourue d'un peu de lumière, comme des fils d'or ou des rayons de soleil…

— Ta théorie est peut-être fausse, alors… Je ne récupère pas la noirceur de Lissa…

J'avais fait tout mon possible pour ne plus penser à ce que j'avais appris sur Anna la nuit précédente. Le fait de parler de la théorie d'Adrian venait de réveiller toutes mes craintes de la veille : la folie, le suicide…

— Ça dépend, répondit-il. Quand as-tu vu Lissa pour la dernière fois ?

Je lui donnai un léger coup de coude.

— Tu n'en sais rien, n'est-ce pas ? Tu inventes au fur et à mesure…

Il saisit mon poignet et m'attira tout près de lui.

— N'est-ce pas ta manière habituelle de procéder ?

Je lui souris malgré moi. Notre proximité me permit d'apprécier la beauté du vert de ses yeux. En fait, même si je passais mon temps à me moquer de lui, je devais bien reconnaître que le reste de sa personne était aussi agréable à regarder. Ses doigts étaient chauds, et il y avait quelque chose de sexy dans la manière dont il tenait mon poignet. Je repensai aux paroles de Deirdre et tâchai d'analyser ce que je ressentais. Les menaces de la reine mises à part, Adrian était un garçon techniquement disponible. M'attirait-il ? Éprouvais-je de l'excitation à me trouver si près de lui ?

La réponse était « non ». Pas de la même manière qu'avec Dimitri. Adrian était sexy à sa façon, mais il ne me faisait pas perdre la tête comme Dimitri. Était-ce parce qu'il se montrait si outrageusement disponible ? Deirdre avait-elle raison de me soupçonner de ne désirer que des relations impossibles ?

— Tu sais, commenta-t-il en interrompant le fil de mes pensées. En d'autres circonstances, nous aurions pu vivre un moment assez intense… sauf que tu me regardes comme si j'étais une sorte de projet scientifique.

De fait, c'était exactement l'angle sous lequel je le considérais.

— Pourquoi n'utilises-tu jamais la suggestion sur moi ? lui demandai-je. Je veux dire… pour autre chose que pour m'empêcher de me battre.

— Parce que le plaisir de te courtiser tient pour moitié au fait que ce soit si difficile.

Une nouvelle idée me vint.

— Fais-le.

— Faire quoi ?

— Utilise la suggestion sur moi.

— Quoi ?

Adrian était authentiquement surpris, ce qui lui arrivait rarement.

— Sers-toi de la suggestion pour me donner envie de t'embrasser, sauf que tu dois me promettre de ne pas vraiment m'embrasser.

— C'est une idée franchement tordue. Et, quand je dis que quelque chose est tordu, il y a de quoi s'inquiéter…

— S'il te plaît.

Il soupira, puis plongea son regard dans le mien. J'eus l'impression de me noyer dans une mer verte. Plus rien d'autre n'exista au monde que ces yeux.

— J'ai envie de t'embrasser, Rose, dit-il avec douceur. Et je veux que tu en aies envie toi aussi. (Son corps me parut subitement désirable sous tous ses aspects : ses lèvres, ses mains, son odeur. J'étais brûlante et aspirais à l'embrasser de tout mon être. Rien ne me faisait plus envie que ce baiser. Je levai mon visage vers le sien et m'approchai. Je pouvais presque goûter ses lèvres.) En as-tu envie ? me demanda-t-il d'une voix toujours douce comme du velours. As-tu envie de m'embrasser ?

Rien ne m'avait jamais fait plus envie. Autour de moi, le monde s'était brouillé et seules ses lèvres avaient encore de la netteté.

— Oui.

Il se pencha davantage pour placer sa bouche presque contre la mienne. Nous en étions si proches… puis il s'arrêta.

— C'est fini, annonça-t-il en s'écartant.

Je revins aussitôt à la réalité. Le brouillard dans lequel je baignais avait disparu, tout comme mon désir. Sous l'effet de la suggestion, j'avais assurément eu envie de l'embrasser. Pourtant, même sous l'effet de la suggestion, je n'avais pas éprouvé l'attirance électrique et incontrôlable que j'éprouvais pour Dimitri ; cette impression que nous étions presque la même personne et que des forces qui nous dépassaient nous avaient liés l'un à l'autre. Avec Adrian, mon désir n'avait été qu'une réaction mécanique.

Deirdre s'était trompée. Si mon attirance pour Dimitri n'avait été qu'une ruse de mon inconscient, elle aurait dû être aussi superficielle que l'attirance forcée que je venais d'éprouver pour Adrian. Or elles n'avaient rien à voir. Avec Dimitri, il s'agissait d'amour, et non d'un simple tour de mon esprit.

— Hmm, dis-je.

— « Hmm » ? me demanda Adrian en m'étudiant avec amusement.

— Hmm.

Le troisième « Hmm » ne venait ni de lui ni de moi. Je tournai la tête et vis Christian qui nous observait de l'autre bout du couloir. Je m'écartai d'Adrian à l'instant précis où la sonnerie retentit. Le bruit des élèves qui se précipitaient hors des salles de classe gronda dans les couloirs.

— Je vais pouvoir voir Lissa, déclara joyeusement Adrian.

— Tu m'accompagnes dans la salle des sources, Rose ? me demanda Christian.

Sa voix était atone et son expression indéchiffrable.

— Je ne suis pas censée te protéger aujourd'hui.

— Mettons que ta charmante compagnie me manque…

Je dis au revoir à Adrian et traversai le réfectoire avec Christian.

— Que se passe-t-il ? lui demandai-je.

— À toi de me le dire. C'est toi qui étais sur le point de tomber dans les bras d'Adrian.

— C'était une expérience, lui expliquai-je. Dans le cadre de ma thérapie.

— Mais dans quel genre de thérapie t'es-tu lancée ?

Nous atteignîmes la salle des sources. Même s'il était sorti de cours parmi les premiers, il y avait déjà quelques personnes dans la file d'attente.

— Et d'abord, qu'est-ce que ça peut te faire ? lui demandai-je. Tu devrais être content. Ça veut dire qu'il ne tente pas de séduire Lissa.

— Il pourrait essayer de vous séduire toutes les deux.

— À quoi joues-tu ? Tu es mon grand frère, maintenant ?

— Contrarié, voilà ce que je suis.

En jetant un coup d'œil par-dessus son épaule, je vis Jesse et Ralf entrer dans la salle.

— Eh bien, garde ta contrariété pour toi si tu ne veux pas que tes amis l'apprennent.

Mais Jesse était trop occupé à se disputer avec la responsable des sources pour nous espionner.

— Je n'ai pas le temps d'attendre, lui disait-il. J'ai quelque chose à faire.

Elle nous désigna, ainsi que les autres élèves qui se trouvaient dans la file d'attente.

— Ces personnes sont arrivées avant vous.

Jesse la regarda droit dans les yeux et lui sourit.

— Vous pouvez faire une exception, rien que pour cette fois.

— C'est ça, il est pressé, ajouta Ralf d'une voix que je ne lui avais jamais entendue, plus douce, moins agaçante que sa voix ordinaire. Contentez-vous d'écrire son nom en haut de la liste.

La responsable parut sur le point de les rembarrer, puis son expression devint étrange, distraite. Elle baissa les yeux vers sa liste, y écrivit quelque chose, puis laissa son regard se perdre au loin. Quelques secondes plus tard, elle tourna vivement la tête, le regard de nouveau perçant. Elle fronça les sourcils.

— Qu'est-ce que j'étais en train de faire ?

— Vous étiez en train de vérifier mon nom, répondit Jesse. (Il lui montra sa liste.) Vous voyez ?

Elle baissa les yeux, stupéfaite.

— Pourquoi votre nom se trouve-t-il en haut de la liste ? Ne venez-vous pas d'arriver ?

— Nous sommes venus nous inscrire un peu plus tôt. Vous nous avez dit que ça ne poserait pas de problème.

Visiblement déconcertée, elle baissa encore les yeux. Elle ne se souvenait pas de les avoir vus plus tôt, puisqu'ils n'étaient pas venus, mais elle n'arrivait pas à comprendre pourquoi le nom de Jesse se trouvait en haut de sa liste. Quelques instants plus tard, elle haussa les épaules et parut conclure que le problème ne méritait pas qu'elle y consacre plus de temps.

— Allez attendre avec les autres. Vous serez les prochains.

Dès que Jesse et Ralf se furent approchés de nous, je me tournai vers eux.

— Vous avez utilisé la suggestion sur elle, crachai-je.

Jesse paniqua un instant, puis sa vantardise habituelle reprit le dessus.

— Peu importe. Je l'ai convaincue, c'est tout. Et puis quoi ? Tu as l'intention de me dénoncer ?

— Il n'y a rien à dénoncer, pouffa Christian. C'est la plus mauvaise suggestion que j'aie jamais vue.

— Comme si tu en avais vu, ricana Ralf.

— Des tas, répliqua Christian. Et faites par des gens beaucoup plus agréables à regarder que vous. Mais peut-être est-ce pour cette raison que les vôtres sont si mauvaises.

Ralf semblait particulièrement offensé que Christian ne le considère pas comme une personne agréable à regarder, mais

Jesse lui donna un coup de coude et commença à se détourner de nous.

— Oublie-le. Il a eu sa chance.

— Sa chance de… (Je me souvins tout à coup que Brandon avait faiblement essayé d'employer la suggestion sur moi pour me convaincre que ses bleus n'étaient rien. D'après Jill, Brett Ozéra avait convaincu un professeur que les siens n'étaient rien. Jill avait été surprise que le professeur abandonne le sujet si rapidement. Brett avait dû utiliser la suggestion. Des ampoules s'allumèrent à différents endroits de mon cerveau et je commençai à relier les informations entre elles. Le problème était que je n'arrivais pas encore à débrouiller tous les fils de l'histoire.) C'est ça, votre truc, n'est-ce pas ? Votre stupide Mână et le fait que vous tabassiez les gens. Ça a quelque chose à voir avec la suggestion.

Je comprenais encore mal comment tout cela s'assemblait, mais l'air surpris de Jesse me confirma que je tenais une piste, même s'il répondit :

— Tu ne sais pas de quoi tu parles.

Je profitai de mon avantage en espérant que quelques attaques faites à l'aveuglette allaient le rendre assez furieux pour qu'il dévoile quelque chose qu'il n'était pas censé dire.

— Où est l'intérêt ? Cela vous procure-t-il un sentiment de puissance de réaliser ces tours de magie ridicules ? Parce que ce n'est rien de plus, vous savez. Vous n'y connaissez vraiment rien en matière de suggestion. J'en ai vu qui vous feraient marcher sur les mains et vous jeter par la fenêtre.

— Nous en apprenons bien plus que tu peux même l'imaginer, riposta Jesse. Et quand je découvrirai qui a parlé…

Il n'eut pas l'occasion d'achever sa menace, car on appela son nom à cet instant. Dès que Ralf et lui se furent éloignés, Christian se tourna vers moi.

— Que se passe-t-il ? Qu'est-ce que c'est que la Mână ?

Je lui fis un rapide résumé de l'explication d'Adrian.

— C'est le groupe dans lequel ils voulaient que tu entres. Ils doivent s'entraîner à la suggestion en cachette. D'après Adrian, il s'agit toujours de groupes de nobles qui agissent dans l'ombre afin de conserver le contrôle des choses dans les périodes de crise. Ils doivent penser que la suggestion est la réponse à leur problème... J'imagine que c'était de ça qu'ils parlaient quand ils t'ont dit qu'ils avaient les moyens de t'aider à obtenir ce que tu voulais. S'ils savaient à quel point tu es nul en suggestion, ils ne t'auraient sans doute jamais rien proposé.

Il fronça les sourcils, vexé que je lui rappelle la seule fois où il avait tenté, en vain, de contraindre quelqu'un par suggestion à la résidence de sports d'hiver.

— Et quel est le rapport avec les élèves tabassés ?

— Voilà le mystère.

Christian fut appelé à cet instant et je cessai d'échafauder des théories avant de posséder davantage d'informations et de pouvoir agir. Je remarquai vers quelle source on nous entraînait.

— C'est encore Alice ? Comment fais-tu pour l'avoir chaque fois ? Est-ce que tu la demandes spécifiquement ?

— Non, mais je pense que certaines personnes demandent spécifiquement à ne pas l'avoir.

Comme toujours, Alice fut ravie de nous voir.

— Rose. Nous protèges-tu toujours ?

— Je le ferais si on m'y autorisait, répondis-je.

— Ne sois pas trop pressée, m'avertit-elle. Garde tes forces. Si tu es trop impatiente de combattre les non-morts, tu pourrais te retrouver parmi eux. Alors tu ne nous verrais plus et nous serions très tristes.

— C'est ça, ajouta Christian. Je pleurerais dans mon oreiller toutes les nuits.

Je réprimai une envie de lui donner un coup de pied.

— C'est vrai que je ne pourrais pas vous rendre visite si je me transformais en Strigoï, mais j'espère bien mourir normalement. Alors je pourrais venir vous voir sous forme de fantôme.

Quelle tristesse que je plaisante sur ce qui m'a le plus terrifiée ces derniers temps, songeai-je. De toute manière, Alice ne me trouva pas drôle et secoua la tête.

— Non, tu ne pourrais pas. Les protections t'empêcheraient d'entrer.

— Les protections n'empêchent d'entrer que les Strigoï, lui rappelai-je avec douceur.

Un regard de défi remplaça son habituel air égaré.

— Les protections empêchent d'entrer tout ce qui n'est pas vivant, qu'il s'agisse de mort ou de non-mort.

— Tiens donc! s'exclama Christian.

— Les protections n'empêchent pas les fantômes d'entrer, rétorquai-je, puisque j'en ai vu.

Étant donné l'instabilité mentale d'Alice, je n'éprouvais aucune gêne à discuter de la mienne avec elle. En fait, c'était plutôt rafraîchissant de parler de tout cela avec quelqu'un qui ne risquait pas de me juger. À la vérité, elle semblait considérer notre conversation comme parfaitement normale.

— Si tu as vu des fantômes, c'est que nous ne sommes plus en sécurité.

— Je te l'ai dit la dernière fois: notre système de sécurité est excellent.

— Peut-être que quelqu'un a commis une erreur, argua-t-elle de manière remarquablement cohérente. Peut-être que quelqu'un a raté quelque chose. Les protections sont faites de magie. La magie est vivante. Pour la même raison que les Strigoï, les fantômes ne peuvent pas les traverser. Ils ne sont pas vivants. Si tu as vu un fantôme, c'est que les protections n'ont pas rempli leur rôle. (Elle marqua une pause.) Ou bien que tu es folle.

Christian éclata de rire.

— Tu as ta réponse, Rose. Directement puisée à la source. (Je lui jetai un regard furieux. Il offrit un sourire à Alice.) Néanmoins, je voudrais dire pour défendre Rose qu'elle a raison à propos des protections. L'académie n'arrête pas de les contrôler. Il n'y a que la Cour royale qui bénéficie de meilleures protections que nous, et les deux endroits regorgent de gardiens. Cesse d'être paranoïaque.

Je détournai les yeux lorsqu'il se nourrit. J'avais eu tort d'écouter Alice. Ce n'était pas une source d'information très fiable, même si elle vivait là depuis longtemps. Pourtant… sa logique tordue avait une certaine cohérence. Si les protections empêchaient les Strigoï d'entrer, pourquoi pas aussi les fantômes ? Bien sûr, les Strigoï étaient des morts qui revenaient physiquement en ce monde pour chasser les vivants, mais le raisonnement d'Alice était juste : ils étaient aussi morts que les fantômes. Mais Christian et moi avions raison aussi : les protections de l'académie étaient solides. Les mettre en place requérait beaucoup de pouvoir. Tous les Moroï ne pouvaient pas se permettre d'en faire installer autour de leur maison, mais des institutions comme les académies ou la Cour royale les entretenaient soigneusement.

La Cour royale…

Alors même que mon séjour y avait été incroyablement stressant, je n'y avais croisé aucun fantôme. Si ces apparitions étaient vraiment dues au stress, mes discussions avec Victor et la reine ne leur auraient-elles pas fourni de merveilleuses occasions de se produire ? Le fait qu'il ne s'était rien passé là-bas tendait à ruiner la théorie posttraumatique. Je n'avais pas vu de fantômes avant notre atterrissage à l'aéroport de Martinville.

Qui n'avait pas de protections.

Je faillis en perdre le souffle. La Cour avait de puissantes protections. Je n'y avais pas vu de fantômes. L'aéroport, qui appartenait au monde des humains, n'avait pas de protections. J'y avais été bombardée d'apparitions fantomatiques. J'en avais aussi aperçu du coin de l'œil dans l'avion, qui n'avait pas de protections lorsqu'il était en vol.

Je tournai les yeux vers Christian et Alice, qui venaient de finir. Se pouvait-il qu'elle ait raison ? Les protections empêchaient-elles

les fantômes d'entrer ? Et, si c'était bien le cas, que se passait-il à l'académie ? Si les protections avaient été intactes, je n'aurais rien dû voir, comme à la Cour. Si les protections avaient cessé de fonctionner, j'aurais dû être assaillie, comme à l'aéroport. Au lieu de cela, l'académie se trouvait quelque part entre les deux. Les apparitions ne s'y produisaient qu'occasionnellement. Cela n'avait aucun sens.

Je n'étais certaine que d'une seule chose : si les protections de l'académie avaient un problème, je n'étais pas la seule à être en danger.

Chapitre 21

J'eus du mal à attendre la fin de cette journée. J'avais promis à Lissa de passer du temps avec elle et les autres après les cours. Cela aurait dû être un moment agréable, mais je sentis les minutes s'éterniser. J'étais trop inquiète. Lorsque l'heure du couvre-feu approcha, je les quittai pour courir vers mon dortoir. Je demandai à la femme postée derrière le bureau d'accueil d'appeler la chambre de Dimitri – inaccessible aux élèves – parce que j'avais une question « urgente » à lui poser. Elle venait de décrocher son téléphone lorsque Céleste passa dans le hall d'entrée.

— Il n'est pas là, me dit-elle. (Elle avait un large bleu sur une joue. Un novice l'avait visiblement terrassée ; un novice qui n'était pas moi.) Je crois qu'il s'est rendu à la chapelle. Tu vas devoir attendre demain pour le voir. Tu n'as plus le temps de faire l'aller-retour avant le couvre-feu.

J'acquiesçai docilement et fis semblant de me diriger vers ma chambre. Au lieu de cela, je quittai le dortoir dès qu'elle fut hors de vue et courus vers la chapelle. Elle avait raison : il n'était pas possible que je fasse l'aller-retour avant le couvre-feu. Heureusement, Dimitri pourrait me faire regagner ma chambre en m'épargnant de me faire prendre.

Je trouvai les portes de la chapelle ouvertes et entrai. Tous les cierges étaient allumés et leur éclat faisait scintiller les ornements dorés de la nef. Le prêtre devait être encore là. Pourtant, il n'était pas dans le sanctuaire. Cependant, j'y trouvai Dimitri.

Il s'était assis au dernier rang. Il n'était ni agenouillé, ni en train de prier, mais simplement assis, et semblait assez détendu. Même s'il n'était pas pratiquant, il m'avait confié qu'il trouvait la paix dans cet endroit. Il pouvait y réfléchir sur sa propre vie et les actes qu'il avait commis.

Je le trouvais toujours beau mais, à cet instant, je faillis m'arrêter net pour l'admirer. C'était peut-être à cause du décor, de tout ce bois poli et des icônes colorées. Peut-être n'était-ce que la manière dont la lumière des cierges faisait briller ses cheveux bruns. Peut-être était-ce parce qu'il avait baissé sa garde et semblait presque vulnérable. Il était toujours si tendu, si concentré... Mais même lui avait besoin d'un moment de répit de temps à autre. À mes yeux, il avait un éclat particulier, un peu comme Lissa. Sa tension habituelle revint dès qu'il m'entendit approcher.

— Est-ce que tout va bien, Rose ?

Comme il s'apprêtait à se lever, je lui fis signe de rester où il était et allai prendre place à côté de lui. Il flottait une légère odeur d'encens dans l'air.

— Oui. Enfin... à peu près. Pas de nouvelle crise, si c'est ce qui t'inquiète. Je voulais seulement te poser une question. Ou plutôt t'exposer une théorie.

Je lui rapportai ma conversation avec Alice et lui fis part de mes conclusions. Il m'écouta patiemment, l'air songeur.

— Je connais Alice. Je ne pense pas qu'elle soit très fiable, commenta-t-il lorsque j'eus fini.

C'était le même argument qu'il avait déjà employé à propos de Victor.

— Je sais. J'ai d'abord pensé la même chose. Mais une bonne partie de sa théorie est cohérente.

— Pas tout à fait. Comme tu l'as toi-même mentionné, comment se fait-il que tes visions soient irrégulières à l'académie ? Ça ne colle pas avec la théorie des protections. Tu devrais te sentir ici comme dans l'avion.

— Et si les protections étaient seulement affaiblies ?

Il secoua la tête.

— C'est impossible. Il leur faut des mois pour s'affaiblir et on en met de nouvelles en place toutes les deux semaines.

— Si souvent ? m'étonnai-je sans pouvoir dissimuler ma déception. (Je savais que les travaux de maintenance étaient fréquents, mais pas qu'ils l'étaient à ce point. La théorie d'Alice avait presque fourni une explication sensée qui n'impliquait pas que je sois folle.) Peut-être les a-t-on endommagées à coups de pieu, suggérai-je. Grâce à l'aide d'humains, comme ça s'est déjà produit…

— Les gardiens font plusieurs rondes par jour. S'il y avait un pieu planté dans le sol en bordure du campus, nous l'aurions remarqué.

Je soupirai.

Dimitri posa sa main sur la mienne, ce qui me fit tressaillir. Il ne l'écarta pas pour autant et, comme cela lui arrivait si souvent, il devina mes pensées.

— Tu as cru que sa théorie allait tout expliquer.

J'acquiesçai.

— Je n'ai pas envie d'être folle.

— Tu n'es pas folle.

— Mais tu ne crois pas que je voie vraiment des fantômes.

Il détourna les yeux et laissa son regard se perdre dans le scintillement des cierges disposés sur l'autel.

— Je ne sais pas. J'essaie toujours de garder l'esprit ouvert. Et le stress et la folie ne sont pas exactement la même chose.

— Je sais, admis-je en ayant toujours une conscience très nette de la chaleur de sa main sur la mienne. (Je me sentis coupable de nourrir de telles pensées dans un lieu saint.) Mais… il y a autre chose.

Je lui expliquai l'hypothèse selon laquelle Anna aurait « attrapé » la folie de saint Vladimir, ainsi que les observations qu'Adrian avait faites sur nos auras. Son regard méditatif revint se poser sur moi.

— En as-tu parlé à quelqu'un d'autre ? à Lissa ? à ta psychologue ?

— Non, murmurai-je, incapable de soutenir son regard. J'avais peur de ce qu'elles allaient en penser.

Il fit pression sur mes doigts.

— Il faut que tu arrêtes de te comporter comme ça. Tu n'as pas peur de te mettre en danger, mais tu es terrifiée à l'idée de te confier à quelqu'un.

— Je ne sais pas..., répondis-je en levant les yeux vers lui. Peut-être.

— Alors pourquoi m'en parles-tu ?

Je lui souris.

— Parce que tu m'as dit que je devais apprendre à me fier aux autres et que j'ai confiance en toi.

— Mais pas en Lissa ?

Mon sourire disparut.

— J'ai une confiance absolue en elle. Mais je ne veux pas lui dire des choses qui risqueraient de l'inquiéter. J'imagine que c'est encore une manière de la protéger, tout comme je la tiens à l'abri des Strigoï.

— Elle est plus forte que tu le crois. Et elle ferait n'importe quoi pour t'aider.

— Alors quoi ? Tu préférerais que je me confie à elle et non à toi ?

— Non. Je préférerais que tu te confies à nous deux. Je pense que ce serait bon pour toi. Est-ce que ce qui est arrivé à Anna te gêne ?

— Non, répondis-je en fuyant de nouveau son regard. Ça me terrifie. (Cet aveu nous stupéfia l'un et l'autre. Je ne m'attendais certainement pas à le faire. Nous restâmes pétrifiés pendant un instant, puis Dimitri me prit dans ses bras et m'attira contre son torse. En posant ma joue contre le cuir de son manteau et en écoutant les battements réguliers de son cœur, je sentis un sanglot s'élever du plus profond de moi.) Je ne veux pas devenir comme ça, lui confiai-je. Je veux être comme n'importe qui, avoir un esprit... normal ; d'après mes critères, évidemment. Je ne veux pas perdre le contrôle. Je ne veux pas devenir comme Anna et finir par me tuer. J'aime la vie.

Je mourrais sans hésitation pour sauver mes amis, mais j'espère que ça ne se produira pas. J'espère que nous vivrons tous longtemps et heureux, « une grande famille heureuse », comme a dit Lissa. Il y a tant de choses que j'aimerais faire, mais j'ai si peur... peur de devenir comme elle... J'ai peur de ne pas être capable de l'empêcher...

Il me serra plus fort.

— Ça ne va pas t'arriver, murmura-t-il. Tu es farouche et impulsive, mais ça ne t'empêche pas d'être l'une des personnes les plus fortes que je connaisse. Même si tu es dans la même situation qu'Anna, et je ne pense pas que ce soit le cas, vous n'aurez pas le même destin. (C'était étrange. J'avais souvent dit la même chose à Lissa à propos de sa ressemblance avec Vladimir. Elle avait toujours eu du mal à me croire et je comprenais désormais pourquoi. Il était plus facile de donner des conseils que de les suivre.) Et puis tu oublies quelque chose, poursuivit-il en glissant sa main dans mes cheveux. Si la magie de Lissa représente un danger pour toi, au moins tu le sais. Il suffit qu'elle arrête de la pratiquer pour mettre fin au problème.

Je m'écartai légèrement pour pouvoir le regarder en passant hâtivement ma main sur mes yeux au cas où des larmes m'auraient échappé.

— Mais est-ce que je peux lui demander ça ? J'ai senti le bonheur que ça lui faisait éprouver. Je ne suis pas sûre d'avoir le droit de l'en priver.

Il m'observa avec surprise.

— Même au prix de ta propre vie ?

— Vladimir a accompli de grandes choses... Elle pourrait en faire autant. Et puis, ils passent avant tout, non ?

— Pas toujours. (J'écarquillai les yeux. On avait gravé la devise « Ils passent avant tout » dans mon esprit dès ma plus tendre enfance. C'était le principe que respectaient tous les gardiens. Seuls les dhampirs qui fuyaient leur devoir n'y souscrivaient pas. Ce qu'il venait de dire relevait presque de la trahison.) Tu dois apprendre à penser d'abord à toi de temps à autre, Rose.

Je secouai la tête.

— Pas avec Lissa.

C'était comme me retrouver une fois de plus face à Ambrose ou Deirdre. Pourquoi fallait-il, tout à coup, que tout le monde remette en cause quelque chose que j'avais tenu pour une vérité absolue toute ma vie ?

— C'est ton amie. Elle comprendra.

Pour se faire bien comprendre, il tira sur le *chotki* qui dépassait de ma manche en me frôlant le poignet du bout des doigts au passage.

— Il représente plus que ça, dis-je en lui montrant la croix. Il prouve que je suis liée à elle, et que mon rôle est de protéger les Dragomir à tout prix.

— Je sais, mais...

Il n'acheva pas. Qu'aurait-il pu dire, de toute manière ? Cela commençait à devenir une vieille discussion, et nous savions qu'elle était sans issue.

— Il faut que j'y retourne, annonçai-je tout à coup. Le couvre-feu est dépassé depuis longtemps.

Dimitri esquissa un sourire ironique.

— Et tu as besoin de mon aide pour ne pas avoir d'ennuis.

— Disons que j'espérais...

Nous entendîmes du bruit près de la porte du sanctuaire et le père Andrew entra, ce qui mit un terme définitif à notre entrevue. Il se préparait à fermer la chapelle. Dimitri le remercia, puis nous nous dirigeâmes vers le dortoir des dhampirs. En chemin, nous ne parlâmes ni l'un ni l'autre, mais c'était un silence confortable. C'était étrange... Si impossible que cela paraisse, j'avais l'impression que notre relation avait passé un nouveau cap depuis son emportement à la sortie de l'infirmerie.

Dimitri me permit de franchir sans encombre le bureau d'accueil. Alors que je m'apprêtais à me diriger vers ma chambre, nous croisâmes un gardien nommé Yuri. Dimitri l'interpella.

— Tu travailles à la sécurité, n'est-ce pas ? Quand les dernières protections ont-elles été posées ?

Yuri réfléchit un instant.

— Il y a quelques jours, pourquoi ?

Dimitri me jeta un regard éloquent.

— Simple curiosité.

Je hochai la tête pour montrer à Dimitri que j'avais compris, puis regagnai ma chambre.

La semaine suivante se déroula exactement comme la précédente. Je suivis Christian pendant trois jours, rendis visite à ma psychologue et m'entraînai avec Dimitri. Lorsque nous étions ensemble, je lisais de l'inquiétude sur son visage. Il me demandait toujours comment j'allais sans me forcer à parler des sujets qui me contrariaient. Il me faisait subir surtout des entraînements physiques, ce qui m'allait très bien, puisqu'ils n'exigeaient pas beaucoup de réflexion.

Surtout, je ne revis pas une seule fois Mason.

Je ne fus témoin d'aucune attaque, ni des gardiens ni de la Mână. Nous étions parvenus au milieu de l'exercice de terrain et tous les autres novices de ma classe se battaient régulièrement. Les mises à l'épreuve devenaient plus complexes, plus difficiles, et tout le monde était sur ses gardes. Eddie semblait devoir défendre Lissa tous les deux jours d'une attaque d'un gardien jouant au Strigoï, mais cela ne se produisait jamais en ma présence. En fait, personne n'était jamais attaqué en ma présence. Après quelque temps, je commençai à comprendre pourquoi. Ils me ménageaient, de peur que je ne sois pas capable de le supporter.

— Ils auraient aussi bien pu me dispenser d'exercice de terrain, finalement, grommelai-je un soir devant Christian. Je ne fais strictement rien.

— C'est vrai. Mais quelle importance, s'ils te donnent quand même ton diplôme ? As-tu vraiment envie de te battre tous les jours ? (Il fit une grimace.) Oublie ma question. Bien sûr que tu en as envie.

— Tu ne comprends pas, lui dis-je. Ce n'est pas un travail où on peut se la couler douce. J'ai envie de prouver ce dont je suis capable, à eux comme à moi. On ne s'entraîne jamais trop. C'est la vie de Lissa qui est en jeu, après tout.

Et peut-être aussi mon avenir avec elle. J'étais déjà inquiète à l'idée qu'ils puissent décider de me remplacer avant même qu'ils me croient folle.

C'était presque l'heure du couvre-feu et je le raccompagnais à son dortoir pour la nuit. Il secoua la tête.

— Rose, je ne sais pas si tu es folle ou non, mais je commence à penser que tu es sans doute la meilleure gardienne, ou future gardienne, de l'académie.

— Est-ce que tu viens vraiment de me faire un compliment dénué de moquerie ? lui demandai-je.

— Bonne nuit, conclut-il en me tournant le dos pour entrer dans son dortoir.

Malgré le chaos qui régnait dans ma vie, je ne pus m'empêcher d'esquisser un sourire en repartant vers mon propre dortoir. Les déplacements me rendaient toujours nerveuse, depuis que je vivais dans la crainte perpétuelle de voir apparaître Mason. Mais d'autres élèves se hâtaient également de rentrer avant le couvre-feu et il se montrait surtout lorsque j'étais seule, soit parce qu'il préférait me rencontrer en privé, soit parce qu'il était vraiment le fruit de mon imagination.

Le fait d'avoir parlé de Lissa me fit songer que je ne l'avais presque pas vue de la journée. Comme je me sentais détendue et joyeuse, je laissai mon esprit glisser dans le sien tandis que mon corps poursuivait sa route.

Elle se trouvait dans la bibliothèque et achevait hâtivement de recopier quelque chose. Eddie, debout à côté d'elle, surveillait les environs.

— Tu ferais bien de te dépêcher, la taquina-t-il. Elle va refaire une ronde.

— J'ai presque fini, répondit Lissa en griffonnant encore quelques mots.

Elle referma son manuel à l'instant précis où la bibliothécaire apparut pour leur dire qu'ils devaient partir. Lissa fourra ses feuilles dans son sac avec un soupir de soulagement et suivit Eddie à l'extérieur. Celui-ci avait ramassé le sac de Lissa au passage et l'avait jeté sur son épaule.

— Tu n'as pas à faire ça, lui fit-elle remarquer. Tu n'es pas mon valet.

— Je te le rendrai dès que tu auras résolu ce problème, répondit-il en désignant son manteau, dans lequel elle était empêtrée. Elle l'avait enfilé n'importe comment dans sa hâte de quitter la bibliothèque à l'heure. Elle éclata de rire en découvrant le désordre de sa tenue et remit à l'endroit la manche qu'elle avait mise à l'envers.

— Merci, lui dit-elle lorsqu'il lui rendit son sac.

— De rien.

Lissa aimait bien Eddie, en toute amitié, j'entends. Elle le trouvait gentil. Il faisait ce genre de choses en permanence et l'aidait de son mieux, sans cesser d'exceller dans son travail. De son côté, Eddie n'agissait pas non plus ainsi pour des raisons romantiques. C'était simplement l'un de ces rares garçons capables d'être à la fois un dur à cuire et un gentleman. Elle avait des projets pour lui.

— As-tu déjà pensé à sortir avec Rose ?

— Quoi ? lui demanda-t-il.

Quoi ? songeai-je.

— Vous avez tant de choses en commun, dit-elle en s'efforçant de paraître détachée.

En réalité, elle était excitée et pensait que c'était la meilleure idée du monde. Pour moi, c'était l'un de ces moments où le fait d'être dans sa tête me donnait l'impression d'être un peu trop près d'elle. J'aurais préféré m'y trouver pour pouvoir la secouer jusqu'à lui faire recouvrer un peu de bon sens.

— C'est juste une amie, répondit-il en riant avec une expression gênée, d'une timidité charmante. Et je ne suis pas sûr que nous allions si bien ensemble. Et puis… (Son expression devint triste.) Je ne pourrais jamais sortir avec la petite amie de Mason.

Lissa fut sur le point de lui dire ce que je lui avais toujours répété : que je n'avais pas vraiment été la petite amie de Mason. Avec sagesse, elle préféra laisser Eddie continuer de croire à cette belle histoire.

— Tout le monde a besoin d'aller de l'avant.

— Ça ne fait pas si longtemps. À peine plus d'un mois. Et ce n'est pas quelque chose dont on se remet rapidement.

Son regard triste et lointain nous fit aussi mal à l'une qu'à l'autre.

— Je suis désolée, dit-elle. Je ne voulais pas avoir l'air de trouver ça dérisoire. Ce que vous avez vu… je sais que c'était horrible.

— Tu sais ce qui est bizarre ? Je ne me rappelle presque rien, voilà ce qui est horrible. J'étais tellement défoncé que je n'avais pas la moindre idée de ce qui se passait. Tu ne peux pas imaginer à quel point je déteste ça. Être impuissant à ce point-là… il n'y a rien de pire.

J'éprouvais la même chose. Cela devait être commun à tous les gardiens. Pourtant, Eddie et moi n'en avions jamais parlé. À vrai dire, nous n'avions jamais beaucoup parlé de Spokane.

— Ce n'est pas ta faute, le rassura Lissa. Les endorphines des Strigoï sont très puissantes. Tu ne pouvais rien faire pour lutter contre ça.

— J'aurais dû essayer davantage, se blâma-t-il en lui tenant la porte de son dortoir. Si j'avais été un peu plus conscient… Mason serait peut-être encore en vie.

Je me rendis soudain compte qu'Eddie et moi aurions dû suivre une thérapie dès notre retour des vacances d'hiver. Du même coup, je compris enfin pourquoi tout le monde me disait qu'il n'était pas rationnel de ma part de me reprocher la mort de Mason. Eddie et moi nous estimions tous deux responsables de choses sur lesquelles nous n'avions eu aucun contrôle. Nous nous torturions avec une culpabilité que nous ne méritions pas de ressentir.

— Hé ! Lissa ! viens par ici !

Leur discussion sérieuse resta en suspens lorsque Jesse et Ralf lui firent signe d'approcher depuis l'autre côté du vestibule de son dortoir. Ma méfiance s'éveilla aussitôt. La sienne aussi. Elle ne les aimait pas plus que moi.

— Que te veulent-ils ? demanda Eddie, avec suspicion.

— Je ne sais pas, grommela-t-elle en se dirigeant vers eux. J'espère que ce sera rapide.

Jesse lui offrit un sourire éblouissant que j'avais autrefois trouvé très sexy. À présent, je voyais bien qu'il ne s'agissait que d'un affreux masque d'hypocrisie.

— Comment ça va ? lui demanda-t-il.

— Je suis fatiguée, répondit-elle. J'ai hâte d'aller me mettre au lit. Que me voulez-vous ?

Jesse jeta un coup d'œil en direction d'Eddie.

— Pourrais-tu nous laisser un peu d'intimité ? (Eddie regarda Lissa. Lorsque celle-ci acquiesça, il recula assez pour ne plus entendre leur conversation, tout en gardant un œil sur elle. Jesse attendit qu'il se soit éloigné pour poursuivre.) Nous avons une invitation pour toi.

— À quoi ? Une fête ?

— En quelque sorte, répondit Ralf. C'est un groupe…

Comme Ralf n'était pas très doué avec les mots, Jesse prit le relais.

— C'est plus qu'un groupe. Il est réservé à l'élite. (Il embrassa la pièce d'un geste.) Toi, Ralf, et moi… ne sommes pas comme la plupart des Moroï. Nous ne sommes pas non plus comme les autres nobles. Nous avons des soucis, des problèmes que nous devons résoudre.

Je trouvais amusant qu'il ait inclus Ralf dans son groupe d'élite. Celui-ci tenait sa noblesse de sa mère, une Voda, de sorte qu'il ne portait le nom d'aucune famille royale, même s'il en avait le sang.

— Ça me paraît un peu… snob, répondit-elle. Sans vouloir vous offenser… Mais je vous remercie de votre invitation.

C'était Lissa tout craché : toujours polie, même face à de pareils minables.

— Tu ne comprends pas. Nous ne faisons pas que discuter. Nous travaillons pour que des choses se fassent. Nous… (il hésita, puis poursuivit à voix plus basse)… cherchons des manières de nous faire entendre, d'obliger les gens à comprendre notre point de vue, quel qu'en soit le prix.

Lissa eut un rire gêné.

— Ça ressemble à de la suggestion.

— Et alors ?

Je ne pouvais pas voir son visage, mais je sentais tous les efforts qu'elle faisait pour rester impassible.

— Avez-vous perdu la tête ? La suggestion est interdite. C'est mal.

— Seulement pour certaines personnes. Et apparemment pas pour toi, puisque tu y excelles.

Elle se raidit.

— Qu'est-ce qui vous fait croire ça ?

— Le fait que quelqu'un, deux personnes, à vrai dire, l'a insinué. (« Deux personnes » ? Je tâchai de me rappeler ce que Christian et moi avions dit dans la salle des sources. Même si nous n'avions pas mentionné son nom, nous nous étions tous les deux vantés d'avoir vu quelqu'un utiliser la suggestion. Apparemment, Jesse avait également remarqué d'autres choses concernant Lissa.) Et puis c'est évident. Les gens t'adorent. Tu t'es sortie de tellement de situations délicates… J'ai fini par comprendre pourquoi. Tu manipules les gens depuis tout ce temps. Je t'ai observée, l'autre jour, quand tu as convaincu M. Hill de laisser Christian travailler avec toi sur ce projet… Il n'aurait jamais accordé cela à quelqu'un d'autre.

Je me trouvais dans leur cours, ce jour-là. Lissa s'était effectivement servie de la suggestion sur son professeur pour obtenir l'aide de Christian. Sa supplique avait été si sincère qu'elle l'avait forcé à lui obéir sans même s'en rendre compte. En comparaison d'autres choses que je l'avais vue faire, cela n'avait été qu'une très faible démonstration de suggestion. Personne ne l'avait remarqué, du moins presque personne.

— Écoute..., répondit Lissa, mal à l'aise. Je ne sais vraiment pas de quoi tu parles et j'ai besoin d'aller me coucher.

Le visage de Jesse s'anima.

— Ne t'inquiète pas. Nous trouvons ça cool. Nous voulons t'aider. Ou plutôt, nous voulons que tu nous aides. Je n'arrive pas à croire que je ne m'en sois jamais rendu compte auparavant. Tu es vraiment très douée... Nous avons besoin que tu nous montres comment faire. Et puis aucune autre cellule de la Mână ne compte de Dragomir parmi ses membres. La nôtre sera la première dans laquelle toutes les familles royales seront représentées.

Elle soupira.

— Si j'étais si douée pour la suggestion, je vous obligerais à me laisser tranquille. Je vous l'ai dit : je ne suis pas intéressée.

— Mais nous avons besoin de toi ! s'écria Ralf.

Jesse lui jeta un regard menaçant avant d'offrir un nouveau sourire à Lissa. J'eus l'impression étrange qu'il essayait d'utiliser la suggestion, mais cela n'avait absolument aucun effet sur elle, ni sur moi, puisque j'observais la scène à travers ses yeux.

— Il ne s'agit pas seulement de nous, reprit Jesse. Il existe des cellules de la Mână dans toutes les académies. (Il se pencha vers elle et parut beaucoup moins amical, tout à coup.) Elle a des membres partout dans le monde. Joins-toi à nous, et tu bénéficieras des relations nécessaires pour faire tout ce que tu voudras de ta vie. Et, si nous apprenons tous à utiliser la suggestion, nous pourrons empêcher le gouvernement moroï de faire des choses stupides. Nous pourrons nous assurer que la reine et tous les autres prendront les bonnes décisions. Tout cela pourrait servir tes intérêts !

— Je me débrouille très bien toute seule, merci, conclut-elle en s'écartant. Et je ne suis pas certaine que vous sachiez ce qui est bon pour les Moroï.

— Tu te débrouilles bien ? s'exclama Ralf. Avec ton petit ami strigoï et ta gardienne psychopathe et dépravée ?

Il avait crié assez fort pour attirer l'attention d'Eddie, qui semblait très contrarié.

— Du calme ! lui ordonna Jesse avec colère avant de se tourner de nouveau vers Lissa. Il n'aurait pas dû dire ça. Mais il n'a pas tout à fait tort… La réputation de ta famille ne repose plus que sur toi et personne ne te prend au sérieux, vu ton comportement. La reine veut déjà te garder à l'œil et te séparer d'Ozéra. Tu vas finir par tout perdre.

Lissa était de plus en plus furieuse.

— Vous ne savez pas de quoi vous parlez. Et… (Elle fronça les sourcils.) Comment ça, elle essaie de me séparer de Christian ?

— Elle veut te marier…, commença à répondre Ralf avant que Jesse lui coupe la parole.

— C'est exactement de ça que je te parle. Nous savons toutes sortes de choses susceptibles de t'affecter et nous pouvons t'aider, vous aider, Christian et toi.

J'eus le sentiment que Ralf avait été sur le point de lui révéler que la reine projetait de lui faire épouser Adrian. Je me demandai comment il pouvait le savoir jusqu'à ce que je me souvienne que Ralf était lié aux Voda. Priscilla Voda était la conseillère de la reine et sa meilleure amie. Elle connaissait tous ses projets et en avait sans doute parlé à Ralf. Il devait être plus proche d'elle que je me le figurais.

— Parle, ordonna Lissa à Jesse. (L'idée d'utiliser la suggestion lui traversa l'esprit, mais elle la rejeta aussitôt. Elle n'allait pas s'abaisser à cela.) Que sais-tu à propos de Christian ?

— Pas d'information gratuite, répliqua Jesse. Viens à une réunion et nous te dirons tout.

— Peu importe. Vos relations élitistes ne m'intéressent pas et je n'y connais rien en matière de suggestion.

Contrairement à ce qu'elle disait, elle mourait d'envie de savoir ce qu'il lui cachait.

Alors qu'elle se retournait, Jesse lui saisit le bras.

— Merde! il faut que tu…

— Lissa va se coucher, maintenant, annonça Eddie. (Il avait foncé sur Jesse dès que celui-ci l'avait touchée.) Retire ta main de là si tu ne veux pas que je le fasse à ta place.

Jesse lui jeta un regard furieux. Comme dans la plupart des affrontements entre Moroï et dhampirs, Jesse avait la taille pour lui et Eddie les muscles. Bien sûr, Jesse bénéficiait aussi de la robustesse de Ralf, mais c'était sans importance. Tout le monde savait très bien qui allait gagner si Eddie décidait de leur rentrer dedans. Pour couronner le tout, Eddie n'aurait probablement même pas d'ennuis s'il déclarait qu'il était intervenu pour sauver Lissa de leur harcèlement.

Jesse et Ralf reculèrent lentement.

— Nous avons besoin de toi, répéta Jesse. Tu es la seule. Réfléchis-y.

— Est-ce que ça va? lui demanda Eddie dès qu'ils furent partis.

— Oui… Merci. Mon Dieu! c'était si bizarre.

Ils se dirigèrent vers l'escalier.

— Que te voulaient-ils?

— Ils sont obsédés par cette société ou je ne sais quoi et veulent que je me joigne à eux pour que toutes les familles royales y soient représentées. Ils étaient vraiment fanatiques.

Eddie connaissait les pouvoirs de l'esprit, mais elle préféra taire une partie de l'histoire afin de ne pas lui rappeler à quel point elle était douée pour la suggestion.

Il ouvrit la porte devant elle.

— Ils peuvent t'importuner autant qu'ils le veulent, mais ils ne peuvent pas t'obliger à te joindre à eux si tu n'en as pas envie.

— Tu as sûrement raison. (Une part d'elle se demandait toujours s'ils bluffaient ou s'ils savaient vraiment quelque chose à propos de Christian.) J'espère seulement qu'ils ne vont pas trop m'importuner.

— Ne t'inquiète pas, répondit-il d'une voix dure. Je vais m'assurer qu'ils te laissent tranquille.

Je réintégrai mon corps et ouvris la porte de mon propre dortoir. Au milieu de l'escalier, je me rendis compte que j'avais le sourire aux lèvres. Je ne voulais certainement pas que Jesse et Ralf harcèlent Lissa. Mais si cela devait amener Eddie à les bousculer un peu ? Oui… Je n'avais rien contre l'idée de les voir payer pour ce qu'ils avaient fait subir aux autres.

Chapitre 22

Deirdre, ma psychologue, ne devait pas avoir une vie privée très palpitante, puisqu'elle avait placé notre rendez-vous suivant un dimanche. Cela ne m'enchantait guère, parce que ce n'était pas seulement mon jour de congé, mais aussi celui de mes amis. Néanmoins, les ordres étaient les ordres, et je m'y rendis à contrecœur.

— Vous aviez tort, déclarai-je dès que je fus assise.

Nous n'étions pas encore revenues sur les questions qu'elle m'avait posées lors de notre première rencontre, et avions passé les séances suivantes à parler de ma mère et de ce que je pensais de l'exercice de terrain.

— À quel sujet ?

Elle portait une robe sans manches à motif floral qui semblait trop légère pour la saison et rappelait étrangement les photographies qui ornaient les murs de son bureau.

— À propos du garçon. Il ne m'intéresse pas seulement parce que je ne peux pas l'avoir. Il m'intéresse parce que… parce que c'est lui. Je me le suis démontré à moi-même.

— Comment ?

— C'est une longue histoire, répondis-je évasivement. (Je ne tenais pas à entrer dans les détails de mon expérience de suggestion avec Adrian.) Mais vous devez me faire confiance sur ce point.

— Et qu'en est-il de l'autre question que je vous avais posée ? me demanda-t-elle. Vos sentiments à l'égard de Lissa ?

— Vous aviez tort aussi.

— Vous l'êtes-vous également démontré à vous-même ?

— Non. Mais ce n'est pas quelque chose que je pouvais mettre à l'épreuve de la même manière.

— Alors comment pouvez-vous en être sûre ?

— Parce que je le suis.

C'était la meilleure réponse qu'elle obtiendrait de moi.

— Comment les choses se passent-elles entre elle et vous ces derniers temps ?

— Quels derniers temps ?

— Avez-vous passé du temps ensemble ? Vous êtes-vous tenue au courant de ce qu'elle faisait ?

— Bien sûr. D'une certaine manière… Je ne la vois plus autant, mais elle continue de faire les mêmes choses que d'habitude. Elle sort avec Christian. Elle a de bonnes notes dans toutes les matières. Ah ! elle a aussi quasiment appris par cœur le site Internet de l'université de Lehigh.

— « Lehigh » ?

J'expliquai la proposition de la reine à Deirdre.

— Même si elle n'ira pas avant l'automne prochain, Lissa a déjà consulté le programme de tous les cours et réfléchit actuellement à la matière principale qu'elle choisira.

— Et vous ?

— Comment ça, moi ?

— Que ferez-vous pendant qu'elle assistera à ses cours ?

— Je l'accompagnerai. En général, c'est ce qui se passe quand un Moroï a un gardien du même âge que lui. Je vais sans doute m'inscrire là-bas moi aussi.

— Et vous choisirez les mêmes cours qu'elle.

— Oui.

— Y a-t-il d'autres cours que vous préféreriez suivre ?

— Comment pourrais-je le savoir ? Puisqu'elle n'a pas encore choisi les siens, j'ignore s'ils vont me plaire ou non. Mais c'est sans importance. Je dois l'accompagner.

— Et ça ne vous pose aucun problème ?

La mauvaise humeur me gagnait. C'était le sujet que je voulais éviter.

— Non, répondis-je sèchement.

Je savais que Deirdre aurait aimé que je développe, mais je m'y refusai. Nous nous regardâmes droit dans les yeux pendant quelques instants, comme si nous nous défiions mutuellement de détourner le regard. Mais peut-être me faisais-je des idées. Elle finit par baisser les yeux vers le mystérieux carnet dont elle ne se séparait jamais et en tourna quelques pages. Je remarquai alors que ses ongles étaient parfaitement limés et recouverts d'un vernis rouge.

Le vernis des miens avait commencé à s'écailler.

— Préféreriez-vous que nous évitions de parler de Lissa aujourd'hui ? me demanda-t-elle finalement.

— Nous pouvons parler de tout ce qui vous paraît utile.

— Qu'est-ce qui vous paraît utile, à vous ?

Merde. Elle recommençait à répondre par des questions et je me demandai un instant si l'un de ses diplômes lui avait donné une qualification particulière pour faire cela.

— Je pense qu'il serait utile que vous arrêtiez de me parler comme si j'étais une Moroï. Vous raisonnez comme si j'avais le choix, comme si j'avais le droit d'être contrariée par ce qui se passe ou de choisir mes propres cours. Je veux dire… admettons un instant que j'en aie le droit. Où serait l'intérêt ? Que pourrais-je faire de mes diplômes ? Devenir océanographe ou avocate ? Il n'y a aucune raison que je décide moi-même de mon programme, puisque tout le reste a déjà été décidé pour moi.

— Et ça ne vous pose aucun problème.

Cela aurait pu être une question, mais elle prononça cette phrase à la manière d'un constat.

Je haussai les épaules.

— Je n'ai aucun problème avec le fait de la protéger, voilà ce que vous semblez oublier. Tous les métiers ont de mauvais côtés. Ai-je envie d'assister à ses cours de maths ? Non. Mais je dois le faire parce que l'autre partie de mon métier est la plus importante. Avez-vous envie d'écouter des adolescentes en colère qui essaient de ruiner tous vos efforts ? Non. Mais vous devez le faire parce que le reste de votre travail est plus important.

— En fait, c'est ce que je préfère dans ce métier, confessa-t-elle à ma grande surprise.

Je ne parvins pas à dire si elle plaisantait ou non, mais décidai de ne pas approfondir ce point, d'autant plus qu'elle ne m'avait pas répondu par une question. Je soupirai.

— C'est seulement que j'en ai assez d'entendre tout le monde me parler comme si on m'avait forcée à devenir une gardienne.

— Qui est « tout le monde » ?

— Eh bien, il y a vous et ce garçon que j'ai rencontré à la Cour... un dhampir qui s'appelle Ambrose. Il... c'est une catin rouge. Une catin rouge mâle, précisai-je comme si ce n'était pas évident. (J'attendis de voir si ce terme la faisait réagir. Non.) Lui aussi m'a parlé comme si j'étais piégée par cette vie, mais ce n'est pas le cas. C'est ce que je veux. Je sais me battre et défendre les autres. Avez-vous déjà vu un Strigoï ? (Elle secoua la tête.) Moi si. Alors, quand je dis que je veux consacrer ma vie à protéger les Moroï et tuer des Strigoï, je suis sincère. Les Strigoï sont le mal incarné et doivent être exterminés. Je suis contente de m'apprêter à le faire et, si cela me permet de passer presque tout mon temps avec ma meilleure amie, c'est encore mieux.

— Je comprends cela. Mais que se passera-t-il si vous vous mettez à désirer d'autres choses, des choses que vous ne pourrez pas avoir en choisissant ce mode de vie ?

Je croisai les bras.

— Ma réponse n'a pas changé. Tout a de bons et de mauvais côtés. Nous devons simplement les équilibrer du mieux que nous pouvons. Essayez-vous de me dire que la vie ne fonctionne pas ainsi ? qu'il y a un problème chez moi si je n'arrive pas à obtenir tout ce que je veux ?

— Non. Bien sûr que non, répondit-elle en s'appuyant contre le dossier de sa chaise. J'aimerais que vous ayez une vie merveilleuse, mais je ne peux pas m'attendre à ce qu'elle soit parfaite. Aucune vie ne l'est. Mais, ce qui m'intéresse ici, c'est votre manière de vous situer par rapport à tout ça, comment vous comptez réconcilier les aspects contradictoires de votre vie lorsque le fait de choisir une chose vous empêche d'en avoir une autre.

— Tout le monde est confronté à ça.

J'avais la nette impression de me répéter.

— Oui, mais tout le monde n'en arrive pas pour autant à voir des fantômes.

Il me fallut de longues secondes pour comprendre où elle voulait en venir.

— Attendez ! Insinuez-vous que je vois Mason parce que j'en veux secrètement à Lissa de ne pas avoir certaines choses dans ma vie ? Que faites-vous des événements traumatisants que j'ai vécus ? Je croyais que c'était pour cela que je voyais Mason...

— Je crois que vous voyez Mason pour de nombreuses raisons, que nous sommes en train d'essayer de déterminer.

— Et pourtant, nous ne parlons jamais de Mason.

Deirdre m'offrit un sourire serein.

— En êtes-vous sûre ?

Notre séance s'acheva.

— Répond-elle toujours à tes questions par d'autres questions ? demandai-je un peu plus tard à Lissa.

Nous traversions la pelouse afin de nous rendre au réfectoire pour dîner. Après cela, nous avions prévu de rejoindre les autres pour regarder un film. Cela faisait longtemps que nous ne nous étions pas retrouvées toutes les deux, et je n'avais pas réalisé avant cet instant à quel point cela m'avait manqué.

— Nous n'avons pas la même psychologue, me répondit-elle en riant. Il y aurait conflit d'intérêts.

— La tienne fait-elle ça ?

— Je ne l'ai pas remarqué. La tienne oui, apparemment.

— Oui. C'est même assez fascinant à observer...

— Qui aurait cru que nous comparerions un jour nos thérapies respectives ?

Sa remarque nous fit rire toutes les deux. Quelques instants plus tard, elle fut sur le point de me dire quelque chose. Ignorant que j'étais déjà au courant, elle voulait m'expliquer ce qui s'était passé avec Jesse et Ralf. Mais quelqu'un se joignit à nous avant qu'elle ait pu dire un mot. Dean Barnes.

— Salut, Rose. On est quelques-uns à se demander pourquoi tu es à mi-temps...

Génial. Je savais bien que quelqu'un allait finir par me poser la question. À vrai dire, j'étais étonnée que cela ne se soit pas produit plus tôt. Les novices devaient avoir été trop absorbés par l'exercice de terrain pour s'en inquiéter avant. J'avais une excuse toute prête.

— J'ai été malade. Le docteur Olendzki a estimé qu'il n'était pas prudent que je travaille à temps plein.

— Vraiment ? me demanda-t-il en chancelant légèrement. Pourtant, les gardiens n'arrêtent pas de nous répéter que nous n'aurons pas d'arrêts maladie dans le monde réel...

— Sauf que nous ne sommes pas dans le monde réel. La décision du docteur Olendzki est sans appel.

— J'avais entendu dire qu'on t'avait mise à mi-temps parce que tu représentais une menace pour Christian.

— Je t'assure que ce n'est pas ça. (L'odeur d'alcool qui émanait de lui me fournit un changement de sujet bienvenu.) Tu as bu ?

— Oui. Shane a réussi à dégotter quelques bouteilles et nous a invités dans sa chambre. Eh !

— Eh quoi ?

— Ne me regarde pas comme ça.

— Comme quoi ?

— Comme si tu désapprouvais.

— Ce n'est pas le cas.

Lissa pouffa.

— Si, c'est le cas…

Dean prit un air offensé.

— C'est mon jour de congé ! Et ce n'est pas parce qu'on est dimanche que je ne peux pas…

Quelque chose bougea près de nous.

Je n'hésitai pas un instant. C'était trop rapide et trop discret pour ne pas être une menace. Et c'était habillé en noir. Je me plaçai entre mon assaillant et Lissa avant de me jeter sur lui. Dans le feu de l'action, je reconnus vaguement une gardienne qui enseignait au collège. Elle s'appelait Jane, Joan, ou quelque chose comme cela… *Jean*, me rappelai-je. Elle était plus grande que moi, ce qui n'empêcha pas mon poing de s'abattre sur son visage. Alors qu'elle reculait en titubant, je remarquai une autre silhouette derrière elle. Yuri. Je fis un bond de côté pour qu'elle reste entre lui et moi, puis lui donnai un coup de pied dans l'estomac. Elle tomba sur lui et le fit trébucher. Il ne me fallut qu'un instant pour dégainer mon pieu d'entraînement et viser son cœur. Dès que j'eus touché la cible, elle se retira du combat puisqu'elle était techniquement « morte ».

Yuri et moi nous retrouvâmes face à face. Derrière moi, j'entendis un son étouffé qui devait provenir du combat que Dean menait contre son ou ses propres assaillants. Je n'avais pas le temps de me retourner pour vérifier. Je devais d'abord me débarrasser de Yuri, ce qui allait être plus difficile que de « tuer » Jean, puisqu'il était plus fort. Nous tournâmes l'un autour de l'autre en alternant les feintes et les coups. Finalement, il plaça sa véritable attaque, mais je fus plus rapide que lui, lui échappai et restai hors de sa portée assez longtemps pour l'éliminer à son tour.

Dès qu'il eut reculé, vaincu, je me tournai vers Dean. Lissa, un peu à l'écart, le regardait échanger des coups avec son adversaire. C'était pour le moins pathétique. Je m'étais moquée de Ryan, mais les erreurs qu'il avait commises n'étaient rien en comparaison de ce que je voyais. Le pieu d'entraînement de Dean gisait sur le sol, ses appuis étaient chancelants et ses gestes saccadés. Estimant qu'il ne serait pour moi qu'un handicap s'il continuait à se battre, je l'écartai de mon chemin et le poussai en direction de Lissa. Je le projetai si fort qu'il tomba, mais je ne m'en souciai guère. J'avais besoin qu'il me laisse le champ libre.

Faisant face à mon nouvel adversaire, je reconnus Dimitri.

Je ne m'y attendais pas. Une petite voix dans ma tête me souffla que je ne pourrais pas l'affronter. Le reste de ma personne se rappela que je le faisais depuis six mois. D'ailleurs, ce n'était pas Dimitri à cet instant : c'était mon ennemi.

Je me jetai sur lui en brandissant mon pieu dans l'espoir de le prendre par surprise. Sauf qu'il était difficile de prendre Dimitri par surprise. Il était rapide, très rapide. Ce fut comme s'il avait su ce que j'allais faire avant même que j'amorce mon mouvement. Il para mon attaque grâce à un coup latéral qui m'atteignit sur le côté de la tête. Je savais qu'il n'allait pas manquer de me faire souffrir plus tard, mais mon taux d'adrénaline était si élevé que je le sentis à peine sur le moment.

Je me rendis vaguement compte que des gens s'étaient rapprochés pour nous regarder. Dimitri et moi étions des célébrités à l'académie, chacun à notre manière, et le fait qu'il soit mon mentor ajoutait une dimension dramatique au combat. C'était un divertissement de premier ordre.

Je ne quittai pas Dimitri des yeux pour autant. Tandis que nous nous évaluions l'un l'autre en attaquant et en parant, je tâchai de me rappeler tout ce qu'il m'avait appris, ainsi que tout ce que je savais sur lui. Je m'entraînais avec lui depuis des mois. Je les connaissais lui et ses mouvements aussi bien qu'il connaissait les miens. Tout comme lui, je pouvais anticiper ses coups. Dès que je commençai à mettre cette idée en application, le combat devint vicieux. Nous étions parfaitement adaptés l'un à l'autre et tous deux très rapides. Mon cœur tambourinait dans ma poitrine et je transpirais à grosses gouttes.

Alors Dimitri plaça son attaque et fondit sur moi de toute la puissance de son corps. Je parai du mieux que je pus, mais il était si fort que ce fut moi qui chancelai sous l'impact. Il ne passa pas à côté de sa chance et me fit tomber avant d'essayer de m'immobiliser au sol. Si j'avais été ainsi piégée par un Strigoï, j'aurais fatalement eu la gorge arrachée ou la nuque brisée. Il n'était pas question que cela se produise.

Par conséquent, même s'il m'avait déjà plaquée au sol, je parvins à dégager mon coude et lui en assenai un coup en plein visage. Il tressaillit. Il ne m'en fallait pas plus. Je roulai sur lui et le plaquai à mon tour. Il se débattit pour me repousser et je lui résistai tout en tâchant de manier mon pieu. Il était si fort que j'étais certaine de ne pas pouvoir l'immobiliser très longtemps. Alors, tandis que je me croyais sur le point de perdre mon avantage, je parvins enfin à m'assurer une bonne prise sur le manche. En un clin d'œil, le pieu s'abattit sur son cœur. C'était terminé.

Des gens applaudirent dans mon dos, mais rien d'autre n'existait plus pour moi que Dimitri. Nos regards étaient rivés l'un à l'autre. J'étais encore à cheval sur lui, mes mains posées sur son torse. Nous étions tous deux en nage et avions le souffle court. Il y avait de la fierté dans son regard, et beaucoup d'autres choses encore. Il était si près de moi… Mon corps le désirait comme s'il était une partie de moi dont j'aurais besoin pour être entière. L'air que nous respirions me semblait chaud et enivrant. À cet instant, j'aurais donné n'importe quoi pour m'allonger contre lui et sentir ses bras autour de moi. Je devinai à son expression qu'il pensait la même chose que moi. Le combat était fini, mais nous étions encore sous l'influence d'un restant d'adrénaline et d'intensité bestiale.

Alors Jean me tendit la main pour m'aider à me relever. Yuri et elle étaient aussi rayonnants que les spectateurs qui s'étaient attroupés. Même Lissa avait l'air impressionnée. Dean, comme c'était bien compréhensible, paraissait terriblement malheureux. Je me pris à espérer que la nouvelle de ma victoire éclatante se répandrait dans l'académie aussi vite que celle de mes échecs, mais me doutai que cela ne serait sans doute pas le cas.

— Bravo ! me félicita Yuri. Tu nous as éliminés tous les trois. C'était un combat exemplaire.

Dimitri s'était relevé à son tour. Je prenais bien garde de ne regarder que les deux autres gardiens, certaine que mon expression allait nous trahir si je posais les yeux sur lui. Je n'avais pas encore recouvré mon souffle.

— J'espère... J'espère que je n'ai blessé aucun d'entre vous.

Mes scrupules les firent rire.

— C'est notre boulot, répondit Jean. Ne t'en fais pas pour nous. Nous sommes robustes. (Elle regarda Dimitri.) Elle ne t'a pas raté avec son coude...

En voyant Dimitri se frotter la pommette, j'espérai ne pas lui avoir fait trop mal.

— L'élève dépasse le maître, plaisanta-t-il. L'extermine, plutôt...

Yuri se tourna vers Dean avec un regard sévère.

— L'alcool n'est pas autorisé à l'académie.

— C'est dimanche ! s'exclama-t-il. Nous n'étions pas censés être de garde.

— Il n'y a pas de règles dans le monde réel, répondit Jean sur un ton doctoral. Vous n'avez qu'à considérer cela comme un examen surprise. Tu l'as réussi, Rose. Très beau travail.

— Merci. Mais je ne peux pas en dire autant de mes vêtements. (Ils étaient détrempés et couverts de boue.) Je dois aller me changer, Liss. On se retrouve au réfectoire.

— D'accord.

Son visage était radieux. Elle était si fière de moi qu'elle avait du mal à garder son calme. Je sentis aussi qu'elle me cachait quelque chose, et me demandai si elle ne projetait pas d'organiser quelque chose pour fêter ma victoire. Je décidai donc de ne pas pousser plus loin mon investigation, de peur de gâcher sa surprise.

— Quant à toi, conclut Yuri en tirant sur la manche de Dean, tu viens avec nous.

Je rencontrai le regard de Dimitri. J'aurais tant aimé qu'il puisse rester pour discuter. Mon adrénaline n'était pas encore retombée et j'avais envie de célébrer ma victoire. J'avais réussi. Enfin. Après toutes les humiliations que m'avaient values mon premier échec et mon incompétence supposée, j'avais finalement prouvé de quoi j'étais capable. J'avais envie de danser. Mais Dimitri dut repartir avec les autres et seul un discret hochement de tête m'indiqua qu'il regrettait lui aussi de ne pas pouvoir rester. Je les regardai s'éloigner en soupirant, puis me dirigeai seule vers mon dortoir.

De retour dans ma chambre, je découvris que mon état était bien pire que je le pensais. Une fois débarrassée de mes vêtements boueux, je compris que j'allais devoir prendre une douche et frotter de bon cœur avant d'être de nouveau présentable. Lorsque j'eus terminé, presque une heure s'était écoulée. J'avais manqué l'essentiel du dîner.

Je courus vers le réfectoire en me demandant pourquoi Lissa n'avait pas manifesté son impatience. Elle avait tendance à me harceler mentalement lorsque j'étais en retard. Elle avait sans doute estimé que j'avais besoin de souffler un peu après mon triomphe. En y repensant, je sentis un sourire béat s'épanouir sur mon visage. Celui-ci s'évanouit dès que je m'engageai dans le couloir menant au réfectoire.

Une foule était attroupée autour de quelque chose. Je reconnus là le signe international qu'une bagarre était en train de se dérouler. Sachant que la bande de Jesse préférait frapper en secret, je supposai que cela n'avait sans doute aucun rapport avec eux. Je me glissai entre les spectateurs et me hissai sur la pointe des pieds pour découvrir qui avait pu attirer une telle foule.

C'étaient Adrian et Christian.

Et Eddie, sauf qu'Eddie jouait clairement le rôle de médiateur. Il se tenait entre eux et essayait de les empêcher de s'atteindre l'un l'autre. Toutes mes bonnes manières envolées, j'écartai ceux qui se trouvaient devant moi pour aller prêter main-forte à Eddie.

— Mais que se passe-t-il ? m'écriai-je.

Il parut soulagé de me voir. Il était parfaitement capable de vaincre nos instructeurs au combat, mais cette situation le dépassait.

— Aucune idée.

J'observai les deux adversaires. Par chance, aucun des deux ne paraissait avoir pris de coups… pour le moment. Il semblait aussi que Christian soit le plus agressif des deux.

— Combien de temps pensais-tu pouvoir agir impunément ? cria-t-il. (Ses yeux bleus lançaient des éclairs.) Croyais-tu vraiment que personne n'allait rien remarquer ?

Adrian était aussi laconique que d'habitude, mais je perçus une certaine nervosité derrière son sourire désinvolte. Il lui déplaisait de se retrouver dans cette situation et, comme Eddie, il comprenait mal comment tout cela avait commencé.

— Je t'assure que je ne sais pas de quoi tu parles, répondit-il d'une voix lasse. Est-ce que cela t'ennuierait si on allait s'asseoir pour en discuter calmement ?

— Bien sûr… Évidemment que c'est ce que tu veux. Tu as bien trop peur que je fasse quelque chose comme ça… (Christian ouvrit la main et une boule de feu se mit à danser au-dessus de sa paume. Malgré la lumière des néons, elle était d'un orange éclatant avec un cœur bleu intense. Quelques spectateurs sursautèrent. Je m'étais habituée depuis longtemps à l'idée que les Moroï puissent se servir de la magie pour se battre, surtout Christian, mais c'était encore un tabou pour la plupart des gens. Christian ricana.) Avec quoi vas-tu te défendre ? Des plantes ?

— Si tu veux te battre sans raison, tu devrais au moins le faire à l'ancienne et me balancer un coup de poing au visage, commenta Adrian.

Il parlait avec légèreté mais je le sentais toujours mal à l'aise. Il devait s'imaginer qu'il s'en sortirait mieux dans un combat à mains nues qu'en opposant son esprit au feu de Christian.

— Non, intervint Eddie. Personne ne va brûler ni frapper qui que ce soit. Tout cela n'est qu'un immense malentendu.

— Lequel ? lui demandai-je. Que s'est-il passé ?

— Ton ami ici présent croit que je projette d'épouser Lissa et de couler des jours heureux avec elle jusqu'à la fin des temps, m'expliqua Adrian sans quitter Christian des yeux.

— Ne joue pas les innocents, grogna Christian. Je sais que c'est vrai. Ça fait partie de votre plan, à toi et à la reine. Vous êtes de mèche depuis le début. Le fait que tu viennes étudier ici… le choix d'université… Ce ne sont que des manœuvres visant à me prendre Lissa pour la lier à ta famille.

— Te rends-tu compte que tu as sombré dans la paranoïa ? riposta Adrian. Ma grand-tante a tout le gouvernement des Moroï sous sa responsabilité ! Crois-tu vraiment qu'elle se soucie de savoir qui sort avec qui dans un lycée, surtout en ce moment ? Écoute… Je suis désolé d'avoir passé autant de temps avec elle. Nous allons aller la trouver et tirer tout cela au clair. Je te jure que je n'essayais pas de m'immiscer entre vous deux. Il n'y a aucune conspiration contre toi.

— Oh que si ! (Christian se tourna vers moi, les sourcils froncés.) N'est-ce pas ? Rose le sait très bien. Elle est au courant depuis quelque temps, déjà… Elle en a même parlé avec la reine.

— C'est ridicule ! s'écria Adrian. (L'idée le surprit assez pour qu'il me jette un bref regard.) N'est-ce pas ?

— Eh bien…, balbutiai-je en me rendant compte que la situation empirait de minute en minute. Oui et non.

— Tu vois ? s'exclama Christian d'une voix triomphale.

La boule de feu quitta sa main, mais Eddie et moi eûmes les bons réflexes. Les gens se mirent à crier. Eddie attrapa le bras de Christian pour le forcer à lancer la boule de feu vers le plafond. Au même instant, je me jetai sur Adrian et le plaquai au sol. Cette heureuse division du travail était un coup de chance et je refusai d'imaginer ce qui se serait produit si nous avions visé la même personne.

— Merci de t'être souciée de moi, grommela Adrian en soulevant la tête du sol avec une grimace.

— Sers-toi de la suggestion sur Christian, pour que nous tâchions d'y comprendre quelque chose sans que quelqu'un soit victime de combustion spontanée, murmurai-je en l'aidant à se relever.

Eddie essayait d'empêcher Christian de se jeter sur Adrian. Je lui vins en aide en saisissant l'un de ses bras. Même s'il ne semblait pas enchanté par l'idée de s'approcher, Adrian m'obéit. Christian se débattit pour se libérer, mais il ne pouvait pas avoir raison à la fois d'Eddie et de moi. Adrian, qui craignait sans doute que ses cheveux s'embrasent, s'approcha prudemment de Christian et riva son regard au sien.

— Arrête ça, Christian. Allons en discuter.

Christian se débattit encore un peu, puis son visage se détendit et son regard devint brumeux.

— Allons en discuter, répéta Adrian.

— D'accord, répondit Christian.

La foule poussa un soupir de déception collectif. Adrian avait utilisé la suggestion assez discrètement pour que personne ne se rende compte de rien. Aux yeux de tous, Christian s'était simplement rendu à la raison. Tandis que la foule se dispersait, Eddie et moi relâchâmes un peu Christian pour l'entraîner dans un coin où nous pourrions discuter en privé. Dès qu'Adrian eut détourné les yeux, la fureur déforma le visage de Christian et il tenta de nouveau de se jeter sur lui. Eddie et moi resserrâmes notre étreinte. Il ne bougea plus.

— Que viens-tu de faire ? s'exclama-t-il. (Plusieurs personnes se retournèrent vers nous en espérant que la bagarre allait reprendre. Je lui soufflai un « chut ! » à l'oreille, si fort qu'il en tressaillit.) Aïe !

— Tais-toi. Quelque chose ne va pas ici. Nous devons comprendre quoi avant que tu fasses quelque chose de stupide.

— Ce qui ne va pas, c'est qu'ils essaient de nous séparer, Lissa et moi, grogna-t-il en rivant sur Adrian un regard furieux. Et tu étais au courant, Rose.

Adrian me jeta un regard surpris.

— Vraiment ?

— Oui. C'est une longue histoire. (Je me retournai vers Christian.) Écoute... Adrian n'a rien à voir avec tout ça, volontairement, du moins. C'est l'idée de Tatiana et elle n'a encore rien fait pour la mettre à exécution. Ce n'est qu'un projet à long terme, celui de la reine, et non d'Adrian.

— Alors comment peux-tu le savoir ? m'interrogea Christian.

— Parce qu'elle me l'a dit. Elle avait peur que je m'intéresse à Adrian.

— Vraiment ? demanda celui-ci. As-tu défendu notre amour ?

— Tais-toi. Ce que j'ai besoin de savoir, Christian, c'est qui t'a raconté ça.

— Ralf, répondit-il en ayant l'air de douter de lui pour la première fois.

— Tu aurais dû savoir qu'il ne fallait pas l'écouter, intervint Eddie, dont l'expression s'était assombrie à la mention de ce nom.

— Sauf que Ralf, pour une fois, a dit la vérité, leur fis-je remarquer. Tout est vrai en dehors de la complicité d'Adrian... C'est un parent de la conseillère de la reine.

— Génial, commenta Christian. (Comme il semblait s'être calmé, Eddie et moi le lâchâmes tout à fait.) Nous avons tous été manipulés.

Soudain frappée par quelque chose, je scrutai les environs.

— Où est Lissa ? Pourquoi n'est-elle pas intervenue ?

Adrian haussa un sourcil.

— À toi de nous le dire. Où se trouve-t-elle ? Elle n'est pas venue dîner.

— Je ne sais pas… (Je fronçai les sourcils. J'étais devenue si douée pour faire obstacle à ses émotions quand j'en avais besoin qu'il pouvait s'écouler de longues périodes de temps sans que notre lien me fournisse la moindre information sur elle. Cette fois, cependant, je ne percevais rien parce que rien n'émanait d'elle.) Je n'arrive pas à la sentir.

Trois paires d'yeux se tournèrent vers moi.

— Est-ce qu'elle dort ? demanda Eddie.

— Je sais quand elle dort. C'est autre chose… (Lentement, très lentement, je finis par percevoir où elle se trouvait. Elle surveillait ses pensées pour se cacher de moi. Néanmoins, comme toujours, j'avais fini par la retrouver.) Là ! elle est… Oh ! mon Dieu !

Mon hurlement résonna dans le couloir. Il faisait écho à ceux de Lissa qui, très loin de nous, venait d'éprouver une douleur fulgurante.

Chapitre 23

Les élèves qui passaient dans le couloir s'arrêtèrent pour me regarder. J'avais l'impression d'avoir reçu un coup en plein visage. Sauf que ce n'était pas mon visage qui l'avait reçu. C'était celui de Lissa. J'entrai dans sa tête et pris aussitôt conscience de son environnement et de ce qui lui arrivait : des cailloux se soulevèrent du sol pour s'abattre sur ses joues. Ils étaient manipulés par un élève de seconde dont je ne savais rien, mis à part que c'était un Drozdov. Les cailloux nous firent mal à toutes les deux. Cette fois, je retins mon cri, grinçai des dents et regagnai le couloir où je me trouvais avec mes amis.

— Elle est au nord-ouest du campus, entre l'étang qui a une forme bizarre et les protections, leur annonçai-je.

Sur ces mots, je me précipitai vers la porte et courus aussi vite que je pus en direction de l'endroit où ils détenaient Lissa. Je ne pouvais pas voir tous les gens qui se trouvaient là à travers ses yeux, mais j'en reconnus quelques-uns. Il y avait Jesse et Ralf, Brandon, Brett, le Drozdov et quelques autres. Les cailloux continuaient à l'atteindre et entaillaient la peau de son visage. Pourtant, elle ne criait plus et ne versait plus de larmes. Elle ne faisait que les supplier d'arrêter, encore et encore, tandis que deux autres garçons la maintenaient fermement.

Jesse, pendant ce temps, lui demandait sans relâche de les faire cesser. Je ne l'entendais qu'à moitié à travers l'esprit de Lissa. Peu importe leurs motivations, j'avais déjà compris de quoi il s'agissait. Ils comptaient la torturer jusqu'à ce qu'elle accepte de rejoindre leur groupe. Ils avaient dû recruter Brandon et les autres de la même manière.

L'impression de suffoquer me submergea tout à coup. Je trébuchai, incapable de reprendre mon souffle à cause de l'eau qui recouvrait mon visage. Au prix de gros efforts, je me détachai de Lissa. C'était à elle, et non à moi, que cela arrivait. Quelqu'un la torturait à présent avec de l'eau pour l'empêcher de respirer. Cette personne prenait son temps : elle l'étouffait, puis écartait l'eau, avant de recommencer. Lissa hoquetait et crachait, mais continuait à leur demander d'arrêter quand cela lui était possible.

Le regard calculateur de Jesse était toujours rivé sur elle.

— Arrête de le leur demander. Fais en sorte qu'ils cessent.

Je voulus forcer l'allure, mais il m'était impossible d'accélérer davantage. Ils se trouvaient dans l'une des zones les plus reculées du campus. La distance à couvrir était énorme. Foulée après foulée, je sentais la souffrance de Lissa augmenter en même temps que ma colère. Quel genre de gardienne étais-je, si je ne pouvais même pas assurer sa sécurité ici, sur le campus ?

Un spécialiste de l'air prit le relais, et ce fut comme si la torture que lui avait fait subir l'homme de main de Victor recommençait. Tour à tour, il la privait d'air jusqu'à l'asphyxie puis le pressait contre son visage pour la faire suffoquer. C'était une douleur atroce, qui réveilla tous les souvenirs de sa captivité, sa terreur et les horreurs qu'elle s'était efforcée d'oublier. Le spécialiste de l'air arrêta, mais il était trop tard. Au fond d'elle, quelque chose avait lâché.

Lorsque Ralf avança ensuite pour se servir du feu, j'étais si proche que je vis les flammes jaillir de sa main. Lui ne me vit pas.

Aucun d'entre eux ne prêtait attention à ce qui se passait autour, et leur petite réunion était bien trop bruyante pour qu'ils m'entendent approcher. Je me jetai sur Ralf avant que les flammes aient quitté sa main, le renversai et lui assenai prestement mon poing sur la figure dans le même mouvement. Quelques autres, dont Jesse, accoururent à son secours et tentèrent de m'arracher à lui, jusqu'à ce qu'ils comprennent qui j'étais.

Ceux qui virent mon visage reculèrent aussitôt. Ceux qui ne le virent pas le firent aussi, mais grâce à la manière forte. Quelques heures plus tôt, j'avais vaincu trois gardiens parfaitement entraînés. Un groupe de Moroï de sang royal trop gâtés ne me coûta presque aucun effort. La situation ne manquait d'ailleurs pas d'ironie : même si ces gens n'avaient pas hésité un instant à utiliser leurs pouvoirs pour torturer Lissa, aucun d'eux ne songea à s'en servir contre moi. J'y vis aussi un signe du peu d'entrain avec lequel certains Moroï étaient réellement disposés à se battre pour leur propre défense.

La plupart d'entre eux s'enfuirent avant même que je les touche et je ne pris pas la peine de les poursuivre. Je voulais seulement qu'ils s'éloignent de Lissa. Je donnai bien quelques coups de poing supplémentaires à Ralf alors qu'il ne bougeait plus, mais ce fut uniquement parce que je le tenais pour responsable de cette folie. Je finis par le laisser tranquille, gisant sur le sol et gémissant, pour chercher Jesse, l'autre coupable. Je le trouvai sans peine : c'était le seul à être encore là.

Je me précipitai sur lui puis m'arrêtai net, déconcertée. Il était immobile, le regard perdu dans le vide et la bouche ouverte. Je l'observai, avant de tourner la tête dans la direction de son regard, puis l'observai encore.

— Des araignées, dit Lissa. (Sa voix me fit sursauter. Elle se tenait à quelques pas de là. Ses cheveux étaient mouillés, son visage était tuméfié et entaillé, mais il n'y avait rien d'autre à déplorer. Au clair de lune, la pâleur de son visage la rendait presque aussi fantomatique que Mason. Ses yeux étaient rivés sur Jesse.) Il croit voir des araignées grouiller sur lui. Qu'en penses-tu ? Des serpents auraient-ils été mieux ?

Je me retournai vers Jesse. Son expression me fit frémir. Il avait l'air d'être prisonnier d'un cauchemar. Mais ce que je ressentis par l'intermédiaire de notre lien me terrifia encore plus. D'ordinaire, lorsque Lissa pratiquait la magie, je percevais quelque chose de doré, de chaud et de merveilleux. Cette fois, c'était différent. Ce que je ressentais me paraissait noir, gluant et étouffant.

— Je crois que tu devrais arrêter, lui dis-je. (Au loin, j'entendis des gens accourir vers nous.) C'est fini.

— C'était un rituel initiatique, expliqua-t-elle. Quelque chose de ce genre… Il y a quelques jours, ils m'ont proposé de me joindre à leur groupe et j'ai refusé. Mais ils sont revenus me harceler aujourd'hui, en me répétant qu'ils savaient quelque chose d'important sur Christian et Adrian. Ça commençait à me tracasser, alors… j'ai fini par leur dire que j'acceptais de venir à une de leurs réunions, mais que je n'y connaissais rien en matière de suggestion. C'était une feinte. Je voulais seulement apprendre ce qu'ils savaient. (Elle inclina très légèrement la tête et cela dut produire quelque chose sur Jesse, parce que ses yeux s'écarquillèrent davantage tandis qu'il continuait à hurler en silence.) Même si je n'avais pas encore accepté de me joindre à eux, ils m'ont fait subir leur rituel initiatique. Ils voulaient découvrir ce dont j'étais vraiment capable. Ce qu'ils m'ont infligé est une manière de mesurer le talent des gens pour la suggestion. Ils torturent les personnes jusqu'à ce qu'elles ne puissent plus le supporter et essaient de forcer leurs bourreaux à arrêter en employant la suggestion. Si elles parviennent à quelque chose, elles sont admises dans leur groupe. (Elle considéra Jesse attentivement. Celui-ci semblait perdu dans son propre monde, et c'était un monde vraiment, vraiment horrible.) Je crois que cette démonstration fait de moi leur présidente, qu'en penses-tu ?

— Arrête, répétai-je. (Les impressions qui accompagnaient cette magie perverse me donnaient la nausée. Adrian et elle avaient déjà mentionné ce genre de chose devant moi : la possibilité de faire croire aux gens qu'ils voyaient quelque chose de purement imaginaire. Ils en avaient plaisanté et l'avaient considérée comme une forme supérieure de suggestion, mais c'était horrible.) Ce n'est pas à ça que doit servir l'esprit. Ça ne te ressemble pas. C'est mal…

Elle avait le souffle court et des gouttes de sueur perlaient à son front.

— Je ne peux pas arrêter, répondit-elle.

— Tu peux, répondis-je en lui effleurant le bras. Il suffit que tu me confies ce fardeau.

Elle quitta un instant Jesse des yeux pour me jeter un regard surpris, puis reporta son attention sur lui.

— Quoi ? Tu ne peux pas te servir de la magie…

Je me concentrai de toutes mes forces sur notre lien et son esprit. Si je ne pouvais pas me saisir de la magie elle-même, je pouvais absorber la mauvaise énergie qu'elle générait. Je compris tout à coup que je le faisais déjà depuis un certain temps. Chaque fois que je m'étais inquiétée pour elle, que j'avais souhaité qu'elle se calme et qu'elle combatte ses idées noires, elle avait fini par le faire, parce que je l'en avais délivrée. J'absorbais sa part d'ombre, comme Anna avait absorbé celle de saint Vladimir. C'était à cela qu'Adrian avait assisté lorsqu'il avait vu une tache sombre sauter de son aura dans la mienne. Or ceci, cet usage abusif des pouvoirs de l'esprit en vue de faire du mal aux autres et non de se défendre, était ce qui produisait en elle les pires effets secondaires. C'était une énergie malsaine, corruptrice, dont je devais la délivrer. À cet instant, le souci de ma propre folie n'avait plus aucune importance.

— Non, lui accordai-je. Je ne peux pas. Mais tu peux te servir de moi pour t'en détacher. Concentre-toi sur moi. Donne-moi ta colère. Elle te fait du mal et tu n'en veux pas.

Elle tourna encore vers moi ses yeux écarquillés et remplis de désespoir. Elle n'avait même plus besoin de regarder Jesse pour continuer à le torturer. Je ressentis autant que je vis le combat qui se déroulait en elle. Il lui avait fait tant de mal… Elle voulait qu'il paie pour cela. Il fallait qu'il souffre, lui aussi. Pourtant, elle savait que j'avais raison. Sauf que c'était difficile, si difficile pour elle de lâcher prise…

Cette magie délétère disparut tout à coup, en même temps que la nausée qu'elle avait éveillée en moi. Quelque chose me heurta de plein fouet à la manière d'une bourrasque de vent et me fit reculer en titubant. Une sensation étrange me retourna l'estomac et me fit frissonner. C'était comme si une bobine électrique projetait des étincelles à l'intérieur de moi. Puis cela aussi disparut. Délivré de son cauchemar, Jesse tomba à genoux.

Lissa s'abandonna à un immense soulagement. Elle était encore terrifiée et bouleversée par ce qui venait de se passer, mais elle avait cessé d'être consumée par cette rage destructrice qui l'avait incitée à punir Jesse. Cette pulsion l'avait quittée.

Le seul problème était qu'elle se trouvait désormais en moi.

Je me tournai vers Jesse comme s'il n'existait plus rien d'autre que lui dans l'univers. Il avait essayé de ruiner ma vie quelques mois plus tôt, torturé Lissa et fait du mal à tant d'autres gens… C'était inacceptable. Je me jetai sur lui. Ses yeux n'eurent qu'un instant pour s'écarquiller de terreur avant que mon poing s'abatte sur son visage. Sa tête fut projetée vers l'arrière et du sang lui gicla du nez. J'entendis Lissa me crier d'arrêter mais j'en étais incapable. Il devait payer pour ce qu'il lui avait fait. Je le saisis par les épaules et le projetai violemment à terre. À présent, lui aussi me hurlait, ou plutôt me suppliait, d'arrêter. Il la ferma lorsqu'il reçut un nouveau coup de poing.

Je sentis les mains de Lissa m'agripper pour m'écarter de lui, mais elle n'était pas assez forte. Je continuai à frapper. Il ne subsistait plus rien de la technique de combat précise, stratégique, que j'avais employée contre lui et ses amis quelques minutes plus tôt ou même contre Dimitri. C'était désordonné et primaire. C'était ce que j'étais devenue sous l'influence de la folie que j'avais prise à Lissa.

Alors une autre paire de mains m'arracha à lui. Celles-ci étaient plus robustes. C'étaient des mains de dhampir, renforcées de muscles acquis au cours de longues années d'entraînement. C'était Eddie. Je me débattis pour lui échapper. Nous étions presque aussi forts l'un que l'autre, mais il était plus lourd que moi.

— Lâche-moi ! hurlai-je.

Je découvris soudain, avec la plus grande horreur, que Lissa s'était agenouillée auprès de Jesse et qu'elle l'examinait avec inquiétude. Cela n'avait aucun sens. Comment pouvait-elle se soucier de lui, après ce qu'il lui avait fait subir ? Je vis la compassion se peindre sur son visage. Un instant plus tard, la chaleur de son pouvoir de guérison me parvint à travers notre lien, tandis qu'elle soignait ses blessures les plus graves.

— Non ! hurlai-je en me débattant de plus belle pour échapper à Eddie. Ne fais pas ça !

Ce fut à cet instant que les autres gardiens apparurent, Dimitri et Céleste en tête. Christian et Adrian n'étaient pas en vue. Ils n'avaient sans doute pas pu suivre leur allure.

Un désordre organisé suivit. Les membres de la société secrète qui s'étaient attardés dans les environs furent rassemblés et emmenés pour être interrogés. Lissa fut emmenée elle aussi afin de soigner ses blessures. Une part de moi, celle profondément enfouie sous ma soif de vengeance, voulut la suivre, mais quelque chose d'autre attira mon attention : les gardiens accompagnaient également Jesse à l'infirmerie. Eddie me tenait toujours fermement malgré mes suppliques et les efforts que je faisais pour me dégager. La plupart des adultes étaient trop occupés par les autres pour me remarquer, mais ils ne purent faire autrement lorsque je me remis à crier.

— Vous ne pouvez pas le laisser s'en tirer ! Vous ne pouvez pas le laisser s'en tirer !

— Calme-toi, Rose, me dit Alberta avec douceur. (Pourquoi ne comprenait-elle pas ce qui se passait ?) C'est fini.

— Ce n'est pas fini ! Ça ne le sera pas avant que je l'aie étranglé !

Alberta et quelques autres commencèrent à prendre conscience qu'il y avait un sérieux problème, sauf qu'ils n'avaient pas l'air de penser qu'il concernait Jesse. Ils me jetaient tous leur regard « Rose est devenue folle » que j'avais si bien appris à identifier ces derniers jours.

— Qu'on l'emmène, ordonna Alberta. Qu'on la nettoie et qu'elle se calme.

Elle ne donna pas d'instructions plus précises, mais il parut évident à tout le monde que cette mission incombait à Dimitri.

Il s'approcha d'Eddie pour se saisir de moi. Je tentai de mettre à profit ce bref changement de gardien pour m'enfuir, mais Dimitri était trop rapide et trop fort. Il me rattrapa par le bras et commença à m'entraîner loin du théâtre des événements.

— Tu peux choisir la manière douce ou la manière forte, mais il n'est pas question que je te laisse t'acharner sur Jesse, me dit-il tandis que nous marchions à travers bois. Comme on l'a conduit à l'infirmerie, tu n'arriveras jamais à l'approcher, de toute manière. Si tu peux accepter cette idée, je te lâche. Si tu essaies encore de filer, tu sais très bien que je te rattraperai.

J'évaluai les options qui s'offraient à moi. Le besoin de faire souffrir Jesse me faisait encore bouillir le sang, mais Dimitri avait raison ; pour le moment.

— D'accord, répondis-je. (Il hésita un instant, en se demandant peut-être si j'étais sincère, puis il lâcha mon bras. Comme je n'essayai pas de m'enfuir, je le sentis se détendre très légèrement.) Puisque Alberta a demandé qu'on me nettoie, tu vas m'emmener à l'infirmerie ? demandai-je d'une voix neutre.

Dimitri pouffa.

— Bien essayé. Il n'est pas question que je te laisse l'approcher. Je vais te donner les premiers soins ailleurs.

Il s'éloignait du lieu de l'attaque selon une trajectoire oblique, en direction d'une zone qui se trouvait aussi en bordure du campus. Je compris vite où il m'emmenait. Il me conduisait à une cabane. À une époque où il y avait davantage de gardiens à l'académie, certains occupaient de petits abris, qui leur permettaient de surveiller les abords du campus. Ils avaient été abandonnés depuis longtemps, mais celui vers lequel il se dirigeait avait été remis en état par la tante de Christian lorsqu'elle avait séjourné à l'académie. Elle avait préféré s'installer là plutôt que dans le bâtiment réservé aux invités, où les autres Moroï la considéraient comme une Strigoï potentielle.

Il ouvrit la porte. Il faisait sombre à l'intérieur, mais ma vue était assez perçante pour que je le regarde trouver des allumettes et allumer une lampe à pétrole. Celle-ci ne nous procura pas beaucoup de lumière, mais c'était bien suffisant pour nos yeux. Je jetai un coup d'œil autour de moi. Tasha avait vraiment fait du bon travail... L'endroit était propre et presque confortable. Le lit était recouvert d'un édredon moelleux et quelques chaises avaient été placées devant la cheminée. Il y avait même de la nourriture en boîtes et en sachets dans la cuisine qui occupait l'un des côtés de la pièce.

— Assieds-toi, m'ordonna Dimitri en indiquant le lit.

Je lui obéis. Une minute plus tard, il avait allumé un feu pour réchauffer la pièce. Lorsque les flammes crépitèrent, il dénicha une trousse de premiers soins ainsi qu'une bouteille d'eau dans la cuisine, et revint vers le lit. Puis il tira une chaise pour s'asseoir en face de moi.

— Tu dois me laisser y aller, le suppliai-je. Ne vois-tu pas ? Ne vois-tu pas que Jesse doit payer ? Il l'a torturée ! Il lui a fait subir des choses horribles.

Dimitri humidifia un morceau de gaze et m'en tamponna le front. Cela me piqua, et j'en déduisis que je devais avoir une coupure à cet endroit.

— Il sera puni, crois-moi. Et les autres aussi.

— Comment ? demandai-je avec aigreur. On va lui donner des heures de colle ? Ses actes sont aussi affreux que ceux de Victor Dashkov. Personne ne fait jamais rien par ici ! Les gens commettent des crimes et s'en sortent très bien. Il doit souffrir. Et les autres aussi.

Dimitri cessa de nettoyer ma blessure et me regarda avec inquiétude.

— Je vois bien que tu es furieuse, Rose. Mais tu sais qu'on ne punit pas les gens de cette manière. C'est… barbare.

— Ah oui ? Et où est le problème ? Je parie que ça leur ferait passer l'envie de recommencer. (J'arrivais à peine à rester assise et je tremblais de rage.) Il faut que quelqu'un les fasse souffrir pour leur faire payer leurs crimes ! Et je veux m'en charger ! Je veux les faire souffrir, tous ! Je veux tous les tuer.

J'eus brusquement l'impression que j'allais exploser et commençai à me lever. Ses mains se posèrent sur mes épaules en une fraction de seconde et je fus forcée de me rasseoir. Le nettoyage de mes blessures était de l'histoire ancienne. Il me maintenait désormais assise avec une expression où se mêlaient l'inquiétude et la détermination. Comme je lui résistais, ses doigts se crispèrent davantage.

— Rose ! Ressaisis-toi ! (Il criait aussi, à présent.) Tu ne penses pas ce que tu dis. Tu étais stressée et sous pression. Voilà pourquoi un événement comme celui-ci te paraît si terrible.

— Arrête ! répliquai-je. Tu te comportes comme tu le fais toujours ! Tu es toujours si raisonnable, même face à des horreurs. Qu'est devenue ton envie de tuer Victor dans sa prison ? Pourquoi ton idée serait-elle bonne et pas la mienne ?

— Parce que je voulais seulement lui faire peur et tu le sais très bien. Cette situation… est différente. Il y a quelque chose qui ne va pas chez toi en ce moment.

— Je vais très bien, au contraire ! (Je le jaugeai du regard, en espérant que notre discussion allait le distraire. Si j'étais assez rapide, j'arriverais peut-être à lui échapper.) Je suis la seule à vouloir faire quelque chose, et je suis désolée si cela te paraît mal. Tu veux toujours que je sois parfaite, mais je ne le suis pas ! Contrairement à toi, je ne suis pas une sainte.

— Je ne suis pas un saint non plus, répondit-il sèchement. Crois-moi, je ne…

Je tentai ma chance. Je bondis sur mes pieds et le repoussai. Mon mouvement le prit par surprise, mais cela ne me mena pas très loin. Je n'étais qu'à deux pas du lit lorsqu'il me rattrapa et me plaqua dessus, en se servant cette fois de tout le poids de son corps pour m'immobiliser. J'aurais dû savoir que mon plan d'évasion était voué à l'échec, mais je n'arrivais pas à réfléchir correctement.

— Lâche-moi ! hurlai-je pour la centième fois cette nuit-là en essayant de dégager mes mains.

— Non ! répondit-il avec presque autant de désespoir dans la voix. Pas avant que tu te sois calmée. Ce n'est pas toi !

J'avais des larmes plein les yeux.

— Si, c'est moi ! Lâche-moi !

— Non. Ce n'est pas toi ! Ce n'est pas toi !

Il semblait au désespoir.

— Tu te trompes ! C'est...

Ma phrase resta en suspens. « *Ce n'est pas toi.* » J'avais dit exactement la même chose à Lissa quand je l'avais regardée, terrifiée, se servir de ses pouvoirs pour torturer Jesse. J'étais restée pétrifiée, incapable d'en croire mes yeux. Elle ne s'était pas rendu compte qu'elle avait perdu le contrôle d'elle-même et qu'elle était sur le point de devenir un monstre. À cet instant, sous le regard terrifié et aimant de Dimitri, je pris soudain conscience que c'était en train de m'arriver à moi. J'étais comme elle, si furieuse, si aveuglée par mes émotions irrationnelles que je ne reconnaissais plus mes propres actes. C'était comme si j'étais animée par une autre volonté que la mienne.

Je tâchai de combattre cette fureur, de me délivrer des sentiments qui me consumaient, mais ils étaient trop puissants. C'était au-dessus de mes forces. Je ne pouvais pas y échapper. Ils allaient finir par avoir raison de moi, comme ils avaient eu raison d'Anna et de Mme Karp.

— Rose, murmura Dimitri.

Ce n'était que mon prénom, mais il lui permettait d'exprimer tant de choses... Dimitri avait une telle confiance en moi, en ma force et en mon désir de faire le bien. Lui aussi était fort, et je savais qu'il n'hésiterait jamais à mettre sa force à ma disposition si j'en avais besoin. Deirdre avait peut-être raison de penser que j'éprouvais du ressentiment à l'égard de Lissa, mais elle s'était complètement trompée à propos de Dimitri. C'était de l'amour que nous éprouvions l'un pour l'autre. Nous étions comme les deux moitiés d'un tout, toujours prêts à se soutenir l'un l'autre. Aucun de nous n'était parfait, mais c'était sans importance. Avec son aide, je pouvais vaincre cette rage qui me dévorait. Parce qu'il m'en croyait capable, je l'étais.

Lentement, très lentement, je sentis les ténèbres reculer au fond de moi. Je cessai de me débattre. Je tremblais encore, mais ce n'était plus à cause de ma fureur. J'étais terrifiée. Dimitri fit immédiatement la différence et me lâcha.

— Mon Dieu ! murmurai-je d'une voix brisée.

Ses doigts me caressèrent doucement la joue.

— Rose..., souffla-t-il. Est-ce que ça va ?

Je ravalai de nouvelles larmes.

— Je... Je crois. Pour le moment.

— C'est fini, me dit-il. (Il me toucha encore, cette fois pour écarter mes cheveux de mon visage.) C'est fini. Tout va bien.

Je secouai la tête.

— Non. Ça ne va pas... Tu... Tu ne comprends pas. Tout ce que je craignais... est vrai ! Anna... Le fait que j'absorbe la folie que l'esprit génère chez Lissa... C'est en train de se produire, Dimitri ! Lissa a perdu la tête avec Jesse. Elle ne pouvait plus s'arrêter... C'est moi qui lui ai permis de le faire, parce que j'ai absorbé sa colère à l'intérieur de moi. Et c'est... c'est horrible. C'est comme si je n'étais plus qu'une marionnette. Je ne me contrôle plus...

— Tu es forte, me rassura-t-il. Ça ne se reproduira pas.

— Tu te trompes... (J'entendis ma voix se briser tandis que j'essayais de m'asseoir.) Ça se reproduira. Je vais devenir comme Anna. Ça va être de pire en pire. Cette fois, c'était du désir de vengeance et de la haine. Je voulais les tuer. J'avais besoin de les tuer.

Que va-t-il se passer la prochaine fois ? Peut-être que je vais devenir folle, comme Mme Karp. Peut-être que je suis déjà folle et que c'est pour ça que je vois Mason. Peut-être que je vais sombrer dans la dépression, comme Lissa avant son traitement. Alors je vais m'y enfoncer chaque jour plus profondément, jusqu'à faire comme Anna et me…

— Non, m'interrompit Dimitri avec douceur en se penchant vers moi jusqu'à ce que nos fronts se touchent presque. Ça ne t'arrivera pas. Tu es trop forte. Tu parviendras à vaincre cette force obscure, comme tu viens de le faire à l'instant.

— Je n'ai réussi que parce que tu étais là. (Je sentis ses bras m'envelopper et pressai mon visage contre son torse.) Je n'y arriverai pas toute seule.

— Tu y arriveras, répéta-t-il d'une voix qui tremblait légèrement. Tu es forte… tellement forte. C'est pour ça que je t'aime.

Je fermai les yeux.

— Tu ne devrais pas. Je vais devenir un monstre. J'en suis peut-être déjà un.

Je songeai à mon comportement des dernières semaines, à la manière dont j'avais passé mes nerfs sur tout le monde. Je me rappelai comment j'avais voulu faire peur à Ryan et Camille.

Dimitri s'écarta pour plonger son regard dans le mien et prit mon visage entre ses mains.

— Tu n'es pas un monstre et tu n'en deviendras pas un, m'assura-t-il. Je ne te laisserai pas faire. Peu importe ce qu'il m'en coûtera, je ne le permettrai pas.

De nouvelles émotions m'envahirent, mais ce n'était plus de la haine ni de la rage. C'était chaud, merveilleux… J'en avais le cœur serré, mais de la bonne manière. J'enroulai mes bras autour de son cou et nos lèvres se rencontrèrent. Ce baiser ne contenait ni désespoir ni ténèbres, mais seulement de l'amour, pur, doux et heureux. Son intensité s'accrut progressivement. Il resta chargé d'amour, mais il s'y mêla quelque chose de plus puissant et de plus vorace.

L'électricité qu'il y avait eue entre nous lorsque je l'avais vaincu, quelques heures plus tôt, nous enveloppa de nouveau.

Cela me rappela la nuit où nous avions été victimes du sortilège de luxure de Victor, où nous nous étions laissé gouverner par des forces primitives que nous ne contrôlions plus. C'était comme si nous étions affamés, ou en train de nous noyer, et que l'autre était notre seul espoir de salut. Je m'agrippai à lui, un bras autour de son cou et l'autre dans son dos, et le serrai si fort que mes ongles s'enfoncèrent presque dans sa chair. Il m'allongea sur le dos. Ses mains m'enveloppèrent la taille, puis l'une d'elles glissa le long de ma cuisse pour la soulever jusqu'à ce que ma jambe s'enroule autour de lui.

Au même instant, nous nous écartâmes brièvement l'un de l'autre, à peine, et le monde cessa de tourner.

— Nous ne pouvons pas…, dit-il.

— Je sais.

Alors il plaqua de nouveau sa bouche contre la mienne et je compris qu'il ne nous serait pas possible de faire marche arrière cette fois. Il n'y avait plus de barrière entre nous. Nos corps se pressèrent l'un contre l'autre tandis qu'il s'efforçait d'ôter mon manteau, sa chemise, puis la mienne… Cela ressemblait beaucoup à notre combat sur la pelouse et trahissait la même passion brûlante. Au fond, les instincts qui poussent les hommes à se battre et à faire l'amour ne sont pas si différents. Tous deux viennent de notre part animale.

Pourtant, à mesure que nos vêtements disparaissaient, je sentis s'éveiller en moi quelque chose de bien plus puissant qu'un simple désir animal. C'était à la fois doux et merveilleux. En plongeant mon regard dans le sien, je compris sans doute possible qu'il m'aimait plus que tout au monde, que j'étais son salut, tout comme il était le mien. Je n'avais jamais imaginé que ma première fois aurait lieu dans une cabane au fond des bois, mais je compris aussi que l'endroit n'avait aucune importance. Seule la personne comptait. Avec l'être aimé, cela pouvait bien se produire n'importe où ;

ce serait forcément merveilleux. Le lit le plus confortable du monde n'avait aucun intérêt si l'on n'aimait pas la personne avec qui on s'y trouvait.

Et comme je l'aimais ! Mon sentiment était si puissant qu'il me faisait presque mal. Tous nos vêtements finirent par atterrir sur le sol, mais la sensation de sa peau contre la mienne était bien suffisante pour me tenir chaud. Lorsque j'eus l'impression de ne plus savoir où finissait mon corps et où commençait le sien, je compris que c'était ce que j'avais toujours désiré. Je voulais que nous ne soyons plus jamais séparés.

J'aimerais pouvoir décrire cette expérience, mais aucun mot ne peut exprimer à quel point cela fut extraordinaire. J'étais nerveuse, excitée et un millier d'autres choses encore. Dimitri se montra attentif, adroit et infiniment patient, comme il l'était lorsqu'il m'entraînait à me battre. Même s'il me sembla naturel de suivre son instinct, il désira aussi me laisser prendre le contrôle. Nous étions enfin égaux et la moindre de ses caresses détenait un pouvoir incroyable.

Lorsque ce fut fini, je me pressai contre lui. Mon corps me faisait mal. Pourtant, en même temps, il se sentait satisfait, comblé et rassasié. Je regrettai de ne pas l'avoir fait plus tôt tout en sachant que j'avais attendu exactement le bon moment.

Je posai ma tête sur le torse de Dimitri pour m'abandonner à sa chaleur. Il déposa un baiser sur mon front et ses doigts caressèrent mes cheveux.

— Je t'aime, Roza. (Il m'embrassa encore.) Je serai toujours là pour toi. Je ne laisserai jamais rien t'arriver.

Ces mots étaient aussi merveilleux que dangereux. Il n'aurait jamais dû me dire une chose pareille. Il n'aurait jamais dû me promettre de me protéger, moi, alors qu'il devait consacrer sa vie à protéger des Moroï comme Lissa. Je ne pouvais pas occuper la première place dans son cœur, tout comme il ne pouvait pas l'occuper dans le mien. Voilà pourquoi je n'aurais pas dû lui répondre comme je le fis ; mais rien n'aurait pu m'en empêcher.

— Et je ne laisserai jamais rien t'arriver non plus, lui promis-je. Je t'aime.

Il m'embrassa encore, m'empêchant ainsi de prononcer les autres mots que j'aurais été tentée d'ajouter.

Nous restâmes étendus l'un contre l'autre pendant un long moment sans nous dire grand-chose. J'aurais pu rester ainsi pour toujours, mais nous savions qu'il nous fallait repartir. Les autres allaient finir par nous chercher pour obtenir mon témoignage et les choses se gâteraient sûrement, s'ils nous découvraient ainsi.

Nous nous rhabillâmes donc, ce qui ne fut pas facile puisque nous ne cessions de nous embrasser. Finalement, nous quittâmes la cabane à contrecœur en nous tenant par la main, même si nous savions que nous allions bientôt devoir nous lâcher. Dès que les bâtiments de l'académie seraient en vue, la vie normale recommencerait. En attendant, nous nagions encore en plein rêve. Chaque pas que je faisais me remplissait de joie et j'avais l'impression que l'air vibrait autour de nous.

Bien sûr, des dizaines de questions tournoyaient dans ma tête. Qu'avions-nous fait ? Qu'était devenue notre prétendue maîtrise de nous-mêmes ? C'était sans importance pour le moment. Mon corps vibrait encore de joie, de désir et… je m'arrêtai net. Une autre sensation, extrêmement désagréable, venait soudain de s'éveiller en moi. C'était étrange, je ressentais comme de légères vagues de nausée ainsi qu'un picotement sur ma peau. Dimitri s'arrêta aussitôt et me jeta un regard inquiet.

Une silhouette pâle et légèrement phosphorescente se matérialisa devant nous. Mason. Il avait la même expression que d'habitude… Mais était-ce vraiment le cas ? Sa tristesse était la même, mais il y avait autre chose, quelque chose qui m'échappait. Était-ce de la panique ? de la frustration ? J'aurais presque juré que c'était de la peur, mais de quoi un fantôme pouvait-il bien avoir peur ?

— Qu'est-ce qui ne va pas ? demanda Dimitri.

— Est-ce que tu le vois ? chuchotai-je.

Dimitri suivit la direction de mon regard.

— Qui ?

— Mason.

L'expression étrange de Mason s'intensifia. Même si je n'étais pas capable de l'identifier, je savais qu'elle ne présageait rien de bon. Ma nausée aussi empira. Sans comprendre pourquoi, j'étais certaine qu'elle n'avait rien à voir avec lui.

— Rose… nous devrions rentrer…, suggéra prudemment Dimitri.

Le fait que je voie des fantômes le mettait toujours mal à l'aise.

Je restai immobile. Le visage de Mason me disait quelque chose, ou du moins essayait. C'était quelque chose d'important, quelque chose que je devais comprendre, sauf qu'il n'arrivait pas à me le communiquer.

— Quoi ? lui demandai-je. Que se passe-t-il ?

La frustration se peignit sur son visage. Il montra quelque chose derrière moi, puis laissa retomber son bras.

— Explique-moi ! m'écriai-je, aussi frustrée que lui.

Dimitri nous regardait à tour de rôle, Mason et moi, même si Mason ne devait être qu'un espace vide pour lui.

J'étais trop concentrée sur Mason pour m'inquiéter de ce que Dimitri pouvait penser. Il y avait quelque chose à comprendre. Quelque chose de grave. Comme les fois précédentes, Mason ouvrit la bouche pour essayer de parler, sans être capable d'émettre un son. Sauf que, cette fois, au prix de terribles efforts, il y parvint. Ses mots furent presque inaudibles.

— Ils… arrivent…

Chapitre 24

Ce fut comme si le monde entier avait retenu son souffle. Même si on n'entendait jamais de chants d'oiseaux ni d'autres bruits à cette heure de la nuit, j'eus l'impression que le silence était plus profond que d'ordinaire. Il n'y avait pas un souffle de vent. Le regard de Mason se fit suppliant. Ma nausée et ma démangeaison s'intensifièrent encore.

Alors je compris.

— Dimitri ! m'écriai-je. Il y a des Stri…

Trop tard. Dimitri et moi le vîmes au même instant, mais Dimitri était plus près. Un visage blafard. Des yeux rouges. Lorsque le Strigoï fondit sur nous, j'eus presque l'impression qu'il volait comme les vampires dont parlaient les légendes. Mais Dimitri était aussi rapide que lui et presque aussi fort. Il avait déjà son pieu à la main, un vrai et non l'un de ceux que nous utilisions à l'entraînement, et il bondit sur le monstre. Le Strigoï avait dû espérer bénéficier de l'effet de surprise. Ils se heurtèrent en plein vol et, l'espace d'un instant, ils semblèrent s'immobiliser dans les airs, avant de toucher terre en même temps. Aussitôt, d'un geste vif et sûr, Dimitri plongea son pieu en plein dans le cœur de son adversaire. Les yeux rouges du Strigoï s'écarquillèrent de stupeur avant que son corps retombe, inerte, sur le sol.

Dimitri se tourna vers moi pour s'assurer que j'allais bien et nos regards échangèrent une centaine de messages silencieux. Il se tourna ensuite vers les bois pour scruter l'obscurité. Ma nausée avait encore augmenté. Je ne comprenais pas pourquoi, mais j'étais capable de sentir les Strigoï approcher. C'étaient eux qui provoquaient mes haut-le-cœur. Dimitri se tourna de nouveau vers moi avec une expression que je ne lui avais jamais vue.

— Écoute-moi bien, Rose. Cours ! Cours aussi vite que tu peux jusqu'à ton dortoir et préviens les gardiens.

J'acquiesçai. Il n'y avait pas à discuter.

Il me saisit le bras et plongea son regard dans le mien pour s'assurer que je comprenne bien ce qu'il s'apprêtait à dire.

— Ne t'arrête pas. Peu importe ce que tu entends ou ce que tu vois, surtout ne t'arrête pas. Pas avant d'avoir prévenu les autres ou d'être confrontée à une menace directe. Tu m'as bien compris ?

J'acquiesçai encore et il me lâcha.

— Dis-leur : « *Buria.* »

J'acquiesçai une fois de plus.

— Cours !

Je courus sans me retourner. Je ne lui avais pas demandé ce qu'il comptait faire parce que je le savais déjà. Il allait arrêter autant de Strigoï que possible pour me permettre d'aller chercher de l'aide. Quelques instants plus tard, des grognements et des coups m'informèrent qu'il en avait trouvé un autre. Je laissai l'inquiétude me gagner une fraction de seconde. S'il mourait, j'étais bien certaine de ne pas pouvoir lui survivre… puis je chassai cette pensée de mon esprit. Je ne pouvais pas me soucier d'une seule personne alors que des centaines de vies dépendaient de moi. Les Strigoï étaient entrés dans l'enceinte de l'académie. C'était impossible…

Mes pieds frappaient le sol en soulevant des gerbes de boue et de neige fondue. Autour de moi, je croyais entendre des voix et apercevoir des ombres ; sauf qu'il ne s'agissait pas des fantômes de l'aéroport, mais des monstres que je redoutais depuis si longtemps.

Rien ne m'arrêta. Lorsque Dimitri avait commencé à m'entraîner, il m'avait fait courir tous les jours. Je m'en étais plainte, mais il m'avait répété inlassablement que c'était indispensable. Il m'avait dit que cela me rendrait plus résistante. Il avait aussi fait valoir qu'un jour viendrait peut-être où je ne pourrais pas me battre et où il me faudrait fuir. Ce jour était venu.

Le dortoir des dhampirs apparut devant moi. Seule la moitié des fenêtres étaient encore éclairées. Le couvre-feu approchait et les élèves s'apprêtaient à se mettre au lit. Je me précipitai à l'intérieur, le cœur sur le point d'exploser à cause de l'effort. Stan fut la première personne que je rencontrai et je manquai de lui rentrer dedans. Il me saisit les poignets pour m'arrêter.

— Rose, que… ?

— Des Strigoï ! hoquetai-je. Il y a des Strigoï sur le campus !

Il écarquilla les yeux puis, pour la première fois, je vis sa bouche s'ouvrir de stupeur. Il se ressaisit presque aussitôt et je compris ce qu'il avait en tête. Encore des histoires de fantômes…

— Rose, je ne sais pas ce que…

— Je ne suis pas folle ! hurlai-je. (Tous ceux qui se trouvaient dans le hall d'entrée se tournèrent vers nous.) Ils sont là ! Ils sont dehors et Dimitri est en train de les affronter tout seul ! Vous devez aller l'aider… (Quel était le mot dont s'était servi Dimitri ?) *Buria.* Il m'a dit de vous dire « *buria* ».

Stan disparut en un clin d'œil.

Je n'avais jamais assisté à une alerte aux Strigoï, mais les gardiens avaient déjà dû s'y préparer. Les choses se passèrent bien trop vite pour que ce ne soit pas le cas. Tous les gardiens du dortoir, qu'ils aient été éveillés ou non au moment de l'alerte, se regroupèrent dans le hall d'entrée en quelques minutes. Des coups de téléphone furent passés. Je restai avec les autres novices qui avaient formé un demi-cercle et nous regardâmes nos aînés s'organiser avec une efficacité stupéfiante. En scrutant les visages, je m'aperçus que j'étais la seule élève de terminale. Comme nous étions dimanche soir, tous les autres étaient retournés auprès de leur Moroï pour reprendre leur exercice de terrain. C'était paradoxalement rassurant : le dortoir des Moroï avait une ligne de défense supplémentaire.

Du moins, les Moroï du lycée en avaient une, pas ceux du collège. Leur dortoir était protégé par une équipe de gardiens, ainsi que par quelques dispositifs tels que des grilles à toutes les fenêtres du rez-de-chaussée. Ces précautions ralentiraient les Strigoï, mais ne les empêcheraient pas d'entrer. Personne n'avait jugé utile d'en prendre davantage, puisque les protections de l'académie assuraient la sécurité de tous.

Alberta avait rejoint les autres et s'employait à constituer des équipes. Certaines seraient chargées d'assurer la sécurité des différents bâtiments, d'autres de chasser les Strigoï et d'essayer de déterminer leur nombre. Lorsqu'il n'y eut plus que quelques gardiens dans le hall, je me décidai à aller lui parler.

— Que devons-nous faire ? lui demandai-je.

Alberta se tourna, son regard se posa sur moi, puis balaya nos rangs composés d'adolescents de quatorze à dix-sept ans. Une ombre passa dans ses yeux : de la tristesse, me sembla-t-il.

— Restez dans le dortoir, répondit-elle. Que personne n'en sorte : toute l'académie est en état d'alerte. Que chacun remonte à l'étage où se trouve sa chambre et se présente aux gardiens qui le surveillent. Ils vont vous répartir en groupes. Il est peu probable que les Strigoï pénètrent dans le bâtiment par les étages. S'ils entrent par le rez-de-chaussée… (elle parcourut du regard le hall d'entrée, dont la porte et les fenêtres étaient surveillées, puis elle secoua la tête)… nous nous occuperons d'eux.

— Je peux vous aider… Vous le savez.

Je sentis qu'elle était sur le point de me contredire, puis je la vis changer d'avis. À ma grande surprise, elle acquiesça.

— Emmène-les dans les étages et veille sur eux.

Je m'apprêtais à protester que je n'étais pas une baby-sitter lorsqu'elle eut un geste qui me laissa sans voix. Elle plongea la main dans la poche de son manteau et me tendit un pieu en argent. Un vrai.

— Va, m'ordonna-t-elle. Il faut qu'ils nous laissent le champ libre ici.

Je commençai à m'éloigner puis m'arrêtai.

— Que veut dire « *buria* » ?

— « Tempête », murmura-t-elle. C'est le mot russe pour « tempête ».

J'entraînai les autres novices vers l'escalier et les répartis dans les étages. La plupart étaient terrifiés, ce qui était bien compréhensible. Quelques-uns, parmi les plus âgés, avaient l'air de ressentir la même chose que moi. Ils voulaient avoir quelque chose à faire, se rendre utiles... Même s'ils ne devaient recevoir leur diplôme que l'année suivante, je les savais déjà redoutables. J'en attirai quelques-uns à l'écart.

— Empêchez-les de céder à la panique, leur chuchotai-je, et restez vigilants. Si quelque chose arrive aux gardiens, ce sera à vous de jouer.

Le visage grave, ils acquiescèrent en silence. Ils comprenaient parfaitement. Certains novices, comme Dean, n'arrivaient pas à saisir la responsabilité qui pesait sur nous. Mais ils étaient rares. Nous grandissions vite.

Je me postai au premier étage, parce qu'il me semblait que c'était là que je serais le plus utile. Si les Strigoï arrivaient à franchir le rez-de-chaussée, c'était là qu'ils frapperaient en premier lieu. Je montrai mon pieu aux gardiens en faction et leur répétai ce qu'Alberta m'avait dit. Ils respectèrent sa décision, mais je sentis qu'ils ne voulaient pas m'avoir dans leurs pattes. Ils me postèrent au bout d'un couloir qui n'était percé que d'une petite fenêtre. Seul quelqu'un de ma taille ou de plus petit que moi pourrait la franchir, et je savais que l'architecture extérieure du bâtiment rendait l'escalade jusque-là presque impossible.

Je m'y postai tout de même, en souffrant cruellement de ne pas savoir ce qui se passait dehors. Combien y avait-il de Strigoï ?

Où étaient-ils ? Je compris tout à coup que je disposais d'un bon moyen de me renseigner. Tout en continuant à surveiller ma fenêtre du mieux possible, je fis le vide dans mon esprit et me glissai dans la tête de Lissa.

Elle se trouvait avec d'autres Moroï dans l'un des étages de son dortoir. Les procédures d'urgence étaient visiblement les mêmes dans toute l'académie. Il y avait un peu plus de tension dans son groupe que dans le mien, sans doute parce que les novices qui m'entouraient, quoique inexpérimentés, avaient une idée de la procédure de combat contre les Strigoï. Les Moroï n'en avaient aucune, malgré la détermination politique de ceux qui voulaient s'entraîner afin de se battre aux côtés de leurs gardiens. On commençait à peine à réfléchir à la logistique à mettre en place pour leur permettre d'apprendre.

Eddie était auprès de Lissa. Il semblait confiant et redoutable, comme s'il était prêt à exterminer tous les Strigoï de l'académie à lui tout seul. Plus que jamais, je me réjouis que, parmi tous mes camarades de classe, ce soit lui qu'on ait assigné à Lissa pour l'exercice.

Une fois à l'intérieur de l'esprit de Lissa, je fus frappée de plein fouet par la force de ses émotions. La torture que lui avait fait subir Jesse semblait dérisoire en comparaison de l'attaque des Strigoï. Je ne fus guère étonnée de la sentir terrifiée. Mais ce n'était pas pour elle qu'elle avait le plus peur. C'était pour Christian et moi.

— Rose va bien, dit une voix à côté d'elle. (Lissa tourna les yeux vers Adrian. Il se trouvait apparemment dans le dortoir et non dans le bâtiment des invités au moment de l'attaque. Il arborait son habituelle attitude désinvolte, mais je devinais de l'inquiétude au fond de ses yeux verts.) Elle peut vaincre n'importe quel Strigoï. En plus, Christian nous a dit qu'elle était avec Belikov. Je suis sûr qu'elle est plus en sécurité que nous.

Lissa acquiesça en faisant tout son possible pour le croire.

— Mais Christian…

Malgré toute l'assurance qu'il affichait d'ordinaire, Adrian détourna les yeux. Il renonça à soutenir son regard, ou à lui offrir des paroles rassurantes. Je n'eus pas besoin qu'il parle pour comprendre sa réaction : j'en lus l'explication dans l'esprit de Lissa. Christian et elle avaient voulu s'isoler pour parler de ce qui lui était arrivé dans les bois. Ils avaient projeté de faire le mur et de se retrouver dans leur « tanière », le grenier de la chapelle. Elle n'avait pas été assez rapide et s'était fait surprendre par le couvre-feu juste avant l'attaque. Elle se retrouvait donc piégée dans son dortoir, tandis que Christian était quelque part dehors.

Ce fut Eddie qui se chargea de lui offrir des paroles consolantes.

— S'il est dans la chapelle, il ne risque rien. C'est même lui qui est le plus à l'abri de nous tous.

Les Strigoï ne pouvaient pas fouler un sol sacré.

— À moins qu'ils décident de la brûler, lui objecta Lissa. Ils l'ont déjà fait.

— C'était il y a quatre siècles, lui fit remarquer Adrian. Je pense qu'ils ont assez de proies faciles pour ne pas avoir besoin de revenir aux méthodes médiévales...

L'expression « proies faciles » fit tressaillir Lissa. Elle savait qu'Eddie avait raison à propos de la chapelle, mais elle ne pouvait pas chasser de son esprit l'idée que Christian était peut-être en train de repartir vers son dortoir au moment de l'attaque et qu'il pouvait s'être retrouvé pris au milieu du chaos. L'inquiétude la rongeait, et l'idée qu'elle ne puisse rien faire ni rien savoir la désespérait.

Je réintégrai mon propre corps, dans le couloir du premier étage de mon propre dortoir. Je venais enfin de comprendre pourquoi Dimitri jugeait important que je m'entraîne à protéger quelqu'un avec qui je n'étais pas psychiquement reliée. Ne vous méprenez pas : je m'inquiétais toujours pour Lissa. Je m'inquiétais davantage pour elle que pour n'importe quel autre Moroï de l'académie. Pour que je ne me fasse pas de souci, il aurait fallu qu'elle se trouve à des kilomètres de là, derrière plusieurs remparts de protections et de gardiens. Néanmoins, je la savais autant en sécurité que possible vu les circonstances. C'était déjà quelque chose.

Mais Christian… Je n'avais pas la moindre idée de ce qui lui était arrivé. Je n'avais aucun lien mental avec lui qui m'aurait permis de savoir où il se trouvait, ni même s'il était encore en vie. C'était cela que Dimitri voulait me faire comprendre. La situation était tout à fait différente sans cet atout, et elle était terrifiante.

Je regardai la fenêtre sans la voir. Christian était dehors. Et c'était moi qui étais chargée de le protéger. Bien sûr, l'exercice de terrain n'était qu'un exercice… mais cela ne changeait rien. C'était un Moroï. Il était peut-être en danger. C'était moi qui en avais la charge. Ils passaient avant tout.

Je pris une profonde inspiration et évaluai les options qui s'offraient à moi. On m'avait donné des ordres, et les gardiens devaient se montrer disciplinés. Au milieu de tant de dangers, c'était en obéissant aux ordres que nous pouvions rester organisés et efficaces. Jouer les rebelles entraînait parfois des morts. Mason me l'avait démontré en allant chasser les Strigoï à Spokane.

Sauf que je n'étais pas la seule à courir des risques dans cette situation. Tout le monde était en danger. Personne ne serait en sécurité tant que les Strigoï ne seraient pas chassés du campus, et je n'avais pas la moindre idée de leur nombre. On ne m'avait demandé de surveiller cette fenêtre que pour me tenir occupée afin que je ne gêne pas les gardiens. Bien sûr, les Strigoï pouvaient atteindre le premier étage. Alors je serais utile à quelque chose. Bien sûr aussi, l'un d'entre eux pourrait essayer d'entrer par cette fenêtre, mais c'était très peu probable. Elle était difficile d'accès et, comme Adrian l'avait fait remarquer, les Strigoï avaient des moyens beaucoup plus simples de trouver des proies.

En revanche, je pouvais sortir par cette fenêtre.

J'en ouvris le battant tout en sachant que j'avais tort de le faire. J'allais m'exposer au danger, mais j'étais partagée par des instincts contradictoires. Obéir aux ordres ; protéger les Moroï.

J'avais besoin de m'assurer que Christian allait bien.

Un vent froid s'engouffra dans le couloir. Le silence qui régnait dehors ne me permettait pas de savoir ce qui se passait. Le nombre de fois où j'avais fait le mur en passant par la fenêtre de ma chambre m'avait donné une certaine expérience dans ce domaine. Le problème ici était que le mur de pierre, sous la fenêtre, était parfaitement lisse. Il n'offrait aucune prise. Il y avait une petite corniche à mi-distance, mais elle était plus loin que ma propre hauteur, de sorte que je ne pouvais pas simplement m'y laisser glisser. Néanmoins, si j'arrivais à l'atteindre, je pourrais ensuite la suivre jusqu'à l'angle du bâtiment, où des pierres saillantes me permettraient d'atteindre le sol sans difficulté.

Je regardai la corniche en contrebas. J'allais devoir m'y laisser tomber. En cas de chute, j'allais sans doute me briser le cou. Alors je fournirais une proie facile pour les Strigoï, selon l'expression d'Adrian. Après une courte prière destinée à qui voulait bien m'entendre, j'enjambai la fenêtre, me suspendis à son rebord et m'étirai le plus possible. Mes pieds devaient se trouver à une soixantaine de centimètres de la corniche. Je comptai jusqu'à trois, puis lâchai prise en faisant glisser mes mains contre le mur pour ralentir ma chute. Lorsque mes pieds heurtèrent la corniche, je vacillai. Mes réflexes de dhampir prirent le relais. Je recouvrai l'équilibre et restai un moment immobile, plaquée contre le mur. J'avais réussi. De là, il m'était facile de gagner l'angle du bâtiment et de descendre.

J'atteignis le sol et remarquai à peine que je m'étais écorché les mains. Je crus entendre des cris lointains mais le silence régnait toujours autour de moi. Si j'avais été un Strigoï, je ne me serais pas donné la peine d'attaquer ce dortoir. Ils devaient s'attendre à y rencontrer de la résistance et, même si la plupart des Strigoï étaient sans doute capables d'affronter plusieurs novices en même temps, ils avaient des moyens plus faciles de trouver des proies. Il était peu probable que les Moroï songent à se défendre sérieusement et les Strigoï préféraient leur sang au nôtre, de toute manière.

Néanmoins, j'avançai avec la plus grande prudence en direction de la chapelle. Je me fondais dans l'obscurité, mais la vue des Strigoï était encore plus perçante que la mienne. Je me dissimulai derrière des troncs d'arbres chaque fois que c'était possible en regrettant de ne pas avoir des yeux derrière la tête. Je ne percevais toujours que des cris lointains, mais de plus en plus nombreux. Alors je pris subitement conscience que je n'éprouvais pas la nausée qui m'avait saisie dans les bois. Sans que je comprenne pourquoi, cette sensation me permettait de savoir s'il y avait des Strigoï dans les environs. Même si je ne m'y fiais pas suffisamment pour avancer aveuglément, je fus rassurée par l'idée que je bénéficiais d'une sorte de signal d'alarme.

À mi-chemin de la chapelle, je vis une silhouette se détacher d'un arbre. Je bondis, le pieu en main, et manquai de frapper Christian en plein cœur.

— Mon Dieu ! mais qu'est-ce que tu fais ? aboyai-je.

— J'essaie de rentrer au dortoir. Que se passe-t-il ? J'ai entendu des cris.

— Il y a des Strigoï sur le campus.

— Quoi ? Mais comment est-ce possible ?

— Je ne sais pas. Tu dois retourner dans la chapelle. Tu y seras en sécurité.

Elle était visible de là où nous nous tenions et il ne devait pas nous être trop difficile de l'atteindre.

Comme il arrivait à Christian d'être aussi téméraire que moi, je m'attendis presque qu'il refuse. Ce ne fut pas le cas.

— D'accord. Est-ce que tu viens avec moi ?

Alors que je m'apprêtais à acquiescer, je sentis la nausée me reprendre.

— À terre ! hurlai-je.

Il se jeta à plat ventre sans la moindre hésitation.

Deux Strigoï fondirent sur nous. Ils se jetèrent sur moi tous les deux, sachant qu'il leur serait plus facile de m'éliminer en combinant leurs efforts, et qu'ils auraient ensuite tout loisir de s'en prendre à Christian. L'un des deux, une femme, me projeta contre un tronc d'arbre. Ma vision se brouilla une fraction de seconde, mais je recouvrai vite mes esprits. Je fonçai sur elle à mon tour et eus la satisfaction de la voir chanceler un peu sous l'impact. Lorsque l'autre Strigoï, un homme, essaya de m'attraper, je plongeai pour lui échapper.

Leur duo me rappela Isaiah et Elena, les Strigoï de Spokane, mais je m'interdis de laisser mes souvenirs me déconcentrer. Tous deux étaient plus grands que moi, mais la femme l'était à peine. Je feintais en direction de l'homme, puis portai un coup aussi vif que possible à la femme. Mon pieu s'enfonça dans son cœur, ce qui nous surprit toutes les deux. C'était la première fois que je tuais un Strigoï de cette manière.

J'avais à peine récupéré mon arme lorsque l'autre Strigoï me frappa par-derrière en grognant. Je titubai mais parvins à recouvrer mon équilibre tout en jaugeant mon adversaire. Il était plus grand et plus fort que moi, comme c'était le cas quand je combattais Dimitri. Il devait aussi être plus rapide. Nous nous tournâmes autour, puis je bondis pour lui assener un coup de pied qui n'eut presque aucun effet. Il essaya de nouveau de m'attraper et je lui échappai encore en guettant une ouverture qui m'aurait permis de me servir de mon pieu. Nullement découragé par mon plongeon, il plaça immédiatement une nouvelle attaque. Cette fois, il me plaqua au sol et m'immobilisa les bras. Je tentai de le repousser, mais ce fut peine perdue. De la salive coula le long de ses canines lorsque son visage s'approcha du mien. Ce Strigoï n'allait pas commettre l'erreur d'Isaiah, qui avait laissé passer sa chance en tenant des discours ineptes. Celui-là allait m'achever sans perdre un instant, me vider de mon sang, puis s'attaquer à Christian. Je sentis ses canines sur ma gorge et compris que j'allais mourir. C'était horrible. J'avais tellement envie de vivre… mais c'était ainsi que cela allait finir. Consciente que je vivais mes derniers instants, je commençai à hurler à Christian de s'enfuir lorsque le Strigoï qui me tenait s'embrasa comme une torche. Il se redressa vivement et je m'empressai de rouler sur moi-même pour lui échapper.

Son corps se couvrit de flammes épaisses qui masquèrent entièrement ses traits. Il ne fut bientôt plus qu'un brasier à forme humaine. Il poussa quelques cris étouffés puis se tut, avant de s'effondrer sur le sol. Après quelques convulsions, il s'immobilisa complètement. La neige se transforma en vapeur au contact des flammes, qui s'éteignirent bientôt pour ne laisser qu'un tas de cendres.

Je considérai les restes calcinés du Strigoï. Un instant plus tôt, je m'attendais à mourir. Or c'était mon adversaire qui était mort. Cette idée me donna le vertige. La vie et la mort étaient si imprévisibles, si proches l'une de l'autre. Notre existence n'était qu'une suite d'instants fugitifs et il nous était impossible de savoir qui serait le prochain à quitter ce monde. Je m'y trouvais encore, de justesse, et, comme je levais les yeux du tas de cendres, tout ce que je vis me parut beau : les arbres, les étoiles, la lune… J'étais vivante et très heureuse de l'être.

Je me tournai vers Christian, qui s'était accroupi.

— Ça alors ! m'exclamai-je en l'aidant à se relever.

De toute évidence, c'était à lui que je devais d'avoir la vie sauve.

— Pas de problème. Je ne savais pas que j'avais autant de pouvoir… (Il scruta les alentours en s'attendant au pire.) Est-ce qu'il y en a d'autres ?

— Non.

— Tu es bien sûre de toi…

— Eh bien… ça va te paraître bizarre, mais je peux sentir leur présence… Ne me demande pas comment. (Il en resta bouche bée.) Contente-toi d'en accepter l'idée. Je pense que c'est un effet secondaire du baiser de l'ombre, comme ma perception des fantômes. Peu importe… Rentrons dans la chapelle.

Il resta immobile et prit un air songeur.

— Rose… as-tu vraiment envie d'aller t'enterrer dans la chapelle ?

— Qu'est-ce que tu veux dire ?

— On vient de tuer deux Strigoï, me fit-il remarquer en montrant du doigt le cadavre de la femme et les restes calcinés de l'homme.

En croisant son regard, je compris subitement ce qu'il avait en tête. Je pouvais sentir les Strigoï. Il savait se servir du feu. Je possédais un pieu. Tant que nous ne tombions pas sur une bande, nous pouvions faire de sérieux dégâts. Alors l'évidence me frappa.

— Je ne peux pas…, murmurai-je. Je ne peux pas risquer ta vie.

— Rose… tu sais de quoi nous sommes capables. Je le vois dans tes yeux. Ça vaut le coup de risquer la vie d'un Moroï, en plus de la tienne, pour abattre autant de Strigoï qu'on pourra.

Risquer la vie d'un Moroï. L'entraîner dans une bataille contre des Strigoï. Cela allait à l'encontre de tout ce qu'on m'avait enseigné. Tout à coup, je me rappelai le bref instant de lucidité que je venais d'avoir, la joie que j'avais éprouvée à me sentir en vie. Je pouvais sauver tant de gens. Je devais les sauver. J'allais me battre autant que cela me serait possible.

— Ne gaspille pas ton pouvoir, répondis-je. Tu n'as pas besoin de les incinérer en dix secondes comme tu viens de le faire. Contente-toi de les embraser assez pour les distraire et je me chargerai de les achever.

Son visage s'illumina.

— On part à la chasse ?

Mon Dieu !… j'allais m'attirer des ennuis gigantesques. Mais cette idée était trop bonne, trop excitante… Je voulais riposter. Je voulais protéger les gens que j'aimais. Plus que tout, je voulais me rendre au dortoir de Lissa pour assurer sa protection. Sauf que ce n'était pas ce que je pouvais faire de plus efficace. Lissa pouvait compter sur mes camarades de classe. D'autres n'avaient pas cette chance… Je songeai à ces élèves vulnérables, comme Jill…

— Allons au dortoir du collège.

Nous nous mîmes en route en courant à petites foulées et nous empruntâmes un trajet dont j'espérais qu'il nous permettrait d'éviter d'autres Strigoï. J'ignorais toujours leur nombre, et cela commençait à me rendre folle. Lorsque nous eûmes presque atteint l'autre partie du campus, l'étrange nausée me reprit. Je criai pour avertir Christian à l'instant où un Strigoï se jeta sur lui. Mais Christian réagit rapidement. Les cheveux du Strigoï s'embrasèrent. Il lâcha Christian en hurlant pour tenter frénétiquement d'étouffer les flammes. Il ne me vit même pas approcher, le pieu à la main. Le tout prit moins de une minute. Christian et moi échangeâmes un regard.

Oui. Nous étions redoutables.

Le chaos régnait dans la partie du campus réservée au collège. Les Strigoï et les gardiens se battaient avec acharnement autour de l'un des dortoirs. Un instant, je restai pétrifiée. Il y avait presque une vingtaine de Strigoï pour seulement une dizaine de gardiens. Tant de Strigoï à la fois… Jusqu'à récemment, nous n'estimions pas possible qu'un si grand nombre d'entre eux s'associent. Nous pensions avoir démantelé le rassemblement le plus nombreux qui ait jamais existé en tuant Isaiah. Apparemment, nous avions tort… Je laissai s'écouler encore quelques secondes avant de me reprendre et nous nous jetâmes dans la mêlée.

Emil, qui montait la garde devant l'une des portes, affrontait trois Strigoï à la fois. Il était couvert de bleus et le corps d'un quatrième Strigoï gisait à ses pieds. Je me jetai sur l'un des trois. La femme ne me vit pas venir et je parvins à l'abattre presque sans résistance de sa part. J'avais eu de la chance. Pendant ce temps, Christian embrasa les deux autres. Emil écarquilla les yeux de surprise, mais cela ne l'empêcha pas de frapper l'un des deux Strigoï restants. Je me chargeai du dernier.

— Tu n'aurais pas dû l'amener ici, me dit Emil alors que nous allions prêter main-forte à un autre gardien. Les Moroï ne sont pas censés s'impliquer dans ce genre de chose…

— Les Moroï auraient dû s'impliquer dans ce genre de chose il y a bien longtemps, répliqua Christian, les mâchoires serrées.

Nous n'eûmes plus guère l'occasion de parler après cela. La suite des événements se déroula dans une grande confusion.

Les combats se succédèrent sans relâche pour Christian et moi, et nous combinâmes chaque fois sa magie et mon pieu. Aucune de nos victoires suivantes ne fut aussi rapide et aussi facile que les premières l'avaient été. Certains combats furent longs et épuisants. Emil resta près de nous et je finis par perdre le compte des Strigoï que nous avions abattus.

—Je te connais.

Ces mots me firent sursauter. Au milieu d'un tel carnage, personne, chez les alliés comme chez les ennemis, ne prenait le temps de parler. Celui qui venait de prononcer cette phrase était un Strigoï qui paraissait avoir mon âge, mais devait probablement être au moins dix fois plus âgé. Il avait des cheveux blonds mi-longs et des yeux d'une couleur que je n'arrivais pas à distinguer. Ils étaient cerclés de rouge et c'était tout ce qui comptait.

Pour toute réponse, je me jetai sur lui en brandissant mon pieu, mais il m'échappa. Comme Christian était occupé à embraser d'autres Strigoï, je devais me charger de celui-là toute seule.

—Je te trouve quelque chose de bizarre à présent, mais je me souviens bien de toi. Je t'ai vue, il y a des années, avant que je m'éveille. (Soit : il ne devait pas avoir dix fois mon âge s'il m'avait connue lorsqu'il était encore un Moroï. J'espérai que son envie de parler allait le distraire, parce qu'il était plutôt rapide pour un jeune Strigoï.) Tu étais toujours avec cette Dragomir, la blonde… (Je lui assenai un coup de pied et m'empressai de replier ma jambe avant qu'il l'attrape. Il vacilla à peine.) Ses parents voulaient que tu deviennes sa gardienne, c'est bien ça ? Avant qu'ils se fassent tous tuer…

—Je suis sa gardienne, grognai-je.

Mon pieu ne le rata pas de beaucoup.

—Alors elle est encore en vie… Une rumeur prétendait qu'elle était morte l'année dernière… (Il y eut une sorte d'émerveillement dans sa voix, qui produisit un curieux mélange avec sa méchanceté.) Tu n'as pas idée de la récompense que je vais obtenir en échange de la dernière Dra… Ah !

Il avait encore plongé pour éviter de recevoir mon pieu en plein cœur, mais j'avais réussi à lui érafler le visage. Cette blessure n'allait pas le tuer, mais le contact d'un pieu, chargé de vie et de magie, brûlait les non-morts comme de l'acide. Il hurla sans que cela affecte ses réflexes.

— Je reviendrai te chercher quand j'en aurai fini avec elle, grogna-t-il.

— Tu ne l'approcheras jamais, répondis-je en grognant aussi.

Quelque chose me percuta latéralement. C'était le Strigoï contre lequel Yuri se battait. Je trébuchai mais parvins à planter mon pieu dans son cœur avant qu'il recouvre lui-même son équilibre. Yuri me remercia d'une voix essoufflée, puis nous replongeâmes tous deux dans la bataille. Sauf que le Strigoï blond avait disparu. Je ne le retrouvai nulle part. Un autre prit sa place. Alors que j'avançais sur lui, les flammes qui s'élevèrent autour de son corps en firent une proie facile… Christian était de retour.

— Christian, ce Strigoï…

— J'ai entendu, répondit-il d'une voix haletante.

— Nous devons aller la retrouver !

— Il te provoquait. Elle est à l'autre bout du campus, entourée de gardiens et de novices. Tout va bien se passer pour elle.

— Mais…

— C'est ici qu'ils ont besoin de nous.

Je savais qu'il avait raison et à quel point cela devait lui être difficile de faire ce choix. Tout comme moi, il n'aspirait qu'à courir auprès d'elle. Malgré les miracles qu'il accomplissait là, j'étais certaine qu'il aurait préféré se trouver avec Lissa et employer tout son pouvoir à alimenter un rempart de flammes autour d'elle, qu'aucun Strigoï n'aurait pu franchir. Je n'avais pas le loisir d'interroger plus précisément notre lien, mais j'étais certaine d'une chose : elle était en vie et ne souffrait pas.

Je continuai donc à me battre aux côtés de Christian et de Yuri, tout en gardant Lissa dans un coin de mon esprit grâce à notre lien, afin de m'assurer qu'elle allait bien. En dehors de cela, je laissai la fièvre de la bataille s'emparer de moi. J'avais un but et un seul : tuer des Strigoï. Je ne pouvais ni les laisser entrer dans ce dortoir, ni prendre le risque qu'ils s'éloignent d'ici et courent peut-être en direction de celui de Lissa. Je perdis toute notion de temps. À chaque instant, seul le Strigoï que j'étais en train de combattre existait pour moi. Dès qu'il était mort, je m'en prenais à un autre.

Jusqu'à ce qu'il n'y en ait plus aucun debout.

Je me retrouvai épuisée, endolorie, et le corps surchargé d'adrénaline. Christian, à côté de moi, était à bout de souffle. Même s'il ne s'était pas physiquement impliqué dans les combats comme moi, il avait usé de sa magie toute la nuit et le payait manifestement. J'observai les alentours.

— Nous devons en trouver un autre, déclarai-je.

— Il n'y en a pas d'autres, répondit une voix familière.

Je me tournai vers Dimitri. Il était vivant. Toutes les craintes que j'avais nourries à son sujet et que j'avais refoulées au fond de mon cœur me frappèrent brutalement. J'eus envie de me jeter dans ses bras et de le serrer contre moi de toutes mes forces. Il était vivant, couvert de bleus et ensanglanté, certes, mais vivant.

Son regard soutint un instant le mien et me rappela ce qui s'était passé dans la cabane. J'avais l'impression que cela avait eu lieu un siècle plus tôt, mais ce bref regard était chargé d'amour, d'inquiétude et de soulagement. Lui aussi avait eu peur pour moi. Alors Dimitri se tourna vers l'est et me montra le ciel. Je tournai la tête vers un horizon rose et pourpre. Le soleil allait bientôt se lever.

— Ceux qui ne sont pas morts se sont enfuis, me dit-il. (Il nous regarda à tour de rôle, Christian et moi.) Ce que vous avez fait tous les deux est...

— ... stupide ? suggérai-je.

Il secoua la tête.

— ... l'une des choses les plus stupéfiantes qu'il m'ait été donné de voir. À vous deux, vous avez tué la moitié d'entre eux.

Je me tournai vers le dortoir et fus frappée par la quantité de cadavres qui gisaient autour de nous. Nous avions tué des Strigoï en grand nombre. La mort et le meurtre étaient des actes horribles… pourtant, j'étais fière de ce que je venais d'accomplir. J'avais vaincu les monstres qui avaient essayé de s'en prendre à moi et à ceux qui m'étaient chers.

Alors je remarquai quelque chose. Je sentis mon estomac se nouer, d'une manière qui n'avait rien à voir avec la nausée qui me signalait la présence de Strigoï. Mon malaise avait une tout autre cause. Je me tournai vers Dimitri.

— Il n'y a pas que des cadavres de Strigoï, constatai-je d'une toute petite voix.

— Je sais. Nous avons perdu beaucoup de monde, dans tous les sens du terme.

Christian fronça les sourcils.

— Que voulez-vous dire ?

L'expression de Dimitri était à la fois grave et triste.

— Les Strigoï ont tué des Moroï et des dhampirs et… ils en ont enlevé d'autres.

Chapitre 25

Morts ou enlevés.

Il ne suffisait pas que les Strigoï nous aient attaqués et aient tué des Moroï et des dhampirs. Il avait également fallu qu'ils en enlèvent certains. C'était une chose que les Strigoï avaient coutume de faire. La quantité de sang qu'il était possible d'absorber en une seule fois était limitée, même pour eux. Ils faisaient donc régulièrement des prisonniers pour s'en nourrir un peu plus tard. Il arrivait aussi qu'un Strigoï particulièrement puissant qui ne voulait pas se salir les mains envoie ses sbires lui chercher des proies. De temps à autre, ils enlevaient des gens dans la seule intention de faire de nouveaux Strigoï. Mais, quelles que soient leurs motivations, ceux qu'ils avaient enlevés pouvaient encore être en vie.

Tous les élèves, moroï comme dhampirs, furent rassemblés dans quelques bâtiments dont la sécurité était garantie. Les gardiens enfermèrent les Moroï adultes avec nous et se chargèrent seuls de l'estimation des pertes. J'étais au désespoir de ne pas les aider, mais ils me firent comprendre que mon rôle était terminé. À ce stade, je ne pouvais plus qu'attendre et m'inquiéter avec les autres. Tout cela me semblait encore irréel. Des Strigoï avaient attaqué l'académie.

Comment cela avait-il pu se produire ? Saint-Vladimir était un endroit sûr. On nous l'avait assez répété. Il fallait que ce soit vrai... C'était la raison pour laquelle nos années scolaires étaient si longues, et également ce qui motivait les familles moroï à accepter d'être séparées de leurs enfants une grande partie du temps. Le jeu en valait la chandelle, si cela permettait d'assurer leur sécurité.

Sauf que ce n'était plus le cas.

Il ne fallut que quelques heures pour dresser le compte des victimes, mais il me fut si dur d'attendre que j'eus l'impression que cela avait pris des jours. Quant aux chiffres... ils furent accablants. Quinze Moroï et douze gardiens avaient été tués. Treize personnes, parmi lesquelles se trouvaient des Moroï et des dhampirs, avaient été enlevées. Les gardiens estimaient que nous avions été attaqués par une cinquantaine de Strigoï, ce qui dépassait l'entendement. On avait retrouvé vingt-huit cadavres de Strigoï. Les autres avaient réussi à s'échapper en emmenant leurs victimes.

Néanmoins, nos pertes n'étaient pas aussi lourdes qu'on aurait pu le craindre avec une attaque de cette envergure. C'était à mettre au crédit de plusieurs facteurs. Tout d'abord, la vitesse à laquelle l'alerte avait été donnée. Les Strigoï venaient à peine de pénétrer sur le campus lorsque j'avais averti Stan. Ensuite, la rapidité avec laquelle les procédures d'urgence avaient été mises en place et, enfin, le fait que la plupart des élèves étaient déjà à l'intérieur des bâtiments grâce au couvre-feu ; tout cela avait beaucoup aidé. La plupart des victimes moroï, mortes ou enlevées, étaient des personnes qui se trouvaient dehors au moment de l'attaque.

Les Strigoï n'avaient jamais pu entrer dans les dortoirs du collège, ce qui, d'après Dimitri, était en grande partie dû à notre spectaculaire intervention, à Christian et à moi. En revanche, ils avaient réussi à s'introduire dans l'un des dortoirs du lycée, celui où se trouvait la chambre de Lissa. Mon estomac s'était noué lorsque je l'avais appris. Même si notre lien m'assurait que Lissa allait bien, je n'arrivais pas à chasser de mon esprit le Strigoï blond et ricanant qui m'avait annoncé son intention d'éteindre la lignée des Dragomir. Je ne savais pas ce qu'il était devenu. Les Strigoï qui avaient pénétré dans le dortoir de Lissa n'étaient pas allés bien loin, heureusement, mais ils avaient fait des victimes.

Dont Eddie.

— Quoi ? m'écriai-je lorsque Adrian m'informa de sa disparition. (Nous étions en train de manger dans le réfectoire. Comme l'académie avait décidé d'adopter momentanément des horaires diurnes, ma notion de l'heure était perturbée et je ne savais pas vraiment de quel repas il s'agissait. Le réfectoire était presque silencieux. Toutes les conversations s'y prononçaient à voix basse. Les repas étaient les seuls moments où les élèves étaient autorisés à quitter leur dortoir. On m'avait invitée à participer à la réunion des gardiens qui devait se tenir un peu plus tard mais, en attendant, j'étais soumise aux mêmes contraintes que mes amis.) Il était avec vous ! (Je jetai un regard presque accusateur à Lissa.) Je l'ai vu avec toi. À travers tes yeux…

Elle leva la tête du plateau de nourriture auquel elle avait à peine touché. Son visage était pâle et son expression affligée.

— Quand les Strigoï sont entrés au rez-de-chaussée, il est descendu avec quelques autres novices pour aider les gardiens.

— On n'a pas retrouvé son corps, précisa Adrian. (Il n'y avait plus la moindre trace de raillerie, ni sur son visage ni dans sa voix.) Il fait partie de ceux qu'ils ont enlevés.

Christian s'appuya contre le dossier de sa chaise en soupirant.

— Alors autant dire qu'il est mort.

Le réfectoire disparut. Je cessai de voir le visage de mes amis et me retrouvai dans la pièce où les Strigoï nous avaient détenus, à Spokane. Ils avaient torturé Eddie et l'avaient presque tué. Cette expérience l'avait marqué à jamais et avait altéré sa manière de concevoir sa responsabilité de gardien. Il était devenu extrêmement consciencieux, mais cela lui avait coûté l'insouciance que je lui avais connue.

Et voilà que cela recommençait. Eddie avait été capturé. Il avait tout fait pour protéger Lissa et les autres pendant l'attaque, n'hésitant pas à mettre sa propre vie en danger. Même si j'avais été loin du dortoir des Moroï quand cela s'était produit, je me sentais responsable de son sort comme si j'avais dû veiller sur lui. Je devais bien cela à Mason. Mason… Mason qui était mort sous mes yeux et dont je n'avais pas revu le fantôme depuis qu'il m'avait avertie de l'attaque des Strigoï. Je n'avais pas réussi à le sauver à l'époque, et voilà qu'à présent j'avais également perdu son meilleur ami.

Je bondis sur mes pieds et repoussai mon plateau. La fureur contre laquelle j'avais lutté s'était de nouveau emparée de moi. S'il y avait eu des Strigoï dans les environs, j'aurais pu les embraser sans l'aide de la magie de Christian.

— Qu'est-ce qui ne va pas ? me demanda Lissa.

Je la dévisageai d'un regard incrédule.

— « Qu'est-ce qui ne va pas ? » As-tu vraiment besoin de me poser la question ?

Ma voix résonna dans le réfectoire silencieux. Des têtes se tournèrent vers moi.

— Tu sais très bien ce qu'elle veut dire, Rose, intervint Adrian avec un calme inhabituel. Nous sommes tous bouleversés. Rassieds-toi. Ça va aller.

Un instant, je faillis l'écouter. Puis je me ressaisis. Il essayait de me calmer en employant la suggestion. Je lui jetai un regard furieux.

— Non, ça n'ira pas. Pas avant que nous fassions quelque chose pour les sauver.

— Il n'y a rien à faire, intervint Christian.

À côté de lui, Lissa, toujours blessée par la manière dont je lui avais répondu, garda le silence.

— Nous verrons bien.

— Attends, Rose !

Lissa était inquiète pour moi et terrifiée. Même si elle avait conscience que c'était égoïste, elle ne voulait pas que je l'abandonne.

Elle avait l'habitude que je sois toujours là pour elle et cela la rassurait. Sauf que je ne pouvais pas rester auprès d'elle, pas pour le moment.

Je me précipitai hors du bâtiment dans la vive lumière du jour. La réunion des gardiens ne commencerait pas avant quelques heures, mais c'était sans importance. J'avais besoin de parler à quelqu'un immédiatement. Je courus vers le bâtiment des gardiens. Une autre personne s'apprêtait à entrer au moment où j'arrivai. Je la bousculai dans ma hâte.

— Rose ?

Ma colère céda la place à la surprise.

— Maman ?

Ma célèbre gardienne de mère, Janine Hathaway, se tenait devant la porte. Elle n'avait pas changé depuis notre rencontre précédente, lors des vacances d'hiver. Ses cheveux roux et bouclés étaient toujours coupés court et son visage restait tanné par le soleil. Ses yeux marron semblaient plus tristes, néanmoins, ce que je n'aurais pas cru possible.

— Que fais-tu là ? lui demandai-je.

Comme je l'avais expliqué à Deirdre, ma mère et moi avions eu une relation difficile durant presque toute ma vie, en grande partie à cause de la distance inévitable que son travail de gardienne avait créée entre nous. Je lui en avais voulu pendant des années et, aujourd'hui encore, nous n'étions pas très proches l'une de l'autre. Cependant, elle s'était inquiétée pour moi après la mort de Mason, et j'avais l'impression que nous nourrissions toutes les deux le fragile espoir que les choses s'arrangeraient entre nous dans les années à venir. Elle était repartie à la fin des vacances de Noël. D'après ce que j'en savais, elle était retournée en Europe avec le Szelsky dont elle était la gardienne.

Elle ouvrit la porte du bâtiment et je la suivis à l'intérieur. Comme toujours, ses manières étaient brusques et professionnelles.

— Je viens grossir les rangs. L'académie a convoqué des gardiens extérieurs pour renforcer la sécurité du campus.

« Grossir les rangs. » Elle était là pour remplacer les gardiens qui s'étaient fait tuer. Tous les cadavres avaient été emportés, aussi bien ceux des Strigoï que ceux des Moroï et des dhampirs, mais le vide qu'avaient laissé les morts était criant. Je voyais encore leurs visages quand je fermais les yeux. Comprenant que sa présence était une chance pour moi, je lui saisis le bras, ce qui la fit sursauter.

— Nous devons les poursuivre, lui dis-je. Nous devons aller délivrer ceux qu'ils ont enlevés.

Elle m'observa attentivement et seul un léger froncement de sourcils trahit son émotion.

— Nous ne faisons pas ce genre de choses et tu le sais très bien. Notre devoir est de protéger ceux qui sont encore là.

— Et les treize personnes qu'ils ont emmenées ? Ne devrions-nous pas les protéger aussi ? Je sais que tu as déjà participé à une mission de sauvetage.

Elle secoua la tête.

— La situation était différente. Nous avions une piste. Même si nous voulions sauver ces gens, nous ne saurions pas où les chercher.

Elle avait raison. Les Strigoï n'avaient sans doute pas eu l'imprudence de laisser des indices derrière eux. Pourtant... Subitement, une idée me vint.

— Ils ont rétabli les protections, n'est-ce pas ?

— Oui. Presque immédiatement. Nous n'avons pas retrouvé de pieu et ne savons toujours pas ce qui les a endommagées.

Je fus sur le point de lui expliquer ma théorie, mais ne l'estimai pas prête à entendre mes histoires de fantômes.

— Sais-tu où se trouve Dimitri ?

Elle me montra les gardiens qui s'affairaient autour de nous.

— Je suis sûre qu'il est ici, occupé à quelque chose. C'est le cas de tout le monde. Il faut d'ailleurs que j'aille signaler mon arrivée. On m'a informée que tu étais invitée à la réunion, mais elle ne commence pas tout de suite. Je pense que tu ferais mieux de ne pas rester là où tu risques de gêner les autres.

— C'est promis. Mais je dois d'abord voir Dimitri. C'est important. Ça peut avoir une influence sur ce qui va être décidé pendant la réunion.

— De quoi s'agit-il ? me demanda-t-elle, méfiante.

— Je ne peux pas te l'expliquer pour le moment. C'est compliqué… Cela prendrait trop de temps. Aide-moi seulement à le trouver. Je te raconterai tout un peu plus tard.

Cela parut la contrarier. Janine Hathaway n'avait pas l'habitude qu'on lui dise « non ». Elle m'aida tout de même à trouver Dimitri. Depuis les événements qui s'étaient déroulés pendant les vacances d'hiver, elle semblait ne plus tout à fait me considérer comme une adolescente inutile. Nous trouvâmes Dimitri en compagnie d'autres gardiens, occupé à étudier une carte du campus afin de décider de la répartition des nouveaux effectifs. Il y avait assez de monde autour de la carte pour qu'il puisse s'éclipser discrètement.

— Que se passe-t-il ? demanda-t-il lorsque nous nous retrouvâmes à l'écart. (Même au milieu d'une telle crise, alors qu'il y avait tant de raisons de s'inquiéter pour les autres, une part de lui continuait de ne s'inquiéter que pour moi.) Est-ce que tu vas bien ?

— Je pense que nous devrions organiser une mission de sauvetage, déclarai-je.

— Tu sais que…

— … ce n'est pas dans nos habitudes. Oui, je sais. Et je sais que nous ignorons où se trouvent les prisonniers… sauf que j'ai peut-être un moyen de le savoir.

Il fronça les sourcils.

— Comment ?

Je lui expliquai que Mason m'avait prévenue de l'attaque. Comme Dimitri et moi n'avions pas eu l'occasion de nous voir seuls depuis lors, nous n'avions pas pu faire le point sur les événements de la veille ; pas plus que nous avions eu le temps de reparler de ce qui s'était passé dans la cabane. Cela me troublait beaucoup d'ailleurs. J'aurais tant aimé pouvoir ne penser qu'à cela… mais c'était impossible.

Les événements étaient trop graves. Je passais donc mon temps à chasser ces souvenirs de mon esprit, mais ils revenaient quelques instants plus tard, exacerbant davantage mon trouble.

J'expliquai mon idée à Dimitri en espérant paraître calme et compétente.

— Mason est désormais coincé à l'extérieur du campus, parce que les protections ont été remises en place… mais je crois qu'il sait où se trouvent les Strigoï et qu'il peut nous l'indiquer. (Je compris en voyant l'expression de Dimitri qu'il n'était pas convaincu.) Je t'en prie ! Tout ce qui s'est passé devrait t'inciter à me croire…

— J'ai encore du mal avec ça, reconnut-il. Mais soit. Admettons que ce soit vrai. Crois-tu qu'il puisse nous y conduire ? Crois-tu qu'il suffise que tu le lui demandes pour qu'il le fasse ?

— Oui. Je crois que c'est possible. Je lui ai résisté pendant tout ce temps. J'ai l'impression qu'il nous aidera si j'essaie de communiquer vraiment avec lui. Je pense que c'est ce qu'il essaie de faire depuis le début. Il savait que les protections étaient affaiblies et que les Strigoï préparaient une attaque. Ils doivent encore être dans les environs. Ils ont dû se réfugier quelque part pour échapper à la lumière du jour. Nous devrions pouvoir les rattraper avant qu'ils tuent leurs prisonniers… Et puis, dès que nous serons assez près d'eux, je saurai où les trouver.

Je lui parlai alors de la nausée qui s'emparait de moi quand je me trouvais à proximité de Strigoï. Il n'essaya même pas de m'interroger sur ce point. Il s'était produit tant de choses étranges ces derniers temps que j'eus l'impression qu'il n'en douta pas un instant.

— Sauf que Mason n'est pas là. D'après toi, il ne peut plus franchir les protections. Alors, comment vas-tu t'y prendre pour obtenir son aide ?

J'avais déjà réfléchi à ce problème.

— Fais-moi franchir la grille de l'académie.

Après avoir brièvement dit à Alberta qu'il allait « vérifier quelque chose », Dimitri m'accompagna dehors, puis nous nous dirigeâmes vers l'entrée principale du campus. Nous marchâmes côte à côte en silence. Même au milieu d'un tel chaos, je continuais à songer à la cabane et aux heures que j'avais passées dans ses bras. D'une certaine manière, cela m'aidait à supporter l'horreur de la situation. J'eus l'impression qu'il y pensait aussi.

L'entrée principale de l'académie était fermée par une longue grille en métal dont l'emplacement coïncidait avec la limite des protections. Une voie d'accès sinueuse la reliait à la route la plus proche, à une trentaine de kilomètres de là, et elle était presque toujours fermée. Les gardiens disposaient d'une petite guérite et la zone était surveillée en permanence.

Notre requête surprit les gardiens en service, mais Dimitri insista en arguant que nous n'en aurions que pour quelques instants. Ils finirent par faire coulisser la lourde grille. L'ouverture qu'ils dégagèrent était si étroite qu'une seule personne pouvait s'y glisser à la fois. Dimitri et moi nous retrouvâmes dehors. Une migraine éclata presque aussitôt derrière mes yeux et je me mis à voir des visages et des silhouettes. C'était comme à l'aéroport. En dehors des protections, je voyais toutes sortes de spectres. Mais je comprenais à présent ce qu'ils étaient et ne les craignais plus. C'était un phénomène que je devais apprendre à contrôler.

— Allez-vous-en ! criai-je aux formes grises qui se pressaient autour de moi. Je n'ai pas le temps de m'occuper de vous. Partez !

J'avais mis autant de détermination que possible dans ma voix, mais je fus tout de même surprise de voir les fantômes disparaître. Un léger bourdonnement persista, me rappelant qu'ils étaient toujours là, et je compris qu'ils ne manqueraient pas de tous revenir si je baissais ma garde, même un instant. Dimitri m'observait avec inquiétude.

— Est-ce que ça va ?

J'acquiesçai, puis scrutai les alentours. Il y avait un fantôme que je voulais voir.

— Mason ! appelai-je. J'ai besoin de toi. (Rien. Je tâchai de recouvrer l'assurance avec laquelle je m'étais adressée aux autres fantômes quelques instants plus tôt.) Mason ! s'il te plaît... apparais !

Je ne voyais que la route qui serpentait entre les collines aux arbres décharnés par l'hiver. Dimitri avait recouvré son regard de la veille, celui qui signifiait qu'il s'inquiétait pour ma santé mentale. À vrai dire, elle m'inquiétait moi-même beaucoup à cet instant. À mes yeux, l'avertissement de Mason, la nuit précédente, avait constitué la preuve ultime qu'il était bien réel. Mais à présent…

Une minute plus tard, sa silhouette se matérialisa devant moi. Elle était encore plus pâle que les fois précédentes. Pour la première fois depuis que tout cela avait commencé, je fus contente de le voir. Lui, évidemment, était triste. Pourquoi cela aurait-il changé ?

— Enfin ! J'ai failli me ridiculiser par ta faute… (Il se contenta de me regarder et je me sentis honteuse d'avoir plaisanté.) Je suis désolée… J'ai encore besoin de ton aide. Nous devons les retrouver. Nous devons sauver Eddie…

Il acquiesça.

— Peux-tu me montrer où ils se cachent ?

Il acquiesça encore et tendit le bras pour m'indiquer une direction qui se trouvait presque derrière moi.

— Ils sont entrés par l'arrière du campus ?

Il acquiesça une fois de plus et je compris tout à coup ce qui s'était passé. Je savais désormais comment les Strigoï avaient réussi à entrer… Néanmoins, ce n'était pas le moment de nous soucier de cela. Je me tournai vers Dimitri.

— Il nous faut une carte.

Il franchit la grille dans l'autre sens et adressa quelques mots à l'un des gardiens en faction. Quelques instants plus tard, il revint avec une carte qu'il déroula devant moi. Celle-ci représentait les différents bâtiments du campus, ainsi que les routes et les terrains avoisinants. Je la lui pris des mains et la tendis à Mason en essayant de l'empêcher de claquer au vent.

La seule véritable route des environs était celle qui se trouvait devant nous. Le reste de l'académie était entouré de forêts et de falaises à pic. J'indiquai un point situé à l'arrière du campus.

— C'est par là qu'ils sont entrés, n'est-ce pas ? C'est là qu'il y avait une faille dans les protections ?

Mason acquiesça. Il tendit la main et traça du bout du doigt, sans toucher la carte, un chemin à travers les bois qui s'étendaient au pied d'une petite montagne. L'itinéraire qu'il m'indiqua finissait par rejoindre un chemin forestier, puis une autoroute à plusieurs kilomètres de là. En observant la carte, je fus subitement saisie d'un doute sur ses talents de guide.

— Tu dois te tromper, lui dis-je. Ça ne peut pas être ça… Cette partie des bois n'a pas de route. Ils auraient dû la traverser à pied et ça leur aurait pris trop de temps de marcher de l'académie à cette autre route. Ils auraient été surpris par le lever du jour…

Mason secoua la tête, visiblement pour me donner tort, et indiqua le même itinéraire, dans un sens puis dans l'autre. Il insista particulièrement sur un point qui n'était pas très éloigné de l'académie, du moins sur la carte. Celle-ci n'était pas très détaillée et j'estimai que le point en question devait se trouver à quelques kilomètres. Il garda son doigt dessus, leva les yeux vers moi, puis les baissa de nouveau vers la carte.

— Ils ne peuvent pas se trouver là, lui objectai-je. C'est en plein air… Ils sont sans doute arrivés par-derrière, mais il faut qu'ils soient repartis par-devant, en disposant de véhicules…

Mason secoua la tête.

Frustrée, je me tournai vers Dimitri. J'avais l'impression d'entendre les secondes s'égrener, et l'affirmation improbable de Mason, selon laquelle les Strigoï se trouvaient à quelques kilomètres de nous, dehors en plein jour, avait réveillé mon irritabilité naturelle. J'avais beaucoup de mal à croire qu'ils aient décidé de faire du camping.

— Y a-t-il un bâtiment ou quoi que ce soit de ce genre à cet endroit ? lui demandai-je en posant mon doigt sur le point que m'avait indiqué Mason. Il dit qu'ils se sont dirigés vers cette route, mais ils ne peuvent pas l'avoir atteinte avant le lever du soleil et il soutient qu'ils sont encore là.

Dimitri plissa les yeux et réfléchit.

— Pas à ma connaissance.

Il me reprit la carte des mains pour aller interroger les autres gardiens. Pendant qu'ils discutaient, je me retournai vers Mason.

— Tu as intérêt à avoir raison, le menaçai-je.

Il hocha la tête.

— Est-ce que… tu les as vus ? les Strigoï et leurs prisonniers ?

Il acquiesça.

— Eddie est-il toujours vivant ?

Il acquiesça encore, et Dimitri revint.

— Rose…, dit-il en déroulant la carte. (Il avait un ton étrange, comme s'il avait du mal à croire ce qu'il s'apprêtait à dire.) D'après Stephen, il y a des grottes au pied de la montagne, juste là…

Je rencontrai le regard de Dimitri, certaine d'avoir l'air aussi surprise que lui.

— Sont-elles assez grandes pour…

— … que les Strigoï s'y cachent en attendant la nuit ? (Il hocha la tête.) Oui. Et elles ne sont qu'à huit kilomètres d'ici.

Chapitre 26

C'était presque impossible à croire. Les Strigoï étaient pratiquement à notre porte et attendaient la nuit pour s'échapper pour de bon. Apparemment, dans le chaos de l'attaque, certains Strigoï avaient effacé leurs traces tandis que d'autres avaient créé de fausses pistes pour nous faire croire qu'ils avaient quitté le campus en ordre dispersé. Il y avait eu tant de choses à faire après la bataille que personne ne s'était vraiment penché sur cette question. Les protections avaient été restaurées. Les Strigoï étaient partis. Aux yeux de tous, c'était le principal.

À présent, nous étions confrontés à une situation inhabituelle. Dans des circonstances normales, même s'il était difficile de considérer une attaque massive de Strigoï comme « normale », nous ne nous serions jamais lancés à leur poursuite. Les personnes enlevées par les Strigoï étaient comptées comme victimes et, ainsi que ma mère l'avait souligné, les gardiens savaient rarement où les chercher. Sauf que, cette fois, nous le savions. Les Strigoï étaient donc piégés. Cela offrait un dilemme intéressant.

Sauf qu'il ne s'agissait pas d'un dilemme à mes yeux. Je n'arrivais pas à comprendre pourquoi nous n'étions pas déjà dans ces grottes en train d'exterminer les Strigoï et de rechercher des survivants.

Dimitri et moi nous étions empressés de rentrer à l'académie, impatients d'agir sur la base de ce que nous venions d'apprendre, mais nous dûmes attendre que les gardiens se soient tous rassemblés.

—Ne les interromps pas, m'avertit Dimitri alors que nous étions sur le point d'entrer dans la salle où se tenait la réunion qui allait décider de ce que nous allions faire. (Nous nous trouvions près de la porte et parlions à voix basse.) Je sais ce que tu ressens. Je sais ce que tu veux faire. Mais tu n'obtiendras pas gain de cause en les agressant.

—«En les agressant»? m'écriai-je, oubliant un instant de surveiller le volume de ma voix.

—Je vois... Ta rage est revenue et tu ne demanderais pas mieux que d'étriper quelqu'un. C'est ce qui te rend si redoutable quand tu te bats... mais cette réunion n'est pas un combat. Les gardiens disposent de toutes les informations nécessaires. Tu dois leur faire confiance pour prendre la bonne décision et te montrer patiente.

Ce qu'il venait de dire était partiellement vrai. En vue de la réunion, nous avions transmis toutes les informations dont nous disposions et fait quelques recherches supplémentaires. Il se trouvait que l'un des professeurs moroï avait donné un cours de géologie quelques années plus tôt et dressé une carte des grottes qui nous fournissait tous les détails dont nous avions besoin. Leur entrée était située à huit kilomètres de l'académie. La plus grande des cavernes était longue de huit cents mètres et débouchait à une trentaine de kilomètres du chemin forestier indiqué sur la carte. Ceux qui connaissaient l'existence de ces grottes croyaient que leurs entrées avaient été bouchées par des glissements de terrain. Forts comme ils l'étaient, les Strigoï n'avaient pas dû avoir trop de mal à les dégager.

En revanche, j'avais moins confiance que Dimitri dans l'idée que les gardiens prendraient la bonne décision. Quelques minutes avant le début de la réunion, je me décidai à implorer ma mère.

—S'il te plaît... nous devons y aller.

Elle me prit de haut.

— Si une mission de sauvetage est décidée, il ne sera pas question d'un « nous ». Tu n'y participeras pas.

— Pourquoi ? Parce qu'on s'en est trop bien sortis la dernière fois ? (Elle tressaillit.) Tu sais que je peux vous être utile. Tu sais ce que j'ai fait. Je suis à une semaine de ma majorité et j'aurai mon diplôme dans quelques mois. Tu crois que je vais me transformer par magie d'ici là ? C'est vrai que j'ai encore certaines choses à apprendre, mais je ne crois pas que ce soit suffisant pour m'empêcher de vous être utile. Vous avez besoin de toute l'aide disponible et il y a beaucoup d'autres novices qui sont aussi motivés que moi. Si je fais équipe avec Christian, rien ne pourra nous arrêter.

— Non, m'interrompit-elle. Pas lui. Tu n'aurais jamais dû impliquer un Moroï, et encore moins un Moroï aussi jeune que lui.

— Mais tu as vu ce dont il est capable.

Elle n'essaya pas de répliquer et je vis qu'elle hésitait. Finalement, elle jeta un coup d'œil en direction de la pendule et soupira.

— Laisse-moi vérifier quelque chose.

Elle ne précisa pas où elle allait, mais elle arriva à la réunion avec un quart d'heure de retard. Alberta avait déjà exposé aux gardiens ce que nous avions appris. Par chance, elle ne précisa pas comment nous avions obtenu ces informations, ce qui nous épargna de perdre du temps à expliquer mon histoire de fantôme. La carte de la grotte fut examinée en détail et certains posèrent des questions, puis vint le moment de prendre une décision.

Je me préparai au pire. Notre lutte contre les Strigoï avait toujours reposé sur une stratégie défensive. Nous n'attaquions que lorsque nous étions attaqués. Jusqu'ici, toutes les propositions prônant une action offensive avaient été rejetées. Je m'attendais que ce soit encore le cas.

Je me trompais.

L'un après l'autre, les gardiens se levèrent et se prononcèrent en faveur de la mission de sauvetage. Alors je compris de quelle rage

Dimitri avait parlé. Ils étaient tous prêts à se battre. Ils voulaient le faire. Les Strigoï étaient allés trop loin. Dans notre monde, il n'y avait que quelques endroits vraiment sûrs : la Cour royale et nos académies. On envoyait les enfants dans des institutions comme Saint-Vladimir parce qu'on était certain qu'ils y seraient protégés. Cette certitude avait été ébranlée et nous ne pouvions pas tolérer cela, surtout s'il était possible de sauver des vies par la même occasion. L'impatience d'en découdre et un sentiment de victoire s'éveillèrent en moi.

—Bien, dit Alberta en observant la foule. (Elle ne semblait pas moins surprise que moi, même si elle avait elle aussi voté en faveur de la mission de sauvetage.) Nous devons mettre au point les détails logistiques avant de partir. Il nous reste encore neuf heures de jour pour les arrêter avant qu'ils s'enfuient.

—Attendez, intervint ma mère en se levant. (Tous les regards se tournèrent vers elle. Le fait d'être au centre de l'attention générale ne changea rien à son attitude. Elle était redoutable, compétente, et j'étais immensément fière d'elle.) Il y a une dernière chose dont j'aimerais que nous débattions. Je pense que nous devrions autoriser certains novices de terminale à nous accompagner.

Sa suggestion suscita quelques huées, mais seulement de la part d'une minorité de gardiens. Ma mère usa des mêmes arguments que moi pour soutenir son idée. Elle ajouta qu'il n'était pas question que les novices se retrouvent en première ligne, et qu'ils ne serviraient que d'arrière-garde pour le cas où des Strigoï parviendraient à s'échapper. Les gardiens avaient presque donné leur approbation lorsqu'elle lâcha une deuxième bombe.

—Je pense que nous devrions aussi emmener des Moroï.

Céleste bondit de sa chaise. Elle avait une entaille gigantesque sur un côté du visage. En comparaison, le bleu que je lui avais vu quelques jours plus tôt ressemblait à une piqûre de moustique.

—Quoi ? Es-tu folle ?

Ma mère la regarda calmement.

— Non. Nous savons tous ce que Rose et Christian Ozéra ont accompli. Notre plus gros problème face aux Strigoï est de trouver un moyen de les atteindre malgré leur force et leur vitesse. Des spécialistes du feu pourraient les distraire et augmenter nos chances de les exterminer.

Un débat s'ensuivit. Il me fallut convoquer toute ma fragile maîtrise de moi-même pour ne pas m'en mêler. Je me rappelai que Dimitri m'avait expressément demandé de ne pas les interrompre. Cependant, je ne pus empêcher la frustration de me gagner. Chaque minute qui passait était une minute perdue pour voler au secours d'Eddie et des autres, une minute durant laquelle quelqu'un pouvait mourir.

Je finis par me tourner vers Dimitri, qui était assis à côté de moi.

— C'est du vent, lui soufflai-je.

Son regard était rivé sur Alberta, qui débattait avec l'un des gardiens du collège.

— Non, murmura-t-il. Regarde. Le changement est en train de se produire sous tes yeux. Les gens se souviendront de ce jour comme d'un tournant historique majeur.

Il avait raison. Cette fois encore, les gardiens se prononcèrent l'un après l'autre en faveur de cette idée. J'eus l'impression que cela participait du même mouvement qui les avait décidés à se battre dans un premier temps. Nous devions riposter contre ces Strigoï. Mais ce combat était autant celui des Moroï que le nôtre. Lorsque ma mère leur annonça qu'un certain nombre de professeurs s'étaient portés volontaires, puisqu'il n'était pas question de mettre les élèves en danger, la décision fut prise. Les gardiens allaient attaquer les Strigoï, avec le soutien des novices et des Moroï.

J'exultai. Dimitri avait raison. Notre monde était sur le point de changer.

Sauf que cela ne commencerait que quatre heures plus tard.

— D'autres gardiens arrivent, m'expliqua Dimitri lorsque je lui fis part de ma consternation.

— Les Strigoï ont le temps d'avoir un creux, en quatre heures !

— Nous devons déployer la plus grande force possible, et pour cela utiliser toutes les ressources dont nous disposons. Tu as raison : les Strigoï peuvent faire quelques victimes de plus d'ici là. Je t'assure que cette idée me déplaît autant qu'à toi. Mais il pourrait y avoir encore plus de victimes si nous attaquions en étant mal préparés.

J'enrageais. Je savais qu'il avait raison et que je ne pouvais rien faire de plus. Je détestais me sentir impuissante.

— Viens, dit-il en montrant la porte. Allons marcher.

— Où ça ?

— Peu importe. Tu as besoin de te calmer si tu veux être en état de te battre.

— Ah oui ? As-tu peur de voir apparaître ma part obscure et potentiellement cinglée ?

— Non. J'ai peur de voir apparaître la Rose Hathaway habituelle, celle qui agit sans réfléchir quand elle croit défendre une cause juste.

Je lui jetai un regard mauvais.

— Y a-t-il vraiment une différence entre les deux ?

— Oui. La deuxième me terrifie.

Je réprimai mon envie de lui donner un coup de coude. Pendant un instant, je regrettai qu'il ne me suffise pas d'avoir à fermer les yeux pour oublier l'attaque des Strigoï et toute la souffrance qu'elle avait générée. J'avais envie de me retrouver dans un lit avec lui, où nous pourrions rire et plaisanter, et où notre seule préoccupation serait de nous sentir bien ensemble. Mais ce n'était qu'un rêve… la réalité était bien trop horrible pour que je l'oublie ne serait-ce qu'un instant.

— Ne vont-ils pas avoir besoin de toi ? m'inquiétai-je.

— Non. Pour l'essentiel, nous attendons l'arrivée des renforts. Et il y a bien assez de gens qui se chargent de planifier l'attaque. Ta mère a pris les choses en main.

Je suivis son regard jusqu'à l'endroit où ma mère se tenait, au centre d'un groupe de gardiens à qui elle parlait en désignant des points sur des cartes avec des gestes précis et volontaires. Je ne savais toujours pas vraiment quoi penser d'elle, mais je ne pouvais pas m'empêcher d'admirer son dévouement. En l'observant à cet instant, je n'éprouvai pas l'agacement qu'elle m'inspirait d'ordinaire.

— Très bien, conclus-je. Allons-y.

Nous fîmes le tour du campus, ce qui nous permit de constater de visu les dommages causés par l'attaque strigoï. Bien sûr, ce n'était pas l'académie elle-même qui avait le plus souffert, mais les gens qui y vivaient. Cependant, l'attaque avait laissé des traces : certains bâtiments étaient abîmés, il y avait des taches de sang à des endroits improbables… mais le signe le plus frappant était l'atmosphère qui régnait. Même en plein jour, l'académie semblait plongée dans les ténèbres d'une tristesse profonde qu'on avait presque l'impression de pouvoir toucher. Elle se lisait sur tous les visages que nous croisions.

Je m'attendais vaguement que Dimitri m'entraîne là où les blessés étaient soignés. Il prit bien soin de l'éviter, au contraire, et je devinai pourquoi. Lissa s'y trouvait et utilisait son pouvoir à petites doses pour les soulager. Adrian s'y trouvait aussi, même s'il ne pouvait pas se rendre aussi utile qu'elle. Les autorités avaient finalement décidé de courir le risque de rendre l'existence de l'esprit publique. La tragédie était trop grande. Et puis tant de choses avaient été dévoilées sur l'esprit durant le procès de Victor que ce n'était probablement plus qu'une question de temps avant que tout le monde soit au courant.

Apparemment, Dimitri ne voulait pas que j'approche Lissa pendant qu'elle pratiquait la magie. Intéressant… Même s'il n'était toujours pas sûr que j'« attrape » sa magie, il semblait ne vouloir prendre aucun risque que cela se reproduise.

— Tu m'as dit que tu croyais savoir pourquoi il y avait une faille dans les protections, lança-t-il.

Nos pas nous avaient conduits non loin de l'endroit où la société secrète de Jesse s'était réunie la nuit précédente.

J'avais presque oublié la révélation que j'avais eue. Lorsque les pièces du puzzle s'étaient assemblées dans mon esprit, l'explication m'avait semblé parfaitement évidente. Personne ne s'était encore vraiment intéressé à ce problème. Le plus urgent avait été de mettre en place de nouvelles protections et de soigner les blessés. L'enquête pouvait attendre.

— Le groupe de Jesse organisait ses rituels initiatiques ici, tout près de la limite du campus. Tu sais que les pieux brisent les protections parce que leurs magies se neutralisent l'une l'autre. Je crois qu'il s'est produit la même chose. Ils se servaient de la magie des quatre éléments au cours de leurs rituels. Cela a dû endommager les protections de la même manière que des pieux.

— Mais la magie est pratiquée en permanence, à l'académie, me fit remarquer Dimitri. Dans tous les éléments… Pourquoi cela ne s'est-il jamais produit avant ?

— D'ordinaire, la magie n'est pas pratiquée juste à côté des protections. Celles-ci sont en périphérie du campus, de sorte que les deux n'entrent jamais en conflit. Je pense aussi que la manière dont les éléments sont utilisés joue un rôle. La magie est chargée de vie. C'est pour cette raison qu'elle détruit les Strigoï et qu'ils ne peuvent la traverser. Lorsqu'elle est insufflée dans les pieux, elle est utilisée comme une arme. C'était aussi le cas lors de leurs séances de torture. Je pense que, lorsqu'on l'utilise de manière négative, elle annule la magie positive et protectrice.

Je frissonnai en me souvenant de la sensation atroce que j'avais éprouvée lorsque Lissa s'était servie de l'esprit pour torturer Jesse. Il y avait eu là quelque chose de contre nature.

Dimitri tourna les yeux vers la limite du campus.

— C'est incroyable… Je n'aurais jamais cru ça possible, mais ça paraît cohérent. C'est effectivement le même principe que pour les pieux… (Il me sourit.) Je vois que tu as beaucoup réfléchi à tout ça.

— Pas vraiment. Les pièces ont seulement fini par s'assembler dans ma tête. (J'enrageai en repensant au stupide groupe de Jesse.

Ce qu'ils avaient fait subir à Lissa était déjà atroce et bien suffisant pour que j'aie envie de leur botter les fesses. Il ne me semblait plus nécessaire de les tuer, car j'avais réussi à recouvrer un peu de calme depuis la veille. Mais cela ? Permettre aux Strigoï d'entrer à l'académie ? Comment quelque chose de si stupide et de si futile avait-il pu mener à un tel désastre ? Cela m'aurait presque paru moins grave s'ils l'avaient fait exprès... mais même pas. Cela n'avait été que la conséquence d'un jeu stupide destiné à assouvir leur quête de gloire.) Imbéciles..., grommelai-je.

Le vent se leva. Je me remis à frissonner, à cause du froid, cette fois, et non de mon malaise. Le printemps approchait peut-être, mais il n'était visiblement pas encore là.

— Rentrons, suggéra Dimitri.

Nous fîmes demi-tour. Tandis que nous repartions vers le collège, je la vis. La cabane. Il ne ralentit pas plus que moi et aucun de nous ne la regarda vraiment, mais j'étais certaine qu'elle s'était imposée à son esprit autant qu'au mien. Il m'en fournit la preuve quelques instants plus tard.

— Rose... à propos de ce qui s'est passé...

Je poussai un grognement.

— Je le savais ! Je savais que ça allait se produire...

Il me jeta un regard surpris.

— Que quoi allait se produire ?

— Ça ! Le moment où tu me ferais la leçon en m'expliquant que ce que nous avions fait était mal, que nous avions eu tort et que ça ne se reproduirait plus jamais !

Je n'avais pas compris à quel point j'avais peur qu'il me tienne ce discours avant que ces mots s'échappent de mes lèvres.

Il avait toujours l'air surpris.

— Pourquoi crois-tu que je vais dire ça ?

— Parce que c'est ta manière d'agir ! répliquai-je. (J'avais conscience que je devais lui paraître un peu hystérique.) Tu veux toujours faire ce qui te paraît bien. Quand tu fais quelque chose qui te paraît mal, tu as besoin de le corriger pour faire quelque chose qui te paraît bien à la place. Voilà pourquoi je sais que tu vas dire que ce qu'on a fait n'aurait pas dû se produire et que tu veux…

Je n'eus pas l'occasion de finir ma tirade parce que Dimitri m'enlaça la taille et m'attira contre lui dans l'ombre d'un arbre. Nos lèvres se rencontrèrent et notre baiser me fit oublier la crainte qu'il considère que nous avions commis une erreur. Alors que cela me semblait impossible, j'en oubliai même le massacre que les Strigoï avaient perpétré. Un instant seulement.

Il ne me lâcha pas lorsque notre baiser prit fin.

— Je ne pense pas que ce que nous avons fait est mal, me dit-il avec douceur. J'en suis heureux. Si je pouvais remonter le temps, je le referais sans hésitation.

Un sentiment enivrant s'éveilla en moi.

— Vraiment ? Qu'est-ce qui t'a fait changer d'avis ?

— Il est difficile de te résister… (Ma surprise l'amusait manifestement.) Et puis… te souviens-tu de ce que Rhonda m'a dit ?

Le fait d'entendre mentionner son nom redoubla ma surprise. Alors je me souvins de l'expression qu'il avait eue après lui avoir parlé et de ce qu'il m'avait dit sur sa grand-mère. Je tâchai de me rappeler les paroles exactes de Rhonda.

— Elle a parlé de quelque chose que tu allais perdre… Apparemment, je ne m'en souviens pas si bien que ça.

— « Vous allez perdre ce qui vous est le plus précieux, alors chérissez-le tant que c'est encore possible. »

Évidemment, il s'en souvenait mot pour mot. Cette prédiction m'avait fait ricaner sur le coup. Je tâchai cette fois de la comprendre. Tout d'abord, je ressentis une joie immense : c'était moi, la chose la plus précieuse à ses yeux. Puis j'écarquillai les yeux.

— Une minute… Tu crois que je vais mourir ? C'est pour ça que tu as couché avec moi ?

— Non… bien sûr que non. Je l'ai fait parce que… Crois-moi : je ne l'ai pas fait pour ça. Peu importent les détails, ou même la question de savoir si sa prédiction est vraie ou non… Ce qui compte, c'est qu'elle a eu raison de me rappeler à quel point les choses sont fragiles. Nous essayons de faire ce qui nous paraît juste, ou plutôt ce que les autres estiment juste. Sauf que ça va parfois à l'encontre de ce que nous sommes vraiment. Alors nous devons faire un choix… Avant même l'attaque des Strigoï, quand je t'ai vue te débattre au milieu de tes problèmes, j'ai compris comme tu étais importante pour moi. Ça a tout changé. J'étais inquiet pour toi, tellement inquiet… Tu ne peux pas savoir à quel point. Alors je n'ai plus vu l'intérêt de prétendre que je pourrais faire passer la vie d'un Moroï avant la tienne. Tant pis si les autres pensent que c'est mal… Ça ne se produira jamais. J'ai compris que j'allais devoir accepter cette idée. Une fois ma décision prise… plus rien ne nous retenait. (Il hésita et parut réfléchir à ses propres mots tout en écartant mes cheveux de mon visage.) Enfin… plus rien ne me retenait, moi. Je ne parle que pour moi-même. Je n'ai pas la prétention de croire que je sais exactement pourquoi, toi, tu l'as fait.

— Je l'ai fait parce que je t'aime, répondis-je comme si c'était la chose la plus évidente du monde.

Et de fait, ça l'était.

Il éclata de rire.

— Tu arrives à résumer en une phrase ce qu'il m'a fallu tout un discours pour exprimer.

— Parce que c'est aussi simple que cela. Je t'aime, et j'en ai assez de faire comme si ce n'était pas le cas.

— Moi aussi. (Ses mains glissèrent de mon visage pour trouver les miennes. Nos doigts s'enlacèrent et nous recommençâmes à marcher.) Je ne veux plus mentir.

— Que va-t-il se passer maintenant ? Pour nous, je veux dire. Quand cette histoire sera terminée… avec les Strigoï…

— Eh bien… même si je déteste l'idée de conforter tes craintes, tu avais raison à propos d'une chose : nous ne pourrons pas recommencer… pas avant la fin de l'année scolaire, en tout cas. Nous allons devoir garder nos distances.

Malgré ma légère déception, j'étais certaine qu'il avait raison. Nous avions peut-être enfin atteint le point où nous ne nous mentions plus à propos de notre relation, mais nous ne pouvions pas pour autant l'afficher au grand jour tant que je restais son élève.

Nos pieds firent gicler une flaque de neige fondue. Quelques oiseaux pépièrent dans les branches, probablement surpris de voir tant d'activité en plein jour. Le regard de Dimitri se perdit en direction de l'horizon et son expression devint songeuse.

— Après ton diplôme, quand tu seras devenue la gardienne de Lissa...

Il n'acheva pas sa phrase. Il me fallut un moment pour comprendre ce qu'il s'apprêtait à dire. Mon cœur faillit s'arrêter de battre.

— Tu vas demander une nouvelle assignation, c'est ça ? Tu ne seras plus son gardien.

— C'est le seul moyen que nous ayons d'être ensemble.

— Sauf que nous ne serons pas vraiment ensemble, lui fis-je remarquer.

— Si nous restons tous les deux auprès d'elle, nous serons confrontés au même problème : je m'inquiéterai plus pour toi que pour elle. Elle a besoin d'avoir deux gardiens qui lui soient parfaitement dévoués. Si j'arrive à obtenir une assignation à la Cour, nous serons toujours l'un près de l'autre. Et les gardiens ont un emploi du temps plus flexible dans un endroit si sécurisé.

La part pleurnicharde et égoïste de moi-même eut envie de lui dire à quel point son idée me semblait mauvaise, mais je m'abstins. Aucune des options qui s'offraient à nous n'était idéale. Chacune s'accompagnait de choix douloureux. Je savais qu'il lui était difficile de renoncer à être le gardien de Lissa. Il se souciait d'elle et tenait à sa sécurité presque aussi passionnément que moi. Mais il se souciait davantage de moi, et c'était un sacrifice qu'il devait faire s'il ne voulait pas trahir son sens du devoir.

— Eh bien..., répondis-je, soudain frappée par une idée, nous nous verrons sûrement plus si nous protégeons des personnes différentes… Nous pourrons prendre nos jours de congé en même temps. Si nous restions tous les deux avec Lissa, nous devrions les prendre à tour de rôle et serions toujours séparés.

Les arbres commençaient à s'espacer devant nous, ce qui me navra, puisque je n'avais aucune envie de lâcher sa main. Pourtant, je sentis l'espoir et la joie m'emplir le cœur. Même si j'éprouvais une certaine mauvaise conscience après la tragédie que nous venions de vivre, je ne pus m'en empêcher.

Après tout ce temps passé à nous briser le cœur, Dimitri et moi allions trouver un moyen de rendre notre amour possible. Bien sûr, il n'était pas certain qu'il soit assigné à un membre de la Cour… mais, même si ce n'était pas le cas, nous pourrions toujours prendre nos congés ensemble et nous voir de temps en temps. Les périodes où nous serions séparés seraient atroces, mais nous ferions avec. Et cela valait toujours mieux que de continuer de vivre dans le mensonge.

Oui, cela allait vraiment se produire… Deirdre s'était inquiétée pour rien en pensant que je ne cherchais qu'un moyen d'échapper à des désirs contradictoires. J'allais tout avoir. Lissa et Dimitri. Cette pensée me donna la force qui m'aiderait à livrer la bataille qui nous attendait. Je la conserverais dans un coin de mon esprit comme un porte-bonheur…

Nous n'échangeâmes plus un mot pendant un long moment. Comme toujours, ce n'était pas nécessaire. Malgré son impassibilité apparente, je savais qu'il éprouvait la même joie que moi. Nous étions presque sortis des bois et serions bientôt exposés aux regards des autres lorsqu'il reprit la parole.

— Tu vas bientôt avoir dix-huit ans mais, même lorsque tu seras majeure… (Il soupira.) Une fois révélée au grand jour, notre relation risque de déplaire à beaucoup de monde.

— Ils feront avec.

Les rumeurs n'étaient pas ce qui m'inquiétait le plus.

— J'ai l'impression que j'aurai alors une conversation très désagréable avec ta mère…

— Tu t'apprêtes à affronter des Strigoï et c'est de ma mère que tu as le plus peur ?

Je vis un sourire se dessiner sur ses lèvres.

— Il ne faut pas la sous-estimer… De qui crois-tu tenir ?

J'éclatai de rire.

— Alors c'est un miracle que tu coures le risque d'être avec moi !

— Tu en vaux la peine, crois-moi…

Il m'embrassa encore, en utilisant l'ombre des derniers arbres comme couverture. Dans un monde normal, cela aurait été une promenade romantique après une nuit d'amour. Nous n'aurions pas été en train de nous préparer à livrer bataille ni de nous inquiéter pour ceux que nous aimions. Nous aurions ri et plaisanté en planifiant en secret notre prochaine escapade amoureuse.

Nous ne vivions pas dans un monde normal, bien sûr, mais un tel baiser nous rendait facile de l'imaginer.

Nous nous écartâmes l'un de l'autre à contrecœur et nous dirigeâmes vers le bâtiment des gardiens. Nous avions des heures sombres devant nous, mais son baiser, qui me brûlait encore les lèvres, me donnait l'impression d'être capable de tout.

Même d'affronter une bande de Strigoï.

Chapitre 27

Personne ne semblait avoir remarqué notre absence. Comme prévu, d'autres gardiens s'étaient présentés, si bien que nous étions désormais une cinquantaine. C'était une véritable armée. Tout comme la bande de Strigoï que nous nous apprêtions à affronter, notre groupe était d'une ampleur sans précédent, si l'on faisait abstraction des anciennes légendes européennes qui relataient des batailles épiques entre nos races. Nous étions encore plus nombreux à l'académie, mais il fallait que certains y restent pour en assurer la protection. La plupart de mes camarades avaient été assignés à cette tâche, mais une dizaine de novices, dont je faisais partie, devaient accompagner les gardiens qui partaient à l'assaut de la grotte.

Une heure avant le départ, nous nous retrouvâmes pour récapituler le plan. Il y avait une vaste salle à l'autre bout de la grotte. La logique voulait que les Strigoï s'y cachent en attendant que la nuit tombe, seul moment où ils pourraient s'enfuir. Nous avions prévu d'attaquer par les deux entrées à la fois. Nos deux équipes seraient composées de quinze gardiens accompagnés par trois Moroï. Dix gardiens resteraient postés devant chaque entrée afin d'intercepter tout Strigoï qui tenterait de s'échapper. Je faisais partie de ceux qui surveilleraient la deuxième issue. Dimitri et ma mère, de ceux qui mèneraient l'offensive à l'intérieur. Je regrettais amèrement de ne pas les accompagner tout en sachant que j'avais déjà de la chance de faire partie de l'expédition. D'ailleurs, dans une mission telle que celle-ci, tous les postes étaient importants.

Notre petite armée se mit en route à marche forcée pour couvrir les huit kilomètres qui nous séparaient de la grotte le plus vite possible. Nous avions estimé que le trajet prendrait un peu plus de une heure, ce qui nous permettrait de livrer bataille puis de rentrer en bénéficiant encore de la lumière du jour. Comme il était certain qu'aucun Strigoï ne montait la garde dehors, nous pouvions approcher de leur refuge sans nous faire repérer. Dès que nous serions à l'intérieur, en revanche, l'ouïe surdéveloppée des Strigoï leur apprendrait immédiatement qu'ils étaient attaqués.

Le trajet se fit presque en silence. Personne n'avait le cœur à bavarder et la plupart des discussions étaient de nature technique. Je me trouvais parmi les novices, mais je tournais la tête de temps à autre et rencontrais chaque fois le regard de Dimitri. J'avais désormais l'impression qu'il y avait un lien entre nous, et qu'il était si solide, si intense que c'était un miracle que personne ne le voie. Son visage était grave mais ses yeux me souriaient.

Nous nous séparâmes en approchant de la première entrée de la grotte. Dimitri et ma mère devaient entrer par cette ouverture. Lorsque je leur jetai un dernier regard, mes sentiments n'avaient plus rien à voir avec ceux que j'avais éprouvés lors de mon interlude romantique avec Dimitri. Je ne ressentais plus qu'une terrible inquiétude à l'idée de ne plus jamais les revoir. Je dus me répéter qu'ils étaient coriaces et qu'ils étaient deux des meilleurs gardiens dont nous disposions. Si quelqu'un devait ressortir vivant de là, ce serait bien eux. C'était moi qui devais me montrer prudente. Tandis que nous parcourions les huit cents mètres qui nous séparaient de la seconde entrée, je refoulai mes émotions dans un compartiment étanche au fond de mon esprit. Elles allaient devoir y rester jusqu'à ce que tout soit fini. Nous étions sur le point de livrer bataille et je ne pouvais pas courir le risque de me laisser distraire.

Alors que nous avions presque atteint notre entrée, j'aperçus une lueur grise du coin de l'œil. J'avais forcé les fantômes qui vivaient à l'extérieur de l'académie à me laisser tranquille, mais il y en avait un que je voulais voir. Je tournai la tête vers Mason. Il était immobile, silencieux, et arborait sa perpétuelle expression triste. Comme la fois précédente, il me parut étrangement pâle. Tandis que notre groupe passait devant lui, il leva la main sans que je comprenne s'il m'offrait sa bénédiction ou me disait adieu.

Lorsque nous atteignîmes l'autre issue, notre groupe se scinda en deux. C'étaient Alberta et Stan qui devaient commander le groupe d'assaut. Ils se postèrent devant l'entrée et attendirent l'heure convenue avec l'autre groupe pour attaquer. Mme Carmack, le professeur de magie de Lissa, faisait partie des Moroï qui les accompagnaient. Elle semblait aussi nerveuse que déterminée.

Le moment de l'attaque arriva et les adultes disparurent à l'intérieur de la grotte. Nous nous postâmes en demi-cercle autour de l'entrée. De gros nuages gris obscurcissaient le ciel. Le soleil avait commencé sa lente descente vers l'horizon mais il ne se coucherait pas avant encore un moment.

— Ça va être du gâteau, murmura Meredith, l'une des trois autres filles de ma classe. (Il y avait de l'inquiétude dans sa voix et j'eus l'impression qu'elle parlait surtout pour se rassurer elle-même.) Tout sera réglé en un claquement de doigts… Les Strigoï vont se faire tuer sans même s'en apercevoir et nous n'aurons rien à faire.

J'espérais qu'elle avait raison. J'étais prête à me battre, mais le fait que je n'aie pas à le faire signifierait que tout se serait déroulé comme prévu.

Nous attendîmes. Il n'y avait rien d'autre à faire. Chaque minute me semblait durer une éternité. Puis des bruits de lutte nous parvinrent : des cris étouffés, des grognements, quelques hurlements… Nous étions tous tendus à l'extrême. Emil, qui était à la tête de notre groupe, se tenait tout près de l'entrée, le pieu à la main. Des gouttes de sueur perlaient à son front tandis qu'il scrutait les ténèbres, afin de guetter le moindre signe de l'arrivée d'un Strigoï.

Quelques minutes plus tard, nous entendîmes un bruit de course qui venait dans notre direction. Nos pieux étaient dégainés. Emil et un autre gardien s'approchèrent davantage de l'entrée, prêts à bondir sur le Strigoï en fuite.

Sauf que ce ne fut pas un Strigoï qui apparut : c'était Abby Badica. Elle était sale et avait les vêtements déchirés, mais elle était vivante. En proie à la panique et en larmes, elle commença par crier en nous voyant. Puis elle comprit qui nous étions et s'effondra dans les bras de la première personne qu'elle rencontra : Meredith.

Quoique surprise, cette dernière la serra dans ses bras pour la rassurer.

— C'est fini, lui dit-elle. Tout va bien. Tu es au soleil.

Meredith s'écarta d'Abby avec douceur, puis la conduisit au pied d'un arbre voisin. Celle-ci s'assit par terre et enfouit son visage dans ses mains tandis que Meredith retournait à son poste. J'avais envie de réconforter Abby, comme nous tous probablement, mais cela allait devoir attendre.

Une minute plus tard, un deuxième Moroï émergea de la grotte. C'était M. Ellsworth, un professeur que j'avais eu quelques années plus tôt. Lui aussi était en piteux état et sa gorge présentait des marques de morsure. Les Strigoï s'en étaient nourris mais n'avaient pas eu le temps de le tuer. Malgré les horreurs qu'il avait dû endurer, M. Ellsworth se montra calme, lucide et attentif. Il comprit immédiatement la situation et s'écarta de notre cercle.

— Que se passe-t-il à l'intérieur ? lui demanda Emil sans quitter des yeux l'entrée de la grotte.

Certains gardiens étaient équipés d'une oreillette, mais j'imagine qu'il devait être difficile de faire un rapport dans le feu de la bataille.

— C'est un véritable chaos et nous nous échappons progressivement dans les deux directions, répondit M. Ellsworth. Il est difficile de savoir qui se bat contre qui, mais les Strigoï sont trop occupés pour nous surveiller. Et quelqu'un… (Il fronça les sourcils.) J'ai vu quelqu'un se servir du feu contre un Strigoï.

Personne ne lui répondit. La situation était trop compliquée pour être exposée en quelques mots. Il parut le comprendre et alla s'asseoir près d'Abby qui sanglotait toujours.

Deux autres Moroï et un dhampir que je ne connaissais pas ne tardèrent pas à les rejoindre. Chaque fois que quelqu'un sortait, je priais pour que ce soit Eddie. Nous avions cinq victimes avec nous et je supposai que d'autres s'échappaient par l'entrée la plus proche de l'académie.

Plusieurs minutes s'écoulèrent sans nouveau sauvetage. Ma chemise était trempée de sueur et mes doigts étaient si fortement crispés autour de mon pieu que je devais régulièrement changer ma prise. Tout à coup, je vis Emil tressaillir. Je compris aussitôt qu'il recevait un message dans son oreillette. Les traits tendus par une intense concentration, il murmura quelque chose en réponse, puis se tourna vers nous et désigna trois novices.

— Vous ! Raccompagnez-les à l'académie, ordonna-t-il en montrant les rescapés du doigt. (Il se tourna ensuite vers trois gardiens adultes.) Entrez dans la grotte ! La plupart des prisonniers ont pu s'enfuir mais nos hommes sont piégés. Il y a eu un éboulement.

Les trois gardiens entrèrent sans hésiter. Quelques instants plus tard, les novices et les victimes dont ils avaient la charge se mirent en route.

Nous n'étions plus que quatre, deux adultes, Emil et Stephen, et deux novices, Shane et moi. La tension était telle que nous arrivions à peine à respirer. Plus personne ne sortait. Aucun rapport ne nous parvenait. Emil leva les yeux avec inquiétude. Je suivis la direction de son regard. Le soleil était nettement plus bas. Il s'était écoulé plus de temps que je le croyais. Emil tressaillit encore en recevant un nouveau message.

Il se tourna vers nous, l'air inquiet.

— Certains d'entre nous doivent aller à l'intérieur pour couvrir la retraite de nos hommes par l'autre issue. Il ne semble pas que nous en ayons perdu beaucoup, mais ils ont du mal à ressortir...

Pas beaucoup. Cela signifiait que nous avions au moins perdu un homme. Je fus saisie d'une sueur froide.

— Stephen, vas-y, ordonna Emil. (Il hésita. Son dilemme était évident. Il voulait entrer lui aussi, mais son rôle de chef de groupe l'obligeait à rester posté là le plus longtemps possible. Je me rendis compte qu'il était sur le point de désobéir à cet ordre. Il envisageait d'entrer avec Stephen en nous laissant, Shane et moi, garder l'entrée. En même temps, il n'arrivait pas à se décider à laisser deux novices tout seuls alors qu'on ignorait ce qui pouvait se produire. Emil soupira et nous regarda l'un après l'autre.) Rose, tu l'accompagnes.

Je ne perdis pas un instant. Je suivis Stephen dans la grotte et fus aussitôt saisie par la nausée. Il faisait froid à l'extérieur, mais c'était pire à l'intérieur. La température continua à baisser à mesure que nous nous enfoncions dans la grotte. Il faisait aussi beaucoup plus sombre. Nous pouvions nous contenter de peu de lumière mais nous progressâmes bientôt dans l'obscurité la plus totale. Stephen alluma une petite lampe fixée sur sa veste.

— J'aimerais pouvoir te donner des conseils, mais je ne sais pas ce que nous allons trouver, me dit-il. Tiens-toi prête à tout.

Puis une faible lueur éclaira peu à peu les ténèbres devant nous, tandis que les bruits qui nous parvenaient s'intensifiaient. Nous accélérâmes le pas en surveillant toutes les directions. Subitement, nous nous retrouvâmes dans la vaste salle qu'indiquait la carte. La lumière que nous suivions provenait d'un feu qui brûlait dans un coin. Il n'avait rien de magique et avait dû être allumé par un Strigoï. J'observai les alentours et compris aussitôt ce qui s'était passé.

Une partie du mur s'était écroulée en créant un amoncellement de roches. Personne n'avait été écrasé par l'éboulement, mais celui-ci avait presque entièrement bloqué l'accès à l'autre partie de la grotte. J'ignorais s'il avait été causé par l'usage de la magie ou par les combats. Peut-être s'agissait-il d'une simple coïncidence. Mais la raison importait peu : sept gardiens, dont Dimitri et Alberta, étaient désormais piégés par dix Strigoï. Il n'y avait aucun Moroï de ce côté, mais les éclairs qui filtraient entre les roches qui s'étaient éboulées indiquaient que les autres se battaient encore de l'autre côté. Des cadavres gisaient sur le sol. Deux d'entre eux étaient des Strigoï et je ne parvins pas à identifier les autres.

Le problème était évident : il n'était possible de franchir l'éboulement qu'en rampant, ce qui revenait à se mettre dans une position vulnérable. Autrement dit, il fallait abattre ces Strigoï pour que les gardiens puissent s'échapper. Stephen et moi devions équilibrer le combat. Nous approchâmes des Strigoï par-derrière, mais trois d'entre eux sentirent notre présence et se tournèrent vers nous. Deux se jetèrent sur Stephen, le troisième sur moi.

J'entrai aussitôt en action, tandis que la rage et la frustration se réveillaient en moi. Même si la grotte n'offrait pas beaucoup d'espace pour se battre, je parvins à échapper à mon adversaire. À vrai dire, l'exiguïté du lieu était à mon avantage parce que le Strigoï, plus grand que moi, avait du mal à se mouvoir. Je restai presque toujours hors de sa portée, mais il parvint une fois à me saisir pour me projeter contre le mur. Je sentis à peine le choc et continuai à me déplacer en essayant de passer à l'offensive. J'esquivai l'assaut suivant, portai quelques coups moi-même, puis ma petite taille me permit de me glisser sous lui et de lui planter mon pieu dans le cœur avant qu'il frappe encore. Je dégageai vivement mon arme pour me porter au secours de Stephen. Il s'était déjà débarrassé de l'un de ses adversaires et nous parvînmes à éliminer l'autre en combinant nos efforts.

Il restait donc sept Strigoï. Non : six. Les gardiens pris au piège, même acculés à la paroi, venaient d'en tuer un autre. Stephen et moi attirâmes celui qui se trouvait le plus près de nous hors de leur cercle. Il était très vieux et très fort, au point que nous eûmes du mal à l'abattre, même en nous y mettant à deux. Nous finîmes par l'avoir.

À présent, le nombre des Strigoï était réduit et les autres gardiens avaient moins de peine à les combattre. Ils s'éloignèrent de la paroi et bénéficièrent bientôt de l'avantage du nombre.

Lorsqu'il ne resta plus que deux Strigoï, Alberta nous cria de commencer à battre en retraite. Les positions stratégiques s'étaient inversées : c'était nous désormais qui encerclions les deux derniers Strigoï. Cela permit à trois gardiens de s'échapper par le chemin que nous avions emprunté pour venir. Pendant ce temps, Stephen traversa l'éboulement en rampant, pour atteindre l'autre côté. Dimitri abattit l'un des deux Strigoï et il n'en resta plus qu'un. La tête de Stephen réapparut. Il cria quelque chose à Alberta que je n'entendis pas. Celle-ci lui répondit sans le regarder. Dimitri, deux autres gardiens et elle resserraient l'étau autour du dernier Strigoï.

— Rose ! hurla Stephen en me faisant signe de le rejoindre.

Nous étions entraînés à obéir aux ordres. Je quittai le combat et me glissai à travers l'orifice plus facilement qu'il l'avait fait, grâce à ma petite taille. Il n'y avait personne de ce côté. Soit le combat était fini, soit il se déroulait ailleurs. Les cadavres qui gisaient au sol, néanmoins, prouvaient que la lutte avait été acharnée. Je vis d'autres Strigoï, ainsi qu'un visage familier : Yuri. Je m'empressai de détourner les yeux vers Stephen, qui aidait un autre gardien à franchir l'éboulement. Alberta fut la suivante à nous rejoindre.

— Ils sont morts, déclara-t-elle. Il semble qu'il y en ait encore quelques-uns qui bloquent le passage de ce côté. Finissons-en avant que le soleil se couche.

Dimitri franchit l'éboulement en dernier. Nous échangeâmes un bref regard soulagé, puis nous mîmes en route. C'était le plus long tunnel de la grotte. Impatients de faire sortir nos derniers camarades, nous pressâmes le pas. Nous ne rencontrâmes d'abord rien de particulier, puis des éclairs nous signalèrent qu'un combat se déroulait devant nous. Mme Carmack et ma mère étaient en train d'affronter trois Strigoï. Nous leur vînmes en aide et les Strigoï furent abattus en quelques secondes.

— C'est tout pour ce groupe, annonça ma mère, le souffle court. (J'étais soulagée de la voir en vie, elle aussi.) Mais je pense que nous avions sous-estimé leur nombre. Certains ont dû rester ici pendant que les autres attaquaient l'académie. Le reste de nos hommes, ceux qui ont survécu, est déjà dehors.

— La grotte a d'autres ramifications, ajouta Alberta. D'autres Strigoï pourraient s'y cacher encore…

Ma mère acquiesça.

— C'est possible. Certains ont compris que nous étions plus nombreux qu'eux et vont se contenter d'attendre que nous soyons sortis pour s'échapper un peu plus tard. Mais il est possible que d'autres se lancent à notre poursuite.

— Que faisons-nous ? demanda Stephen. On les achève ? On bat en retraite ?

Nous nous tournâmes tous vers Alberta, qui prit rapidement une décision.

— On bat en retraite. Nous en avons éliminé autant que nous le pouvions et le soleil est sur le point de se coucher. Nous devons aller nous retrancher derrière les protections.

Nous quittâmes le champ de bataille à deux doigts de la victoire à cause de la lumière déclinante. Dimitri marchait à côté de moi.

— Eddie s'en est-il sorti ? lui demandai-je.

Je n'avais pas vu son cadavre, mais je n'avais pas non plus fait attention à tout.

— Oui, répondit-il, le souffle court. (Dieu seul savait combien de Strigoï il avait affrontés ce jour-là.) Nous avons pratiquement dû le jeter dehors tant il voulait se battre.

C'était Eddie tout craché.

— Je me souviens de ce passage, dit ma mère, tandis que nous atteignions un tournant dans le tunnel. Nous ne sommes plus très loin de la sortie. Nous devrions bientôt apercevoir la lumière du jour.

Jusque-là, seules les lampes fixées sur les vestes nous permettaient de nous diriger dans le noir.

La nausée s'empara de moi seulement un instant avant l'attaque. Alors que nous abordions une intersection en T, sept Strigoï se jetèrent sur nous. Ils avaient laissé s'enfuir nos camarades pour nous tendre un piège. Il y en avait trois d'un côté et quatre de l'autre. L'un des gardiens, Alan, ne vit rien venir. Un Strigoï le saisit et lui brisa la nuque si rapidement que cela parut ne lui avoir coûté aucun effort, ce qui était sans doute le cas. Sa mort fut si semblable à celle de Mason que je faillis en rester pétrifiée. Au lieu de cela, je reculai et m'apprêtai à livrer combat.

Mais nous nous situions dans une partie étroite du tunnel et ne pouvions pas atteindre les Strigoï tous à la fois. J'étais coincée dans le fond. Mme Carmack, à côté de moi, eut assez de visibilité pour parvenir à embraser deux Strigoï, ce qui aida les gardiens qui se trouvaient devant à les abattre.

Alberta jeta un bref regard par-dessus son épaule.

— Commencez à battre en retraite ! nous cria-t-elle, à trois gardiens et à moi.

Aucun de nous ne voulait partir mais nous ne pouvions pas faire grand-chose. Je vis tomber un gardien et sentis mon cœur se serrer. Je ne le connaissais pas, mais cela importait peu. Il ne fallut que quelques secondes à ma mère pour planter son pieu dans le cœur de son assaillant.

Les trois gardiens et moi continuâmes à courir et un coude du tunnel me fit perdre le combat de vue. J'aperçus une faible lumière pourpre droit devant nous. La sortie… Les visages de nouveaux gardiens apparurent. Nous avions réussi. Mais où étaient les autres ?

Nous courûmes jusqu'à la sortie, émergeâmes à l'air libre et restâmes groupés près de l'ouverture, inquiets pour nos camarades. À ma grande consternation, le soleil était presque couché. La nausée qui ne m'avait pas quittée m'informait qu'il y avait encore des Strigoï en vie.

Quelques instants plus tard, le groupe de ma mère apparut au bout du tunnel. J'en comptai les membres : un autre gardien avait péri.

Mais ils étaient presque dehors. Tout le monde se tendit autour de moi. Ils étaient si proches…

Mais pas assez. Trois autres Strigoï étaient tapis à l'affût dans un recoin. Nous étions passés devant eux sans qu'ils essaient de nous arrêter. Tout se passa si vite que personne n'aurait pu réagir à temps. L'un des Strigoï saisit Céleste et referma ses mâchoires sur sa joue. J'entendis un hurlement étranglé et vis du sang gicler dans toutes les directions. Un autre se jeta sur Mme Carmack, mais ma mère l'atteignit la première et la projeta dans notre direction.

Le troisième Strigoï attrapa Dimitri. Depuis que je le connaissais, je ne l'avais jamais vu perdre l'avantage face à quelqu'un. Il était toujours plus rapide et plus fort que tout le monde. Pas cette fois. Ce Strigoï l'avait pris par surprise et cela avait suffi à faire la différence.

J'écarquillai les yeux. C'était le Strigoï blond, celui qui m'avait parlé pendant la bataille.

Il plaqua Dimitri au sol. Ils s'empoignèrent et luttèrent au corps à corps jusqu'à ce que le Strigoï plante ses canines dans la gorge de Dimitri. Alors ses yeux rouges se tournèrent vers moi.

J'entendis un nouveau hurlement, sauf que celui-là sortait de ma propre gorge.

Alors que ma mère s'apprêtait à se porter au secours des gardiens pris au piège, cinq autres Strigoï apparurent. Ce fut le chaos. Je perdis Dimitri de vue sans savoir ce qui lui était arrivé. L'indécision se peignit sur les traits de ma mère tandis qu'elle se demandait si elle devait fuir ou se battre, puis, le regard chargé de regrets, elle courut vers nous. Pendant ce temps, je m'élançai pour courir vers Dimitri mais quelqu'un m'en empêcha. C'était Stan.

— Que fais-tu, Rose ? Il y en a d'autres qui arrivent.

Ne comprenait-il rien ? Dimitri était à l'intérieur. Je devais le secourir…

Ma mère et Alberta se précipitèrent hors de la grotte en entraînant Mme Carmack. Le groupe de Strigoï qui les poursuivait s'arrêta juste à la limite que la lumière déclinante dessinait sur le sol. Je me débattais toujours contre Stan. Même s'il n'avait pas besoin d'aide, ma mère me saisit le bras pour m'entraîner à l'écart.

— Rose ! nous devons partir !

— Il est à l'intérieur ! hurlai-je en lui résistant de toutes mes forces. (Comment avais-je pu tuer des Strigoï et me révéler incapable d'échapper à ces deux-là ?) Dimitri est encore à l'intérieur ! Nous devons retourner le chercher ! Nous ne pouvons pas l'abandonner !

Je me répétai, hystérique, en leur hurlant que nous devions sauver Dimitri. Ma mère me secoua violemment, puis approcha son visage à quelques centimètres du mien.

— Il est mort, Rose ! Nous ne pouvons pas y retourner. Le soleil sera couché dans un quart d'heure et ils attendent de se lancer à notre poursuite. Nous n'atteindrons pas les protections de l'académie avant la nuit. Chaque seconde d'avance est précieuse et ça ne suffira peut-être pas.

Les Strigoï se pressaient à l'entrée de la grotte, leurs yeux rouges brillant d'impatience. Ils étaient une dizaine, peut-être plus. Ma mère avait raison. Ils étaient si rapides que notre quart d'heure d'avance n'allait peut-être pas suffire. Pourtant, j'étais incapable de faire un pas. Je ne pouvais pas détacher mes yeux de la grotte où était resté Dimitri, la moitié de mon âme. Il ne pouvait pas être mort, puisque je l'aurais sûrement été aussi...

Ma mère me gifla et la douleur me tira de ma stupeur.

— Cours ! me hurla-t-elle. Il est mort ! Il n'est pas question que tu le rejoignes.

Je découvris de la panique dans ses yeux. Elle était terrorisée à l'idée que sa fille se fasse tuer. Je me souvins que Dimitri m'avait dit qu'il préférerait mourir plutôt que de me voir morte. Si je restais là et laissais les Strigoï m'avoir, je les trahirais tous les deux.

— Cours ! cria-t-elle encore.

Les joues inondées de larmes, je me mis à courir.

Chapitre 28

Les douze heures qui suivirent furent les plus longues de ma vie. Notre groupe atteignit l'académie sans encombre, en courant pendant l'essentiel du trajet, ce qui fut difficile à cause du nombre de blessés. La nausée ne me quitta pas un instant, sans doute parce que les Strigoï étaient sur nos talons. Mais, comme ils ne nous rattrapèrent jamais, il était aussi possible que je n'ai été malade qu'à cause de ce qui s'était passé dans la grotte.

Dès que nous eûmes franchi les protections, les autres novices et moi fûmes oubliés. Nous étions en sécurité et les adultes avaient bien d'autres raisons de s'inquiéter. Tous les prisonniers avaient été sauvés, du moins tous ceux qui étaient encore en vie. Comme je l'avais craint, les Strigoï avaient décidé d'en dévorer un avant notre arrivée. Nous avions donc sauvé douze personnes. Six gardiens, dont Dimitri, y avaient laissé la vie. Ces chiffres n'étaient pas si mauvais compte tenu du nombre de Strigoï que nous avions affrontés, mais une simple soustraction incitait à conclure que nous n'avions sauvé que six vies. Cela valait-il la peine de perdre tous ces gardiens ?

— Tu ne dois pas envisager les choses de cette manière, me dit Eddie tandis que nous nous dirigions vers l'infirmerie. (Tout le monde, les prisonniers comme les membres de la mission de sauvetage, avait reçu l'ordre de se faire examiner.) Vous n'avez pas seulement sauvé des vies. Vous avez tué presque une trentaine de Strigoï de plus… Pense à tous les gens qu'ils auraient tués. Virtuellement, vous leur avez aussi sauvé la vie.

Ma part rationnelle savait qu'il disait vrai. Mais quel pouvait bien être l'intérêt de la raison si Dimitri était mort ? Je savais que c'était mesquin et égoïste mais, à cet instant, je n'aurais pas hésité à échanger toutes ces vies contre la sienne. Néanmoins, je savais que lui-même ne l'aurait pas voulu. Je le connaissais…

Et puis il restait une chance minuscule qu'il ne soit pas mort. Même si la morsure qu'il avait reçue paraissait grave, ce Strigoï pouvait très bien s'être contenté de le neutraliser avant de fuir… Il gisait peut-être encore dans la grotte, à moitié mort et ayant besoin de soins médicaux. L'idée qu'il puisse être agonisant et que nous soyons incapables de l'aider me rendait folle. Mais il était impossible d'y retourner, du moins pas avant le lever du jour. Alors une autre équipe repartirait là-bas pour ramasser nos morts et nous permettre de les enterrer. D'ici là, je ne pouvais qu'attendre.

Le docteur Olendzki m'examina brièvement, en conclut que je n'avais rien de grave et m'envoya soigner mes égratignures ailleurs. Elle avait beaucoup d'autres blessés à soigner, dont l'état était bien plus alarmant.

Je savais que la chose la plus intelligente à faire était de retourner dans mon dortoir ou d'aller voir Lissa. Me reposer n'aurait pas été du luxe et je sentais que mon amie m'appelait à travers notre lien. Elle était inquiète et effrayée. Cependant, je savais qu'elle n'allait pas tarder à apprendre la nouvelle de mon retour. Elle n'avait pas besoin de moi et je ne voulais pas la voir. Je ne voulais voir personne. Alors, plutôt que de rentrer dans mon dortoir, je me rendis à la chapelle. J'avais besoin de faire quelque chose en attendant qu'il soit possible de retourner dans la grotte. Prier était une occupation qui en valait bien une autre.

D'habitude, la chapelle était déserte en pleine journée. Mais pas cette fois. Cela n'aurait pas dû me surprendre. Si l'on songeait à la tragédie des vingt-quatre dernières heures et au nombre de gens qui étaient morts, il était naturel que les vivants cherchent du réconfort. Certains étaient seuls, d'autres en groupe. Ils pleuraient, s'agenouillaient, priaient. Certains se contentaient de rester assis, le regard perdu dans le vague, sans parvenir à croire à ce qui venait de se passer. Le père Andrew arpentait son sanctuaire et parlait à la plupart d'entre eux.

Je trouvai un banc libre tout au fond et m'y assis. Je repliai les jambes, enroulai mes bras autour et posai mon menton sur mes genoux. Sur les murs, des icônes représentant des saints et des anges veillaient sur nous tous.

Dimitri ne pouvait pas être mort. C'était impensable. Je l'aurais forcément su… Personne ne pouvait priver le monde d'une vie comme la sienne. Quelqu'un qui m'avait fait l'amour comme il l'avait fait la veille ne pouvait pas avoir disparu. Nous étions trop heureux, trop vivants… La mort ne pouvait pas suivre des moments comme ceux-là.

Je portais le *chotki* de Lissa à mon poignet et caressais des doigts sa croix et ses grains. Alors je tentai désespérément de donner à mes pensées la forme d'une prière, mais j'ignorais comment m'y prendre. Si Dieu existait, cependant, il devait être assez puissant pour comprendre ce que je voulais, même si je ne trouvais pas les bons mots.

Des heures passèrent. Des gens partirent, d'autres arrivèrent. Je finis par en avoir assez d'être assise et m'étendis sur le banc. D'autres saints et d'autres anges me regardaient depuis le plafond doré. Dieu avait tant d'assistants…, songeai-je. Mais quel bien faisaient-ils ?

Je ne me rendis compte que je m'étais endormie que lorsque Lissa me réveilla. Elle aussi ressemblait à un ange, avec ses longs cheveux blonds qui encadraient son visage. Ses yeux étaient aussi doux et aussi emplis de compassion que ceux des saints.

— Rose… nous t'avons cherchée partout. Tu as passé tout ce temps ici ?

Je m'assis, épuisée. Comme je n'avais pas dormi la nuit précédente, puis avais participé à une attaque massive, ma fatigue était bien compréhensible.

— Quasiment, répondis-je.

Elle secoua la tête.

— Ça fait des heures… Tu devrais aller manger quelque chose.

— Je n'ai pas faim. (« Des heures… » Je lui saisis le bras.) Quelle heure est-il ? Le soleil est-il levé ?

— Non. Il ne se lèvera que dans cinq heures.

Cinq heures. Comment pourrais-je attendre si longtemps ?

Lissa effleura mon visage. Je sentis sa magie se diffuser à travers notre lien, puis une alternance de picotements chauds et froids parcourut mon propre corps. Mes coupures et mes bleus disparurent.

— Tu ne devrais pas faire ça.

Elle esquissa un sourire.

— Je l'ai fait toute la journée. J'ai assisté le docteur Olendzki.

— On me l'a dit, mais je trouve ça tellement bizarre… Parce qu'on l'a toujours caché, tu comprends ?

— Ça n'a plus d'importance que les gens le sachent à présent, répondit-elle en haussant les épaules. Après tout ce qui s'est passé, il fallait que je me rende utile. Il y a tant de blessés… tant pis si ce n'est plus un secret. Ç'aurait fini par se produire tôt ou tard… Adrian aussi a apporté son aide, même s'il ne pouvait pas en faire autant que moi.

Alors l'évidence me frappa. Je me redressai subitement.

— Mon Dieu ! Liss ! Tu peux le sauver. Tu peux aider Dimitri.

Un profond chagrin se peignit sur son visage et se propagea par notre lien.

— Rose, murmura-t-elle. Ils ont dit que Dimitri était mort.

— Non. C'est impossible. Tu ne comprends pas… Je crois qu'il n'est que blessé. Sans doute grièvement… mais, si tu es là quand ils le ramèneront, tu pourras le guérir. (Alors l'idée la plus folle se présenta à mon esprit.) Et si… s'il est vraiment mort… (le seul fait de prononcer ces mots était douloureux)… tu pourras le ramener à la vie ! Comme moi… Il recevra le baiser de l'ombre, lui aussi.

Son visage devint encore plus triste. C'était pour moi qu'elle éprouvait du chagrin, à présent.

— Je ne peux pas faire ça. Ressusciter quelqu'un demande une énergie considérable. Et puis je ne crois pas pouvoir ramener une personne morte depuis si longtemps… Je pense qu'il faut que le décès soit récent.

— Mais tu dois essayer ! insistai-je en entendant le désespoir qu'il y avait dans ma voix.

— Je ne peux pas. (Elle déglutit.) Tu as entendu ce que j'ai dit à la reine. Je le pensais sincèrement… Je ne peux pas ramener à la vie tous les gens qui meurent. C'est le même genre d'abus que ce que voulait Victor… C'est pour ça que nous avons gardé le secret sur mon pouvoir.

— Tu le laisserais mourir ? Tu refuserais ? Tu refuserais de le faire pour moi ? (Même si je ne criais pas, le volume de ma voix était bien trop élevé pour un lieu saint. Mais la plupart des gens étaient partis et il y avait tant de chagrin autour de nous qu'il était peu probable que quelqu'un se soucie de ma crise.) Je ferais n'importe quoi pour toi. Tu le sais. Et tu ne ferais pas ça pour moi ?

J'étais sur le point d'éclater en sanglots.

Lissa m'observa, tandis qu'un million de questions tournoyaient dans son esprit. Elle analysa mes mots, mon visage, ma voix… et finalement elle comprit. Elle prit conscience que ce que j'éprouvais pour Dimitri était bien plus que la simple affection d'une élève envers son professeur. Je sentis l'évidence s'imposer à son esprit. D'innombrables connexions se firent. Elle se souvint de phrases que j'avais dites, de choses qu'elle avait observées lorsque Dimitri et moi étions ensemble… Tous ces signes qu'elle avait été trop aveugle pour remarquer sur le coup prirent un sens nouveau. Des questions s'élevèrent aussitôt, mais elle n'en posa aucune et ne mentionna même pas ce qu'elle venait de comprendre. Au lieu de cela, elle prit mes mains dans les siennes et m'attira contre elle.

— Je suis désolée, Rose. Tellement désolée… C'est impossible.

Après cela, je la laissai m'entraîner, sans doute vers de la nourriture. Mais, lorsque je me retrouvai au réfectoire devant un plateau, l'idée d'avaler quoi que ce soit éveilla en moi une nausée encore pire que celle que j'éprouvais à proximité des Strigoï. Alors elle comprit qu'elle ne tirerait rien de moi tant que je ne saurais pas ce qui était arrivé à Dimitri et me laissa tranquille. Nous nous rendîmes dans sa chambre et je m'allongeai sur le lit. Elle vint s'asseoir à côté de moi, mais je n'avais pas envie de parler et ne tardai pas à m'endormir de nouveau.

Quand je me réveillai, ma mère se trouvait à côté de moi.

— Nous allons inspecter la grotte, Rose. Nous ne pouvons pas t'emmener, mais tu peux nous attendre à la limite du campus, si tu veux.

Je savais que je n'obtiendrais rien de plus. Si cela signifiait que je pourrais apprendre ce qui était arrivé à Dimitri un instant plus tôt qu'en restant là, c'était la meilleure chose à faire. Lissa m'accompagna et nous suivîmes les gardiens. J'étais encore blessée par son refus de soigner Dimitri, mais une part de moi espérait secrètement qu'elle serait incapable de s'en empêcher en le voyant.

Par prudence, le groupe chargé d'inspecter la grotte comprenait de nombreux gardiens. Nous étions pourtant presque sûrs que les Strigoï étaient partis. Ils avaient perdu l'avantage de la surprise et devaient savoir que nous n'irions chercher nos morts qu'avec un effectif important. Tous ceux qui avaient survécu devaient s'être enfuis.

Les gardiens franchirent les protections et ceux d'entre nous qui les avaient suivis attendirent derrière. Personne ne dit grand-chose. Le temps de faire le trajet dans les deux sens, ils ne seraient pas de retour avant au moins trois heures. Je m'assis par terre et posai ma tête sur l'épaule de Lissa en tâchant de ne prêter aucune attention à la pesanteur de mes sentiments et en souhaitant que les minutes filent le plus vite possible. Un Moroï fit apparaître un feu de camp qui nous réchauffa.

Les minutes ne passèrent pas aussi rapidement que je l'espérais, mais le temps en vint à bout. Quelqu'un cria que les gardiens étaient de retour. Je bondis sur mes pieds et courus jusqu'à eux. Ce que je vis me pétrifia.

Des civières. Des civières sur lesquelles on rapportait les corps de ceux qui s'étaient fait tuer. Des gardiens morts, au visage blême et au regard vide. L'un des Moroï présents alla vomir dans un buisson. Lissa se mit à pleurer. Un par un, les morts passèrent devant nous. Je regardai leur visage, en me sentant froide et vide, et en me demandant si j'allais les voir la prochaine fois que je franchirais les protections.

Enfin, la procession me dépassa. Il y avait cinq corps, mais j'avais l'impression d'en avoir vu cinq cents. Et il y en avait un que je n'avais pas vu. Celui que je redoutais tant de voir. Je courus vers ma mère, qui aidait à porter l'une des civières. Elle évita mon regard. Elle savait sûrement ce que je m'apprêtais à lui demander.

— Où est Dimitri ? Est-il… ? (C'était trop demander, trop espérer…) Est-il vivant ?

Mon Dieu !… mes prières avaient-elles été entendues ? Était-il encore là-bas, blessé, en train d'attendre qu'on lui envoie du secours ?

Ma mère ne répondit pas aussitôt et je reconnus à peine sa voix lorsqu'elle le fit.

— Il n'y était pas, Rose.

Je trébuchai sur le sol inégal et dus courir pour revenir à son niveau.

— Attends ! Qu'est-ce que ça veut dire ? Il n'était peut-être que blessé et sera ressorti tout seul pour chercher du secours…

Elle évitait toujours mon regard.

— Molly n'y était pas non plus.

Molly était la Moroï dont ils s'étaient nourris. Elle était grande, belle et du même âge que moi. Je me rappelai avoir vu son cadavre exsangue dans la grotte. Elle était incontestablement morte. Il était impossible qu'elle n'ait été que blessée et soit ressortie pour chercher du secours. Molly et Dimitri. Disparus tous les deux.

— Non, soufflai-je. Tu ne crois pas… ?

Une larme roula sur la joue de ma mère. C'était quelque chose que je n'avais jamais vu.

— Je ne sais pas quoi en penser, Rose. S'il a survécu, il est possible… il est possible qu'ils l'aient emporté pour le tuer plus tard.

L'idée que Dimitri pouvait leur servir de repas était trop horrible pour que j'arrive à la formuler ; mais elle était toujours moins horrible que l'autre possibilité. Nous le savions toutes les deux.

— Mais ils n'ont pas pu emporter Molly pour la tuer plus tard, puisqu'elle était déjà morte…

Ma mère acquiesça.

— Je suis désolée, Rose. Nous ne pouvons être sûrs de rien. Le plus probable est qu'ils sont simplement morts et que les Strigoï ont emporté leurs corps ailleurs.

Elle mentait. C'était la première fois de ma vie que ma mère me mentait pour me protéger. Ce n'était pas le genre de personne qui réconfortait les gens, qui inventait des histoires pour qu'ils se sentent mieux… Elle disait toujours la vérité, y compris lorsqu'elle était horrible.

Mais pas cette fois.

Je m'arrêtai et le groupe défila une seconde fois devant moi. Lissa me rattrapa. Elle s'inquiétait et ne comprenait pas.

— Que se passe-t-il ? me demanda-t-elle.

Je ne répondis rien. À la place, je fis demi-tour et courus vers la limite du campus. Elle me courut après en criant mon nom. Personne ne nous remarqua, évidemment. Qui aurait été assez stupide pour franchir les protections après tout ce qui venait de se passer ?

Je l'étais. D'ailleurs, je n'avais rien à craindre en plein jour. Je dépassai l'endroit où le groupe de Jesse avait torturé Lissa et franchis la limite invisible qui tenait lieu de frontière à l'académie. Lissa hésita un instant avant de me suivre. La course l'avait essoufflée.

— Rose, qu'est-ce que... ?

— Mason ! criai-je. Mason ! J'ai besoin de toi !

Il lui fallut un moment pour se matérialiser. Cette fois, sa silhouette n'était plus seulement d'une pâleur extrême, mais elle vacillait aussi comme une flamme sur le point de s'éteindre. Il me regarda, immobile. Même si son expression était la même que les autres fois, j'eus le sentiment étrange qu'il savait déjà ce que j'allais lui demander. Lissa, à côté de moi, nous regardait à tour de rôle, moi et l'espace vide auquel j'étais en train de parler.

— Mason, Dimitri est-il mort ?

Mason secoua la tête.

— Est-il vivant ?

Il secoua la tête.

Ni mort ni vivant. Le monde se mit à tournoyer et des points noirs dansèrent devant mes yeux. Affaiblie par le manque de nourriture, je fus sur le point de m'évanouir. Mais je devais rester consciente. Je devais poser la question suivante. Puisqu'ils pouvaient choisir de transformer n'importe laquelle de leurs victimes... ils ne pouvaient pas avoir opté pour lui.

Les mots que je voulais prononcer restèrent bloqués dans ma gorge et je tombai à genoux lorsque je parvins à les formuler.

— Dimitri est-il... devenu un Strigoï ?

Mason hésita un instant, comme s'il avait peur de me répondre... puis il acquiesça.

Mon cœur se brisa. Mon monde vola en éclats.

« Vous allez perdre ce qui vous est le plus précieux... »

Ce n'était pas de moi que parlait Rhonda. Ce n'était pas non plus de la vie de Dimitri.

« Ce qui vous est le plus précieux. »

C'était de son âme.

Chapitre 29

Presque une semaine plus tard, j'apparus à la porte de la chambre d'Adrian.

Nos cours étaient suspendus depuis l'attaque, mais le couvre-feu était toujours en vigueur et il était presque l'heure d'aller se coucher. Adrian afficha la stupeur la plus complète en me voyant. C'était la première fois que je venais le trouver et non le contraire.

— Petite dhampir ! dit-il en s'écartant. Entre donc.

Je m'exécutai et fus assaillie par une puissante odeur d'alcool en passant devant lui. Les chambres que l'académie réservait aux invités étaient charmantes, mais il n'avait clairement pas fait beaucoup d'efforts pour maintenir la sienne propre. J'eus le sentiment qu'il avait bu sans interruption depuis l'attaque. La télévision était allumée et il y avait une bouteille de vodka entamée sur une petite table près du canapé. Je la pris pour en observer l'étiquette. Elle était rédigée en russe.

— J'arrive à un mauvais moment ? lui demandai-je en la reposant.

— Il n'y a jamais de mauvais moments pour te voir, me répondit-il avec galanterie. (Son visage était hagard. Il était toujours aussi beau, mais il avait des cernes sous les yeux comme s'il dormait mal. Il m'indiqua un fauteuil et prit place sur le canapé.) Je ne t'ai pas beaucoup vue, ces derniers temps…

Je m'appuyai contre le dossier.

— Je n'avais pas envie qu'on me voie, admis-je.

Je n'avais parlé à presque personne depuis l'attaque. J'avais passé le plus clair de mon temps toute seule ou avec Lissa. Sa présence me réconfortait mais nous n'avions pas beaucoup parlé non plus. Elle comprenait que j'avais besoin de temps pour accepter ce qui s'était passé et m'avait offert son soutien sans me forcer à aborder des sujets que je préférais éviter, même si des dizaines de questions lui brûlaient les lèvres.

L'académie avait rendu hommage à ses morts en organisant une célébration collective et chaque famille avait pris des dispositions particulières pour les funérailles de son disparu. J'avais assisté à la célébration. La chapelle était bondée et tout le monde était resté debout. Le père Andrew avait lu les noms des morts, parmi lesquels figuraient ceux de Molly et Dimitri. Personne n'évoquait ce qui leur était vraiment arrivé. Il y avait déjà tant de choses à déplorer... Nous étions submergés par le chagrin. Personne ne savait même comment l'académie allait se remettre de cette tragédie et recommencer à fonctionner.

— Tu as encore plus mauvaise mine que moi, dis-je à Adrian. Je ne pensais pas que c'était possible.

Il porta la bouteille à ses lèvres et but à longs traits.

— Non... Tu es toujours belle. Quant à moi... c'est difficile à expliquer. Les auras me minent le moral. Il y a tant de chagrin par ici... Tu ne peux pas comprendre. Il irradie de tout le monde sur le plan spirituel. C'est accablant... À côté, ton aura de ténèbres est réjouissante.

— Et c'est pour ça que tu bois ?

— Oui ! Par chance, l'alcool m'empêche de percevoir les auras. Du coup, je ne peux pas te faire un rapport sur la tienne aujourd'hui. (Il me tendit la bouteille et je secouai la tête. Après un haussement d'épaules, il but une nouvelle gorgée.) Alors, que puis-je faire pour toi, Rose ? J'ai l'impression que tu n'es pas venue pour prendre de mes nouvelles...

Il avait raison, mais je ne ressentis qu'une petite pointe de mauvaise conscience en songeant au motif de ma visite. J'avais beaucoup réfléchi ces derniers jours. J'avais eu du mal à surmonter le chagrin que m'avait causé la mort de Mason. En fait, je n'y étais pas encore parvenue quand mes problèmes de fantômes avaient commencé. À présent, je devais recommencer tout mon travail de deuil. Je n'avais pas perdu que Dimitri, après tout. Des professeurs étaient morts, chez les Moroï comme chez les gardiens. Aucun de mes amis proches n'était mort, mais des élèves que je connaissais depuis des années s'étaient fait tuer. Ils fréquentaient l'académie depuis aussi longtemps que moi, et l'idée que je ne les reverrais plus jamais me paraissait étrange. Cela faisait beaucoup de deuils à surmonter, beaucoup de gens à qui dire adieu.

Mais… Dimitri. Son cas était différent. Comment dire adieu à quelqu'un qui n'était pas vraiment mort ? C'était là le problème.

— J'ai besoin d'argent, annonçai-je à Adrian sans prendre la peine d'y mettre les formes.

Il haussa un sourcil.

— C'est inattendu. De ta part, en tout cas… Des tas d'autres gens m'en demandent. Puis-je savoir ce que je devrais financer ?

Je détournai les yeux vers la télévision qui diffusait une publicité pour un déodorant.

— Je quitte l'académie, répondis-je finalement.

— C'est tout aussi inattendu. Tu n'es qu'à quelques mois d'obtenir ton diplôme…

Je soutins son regard.

— Peu importe. J'ai des choses à faire.

— Je n'aurais jamais imaginé que tu ferais partie des gardiens qui abandonnent. Tu vas rejoindre les catins rouges ?

— Non. Bien sûr que non.

— Inutile de prendre un air si offensé… C'était une hypothèse plausible. Si tu ne veux plus devenir gardienne, que peux-tu faire d'autre ?

— Je te l'ai dit. J'ai des choses à régler.

Il leva encore un sourcil.

— Des choses qui vont t'attirer des ennuis ?

Je haussai les épaules, ce qui le fit éclater de rire.

— Question stupide, n'est-ce pas ? Tout ce que tu fais t'attire des ennuis. (Il planta son coude dans le bras du canapé et posa son menton dans sa main.) Pourquoi est-ce moi que tu viens trouver pour obtenir de l'argent ?

— Parce que tu en as.

Cela aussi le fit rire.

— Et pourquoi crois-tu que je vais t'en donner ?

Je ne répondis rien et me contentai de le regarder en insufflant autant de charme féminin dans mon expression que cela m'était possible. Son sourire s'évanouit et ses yeux verts se plissèrent de frustration. Finalement, il les détourna.

— Merde, Rose ! ne fais pas ça. Pas maintenant. Tu joues avec les sentiments que j'ai pour toi. Ce n'est pas juste.

Il but une nouvelle gorgée de vodka.

Il avait raison. J'étais venue le trouver parce que je pensais obtenir ce que je voulais en me servant du béguin qu'il avait pour moi. C'était un coup bas, mais je n'avais pas le choix. Je quittai le fauteuil pour aller m'asseoir à côté de lui et lui pris la main.

— S'il te plaît, Adrian… aide-moi… Tu es le seul à qui je peux demander ça.

— Ce n'est pas juste, répéta-t-il en bredouillant un peu. Tu te sers de ton regard de sirène pour m'amadouer mais ce n'est pas moi que tu veux. Ça ne l'a jamais été. Ç'a toujours été Belikov, et Dieu seul sait ce que tu vas faire à présent qu'il n'est plus là.

Il avait également raison sur ce point.

— Acceptes-tu de m'aider ? insistai-je en jouant cette fois la carte du charisme. Tu es le seul à qui je peux parler… le seul qui me comprenne…

— Est-ce que tu vas revenir ? riposta-t-il.

— Ça finira bien par arriver.

Il rejeta sa tête en arrière et soupira profondément. Ses cheveux, que j'avais toujours trouvés savamment décoiffés, étaient simplement décoiffés ce jour-là.

— Peut-être vaut-il mieux que tu t'en ailles. Peut-être qu'ainsi tu l'oublieras plus vite… Ça ne te fera pas de mal non plus de t'éloigner de l'aura de Lissa. Ça ralentira peut-être l'obscurcissement de la tienne… Peut-être parviendras-tu à surmonter cette rage qui semble ne jamais te quitter… Tu as besoin d'être plus heureuse et d'arrêter de voir des fantômes.

J'oubliai un instant ma stratégie de séduction.

— Ce n'est pas à cause de Lissa que je vois des fantômes. Enfin… si… mais pas de la manière que tu crois. Je les vois parce que j'ai reçu le baiser de l'ombre. Je suis liée au monde des morts, et ce lien se renforce chaque fois que je tue quelqu'un. C'est pour cela que je vois les morts et que je me sens bizarre à proximité des Strigoï. Je peux les sentir, maintenant, parce qu'eux aussi sont liés au monde des morts.

Il fronça les sourcils.

— Tu veux dire que les auras ne signifient rien ? que tu n'absorbes pas les effets secondaires de l'esprit ?

— Non. C'est vrai aussi. C'est pour ça que tout était si compliqué. Je croyais qu'il ne m'arrivait qu'une seule chose alors qu'il m'en arrivait deux. Je vois des fantômes à cause du baiser de l'ombre. Je deviens furieuse… voire méchante… parce que j'absorbe la part de ténèbres de Lissa. C'est pour cela que mon aura est sombre et que je suis si irascible ces derniers temps. Pour le moment, ça ne ressort que sous forme de mauvaise humeur. (Je fronçai les sourcils en repensant à la nuit où Dimitri m'avait empêchée d'aller étrangler Jesse.) Mais je ne sais pas comment tout cela va évoluer.

Adrian soupira.

— Pourquoi faut-il que tout soit toujours si compliqué avec toi ?

— Vas-tu m'aider ? S'il te plaît, Adrian… (Je laissai courir mes doigts sur sa main.) S'il te plaît…

C'était vraiment vache de ma part… mais cela n'avait pas d'importance. Seul Dimitri en avait.

Adrian finit par tourner les yeux vers moi. Pour la première fois depuis que je le connaissais, je lui trouvai un air vulnérable.

— Me donneras-tu une vraie chance quand tu reviendras ?

Je dissimulai ma surprise.

— Que veux-tu dire ?

— Exactement ce que je viens de dire. Tu n'as jamais voulu de moi. Tu n'y as même pas songé une seule fois. Les fleurs, la drague… tout ça t'est passé au-dessus de la tête. Tu étais tellement dingue de lui… et personne ne l'a remarqué. Si tu fais ce que tu as à faire, accepteras-tu de prendre mes sentiments au sérieux ? Me donneras-tu une chance à ton retour ?

J'écarquillai les yeux. Je ne m'y attendais vraiment pas. Ma première impulsion fut de lui répondre « non », que je ne serais plus capable d'aimer personne, que mon cœur s'était brisé lorsque j'avais perdu la partie de mon âme que détenait Dimitri. Mais Adrian me regardait avec tant de sincérité… Son ironie avait complètement disparu. Il pensait ce qu'il disait, et je compris tout à coup que son affection pour moi, dont il avait toujours plaisanté, n'avait rien d'une plaisanterie. Lissa avait vu juste dans ses sentiments.

— Tu veux bien ? insista-t-il.

« Dieu seul sait ce que tu vas faire à présent qu'il n'est plus là. »

— Bien sûr.

À défaut d'être honnête, cette réponse était nécessaire.

Adrian détourna les yeux et but une nouvelle rasade de vodka. La bouteille était presque vide.

— Quand pars-tu ?

— Demain.

Il reposa la bouteille, se leva, et disparut dans la chambre. Il en revint avec une grosse liasse de billets. Cachait-il son argent sous son lit ? Il me la tendit sans un mot, puis passa quelques coups de téléphone. Il faisait jour, et le monde des humains, qui détenait l'essentiel de l'argent des Moroï, était réveillé et au travail.

Je tâchai de regarder la télévision pendant qu'il téléphonait sans parvenir à me concentrer. Ma nuque n'arrêtait pas de me démanger. Puisque nous n'avions pas les moyens de savoir précisément combien de Strigoï chacun de nous avait tués, nous avions tous reçu un tatouage différent des molnija habituelles. J'en avais oublié le nom, mais il ressemblait à une petite étoile et signifiait que celui qui le portait avait participé à une bataille au cours de laquelle il avait tué de nombreux Strigoï.

Lorsqu'il eut fini de téléphoner, Adrian me tendit un morceau de papier sur lequel étaient notés le nom et l'adresse d'une banque de Missoula.

— Vas-y. De toute manière, tu vas devoir passer par Missoula si tu comptes te rendre dans n'importe quel endroit civilisé. Je viens de t'ouvrir un compte dans cette banque… avec beaucoup d'argent dessus. Va les voir pour finir les paperasseries.

Je me levai et fourrai la liasse de billets dans la poche de ma veste.

— Merci.

Je le serrai dans mes bras sans hésiter. L'odeur de la vodka était intolérable mais j'avais le sentiment que je lui devais bien ça. Je me servais des sentiments qu'il avait pour moi à seule fin d'atteindre mon propre but. Il m'enlaça et me serra pendant plusieurs secondes avant de me relâcher. Lorsque je déposai un baiser sur sa joue, je crus qu'il allait cesser de respirer.

— Je n'oublierai pas ce que tu as fait pour moi, lui murmurai-je à l'oreille.

— Je suppose que tu ne vas pas vouloir me dire où tu vas ?

— Non. Je suis désolée.

— Contente-toi de tenir ta promesse et de revenir.

— Je n'ai pas utilisé le mot « promesse », lui fis-je remarquer.

Il sourit, puis pressa ses lèvres contre mon front.

— C'est vrai. Tu vas me manquer, petite dhampir. Sois prudente. Si tu as besoin de quoi que ce soit, fais-le-moi savoir. Je t'attendrai.

Je le remerciai encore et le quittai sans prendre la peine de préciser qu'il allait peut-être m'attendre longtemps. Il n'était pas du tout exclu que je ne revienne jamais.

Le lendemain, je me levai tôt, bien avant que la plupart des élèves du campus soient réveillés. J'avais à peine dormi. Je jetai un sac sur mon épaule et me dirigeai vers le bureau principal du bâtiment administratif. Comme il n'était pas encore ouvert, je m'assis par terre devant la porte. En examinant mes mains pour tuer le temps, je remarquai deux minuscules paillettes dorées sur l'ongle de mon pouce. C'était tout ce qui subsistait de ma manucure. Vingt minutes plus tard, la secrétaire vint ouvrir la porte et me laissa entrer.

— Qu'est-ce que je peux faire pour vous ? me demanda-t-elle après s'être installée dans son fauteuil.

Je lui tendis la liasse de papiers que je tenais.

— Je m'en vais.

Ses yeux s'écarquillèrent jusqu'à atteindre une taille improbable.

— Mais… qu'est-ce que… ? Vous ne pouvez pas…

Je tapotai la liasse du doigt.

— Je peux. Et tout est déjà rempli.

Toujours abasourdie, elle balbutia quelque chose à propos du fait que je devais attendre et se précipita hors du bureau. Quelques minutes plus tard, elle revint en compagnie du proviseur Kirova. Mme Kirova semblait avoir été mise au courant et me jeta un regard très réprobateur par-dessus son nez en forme de bec d'oiseau.

— Qu'est-ce que ça signifie, mademoiselle Hathaway ?

— Je m'en vais, répondis-je. Je démissionne. Je laisse tomber. Tout ce que vous voudrez.

— Mais vous ne pouvez pas faire ça !

— Je peux, de toute évidence, puisque vous tenez ces formulaires de renonciation à notre disposition à la bibliothèque. Ils sont déjà remplis.

Sa colère se mua en quelque chose de plus triste et de plus inquiet.

— Je sais qu'il s'est passé beaucoup de choses, ces derniers temps. Nous avons tous du mal à nous y retrouver… mais ce n'est pas une raison pour prendre une décision hâtive. Nous avons besoin de vous plus que jamais.

Elle me suppliait presque. En l'écoutant, il était difficile de croire qu'elle voulait me renvoyer six mois plus tôt.

— Ce n'est pas une décision hâtive. J'y ai beaucoup réfléchi.

— Laissez-moi au moins appeler votre mère pour que nous puissions en discuter.

— Elle est partie pour l'Europe il y a trois jours, mais ça n'a aucune importance. (Je lui montrai la ligne du formulaire où il était écrit « Date de naissance ».) J'ai dix-huit ans aujourd'hui. Ce n'est plus à elle de prendre les décisions qui me concernent et j'ai fait mon choix. À présent, voulez-vous bien tamponner ce formulaire ? À moins que vous vouliez essayer de me retenir par la force ? Je suis à peu près sûre que je peux vous battre, Kirova…

Elles tamponnèrent la liasse à contrecœur. La secrétaire me fit une copie du document officiel qui stipulait que je n'étais plus une élève de l'académie de Saint-Vladimir, car j'en aurais besoin pour franchir la grille de l'entrée principale.

Il y avait un long chemin à parcourir jusqu'à la grille. À l'ouest, le soleil couchant embrasait le ciel. Le temps s'était réchauffé, même la nuit. Le printemps était enfin là. C'était un temps idéal pour marcher, ce dont je me réjouis, puisqu'il allait me falloir un certain temps pour rejoindre l'autoroute. De là, je comptais faire du stop jusqu'à Missoula. Je savais que ce n'était pas prudent, mais le pieu en argent qui pesait dans la poche de ma veste devrait me permettre d'affronter à peu près n'importe quoi. Personne n'avait songé à me le reprendre après la mission de sauvetage et j'étais certaine qu'il s'avérerait aussi efficace sur les psychopathes que sur les Strigoï.

Je commençais à peine à distinguer la grille lorsque je la sentis. Lissa… Je m'arrêtai et me tournai vers un bosquet d'arbres couverts de bourgeons. Elle se tenait là, parfaitement immobile, et avait si bien réussi à dissimuler ses pensées que je ne m'étais rendu compte de sa présence qu'en me retrouvant presque face à elle. Le soleil faisait scintiller ses yeux et ses cheveux. Elle paraissait trop belle, trop irréelle pour appartenir à ce paysage lugubre.

— Salut, lui dis-je.

— Salut, répondit-elle en se frottant les bras. (Elle était frigorifiée malgré son manteau. Les Moroï n'avaient pas la même résistance au froid que les dhampirs. Ce temps que je trouvais printanier lui semblait encore glacial.) Je le savais. Je le sais depuis le jour où ils ont dit que son corps avait disparu. J'étais certaine que tu allais faire ça. Je t'attendais.

— Tu es capable de lire dans mon esprit, maintenant ? lui demandai-je tristement.

— Non. Je suis seulement capable de lire en toi. Je n'arrive pas à croire que j'aie pu être si aveugle. Je n'arrive pas à croire que je ne l'aie jamais remarqué. Le commentaire de Victor... Il avait raison. (Elle jeta un bref coup d'œil en direction du soleil couchant, puis son regard revint se poser sur moi. Je fus frappée par la colère que je lus soudain dans ses yeux et ressentis simultanément à travers notre lien.) Pourquoi ne me l'as-tu pas dit ? s'écria-t-elle. Pourquoi ne m'as-tu pas dit que tu étais amoureuse de Dimitri ?

J'écarquillai les yeux. Je n'arrivais pas à me souvenir quand Lissa s'était énervée après quelqu'un pour la dernière fois. Peut-être était-ce à l'automne précédent, lorsqu'elle avait compris à quelles folies voulait se livrer Victor. Les crises de nerfs étaient ma spécialité, pas la sienne. Même lorsqu'elle avait torturé Jesse, sa voix avait été d'un calme terrifiant.

— Je ne pouvais en parler à personne.

— Je suis ta meilleure amie, Rose. Nous avons tout traversé ensemble. Crois-tu vraiment que je t'aurais trahie ? J'aurais gardé le secret.

Je baissai les yeux.

— Je le sais parfaitement. C'est seulement… Je ne sais pas. Je n'arrivais pas à en parler. Pas même à toi. Je ne peux pas l'expliquer.

— À quel point… ? (Elle eut du mal à prononcer la question que j'avais déjà lue dans son esprit.) À quel point était-ce sérieux ? Est-ce que c'était seulement toi ou… ?

— C'était réciproque. Il ressentait la même chose que moi. Mais nous savions que nous ne pouvions pas être ensemble, à cause de notre âge et… et parce que nous étions censés te protéger.

Lissa fronça les sourcils.

— Que veux-tu dire ?

— Dimitri me répétait toujours que, si nous nous impliquions dans cette relation, nous allions nous inquiéter davantage l'un pour l'autre que pour toi. Nous ne pouvions prendre ce risque. (Je sentis de la culpabilité s'éveiller en elle à l'idée qu'elle nous avait séparés sans le vouloir.) Ce n'est pas ta faute, m'empressai-je d'ajouter.

— Sans doute… Il y aurait eu un moyen… Ça n'aurait pas été un problème…

Je haussai les épaules. Je n'avais pas envie de lui parler de notre dernier baiser dans la forêt, lorsque Dimitri avait pensé avoir trouvé une solution à tous nos problèmes.

— Je ne sais pas. Nous avons simplement essayé de nous surveiller. Parfois ça marchait, parfois non…

Son esprit était en proie à un véritable chaos émotionnel. Elle était à la fois furieuse et désolée pour moi.

— Tu aurais dû m'en parler, répéta-t-elle. Maintenant, j'ai l'impression que tu n'as plus confiance en moi.

— Bien sûr que j'ai confiance en toi.

— Et c'est pour ça que tu t'enfuis ?

— Ça n'a rien à voir avec la confiance, admis-je. C'est moi… Je ne voulais pas te le dire. Je ne supportais pas l'idée de t'annoncer que j'allais partir ni de t'expliquer pourquoi.

— Je sais déjà pourquoi. J'ai compris.

— Comment ?

Lissa se révélait décidément pleine de surprises, ce jour-là.

— J'étais là. À l'automne dernier, quand on est partis en car pour faire les boutiques à Missoula, tu te souviens ? Dimitri et toi avez parlé des Strigoï. Vous disiez qu'en devenir un rendait pervers et maléfique... que ça détruisait la personne qu'on était avant et conduisait à faire des choses horribles. Et j'ai entendu... (Elle avait du mal à le dire. J'avais moi-même du mal à l'entendre et mes yeux s'emplirent de larmes. Le souvenir de ce jour où, assis côte à côte, Dimitri et moi étions tombés amoureux était trop cruel. Lissa déglutit avant de poursuivre.) Je vous ai entendus dire tous les deux que vous préféreriez mourir plutôt que de devenir ce genre de monstre.

Le silence s'installa, tandis que le vent se levait et jouait avec nos cheveux blonds et bruns.

— Je dois le faire, Lissa. Je dois le faire pour lui.

— Non, répliqua-t-elle fermement. Tu n'as pas à le faire. Tu ne lui as rien promis.

— Pas avec des mots, c'est vrai. Mais tu... tu ne comprends pas.

— Je comprends que tu essaies de trouver une manière de le sauver et que celle-là t'a paru aussi bonne qu'une autre. Mais tu dois trouver un autre moyen de le laisser partir...

Je secouai la tête.

— Je dois le faire.

— Même si ça suppose que tu m'abandonnes ?

Sa manière de le dire et de me regarder... Mon Dieu !... Une vague de souvenirs déferla dans mon esprit. Nous étions ensemble depuis l'enfance. Inséparables. Liées l'une à l'autre. Et pourtant... Dimitri et moi étions liés nous aussi. Merde ! J'aurais voulu ne jamais avoir à choisir entre eux...

— Je dois le faire, répétai-je. Je suis désolée.

— Tu es censée devenir ma gardienne et m'accompagner à l'université, argua-t-elle. Tu as reçu le baiser de l'ombre. Nous sommes supposées rester ensemble. Si tu me quittes...

L'affreux tourbillon de ténèbres qui dormait en moi commença à s'éveiller dans ma poitrine.

— Si je te quitte, ils te donneront un autre gardien, dis-je d'une voix tendue. Deux, même. Tu es la dernière Dragomir. Ils assureront ta sécurité.

— Mais ils ne seront pas toi, Rose.

Elle riva ses yeux d'un vert lumineux sur les miens, et la colère qui bouillonnait en moi se calma peu à peu. Elle était si belle, si douce… si raisonnable. Elle avait raison. Je le lui devais. Je devais…

— Arrête ! hurlai-je en détournant la tête. (Elle se servait de sa magie.) N'utilise pas la suggestion sur moi ! Tu es mon amie. Les amis n'emploient pas leurs pouvoirs les uns sur les autres.

— Les amis ne s'abandonnent pas les uns les autres, riposta-t-elle. Si tu étais vraiment mon amie, tu ne ferais pas ça !

Je me tournai de nouveau vers elle en évitant de trop regarder ses yeux, au cas où elle essaierait encore d'utiliser la suggestion sur moi. Ma rage explosa.

— Il ne s'agit pas de toi, d'accord ? Cette fois, il s'agit de moi. Pas de toi. Toute ma vie, Lissa… toute ma vie, ç'a été la même chose : « Ils passent avant tout. » Je t'ai consacré ma vie. Je me suis entraînée pour devenir ton ombre, mais tu sais quoi ? Je veux passer avant. J'ai besoin de m'occuper de moi, pour changer. J'en ai assez de veiller sur tout le monde en laissant toujours de côté ce que je veux. C'est ce que nous avons fait, Dimitri et moi, et regarde où ça nous a menés ! Il est parti. Je ne le serrerai plus jamais dans mes bras… Désormais, je lui dois de tout faire pour le libérer de cet enfer. Je suis désolée si cela te blesse, mais c'est mon choix !

J'avais crié ces mots sans même reprendre mon souffle et j'espérai tout à coup que ma voix n'avait pas porté jusqu'aux oreilles des gardiens en faction à la grille. Lissa me dévisageait, blessée et abasourdie. En voyant des larmes rouler sur ses joues, je sentis une part de moi s'effondrer à l'idée que je faisais souffrir la personne que j'avais juré de protéger.

— Tu l'aimes plus que moi, dit-elle d'une toute petite voix qui lui donna subitement l'air très jeune.

— Il a besoin de moi en ce moment.

— J'ai besoin de toi. Il est parti, Rose.

— Non. Mais ce sera bientôt le cas.

Je remontai ma manche, ôtai le *chotki* qu'elle m'avait offert pour Noël et le lui tendis. Elle hésita avant de le prendre.

— Pourquoi ?

— Je ne peux plus le porter. Il appartient au gardien des Dragomir. Je le remettrai quand... (J'avais presque failli dire « si » au lieu de « quand ». J'eus l'impression qu'elle l'avait compris.) Quand je reviendrai.

Ses doigts se crispèrent autour des grains.

— Je t'en supplie, Rose... ne m'abandonne pas.

— Je suis désolée. (Je n'avais pas d'autres mots à lui offrir.) Je suis désolée.

Je la laissai en larmes et me dirigeai vers la grille. Une partie de mon âme était morte quand Dimitri avait été vaincu. En tournant le dos à Lissa, je sentis qu'une autre mourait à son tour. Il n'allait bientôt plus rien rester à l'intérieur de moi.

Les gardiens qui surveillaient l'entrée furent aussi stupéfaits que la secrétaire et Kirova l'avaient été, mais ils ne pouvaient rien y faire. *Joyeux anniversaire, Rose,* songeai-je amèrement. Enfin, j'avais dix-huit ans. Et ce jour ne ressemblait vraiment pas à celui que j'avais imaginé.

Les gardiens firent coulisser la grille. Je posai le pied hors de l'académie et au-delà de ses protections. Mêmes si ces lignes étaient invisibles, je me sentis soudain étrangement exposée et vulnérable, comme si je venais de franchir un gouffre. Pourtant, en même temps, je me sentis libre et maîtresse de moi pour la première fois. Je commençai à marcher le long de la route étroite. Le soleil avait presque disparu et je n'aurais bientôt plus que la lune pour éclairer mes pas.

Lorsque je me fus assez éloignée pour que les gardiens ne puissent plus m'entendre, je m'arrêtai.

— Mason !

Je dus attendre un long moment. Lorsqu'il apparut, il n'était quasiment plus visible, il était presque transparent.

— C'est le moment, n'est-ce pas ? Tu t'en vas… Tu pars vers…

À vrai dire, je n'avais pas la moindre idée de l'endroit où il allait. J'ignorais à quoi ressemblait l'au-delà : s'agissait-il des royaumes auxquels le père Andrew croyait, ou bien d'un monde complètement différent et que j'avais déjà visité ? Toutefois, Mason comprit ce que je voulais dire, et acquiesça.

— Ça fait plus de quarante jours, songeai-je à voix haute. J'imagine donc que tu es en retard… Je suis heureuse. Je veux dire… j'espère que tu trouveras la paix, même si j'espérais aussi un peu que tu pourrais me conduire jusqu'à lui.

Mason secoua la tête et je n'eus pas besoin qu'il dise un mot pour comprendre son message : « C'est à toi de jouer à présent, Rose… »

— Ça va aller. Tu mérites de te reposer. Et puis… je crois savoir par où commencer mes recherches. (Je n'avais pas cessé d'y penser depuis une semaine. Si Dimitri était bien là où je pensais, une lourde tâche m'attendait. J'aurais apprécié l'aide de Mason, mais je ne voulais pas l'ennuyer davantage. Il avait bien assez à faire de son côté.) Au revoir, lui dis-je. Merci de ton aide. Tu… Tu vas me manquer.

Sa silhouette s'effaça peu à peu. Juste avant qu'elle disparaisse tout à fait, je le vis esquisser un sourire, ce sourire malicieux que j'avais tant aimé chez lui. C'était la première fois depuis sa mort que je pensais à lui sans être anéantie par le chagrin. J'étais triste et il allait vraiment me manquer, mais je savais qu'il partait vers un monde meilleur, vraiment meilleur. Je ne me sentais plus coupable de sa mort.

Je me tournai vers la longue route qui s'étirait devant moi et soupirai. Ce voyage risquait d'être long.

— Alors commence à marcher, Rose, me murmurai-je à moi-même.

Je me mis en route pour aller tuer l'homme que j'aimais.

CASTELMORE
60-62, rue d'Hauteville
75010 Paris
E-mail : info@castelmore.fr

CPI
AUBIN IMPRIMEUR

Achevé d'imprimer en mai 2013
N° d'impression 1303.0186
Dépôt légal, juin 2013
Imprimé en France
36231078-1